Diogenes Taschenbuch 24476

de
te
be

AF204689

STEFAN BACHMANN, geboren 1993 in Boulder/Colorado, lebt in Zürich, wo er seit seinem elften Lebensjahr das Konservatorium besucht. Sein von der Liebe zu Steampunk, Charles Dickens und C.S. Lewis' *Chroniken von Narnia* inspiriertes Debüt, *Die Seltsamen*, war ein Riesenerfolg in den USA und auch in Deutschland.

Stefan Bachmann
Palast der Finsternis

ROMAN

Aus dem Amerikanischen
von Stefanie Schäfer

Diogenes

Titel der 2016 bei Greenwillow Books /
HarperCollins, New York,
erschienenen Originalausgabe:
›A Drop of Night‹
Copyright © 2016 by Stefan Bachmann
Mit freundlicher Genehmigung von
HarperCollins Children's Books, a division
of HarperCollins Publishers, New York
Die deutsche Erstausgabe
erschien 2017 im Diogenes Verlag
Dieses Werk wurde vermittelt durch die
Literarische Agentur Thomas Schlück GmbH, Garbsen
Covermotiv: Copyright © Diogenes Verlag
unter Verwendung eines Fotos
von Plainpicture / BY

Veröffentlicht als Diogenes Taschenbuch, 2019
Alle deutschen Rechte vorbehalten
Copyright © 2017
Diogenes Verlag AG Zürich
www.diogenes.ch
50/19/36/1
ISBN 978 3 257 24476 2

Für meine Freunde Briony, Beckett und Milla,
die mit mir das Palast-Abenteuer bestanden haben.

Ich hörte, wie es gebaut wurde, Vaters geheimes Versailles, ein Palast unterhalb eines Palastes, ein Reich aus Gold und Kristall, verborgen in den Wurzeln Frankreichs. Als ich ein kleines Mädchen war, vielleicht drei oder vier Jahre alt, hörte ich das Donnern tief unter der Erde. Der Fußboden erzitterte, und sogar die winzigen Möbel in meinem Puppenhaus wackelten. Ich fragte meine Gouvernante, eine stämmige junge Frau aus Beauvais namens Mademoiselle d'Églantine, was das zu bedeuten hatte, und sie antwortete mit schreckgeweiteten Augen, die Erde habe etwas Schlimmes verschlungen und litte unter Magengrimmen. Ich war nicht das klügste Kind Frankreichs. Ich glaubte ihr.

Château du Bessancourt, 23. Oktober 1789

Wir rennen durch den oberen Korridor, als die Fenster zersplittern: Dutzende von Glasscheiben explodieren, die Samtvorhänge blähen sich wild auf. Steine bleiben zwischen den glitzernden Scherben liegen, es fliegen brennende Pechklumpen und wirbelnde Fackeln …

Dann verschmilzt alles zu einer Kakophonie von Geräuschen, meine schnellen Füße, meine blutigen Hände, das Toben der Menge draußen.

Mutter ruft schrill: »Aurélie, warte auf mich!«

Sie folgt mir, in großer Balltoilette mit Fischbeinkorsett und dreißig Pfund Seidenbrokat. Sie ist viel zu langsam. Bernadette und Charlotte haben bereits die Treppe erreicht. Vaters Wachen begleiten sie, die Gesichter schweißglänzend. Die kleine Delphine kauert am Treppenpfosten, die Arme um das Holz geschlungen, und wartet auf Maman und mich.

»Folgt den Wachen!«, befehle ich. Ich blute aus dünnen Schnitten in den Handflächen und zucke vor Schmerz zusammen, als ich Delphine hochhebe und mit ihr die Treppe hinuntereile. »Los, alle hinterher!«

Ich werfe einen Blick über die Schulter. Mutter hat die Treppe fast erreicht. Sie trippelt auf der Stelle, greift nach einzelnen Gegenständen, lässt sie wieder fallen. In ihren

kleinen Händen häufen sich Schnupftabaksdosen, Perlen-
ketten und vergoldete Figurinen. Sie hat Angst zu gehen
und Angst zu bleiben.

Draußen erheben sich einzelne Stimmen über das Gebrüll und rufen laut Befehle. Ich schnappe Wörter wie
financier, porcs und *le meurtrier* auf. Der Mörder. Unter
den vielen Schimpfnamen, die ich schon über meinen
Vater gehört habe, ist mir dieser hier neu. Was wohl aus
uns werden wird, wenn wir es nicht nach unten schaffen?
Wenn wir Glück haben, stellt man uns in Paris vor Gericht und lässt uns vor einer tobenden, zahnlosen Menge
guillotinieren. Und wenn wir Pech haben ... Ich sehe schon
unsere Leichen auf einem Haufen im Schatten des zer-
störten Schlosses liegen. Motten huschen über unsere be-
schmutzten Gesichter und breiten ihre Flügel über unseren
Augenlidern aus. In diesem Moment erscheint mir mein
Leben klein und nichtig, ein läppischer Stofffetzen, der in
einer Hecke hängengeblieben ist und im Wind flattert. Was
habe ich die ganzen Jahre hier nur gemacht? Wenig. Genau
genommen gar nichts.

Die dicken Holztüren in der Eingangshalle zersplittern.
Stiefel hämmern auf den Marmorboden, ein hallendes
Stakkato von Schusternägeln und klatschendem Leder.
Die Geräusche der Eindringlinge verraten mir, wo sie sind.
Im Musikzimmer. Im *Salle des Arts,* wo die Porträts der
stirnrunzelnden, hakennasigen Bessancourts abgenommen
worden sind und nichts als helle Rechtecke auf der Tapete
hinterlassen haben.

Mutter wagt sich jetzt auf die Treppe. Ihre Absätze sind
so hoch, dass sie seitlich herunterbalancieren muss, Stufe

für Stufe. Rauch zieht in den unteren Korridor, bitter wie Holzäpfel. Ich höre das Knistern der Flammen. Die Fackeln müssen die Vorhänge in Brand gesetzt haben.

Ich tippe dem jungen Wachmann auf die Schulter. »Hol sie«, flüstere ich. »Schleif sie mit, wenn es sein muss, aber bring sie runter!«

Er nickt, duckt sich ein wenig und schnellt dann an mir vorbei, die Treppe wieder hinauf. Die Flammen im Korridor lodern heller. Eine Tür fliegt krachend auf, beängstigend nahe. Heisere Rufe schallen in meine Richtung, Waffen klirren, Füße stampfen im Marschtritt.

»Lauf, Maman! Zieh die Schuhe aus! Lauf!«, rufen meine Schwestern im Chor. Delphine fängt laut an zu heulen, und Tränen fließen ihr über die dicken Babywangen.

Der alte Wachmann schwingt seine Muskete vom Rücken und schleift sie hinter sich her, die Stufen hinauf. Der junge Wachmann hat Mutter fast erreicht. Sie ist so klein! Er könnte sie sich unter den Arm klemmen … Als er sie gerade ergreifen will, schlüpft sie weg. Eine Stufe hinauf. Zwei Stufen.

Ich erstarre und umklammere mit den Fäusten meine Röcke. Der junge Wachmann starrt Maman mit offenem Mund an. Sie schüttelt den Kopf. Dann blickt sie an ihm vorbei in meine Richtung.

Ihre Lippenbewegungen sagen: »Vergib mir, Aurélie«, doch ihr Flüstern geht im Lärm und in dem Lodern des Feuers fast unter. »Ich wünschte, ich wäre mutiger. Für alle von euch wünschte ich, ich wäre tapfer.«

»Nein!« Eine Welle brennender Wut erfasst mein Herz. »*Maman*, nein, NEIN, LAUF!«

Sie fährt sich mit einer Hand über das Gesicht, dreht sich um und kehrt in den oberen Korridor zurück.

Sie haben sie gesehen. Die Schreie werden schrill, aggressiv, jubelnd, geifernde Hunde im Blutrausch. Die Flammen brausen. Der junge Wachmann weicht zurück, die Stufen herunter bis zu uns.

Ein Schuss kracht.

Ich schreie, aber ich höre mich nicht. Ich höre nur den Knall. Mutter erstarrt oben an der Treppe, mit dem Rücken zu uns.

Nein, Maman, bitte nicht …

Langsam dreht sie sich um, eine Hand in den seidenweichen Stoff über ihrem Bauch verkrallt. Als sie die Hand wegzieht, trägt sie einen glänzenden roten Handschuh. Erstaunen malt sich auf ihrem Gesicht. Die Wachen treiben uns auf eine Öffnung in der Wand zu, hinter einem Teil der Vertäfelung, der mit einem kunstvollen Messingfalter geschmückt ist. Doch ich sträube mich, weil ich mich nicht von Mutters Anblick losreißen kann.

»*Maman!*« Die Aufständischen stürmen auf sie zu und umringen sie. Delphine in meinen Armen schreit wie am Spieß. Der alte Wachmann verpasst ihr eine Ohrfeige. Das Paneel gleitet vor die Öffnung und verschließt sie. Dunkelheit umfängt uns. Unsere eilenden Füße, unsere schnellen, keuchenden Atemzüge, wir können nicht weinen, wir können nicht innehalten. Die Wachen drängen uns voran – hinab und immer weiter hinab in die Schwärze, zu Glück, Sicherheit und ewigem Frieden, wo Vater wartet.

I

Ich kritzle mit Permanentmarker ein paar Abschiedsworte auf Mamans Kühlschrank aus rostfreiem Edelstahl. Keine Ahnung, ob Permanentmarker darauf hält. Vielleicht hätte ich es ganz dramatisch machen und meine Nachricht mit einem Steakmesser einritzen sollen, aber der Marker muss genügen, denn ich muss gleich los. In einer Minute werde ich in einem schwarzen Mercedes sitzen, unterwegs zum Flughafen. In einer Stunde werde ich die anderen treffen. In drei Stunden werden wir irgendwo über dem Atlantik sein.

Hi, Familie! Fast zerdrücke ich die Spitze des Markers auf der kalten Oberfläche. Die Digitaluhr über dem Herd springt auf 18:59 Uhr. Die Sonne geht unter und taucht den Rasen draußen in Gold und Pink.

Überraschung! Ich fliege nach Aserbaidschan! Warum, wollt ihr wissen? Nein, wollt ihr nicht. Aber in drei Monaten werdet ihr es sowieso erfahren. Aus der New York Times. Und der Washington Post. Titelstory.

Tschüss,
Anouk

Es ist nicht witzig. Soll es auch nicht sein. Es soll verletzen. Anouk – das bin übrigens tatsächlich ich. Keine Ahnung, wer ein Neugeborenes auf den Arm nimmt, ihm in die Augen sieht und es Anouk nennt, aber so heiße ich nun mal: Anouk Geneviève van Roijer-Peerenboom.

Ganz schön pompös, was?

Ich wickle mich eng in meinen wollenen Häkelmantel und schlüpfe aus der Küche. Ein grellbunter Federwisch kreischt mich aus einem Käfig über der Küchenbar an. Pete, der Papagei. Uralt, ständig deprimiert, unglaublich nervig. Gewissermaßen meine Seele in Vogelgestalt. *Tschüss, Pete.*

Draußen höre ich Reifen über den Kies auf der Auffahrt knirschen. Das Haus wirkt riesig und leer. Marmorblass. Ich bin ein vorsätzlicher Schmutzfleck inmitten all dieser Makellosigkeit, eine Radiergummispur auf den geraden Linien. Penny hat eine Ballettaufführung. Alle sind dort. In einer perfekten Welt würden jetzt Mom und Dad aus ihren Zimmern stürzen, dann Penny in ihrem Balletttrikot mit dem violetten Einhorn darauf oder was immer sie sonst momentan am liebsten trägt. Sie würden sich über das Geländer beugen wie Statisten in *Les Misérables,* schreien und weinen und mich anflehen, es mir noch einmal zu überlegen, und ich würde ihnen eine schneidende Bemerkung zuwerfen und hocherhobenen Hauptes zur Tür hinausmarschieren.

Wieder kreischt Pete in seinem Käfig. Mit diesem Abschied muss ich vorliebnehmen.

Ich höre eine Autotür zuschlagen und den Fahrer die Eingangstreppe heraufkommen.

Ich atme tief durch. Es geht los. Dies hier ist das Bedeutendste, was ich je in meinem Leben getan habe. Weit bedeutender, als Kühlschränke zu ruinieren. Das mit Aserbaidschan war übrigens gelogen. Für dies hier wurde ich auserwählt. Auserwählt aus Hunderten von anderen verzogenen Gören, Genies und anspruchsberechtigten, privatschulerzogenen, polohemdtragenden Schnöseln.

Der Schatten des Fahrers auf den venezianischen Glasscheiben der Eingangstür wächst.

Los geht's!

Ich nehme meinen Koffer, schalte die Alarmanlage ein, öffne die Tür.

»Guten Abend, Miss …«

Ich reiche dem Fahrer meinen Koffer und gehe an ihm vorbei die Eingangstreppe hinunter. Ich setze mich auf den Rücksitz des Mercedes und ziehe meine zahnstocherdünnen Beine hinterher. Sonnenbrille auf. Pokerface.

Der Fahrer drückt meine Tür zu und setzt sich wieder ans Steuer. Er wirft mir im Rückspiegel einen kurzen Blick zu, runzelt die Stirn und versucht, aus mir schlau zu werden.

Vergiss es, Kumpel. Versuch's nicht einmal.

Er startet den Motor. Der Wagen rollt die Einfahrt hinunter, durch die geöffneten Tore. Dann sind wir draußen auf der Straße und gleiten unter den kahlen Zweigen des Long-Island-Winters hinweg. Ich blicke nicht zurück. *Viel Spaß bei der Ballettaufführung*, denke ich und spüre förmlich, wie sich meine Wut gleich einem rotglühenden Tier in meiner Brust zusammenrollt. *Tanz dir die Seele aus dem Leib, Penny. Für mich.*

2

Unser Treffpunkt ist am JFK-Flughafen, in der weißen Glas- und Stahlhalle von Terminal vier. Wir haben äußerst detaillierte Anweisungen erhalten:

> *7:45 Uhr – Ankunft am Flughafen. Nicht in die Koffer schauen. Sofort durch die Sicherheitsschleuse gehen und dann weiter zu Gate B 24. Dort Zusammentreffen mit den anderen Teilnehmerinnen und Teilnehmern der Forschungsreise und Abflug. Begleit- und Kontaktperson ist Professor Dr. Thibault Dorf.*

Hier steht es, schwarz auf weiß auf dickem Büttenpapier, enthalten in den piekfeinen blauen Mappen, die uns zugeschickt worden sind. Ich fahre mit den Fingern über das Wappen der Sapanis, das in die rechte obere Ecke geprägt ist – ein Beil und eine Flagge, umrankt von zwei Rosen. Sie finanzieren unsere Expedition. Ihnen gehört das Schloss, unter dem die archäologische Sensation entdeckt wurde. Nach Google sind sie die fünftreichste Familie der Welt, aber ich habe noch nie von ihnen gehört – zu den Gartenpartys meiner Eltern sind sie jedenfalls nicht eingeladen.

Mein Herz macht kleine Sprünge, als wir uns dem Flughafen nähern.

Ich ziehe noch weitere Unterlagen heraus und blättere sie durch. Ich habe alles schon zigmal durchgelesen, aber will beschäftigt wirken, damit der Fahrer mich nicht anspricht. Manchmal versuchen die einen unterwegs anzuquatschen, weil sie heftige Wut mit putziger Teenagermelancholie verwechseln und einen aufheitern wollen, indem sie einem von ihrem Neffen erzählen, der in den Knast gewandert ist, weil er jemanden erschossen hat. Ich reiß' ihm den Kopf ab, wenn er mich anlabert. Aber dann schmeißt er mich raus, fährt uns ans Meer, irgend so etwas, so dass ich meinen Flug verpasse.

Meine Augen huschen über die Dokumente. Packlisten. Sicherheitshinweise. Eine Anleitung mit dem Titel *Teamarbeit – Fokussiertheit, Kommunikation und Kameradschaft,* die ich bisher jedes Mal beim Lesen übersprungen habe. Man muss es ja nicht übertreiben. Wo ich doch zusätzlich in wochenlangen Intensivkursen Klettern und Tauchen lernen und anschließend die Teilnahmebestätigungen an ein Büro in Manhattan schicken musste, um zu beweisen, dass ich bestanden hatte.

Ich musste ellenlange Verträge Blatt für Blatt abzeichnen, mich auf jede bekannte Krankheit testen lassen, um sicherzustellen, dass ich die Expedition nicht gefährde – das Ganze unter größter Geheimhaltung. Nur die Eltern oder Sorgeberechtigten waren eingeweiht. Und da soll ich auch noch fokussiert, kommunikativ und kameradschaftlich sein? Nichts da.

Der Wagen biegt in die Abflugzone ein. Ich klemme die blaue Mappe unter den Arm, steige aus, gehe nach hinten zum Kofferraum und hebe meinen Koffer schon heraus, noch bevor der Fahrer seine Tür ganz geöffnet hat. Dann mache ich mich so schnell davon, wie es möglich ist, ohne dass es aussieht, als wäre ich auf der Flucht. Was ich allerdings durchaus bin. Ich weiß genau, dass mir der Fahrer verdutzt hinterherstarrt.

Im Hineingehen erhasche ich einen Blick auf mein Spiegelbild in den Glasschiebetüren zum Terminal. Ich bin das, was die Leute gern als »gertenschlank« beschreiben, vor allem, wenn sie keine Ahnung haben, wie eine Gerte aussieht. Scharfkantiges Gesicht unter einem dunklen, krankenschwestermäßig kurzen Bob. Verkniffener Mund. Dunkle Ringe unter den Augen. Unter dem Häkelmantel gucken Skinny Jeans sowie spitze Hexenschnürstiefel hervor, in denen mir wahrscheinlich in ein paar Stunden die Füße höllisch weh tun werden.

Mit leisem Zischen öffnen sich die Türen und teilen mich in der Mitte. Ich betrete den Terminal. Eau de Airport empfängt mich – Kaffee, staubige Teppichböden, luxuriöse Kopfnoten von Heizungsluft und billiger Waschlotion. Passagiere schieben Berge von Gepäck vor sich her wie Strafgefangene. Sie starren mich an, blöde und fast feindselig.

Schon klar, ich hasse euch auch.

Ich durchpflüge die Menge. *Sofort durch die Sicherheitsschleuse gehen und dann weiter zu Gate B 24.*

Eine junge Mutter, die zwei Kinder hinter sich herzieht, rempelt mich an, und ich erwarte schon eine Entschuldigung, doch bei meinem Anblick verändert sich ihr Gesichtsausdruck: Verlegenheit – Überraschung – Angst – Widerwille – alles in wenigen Millisekunden. Meine angeborene unsympathische Wirkung auf andere muss in diesem Moment wie

Rauch von mir aufsteigen. Ich wickle meinen Mantel fester um mich und gehe an ihr vorbei. Knalle Pass und Boardingpass dem Security-Typen von TSA hin. Er blättert meinen Pass durch und schaut mich misstrauisch an, als er sieht, dass fast jede Seite mit Stempeln übersät ist. Aruba, letzten Sommer. Dubai, für eine Hausarbeit über Arbeitsmigration. Tokio, Freiwilligenarbeit nach dem Erdbeben.

Er wirft einen Blick auf meinen Boardingpass und bedeutet mir, zur Seite zu treten. Na super. Wahrscheinlich hält er mich für eine Drogenkurierin.

Eine TSA-Mitarbeiterin kommt zu uns herüber. Schmetterlingsbrille, knallroter Lippenstift, blasiert: »Bitte folgen Sie mir, Ma'am.« Sagt's und führt mich an der ganzen endlosen Schlange vor der Sicherheitsschleuse vorbei. Ich wappne mich schon gegen Deportation, Gulag, was immer sie heutzutage mit unliebsamen Personen anstellen. Stattdessen positioniert mich die TSA-Angestellte als Erste in der Reihe und lässt mich dann stehen. Die Sicherheitsleute winken mich durch.

Wie bitte? Cool!

Laptop raus, Mantel aus, breitbeinig hinstellen für den Bodyscan. Schon bin ich im Abflugbereich und quetsche mich an einem Punk vorbei, der auf die glorreiche Idee gekommen ist, mit einem Dutzend Piercings, einem Nietengürtel und Stiefeln mit Metallkappen zu reisen. Er schaut mich vorwurfsvoll an, als mache er mich für seine miesen Lebensentscheidungen verantwortlich.

Und schon bin ich im Bereich mit den Fastfood-Restaurants und Zeitschriftenläden. Als ich das letzte Mal nach Europa geflogen bin, dauerte alles viermal so lang. Damals wollte ich nach Perugia zu einem Masterkurs über Renaissanceliteratur. Zu der Zeit lernte ich gerade meine fünfte Fremdsprache. Dad konnte mich nicht zum Flughafen bringen – er wohnt die Woche über im Loft in Manhattan – und wollte, dass ich mir ein Taxi bestelle, aber Mom und Penny mussten sowieso zu einem Hautarzttermin, deswegen nahmen sie mich mit. Sie saßen vorne, und Mom kaute diesen ekligen medizinischen Kräuterkaugummi, den sie so gern mag, ein Überbleibsel ihrer Ketaminabhängigkeit in den Neunzigern. Immer wieder lehnte sie sich über die Mittelkonsole und strich Pennys Haar hinter ihr winziges halbverstümmeltes Ohr, wobei sie den erdigen Pfefferminzgeruch im ganzen Auto verbreitete. Ich hätte sie am liebsten angebrüllt, sie solle gefälligst auf die Straße achten. Später in der Abflughalle tippte Penny wie wild auf ihrem Handy herum, das Haar nach vorne gekämmt, um die Narben auf ihren Wangen zu verbergen. Mom erzählte ihr irgendetwas über Madame Pripatskys Karpaltunnelsyndrom.

Ich schämte mich jetzt dafür, dass ich gedacht hatte: *Mom? Penny ist nicht mal gut in Ballett. Ich bin diejenige, die nach Italien fliegt. Rede mit mir!*

Doch alles, was ich sagte, war: »Penny, bitte denk dran, Pete zu füttern.«

Ich vergöttere Penny. Dabei habe ich gar nicht das Recht dazu. Im Grunde dürfte ich ihr nicht mal zu nahe kommen, aber sie ist der einzige Mensch auf der Welt, den ich, wenn, sagen wir mal, ein Komet auf die Erde zurasen würde und ich ein Raumschiff hätte, mitnehmen würde. Als Baby hat sie mir den Spitznamen Ucki verpasst, weil sie bei »Anouk« zu viel sabbern musste. Mit vier erzählte sie mir, wenn sie mal groß wäre, wolle sie ein Seestern werden, und zwar ein blauer, und Tierärztin. Ich weiß noch, dass ich sagte, das wäre eine gute Idee, denn blaue Seesterne, die auch noch Tiere heilen könnten, seien sehr selten. Jetzt ist sie elf und will später Primaballerina beim New York City Ballet werden. Dabei kann sie kaum aufrecht gehen.

Ich weiß noch, wie Penny mir zunickte, während ihr Daumen über den Bildschirm wanderte. Und wie meine Mutter und ich aneinander vorbeistarrten. Meine Mutter ist 43, mit einer so dichten, fülligen Mähne wie Mufasa in *Lion King*. Und sie hat ein Wahnsinnscharisma. Sie kann Firmengesellschafter, Vizepräsidenten und den Hotdogverkäufer auf dem Bürgersteig vor ihrem Bürogebäude dazu bringen, ihr ins Nichts zu folgen. Sie wünscht, ich wäre tot.

Etwa zehn Sekunden lang standen wir so, und im Inneren bettelte ich laut schreiend darum, dass ihre Augen sich nur einen halben Zentimeter zur Seite bewegen und mich ansehen würden.

Doch das taten sie nicht. Sie fixierte einen Punkt über meine Schulter hinweg und sagte: »Nimm dich in Acht vor den italienischen Jungs.« Und dann lächelte sie ihr winziges, grimmiges Lächeln, das besagte: *Geschieht dir recht.*

Sie wickelte das nächste Kaugummi aus. Beugte sich nach vorn und flüsterte in Pennys Ohr, als wären sie Freundinnen oder wenigstens Mutter und Tochter. Ich beobachtete sie und hätte meine Mutter am liebsten geohrfeigt, sie an den fließenden schwarzen Kleidern gepackt und geschüttelt, bis sie geschrien hätte, bis sie mich gehasst hätte, denn wenn sie mich hassen würde, müsste sie mich wenigstens ansehen. Doch ich stand vollkommen reglos da, und meine Haut prickelte. »Hinter dem Sofa im Keller stehen drei Flaschen Champagner, falls du feiern willst, wenn du nach Hause kommst«, sagte ich.

Ich fühlte mich krank und wütend und versteckte mich nach dem Sicherheitscheck sofort in der Business Class Lounge. Kaute auf Blutorangenschalen herum, bis mein Mund schmerzte. Drei meiner Klassenkameraden vom St. Winifred waren auch da, ebenfalls auf dem Weg nach Perugia. Ein Trio mit perfekt funktionierendem Verstand, perfekt operierten Nasen und perfektem Schmuck von Tiffany, die miteinander flüsterten und mir Blicke zuwarfen. Eine von ihnen – Bahima Atik, glaube ich – winkte mir zu. Ich tat so, als würde ich es nicht bemerken. Am St. Winifred hat man keine Freunde. Höchstens Verbündete. Handelsabkommen und Nichtangriffspakte, und wenn man Glück hat, ein oder zwei Leute, die einem nicht von hinten ein Messer in den Rücken rammen.

Ich kehre in die Gegenwart zurück und verspüre wieder diese Wut, die sich an die Innenseiten meiner Rippen heftet, als gehörte sie dorthin. An jenem Tag verließ ich die Lounge wie eine Art düstere, spindeldürre Meereskreatur, der man schon von weitem ansah, dass man ihr besser nicht zu nahe kam. Dort hat alles begonnen, nehme ich an. Diese Suche nach etwas Großem, nach einer heroischen Aufgabe, durch die mir die Leute automatisch ausweichen würden, wenn ich einen Flur entlangginge, die mich angsteinflößend, großartig und unübersehbar machen würde. Ich hoffe, ich habe sie gefunden.

Ich hätte eine Million anderer Dinge tun können. Ich hätte mit einem Baseballschläger durch unser Haus auf

Long Island toben und das ganze Kutani-Porzellan zerschlagen können. Ich hätte Partygirlanden aus den vertraulichen Geschäfts-E-Mails meiner Eltern basteln und sie bei ihrer nächsten Wohltätigkeitsgala flattern lassen können. Ich hätte mir den Junkie Ellis Winthrope schnappen, mit ihm nach LA fliegen und Fotos von unserer Hochzeit an die ganze Familie schicken können. Aber das hier ist besser. Es ist mein Gnadenstoß. Oder vielleicht nur mein Stoß, ohne Gnade.

Ich werfe einen Blick auf mein Handy. Noch drei Minuten bis zum Treffen mit den anderen.

3

Als Ersten sehe ich Jules Makra. Er lehnt an einer Säule vor Gate B 24 und spielt mit seinem Handy. In unserer Mappe befindet sich unter anderem ein Spreadsheet, in dem mit Aufzählungspunkten unsere Eigenschaften aufgelistet sind, als wären wir Superhelden in einem blöden Comic. Alter. Besondere Fähigkeiten. Studienfächer. Hobbys. Passbilder, damit wir einander erkennen.

Jules ist groß und schlaksig. Zappelig. Trägt sein Haar zu einer imposanten, eindeutig sehr aufwendigen schwarzen Tolle gestylt, die allerdings schon in sich zusammenzufallen scheint. Er trägt Ohrhörer und wippt mit einem Bein einen offenbar sehr unregelmäßigen Beat. Ich trommle mit den Fingernägeln auf den Griff meiner Tasche. Atme tief durch und gehe mit meinem Rollkoffer auf ihn zu.

Erst als ich vor ihm stehe, hebt er den Kopf. Sieht mich. Grinst.

Jules Makra aus der Nähe: ein bisschen Punk, ein bisschen Hipster. Aufgekrempelte Chinos, dazu ein abgefahrenes grelles T-Shirt mit aufgedruckten russischen Puppen und Blumen, das unter einer schiefsitzenden Bomberjacke hervorschaut. Für eine Millisekunde kneift er die Augen zusammen, kleine Splitter über seinem Grinsen. Checkt mich ab.

Ich checke zurück. »Gehörst du zu Professor Dorf?«

»Ja!«, antwortet er. Er zupft einen Ohrhörer heraus und sein Grinsen wird breiter. »Bist du Lilly?«

»Nein.« Ich blicke mich nach den anderen um.

»Aha. Dann bist du Anouk?«

Nein, ich bin William Park, hätte ich beinahe erwidert, doch dann taucht William Park auf, und ich beiße mir auf die Lippe.

Ich mag Will Parks Gesicht. Er sieht aus, als hätte jemand Jules in- und auswendig studiert und dann das genaue Gegenteil gebaut. Auch Will ist groß, aber kräftig und breitschultrig, und während man bei Jules befürchtet, er könnte jederzeit ein Schulterblatt aus seinem mageren Rücken hervordrücken, scheint Will in sich zu ruhen. Nur seine Kinnpartie widerspricht diesem Eindruck, denn sie ist scharfgeschnitten und ein bisschen verkrampft, als beiße er die Zähne zusammen. Vielleicht ist er nervös. Er trägt eine Ballonmütze, tief ins Gesicht gezogen, und eine abgetragene alte Kabanjacke, die wahrscheinlich schon vor hundert Jahren Shabby Chic war.

Jules zieht den anderen Ohrhörer auch noch heraus und grinst wieder, allerdings habe ich das Gefühl, dass er Will breiter angrinst, vielleicht in der Hoffnung, das Debakel namens Anouk vermeiden zu können. »Hey!«, sagt er.

»Hey.« Wills Stimme ist tief, und er reicht uns beiden ohne zu zögern die Hand. Er sieht mich für eine Sekunde an, bevor er den Blick senkt. Er hat blaue Augen.

Jules runzelt die Stirn. Wahrscheinlich fragt er sich, wie die Chancen stehen, dass alle in diesem Team asoziale Freaks sind. Ich setze mich auf meinen Koffer. Will lehnt sich mit einer Schulter neben Jules an die Säule und überblickt die Menge. Eine unglaublich peinliche Stille tritt ein. Es ist so ein Moment, in dem jeder weiß, dass alle verlegen sind, aber keiner etwas dagegen tun kann. Deswegen sitzt man einfach still da und hofft auf einen baldigen schnellen Tod.

Hayden Maiburgh erscheint als Nächster. Er ist genauso groß wie wir alle, aber ein ganz anderer Typ. Der Typ, den ich normalerweise zu meiden versuche wie die Pest. Privatschulblazer, blauverspiegelte Pilotenbrille, das Haar ordinär zur Seite gegelt. Er sieht aus, als wäre er unterwegs zu einem Polospiel oder einem Champagnerbad in einer goldenen Wanne, und beim Näherkommen hat er dieses Hey-ihr-Loser-Grinsen, mit dem manche Leute offenbar auf die Welt kommen.

Und dann sagt er auch tatsächlich genau das: »Hey, ihr Loser!« Ich hätte mich beinahe verschluckt. Dann probiert er an Jules einen pseudocoolen Bro Handshake aus, mit Umgreifen und Fäuste aneinanderstoßen und so, nur dass Jules keine Ahnung hat, wie Bro Handshakes funktionieren, und das Ganze geht zu meiner diebischen Freude gründlich daneben. Blöderweise scheint Hayden genau das erwartet zu haben, als wäre die Begrüßung ein Test gewesen und als würde Jules' Versagen von Anfang an die Hierarchie zwischen ihnen etablieren. Grinsend dreht er sich nun zu Will um, bereit, das ganze Manöver zu wiederholen, doch der springt nicht darauf an, sondern quetscht Haydens Hand nur kurz ein Mal und starrt dann weiter gedankenverloren in die Menge.

Ich bleibe auf meinem Koffer sitzen. Strecke die Beine aus und werfe Hayden einen tödlichen Blick zu, als er auf mich heruntersieht. Dann schaue ich weg, als wäre er zu langweilig, um ihn auch nur anzusehen. Ich versuche, mich an die Beschreibungen von uns in der blauen Mappe zu erinnern:

Anouk Geneviève van Roijer-Peerenboom. 17 Jahre alt. Turnerin. Bekloppte. Spricht fünf Sprachen fließend, hat Grundkenntnisse in acht weiteren, national anerkannte Jungakademikerin, studiert Kunstgeschichte an der NYU. Vor kurzem Abschluss an der Privatschule St. Winifred in Manhattan. Kann außerdem klettern und tauchen.

Jules Makra. 17. Grafikdesignstudent. San Diego, Kalifornien. Hat einen Preis dafür gewonnen, dass er einen Stuhl gezeichnet hat oder so.

Will Park. 17. Ingenieurstudent aus Charleston, South Carolina. Hat hübsche Augen.

Hayden Maiburgh. 17. Hauptfach Philosophie an der Cornell Universität. Soll das ein Witz sein? Worüber philosophiert er, Gewichtheben? Getränkekartons? Wie arm die Superreichen dran sind?

Die Fünfte im Bunde ist noch nicht da. Lilly Watts. 16. Sun Prairie, Wisconsin.

Drei Minuten später kommt sie. Ich vermute, sie ist wie ein ganz normaler Mensch auf uns zugeschlendert, aber für mein Gefühl taucht sie so abrupt auf wie eine Anime-Figur, die alle anderen wegbläst, so dass sie nur Speedstreifen hinterlassen. Sie ist klein, rundlich und die Verkörperung des amerikanischen Hippie-Indie-Girls: Federn im Haar, jede Menge bunte Armbänder, eine abgetragene Lederjacke mit Fransen. Dazu trägt sie den riesigsten Wanderrucksack, den ich je gesehen habe und der ihren Kopf bei weitem überragt. Ihre Nase glänzt und sieht fettig aus.

Sie schaut uns an, wie wir gegen Säulen gelehnt und auf Koffern sitzend warten, als posierten wir für eine Ausklappseite in der *Vogue*. Sie reißt die Augen weit auf, spreizt die Finger und ruft: »Oh, mein Gott! Ist das nicht der reine Wahnsinn? Wir fliegen nach Frankreich!«

Sie führt einen kleinen Indianertanz auf. Jetzt lächelt sie mich direkt an. »Ich habe schon Angst gehabt, heute wäre gar nicht Mittwoch. Weil, ich hab euch nämlich nicht gefunden, und einmal habe ich die ganze Nacht und einen ganzen Tag verschlafen, ganze 24 Stunden hab ich verpasst, deshalb dachte ich, ich hätte vielleicht den Mittwoch verschlafen und heute wäre schon Donnerstag. Ich weiß, das klingt blöd, oder, habe ich aber wirklich gedacht!«

Sie schüttelt Hayden die Hand, weil er ihr am nächsten steht, und dabei lacht und plappert sie, und Hayden lächelt ein wenig herablassend auf sie hinunter. Merkt Lilly das überhaupt?

Jetzt spricht sie mit Jules. Er reißt Witze. Sie unterhalten sich. Lilly macht so eine Schulterbewegung auf ihn zu und sagt: »Wiirklich? Ich auch!«, und ich stelle mir vor, dass sie darüber reden, wie sie beide das blendende Zahnpasta-Werbelächeln hingekriegt haben.

Dann ist Will dran. Im ersten Moment sieht es fast so aus, als wolle sie den armen, schweigsamen Kerl umarmen, doch dann schiebt sie den Gedanken zurück in die Mappe der guten Taten für später und nimmt stattdessen seine Hand in ihre beiden Hände, strahlt ihn an und erklärt, sie finde seine historisch korrekte Kaban-Jacke phantastisch. Kurz bevor sie mich erreicht, stehe ich auf.

»Hurra«, bemerke ich tonlos und mache eine Jazz-

Hands-Pose. »Hier wären wir dann also. Aber wo ist Dorf?«

Lilly bleibt abrupt stehen. Alle starren mich an.

»Wir sollten uns hier mit ihm treffen«, bestätigt Hayden.

»Hat noch jemand von euch beim Klettern komplett versagt?«, fragt Jules.

»Hi«, sagt Lilly und winkt mir zu, mit einer kleinen, hektischen Bewegung.

Ich drehe mich auf dem Absatz um und scanne die Gesichter, die an mir vorbeiziehen. Wir sind genau da, wo wir sein sollten, Terminal vier, Gate B 24. Doch die Reihen der grauen Sitze im Wartebereich sind leer, und der Monitor zeigt keine Fluginformationen.

»Vielleicht haben wir alle den Mittwoch verschlafen«, sagt Lilly und lacht. Niemand lacht mit. Ich werde tatsächlich ein bisschen nervös. Falls ich den falschen Tag, die falsche Zeit oder den falschen Flughafen erwischt habe, muss ich zurück nach Hause schleichen und möglicherweise feststellen, dass Permanentmarker tatsächlich auf rostfreiem Stahl hält …

Ich höre ein metallisches Klicken hinter mir. Die Stahltür zur Schleuse wird geöffnet. Ich drehe mich um und sehe vier Typen in schwarzen Anzügen herausmarschieren. Sie sind tadellos gekleidet, aber ansonsten ziemlich krass. Ich sehe ein Tattoo, das sich unter einem Hemdkragen hervorschlängelt. Silbrige Narben, die sich im Zickzack über eine Reihe Fingerknöchel ziehen. Einer trägt tatsächlich einen grellroten Irokesen, sechs Spitzen, die sich wie lodernde Sonnenstrahlen mitten über seinen Schädel ziehen.

Aus ihrer Mitte kommt ein fünfter Mann auf uns zu, um

die fünfzig, wuchtig wie ein Felsblock, wirkt aber elegant und gelehrt. Mit seinem ordentlich getrimmten Bart, der Nickelbrille, dem Hut und dem farbenfrohen Seidenschal um den Hals sieht er aus wie ein in die Jahre gekommener, weltmännischer Indiana Jones, der sich mit massenweise Brokkoli und Proteinshakes Muskelmasse zugelegt hat. Ja, er sieht genauso aus wie auf dem Foto: Professor Dr. Thibault Dorf.

»Hallo, hallo!«, ruft er. Nicht laut, doch er hat eine tiefe, rauhe, klangvolle Stimme, bei der sich alle im Umkreis von drei Metern umdrehen und ihn anstarren. Wir inklusive. Die Bodyguards nehmen unser Gepäck. Der mit dem roten Irokesen drängt uns durch die Metalltür und die Schleuse, und Dorf sagt: »Wie nett, euch kennenzulernen. Und ihr wart alle pünktlich! Willkommen beim Projekt Papillon.«

Er hat einen kaum merklichen Akzent. Weder französisch noch britisch. Keine Ahnung, was es für einer ist. Lilly klammert sich sofort an seinem Arm fest und erklärt ihm, wie unfassbar aufgeregt sie sei, jetzt hier zu sein. Ich schaue den Bodyguard an, der mir am nächsten ist. Geieraugen. Blonder Stoppelbart, so hell, dass er fast grau wirkt. Der Typ sieht aus wie ein nordischer Gott. Fasst sich mit einer Hand ans Ohr; er trägt ein Headset, das sich an seinem Kinn entlangzieht. Ein Licht blinkt darin – ein dünner roter Strich, lautlos pulsierend, als erhalte der Typ gerade eine Nachricht. Ein Flüstern, direkt in den Schädel gepflanzt.

Die anderen unterhalten sich, lernen einander kennen, freunden sich an. Ich beobachte das pulsierende Licht und den Typen und frage mich, was er hört.

Aurélie du Bessancourt, 27. August 1789

Mutter wurde heute nach unten eingeladen. Niemand hat das Palais du Papillon bisher gesehen, niemand außer Vater, Havriel und die Legionen von Handwerkern, die in den Tiefen leben, ohne Wechsel von Nacht und Tag, und bei Lampenschein unermüdlich arbeiten, malen und bildhauern.

Die Einladung kam mit großem Pomp: drei Lakaien in voller Livree – goldbetresste scharlachrote Jacken, seidene Beinstrümpfe, der mittlere von ihnen zusätzlich mit einem kleinen vergoldeten Helm. Sie klopften an die Tür zu Mamans Gemächern. Sie befand sich gerade in ihrem Boudoir, wo sie in einem Flecken Sonnenlicht wie eine Katze schlief. So kam es, dass ich das Geschenk entgegennahm. Ich klappte den Deckel auf und schaute hinein wie ein neugieriger Pfau. Ein einziges Stück Papier lag darin, gebettet auf getrocknete Stiefmütterchen und Apfelblüten.

Mein Liebling, mein Schatz, mein Herz, las ich. Die Karte war goldumrandet und duftete so intensiv nach Nelken, Rosenöl und schweren Parfüms, dass mir fast übel wurde.

Ich erbitte Dein treffliches Erscheinen vor den Toren zum Palais du Papillon am heutigen Tage, dem 27. August, zur neunten Stunde.

Für immer in Liebe, Frédéric

Rasch legte ich die Karte zurück und ließ mich auf einen Stuhl fallen. Der Grund für die Einladung war offensichtlich: Vaters geheimnisvoller Palast näherte sich der Vollendung, und er brannte darauf, ihn ihr zu zeigen.

Ich überreiche Maman die Einladung, als sie erwacht, und heuchle Überraschung, als sie mir erzählt, was darin steht.

»Darf ich mitkommen?«, frage ich, vielleicht ein wenig zu direkt, denn Maman blickt mich verwundert an.

»Nein«, sagt sie. »Nein, mein Kind, er hat nicht geschrieben, dass ich jemanden mitbringen soll. Er ist da sehr besonders.«

»Ich bin auch besonders«, erwidere ich gespielt beleidigt. »Besonders neugierig.« Dann lache ich, aber Mutters Lächeln ist schwach wie verwässerter Cognac, deswegen dränge ich nicht weiter. Ihr Schweigen beunruhigt mich nicht. Ich bin so aufgeregt, als ginge ich selbst hin. Letzten Monat beobachteten Charlotte, Delphine und ich die gepanzerten Kutschen, die die Allee entlangkamen. Die Pferde schwitzten, ihr Fell glänzte in der Sonne, und die Kutscher riefen den Gärtnern im Vorbeifahren fröhliche Worte zu. Wir sahen Sofas aus Paris, Spinette aus Wien, Ballen von Seide und Brokat aus London und Flandern, so schwer, dass die Diener ganz gebückt gingen, als sie sie in den unteren Korridor schleppten, den unterirdischen Gängen und der Dunkelheit entgegen, die sie verschluckte wie ein gefräßiges Ungeheuer. Der Palast muss ein wundervoller Anblick sein. Und riesig! Eine endlose Schlange von Kutschen, alle bis zum Bersten gefüllt. Es scheint, als könne sich Vater alles leisten, was sein Herz begehrt: sich an Honigwachteln und

Petit fours dick zu essen, eine so schöne Frau wie Maman zu haben und dazu vier Töchter und keine Söhne. Ein Palast, vor dem der König von Frankreich neidvoll erblassen würde. Ich frage mich, ob es irgendetwas gibt, das er nicht haben kann.

Als Maman später an mir vorbeigeht, ist sie aufgeputzt wie eine venezianische Madonna, ihr Gewand aus feinster Seide und von einem tiefen, leuchtenden Karmesinrot (wie Mohnblüten, Beeren oder Rosen), Ärmel und Mieder über und über mit Perlen bestickt, die Perücke eine hochaufgetürmte rauchgraue Lockenpracht und mit Silberblüten festgesteckt. Sie geht allein in den Korridor hinab, wo Vater und Havriel sie erwarten; nicht einmal Madame Kretschmer oder die Zofen dürfen sie begleiten. Sie nimmt mich im Vorbeigehen nicht wahr. Ich würde ihr gern etwas zurufen, ihr Glück wünschen, aber schon ist sie weg, und ich höre nur ihre gedämpften, langsamen Schritte, die sich die Stufen hinunter entfernen. Ich kann ihren Bericht kaum erwarten!

4

Im Flugzeug werden wir von einer spindeldürren Asiatin in Bleistiftrock und hochgeschlossener weißer Bluse begrüßt. Ihre Augen stehen in einem auffälligen Kontrast zu ihrem Typ – grün-graue Strudel mit großen schwarzen Pupillen, als hätte jemand Löcher in die Himmelskuppel gestanzt. Sie mustert uns, irgendwie kalt und grausam, wie ein Fleischbeschauer.

»Das ist Miss Sei«, stellt Dorf sie vor. »Leitende Wissenschaftlerin der Sapani Corporation. Sie wird bei der Expedition assistieren.«

Sie schnalzt mit der Zunge, bedeutet uns mit einem Wink, ihr zu folgen, und marschiert resolut voraus durch den Mittelgang.

Ich beobachte, wie sich ihre eckigen Schultern unter der Bluse bewegen. Neben mir stößt Jules einen leisen Pfiff aus. »Wir reisen definitiv erster Klasse.«

Damit meint er wohl die iPads in den Armlehnen, die Flachbildmonitore mit Bildschirmschonern von Stränden und Wasserfällen, den wie zufällig positionierten, kleinen Mangobaum neben dem Notsitz.

Miss Sei bittet uns in eine Lounge mit glänzender schwarzer Holzverkleidung, weißen Ledersitzen, Sofas wie riesige Perserkatzen, außerdem eine Bar mit drei Jugendstilhockern davor und eine Wand voller Flaschen mit bunten Etiketten. Der Bodyguard mit dem roten Iro, der nordische Gott und die anderen marschieren an uns vorbei durch eine Glastür in das angrenzende Abteil des Jets. Miss Sei fordert uns mit einer Geste auf, auf den Sofas Platz zu nehmen, und wir gehorchen ihr wortlos. Dorf bleibt stehen und lächelt uns an.

»Alles nur für euch!«, sagt er und breitet einladend seine großen Hände aus. »Wir sehen uns dann in Paris, morgen früh in aller Frische.«

Miss Sei und er verschwinden ebenfalls im nächsten Abteil, wobei er in der Tür den Kopf einziehen muss. Die Glastür gleitet hinter ihnen zu. Wir sind allein.

Augenblick mal, das war's? Keine Begrüßungsrede? Kein »Willkommen an Bord, alle miteinander«?

Einen Moment lang sitzen wir wie erstarrt da. Dann sagt Jules: »Das. Ist. Phantastisch!«, und streckt sich auf einem der Sofas aus. Anscheinend fällt niemandem außer mir auf, wie bizarr das alles ist. Lilly hüpft von den Barhockern zum Mangobaum zum Wasserfall-Bildschirmschoner und kommt aus dem Staunen nicht mehr heraus. Hayden tritt an die Bar und klirrt mit den Flaschen. Ich setze mich auf eine Couch, schlage die Beine übereinander und lasse das ganze Schauspiel auf mich wirken.

Will macht es sich neben mir auf dem Sofa bequem. Keiner von uns spricht ein Wort. Der Flugkapitän gibt durch, wir sollen uns zum Start bereitmachen. Ich schaue Will an. Er hat die Hände auf die Knie gelegt und blickt so ernst, als wäre alles, was er sieht, eine große Tragödie. *Ganz deiner Meinung, Will.*

Jules und Lilly hängen an ihren Handys, lachen über irgendetwas, und ich denke gouvernantenhaft, dass die Vertragsbedingungen doch vorschreiben, weder in den sozialen Netzwerken etwas zu erwähnen noch zum Beispiel Bilder zu posten oder zu versenden. Aber vielleicht ist es ihnen egal, oder sie hoffen, nicht erwischt zu werden.

Will räuspert sich. Ich sehe ihn an. Er räuspert sich noch mal und bemerkt: »Es gibt keine Anschnallgurte.«

Er hat eine wundervolle Stimme, tief und ruhig, ein wenig schleppend.

»Stimmt«, sage ich.

Schweigen. Anscheinend hat er sein gesamtes Small-Talk-Repertoire erschöpft, deswegen beschließe ich, ihm zu helfen. Mit einem Wink auf die anderen sage ich: »Das kann ja heiter werden. Neun Stunden zusammen mit denen? Und dann noch mal zwei Wochen und neun Stunden. Was wir eigentlich bräuchten, wären Käfige. Und Tranquilizer.«

Will starrt mich an. Seine blauen Augen verdunkeln sich und sehen mich forschend an.

»Käfige und Tranquilizer!«, wiederhole ich ein wenig lauter. Die Turbinen dröhnen. Die Lichter auf der Startbahn laufen uns in orangefarbenen Zwillingsreihen entgegen wie gutabgerichtete Glühwürmchen.

Will zieht eine Augenbraue hoch. »Das nicht. Aber Anschnallgurte wären gut.«

Aha. Alles klar. Ich habe keine Ahnung, wie ich mit jemandem umgehen soll, der keinen Sarkasmus versteht. Angeblich lässt sich Intelligenz daran messen, wie sensibel man auf Humor reagiert. Keine Ahnung, ob das stimmt oder nicht, aber ich tröste mich damit, dass die Leute, die mich nicht lustig finden, einfach nur dämlich sind.

»Alles klar.« Ich rutsche ein Stück von ihm weg und setze meine Kopfhörer auf. »Danke für das Gespräch.«

Ende dieser Unterhaltung. Ich starte die Playlist auf meinem iPod.

Die Kabine neigt sich, als das Flugzeug abhebt. Will bleibt reglos neben mir sitzen, was ich wahnsinnig galant von ihm finde angesichts der Tatsache, dass ich gerade seinen Namen aus meinem geistigen Buch aller Dinge ausradiert habe. Ich schließe die Augen und frage mich, ob ich vielleicht doch mit diesen Leuten auskommen könnte. Unmöglich ist es nicht. Manchmal werden andere zu Freunden, einfach so.

»Hi!«, quietscht Lilly und bohrt sich quasi zwischen Will und mich. »Wir haben uns noch gar nicht richtig kennengelernt. Ich bin Lilly.« Ich schlage die Augen auf. Ich habe gerade Ingrid Michaelson gehört, und zwar die Passage im Stück, in der sie quasi mit der Stimme lächelt. *Let's get rich and buy our parents homes in the south of France.* Lass uns reich werden und unseren Eltern Häuser in Südfrankreich kaufen. Ich liebe diesen Part. Nur seinetwegen höre ich mir das gesamte Stück an.

»Hi«, sage ich, ohne die Kopfhörer abzunehmen.

»Wie heißt du?«, fragt Lilly und lächelt mich ermunternd an.

»Anouk«, antworte ich. »Hast du die Unterlagen nicht gelesen?«

Lillys Lächeln wirkt für einen Moment angestrengt, aber irgendwie erhält sie es durch reine Willenskraft aufrecht. Ich schaue sie neugierig an. Sie sieht weder übermäßig intelligent aus noch so, als könnte sie eine Felswand erklimmen oder Flaschentauchen.

»Cooler Name«, sagt sie. »Ist das russisch?«

»Was?«, frage ich ziemlich gereizt und lasse jetzt doch die Kopfhörer in den Nacken rutschen. »Nein. Ich glaube, niederländisch. Oder flämisch.«

»So ein Zufall, meine Tante wohnt in Flemings!«, erwidert Lilly. »Das ist in Wisconsin.« Sie berührt mein Knie und wirft mir erneut ein Lächeln zu, als sei es eine besondere Leistung, in Flemings, Wisconsin, zu wohnen.

Andererseits ist es das durchaus. Keine Ahnung, wie die Leute das aushalten. Wie das irgendjemand aushalten kann.

»Glückwunsch an die Tante«, sage ich und wippe mit dem Bein. »Nein, wirklich, Flemings, Wisconsin. Wow!«

Lillys Augen verengen sich. Ist sie jetzt sauer? Nein: Genau so hat sie Will angesehen, bevor sie beschloss, ihn nicht zu umarmen. Nur diesmal beschließt sie wohl, dass eine Reaktion auf mein komisches Verhalten nicht aufgeschoben werden darf, sondern sie sich mir sofort widmen muss. Sie zieht ihre Füße in den abgetretenen Chucks auf das Sofa, legt ihre geschmückten Unterarme um die Knie und fängt an zu reden. Es ist, als würde man Wellen an einem Strand beobachten oder jemanden, der nach einer Party kotzt: Es hört einfach nicht auf, und man fragt sich, wo das alles herkommt.

Will schaut etwas alarmiert zu uns herüber, steht auf, geht zu einem anderen Sofa. Nimm mich mit!, möchte ich ihm zurufen, aber Telepathie funktioniert bei ihm nicht. Und Lilly ist noch lange nicht fertig.

Sie erzählt, wie man vegane Quinoa-Brownies backt, und von ihren alternativen Hippie-Eltern, die sie zu Hause unterrichtet haben und die sie offensichtlich vergöttert. Von da kommt sie auf ein Fliegentattoo auf ihrem Arm, das sie inzwischen am liebsten wieder loswerden würde, weil es so realistisch ist, dass sich andere davor gruseln. Sie hatte Hausarrest bekommen wegen dieses Tattoos, aber nachdem sich die Wogen wieder geglättet hatten, ließ sie sich noch eines auf die Fußsohle stechen. Bei einem Talentwettbewerb in der Schule hat sie *Yellow Submarine* von den Beatles gesungen und nicht gewonnen. Die Tattoos zeigt sie mir nicht. Aber wieso ist sie noch auf der Highschool?

Ich werfe meinen Kopf in den Nacken und starre zu den winzigen Lichtern an der Decke hinauf. Lilly scheint beim Reden nicht mal Luft holen zu müssen. Sie ist definitiv zu sehr in ihre eigenen Geschichten versunken, um sich etwas daraus zu machen, dass ich sozial inkompatibel bin. Ihre Stimme wird zu einem Hintergrundrauschen. Alles wird zu einem Rauschen. Die Lüftung, die Flugzeugdüsen, das Klirren von Glas – alles verschwimmt zu einer einzigen Flatline von Geräuschen.

Ich setze mich auf. Blicke mich um. Mir kommt das alles so unwirklich vor, wie ein unheimlicher Traum in Zeitlupe. Hayden liegt auf einem Sofa und schlürft Orangina durch einen Strohhalm. Will und Jules sitzen nebeneinander, und Jules scheint ein Gespräch beginnen zu wollen, während Will fast umkommt vor Verlegenheit. Ich blicke hinüber zu der automatischen Tür, die uns von Dorf und den Übrigen im Jet trennt. Sie ist aus Milchglas mit klaren Streifen dazwischen. Ich sehe einen Abschnitt von Miss Sei – ein Bein, ein Stück Rock. Ein großes Auge, das mich beobachtet.

Plötzlich ertönt ein lauter, schriller Alarmton, und wieder hüllen mich Geräusche ein. Durch die Lautsprecher kommt die Durchsage des Kapitäns: »Miss Sei, Professor Dorf, wir erwarten Turbulenzen. Bitte …«

Jenseits der Glasscheibe entsteht Unruhe. Der Lautsprecher in unserem Abteil wird abgeschaltet, aber ich kann die Stimme des Piloten weiter gedämpft durch die Abteiltür hören.

Ich erschauere, doch als Lilly mich fragend ansieht, setze ich die Kopfhörer wieder auf und drehe die Musik laut.

Aurélie du Bessancourt, 29. August 1789

Maman ist erst weit nach Mitternacht in ihre Gemächer zurückgekehrt. Ich habe das Klappern ihrer Absätze auf der Treppe gehört, ihre Tür, die sich knarrend schloss. Eine luftige, samtige Stille senkte sich herab. Doch noch immer schien das Schloss zu ächzen und sich zu regen, als pulsierte irgendetwas, etwas Kleines, in seinem Innersten, das nicht zur Ruhe fand.

Als Maman am nächsten Morgen zum gemeinsamen Frühstück erschien, wirkte sie blass und abgespannt, die Augen merkwürdig wässrig, mir hätte auffallen müssen, dass irgendetwas nicht stimmte. Wenn ich nicht so dumm wäre, hätte ich meine Schwestern mit einem strengen Blick zum Schweigen gebracht. Wir hätten rasch gegessen und uns nur mit Blicken und dem Klimpern des Silberbestecks verständigt. Anschließend hätten wir uns in eines der staubigen, unbenutzten Gästezimmer zurückgezogen und die Sache dort in Ruhe besprochen. Doch ich starb beinahe vor Neugier, mehr über den neuen Palast zu erfahren. Als meine Schwestern unsere Mutter umringten, gesellte ich mich dazu und fragte Maman, ob der Palast sehr groß sei, wie viele Kerzen man brauchte, um die Flure zu erleuchten, und ob es warm sei in der Tiefe oder bitterkalt, und ob es einen *Salle d'Apollon* gäbe wie in Versailles.

Doch sie sagte kein Wort. Sie saß geziert bei Tisch, schälte mit dem Obstmesser eine Orange, die sie in ordentliche, wie Juwelen leuchtende Spalten zerteilte, doch als die Diener ihr ein wenig gebratene Leber auf einem verzierten Porzellanteller brachten, wurde sie blass und schob den Teller angewidert weg. Wir plapperten einfach weiter, bis Maman auf einmal zu weinen begann und die Hände auf die Ohren presste. Die Orange lag unberührt auf dem Tisch, eine unregelmäßige Schalenspirale und das saftige Fleisch, in kleine Stücke zerhackt.

5

Paradebeispiel A: Ich hatte einmal einen Freund. Ich war 15. Er war 15. Er hatte grüne Augen, weiches Haar und mochte die Band »Vampire Weekend« – definitiv die besten Voraussetzungen für ein glückliches gemeinsames Leben. Wir wollten heiraten. Ins West Village ziehen, null Kinder haben, Tee trinken und ein Leben von bohemehaftem Ennui führen. Doch es sollte nicht sein. Der grünäugige Freund flog von der Schule, weil er Feuerzeugbenzin über den Fahrradständer gekippt und diesen angezündet hatte. Nicht mal, um gegen irgendetwas zu protestieren. Einfach so. Es war okay, denn er hatte keine Ahnung, dass wir heiraten würden. Ich hatte nie ein Wort mit ihm gewechselt. Der Höhepunkt unserer Romanze bestand darin, dass ich ihn die ganze Chemiestunde über komplett ignorierte, und in dem Moment, als ich von der Sache mit dem Fahrradständer erfuhr, war ich sowieso über ihn hinweg. Mit Leuten, die blöd genug sind, Fahrradständer anzuzünden, möchte ich nicht lebenslangen bohemehaften Ennui teilen.

Paradebeispiel B: Zwei Jahre vorher, mit 13, bin ich in die Bibliothek gegangen und habe mir alle verfügbaren Bücher über Soziopathien und verwandte psychische Fehlentwicklungen herausgesucht. Wahrscheinlich hielt mich die Bibliothekarin deswegen ebenfalls für gestört, aber ich wollte auf

Nummer sicher gehen. Ich dachte, wenn es einen medizinischen Grund dafür gäbe, dass ich so gemein und wütend war, wäre alles nicht so schlimm. Aber es stellte sich heraus, dass dieses Wissen auch nichts änderte. Man wird dadurch nicht geheilt.

Ich lehne den Kopf gegen die Scheibe der schwarzen Limousine und blicke hinaus in die Landschaft, die wie ein endloses Förderband an uns vorbeizieht: weißer Reif auf grünen Feldern, grauer Himmel. Wir rasen in einem schwarzen Mercedes mit getönten Scheiben über eine sechsspurige Autobahn, hinter uns zwei weitere Stretchlimousinen, eine weitere fährt uns voraus: Wir gleichen einer glänzenden, dahinsausenden Beerdigungsprozession.

Jules fläzt sich auf dem Sitz mir gegenüber und starrt zur Decke. Professor Dorf und der Fahrer sitzen vorn hinter getöntem Glas. Will, Lilly und Hayden fahren im Wagen hinter uns. Allmählich bedaure ich dieses Arrangement. Jules ist viel zu exaltiert für mich; manchmal lacht er laut auf und schaut mich dann forschend an, als hätte er nur gelacht, um mich ebenfalls zum Lachen zu bringen. Ich mag es nicht, so unter Druck gesetzt zu werden. Aber es ist immer noch besser, als im anderen Wagen zu sitzen. Lilly versucht, Will aus seinem Schneckenhaus zu locken, und aus Hayden werde ich überhaupt nicht schlau. Auf dem Flug ist er nicht lange bei Orangenlimonade geblieben, und seine Reaktion auf den vielen Alkohol bestand darin, dass er sehr langsam und gesprächig wurde und sich in kurzen, dramatischen Sätzen über den Himmel und die Startbahn ausließ. Na ja, vielleicht liegt er jetzt im Koma. Ich wünschte, Jules läge auch im Koma.

Er will doch nur freundlich sein, Anouk. Er ist einfach ein netter Kerl. Wäre doch möglich. Aber hier kommt nun Paradebeispiel B ins Spiel. Ich glaube einfach nicht daran, dass die Menschen im Grunde ihres Herzens gut sind. Im Gegenteil: Ich glaube, dass die Leute im Grunde ihres Herzens am allerschlimmsten sind.

»Also, wir sollten im Kunstunterricht mal eine Skulptur herstellen, und ein Typ hat einen Haufen Pferdescheiße besorgt, das Zeug mit Plastillin vermischt, bis es schön glänzend braun war, fast wie Schokolade, es in eine Form gegossen und das Ergebnis Winnie Pooh genannt. Verstehst du? Es war eine Art Kritik daran, wie in unserer Kultur alles so verpackt wird, dass es attraktiv aussieht, obwohl eigentlich Scheiße drinsteckt. Es war echt der Wahnsinn.« Bewundernd zieht er die Augenbrauen hoch und schaut aus dem Fenster.

»Aber Winnie the Pooh ist nicht Scheiße«, erwidere ich. »Winnie the Pooh ist toll.«

»Wie bitte? Aber es geht doch gar nicht um Winnie Pooh, sondern um … Du hast es gar nicht begriffen.«

»Doch, habe ich durchaus. ›Es heißt, nichts wäre unmöglich, aber tue ich den ganzen Tag nichts?‹ Das ist Wahnsinn. Wenn dein Kunsttyp unbedingt clever und subversiv hätte sein wollen, hätte er eine Shampooflasche aus Scheiße geformt und Sham-Pooh genannt. Dann wäre es Kritik an den vielen giftigen Chemikalien in gängigen Shampoos gewesen, und er hätte sich als Rebell gegen multinationale Kosmetikkonzerne aufspielen können, anstatt Kinderbücher aufs Korn zu nehmen, die er wahrscheinlich nie gelesen hat.« Ich schnalze mit der Zunge. »Chance verpasst.«

»Studierst du nicht Kunstgeschichte?«

»Ist das eine echte Frage, oder willst du nur, dass ich die Klappe halte?«

Jules lacht. Jetzt sieht er mich bestimmt wieder so fragend von der Seite an.

Doch ich schaue weiterhin konzentriert aus dem Fenster auf die Landschaft draußen. Wir sind gegen zehn Uhr morgens Pariser Zeit auf dem Flughafen Charles de Gaulle gelandet und von der Landebahn aus sofort in die wartende Wagenkolonne bugsiert worden. Wir mussten nicht mal durch den Zoll.

Draußen huschen Kebab-Restaurants, Neonreklamen und Betonhochhäuser vorbei. Jules erzählt etwas über Bands, von denen ich noch nie gehört habe. Vielleicht probiert er einfach ein Thema nach dem anderen aus, bis ich auf irgendeins anspringe. Entschuldigung, aber mein Leben besteht darin, Tolstoi im Original zu lesen und mir Hollywood-Filme mit fremdsprachigen Untertiteln so lange anzuschauen, bis ich den Dialog aus dem Kontext heraus verstehen kann. Nebenbei schmiede ich machiavellistische Rachepläne. Und bin lästig und überheblich. Wenigstens das haben Jules und ich gemeinsam.

Ich hole die blaue Mappe aus meiner Tasche und blättere sie durch. Jules starrt wieder zur Decke und redet jetzt über ein Buch. »Es heißt *Die Schönheit von Chartreuse auf dem Styx* und handelt von merkwürdigen Teenagern, die sich verlieben und sterben.«

Ich stoße auf Lillys Porträt:

Lilly Watts – besondere Fähigkeiten: audiovisuelle Sensitivität.

Was soll das denn heißen? Dass sie sehen und hören kann?

Ich blättere weiter. Eigentlich würde ich jetzt gerne schlafen. Auf dem Flug habe ich kein Auge zugetan. Bei der Ankunft in Paris habe ich mir die kneifenden Stiefel ausgezogen und bin in vernünftige Halbschuhe mit Crêpesohlen geschlüpft; meine Zehen schmerzen dennoch, und am liebsten würde ich mich einfach in den schwarzen Ledersitz sinken lassen und wegpennen. Aber ich zwinge mich zum Weiterlesen:

Es sind nur sehr wenige Aufzeichnungen über den Marquis du Bessancourt und seine Familie erhalten geblieben. Die meisten Papiere wurden wahrscheinlich vernichtet, um die Familie vor einer Gefangennahme und vor Racheakten des revolutionären Terrorregimes zu schützen. Ein erhaltengebliebenes Dokument beweist, dass Frédéric du Bessancourt, 1734 als einziges legitimes Kind eines ortsansässigen Aristokraten geboren, unter Ludwig XV. als Bankier und Geschäftsmann wirkte, später als Wissenschaftler und Naturphilosoph bekannt wurde und als Kreditgeber Ludwigs XV. und seines Nachfolgers Ludwig XVI. wesentlich dazu beitrug, den aufwendigen Lebensstil der Monarchen zu finanzieren. 1774 heiratete der Marquis Célestine Gauthier. Sie hatten mehrere Kinder.

Alle Aufzeichnungen über die Familie du Bessancourt enden 1789. Die Familie wird nie wieder erwähnt, weder in der Revolutionspropaganda noch in Gefängnisakten oder Archiven der Stadt Paris. Gerüchten zufolge flüchteten der Marquis und seine Familie zuerst unter die Erde und dann außer Landes, um sich später

unter einem anderen Namen in England oder Deutsch-
land niederzulassen. Der damals aus unbekannten
Gründen Palais du Papillon genannte unterirdische
Palast, den seit zweihundert Jahren niemand mehr
betreten hat, wurde möglicherweise bereits um 1760
in den weitläufigen Höhlen unter dem Familienschloss
begonnen. Er liegt unterhalb des Grundwasserspiegels
im Felsgestein, weswegen nicht auszuschließen ist, dass
einige Bereiche inzwischen teilweise oder ganz über-
flutet sind. Wir haben keinen definitiven Anhaltspunkt,
wie groß der Palast ist, wie belastbar seine Strukturen
sind und wie riskant sich infolgedessen die Erforschung
gestalten könnte. Unabhängig von seinem derzeitigen
Zustand birgt er jedoch mit Sicherheit einen Schatz an
Informationen über die Revolutionszeit und ist viel-
leicht die bedeutendste Entdeckung in ganz Europa aus
dem 18. Jahrhundert.

Wir freuen uns, Sie als Teil dieser bedeutenden Ex-
pedition begrüßen zu dürfen, und hoffen, dass dieses
Projekt eine lohnende und lehrreiche Erfahrung für
jeden Einzelnen von Ihnen werden wird.

Das Dokument ist mit einem unleserlichen Gekritzel unter-
zeichnet, doch darunter steht in Druckbuchstaben:
Familie Sapani
»Hey?« Jules schaut mich an. Ich frage mich, wie lange
ich ihn ignoriert habe. »Geht's dir gut?«

Mit einem leisen Stöhnen lasse ich den Kopf gegen das
Fenster sinken. Aus irgendeinem Grund fasst er das als ein
Nein auf.

»Weißt du«, sagt er, als folge nun irgendeine wichtige philosophische Enthüllung, »du bist schon komisch. Normale Leute wären total begeistert, wenn sie mit so einem tollen Typen wie diesem Jules nach Frankreich fliegen und ein zweihundert Jahre altes Schloss erkunden dürften. Aber du? Ich versteh dich einfach nicht.«

»Ich mich auch nicht.« Ich beobachte, wie ein knorriger alter Baum am Straßenrand näher kommt, größer wird und wieder verschwindet. »Außerdem sind keine normalen Leute mit auf dieser Reise. Nur dass du's weißt.« Wahrscheinlich verzieht er das Gesicht, weil ich ihn abblitzen lasse. Mir egal. Oder eigentlich nicht, aber irgendwann muss man sich einfach abgrenzen, weil man sonst vollkommen verrückt wird. Natürlich bin ich aufgeregt, weil ich hier bin. Ich kann es kaum erwarten, den Palast zu betreten, Neues zu entdecken, New York und das College zu vergessen und möglichst auch die nächsten gut sechzig Jahre meines Lebens, die ich mich noch durchschlagen muss. Ich hab nur keine Ahnung, wie ich das anderen Leuten verständlich machen soll.

»Also, warum bist du hier?«, fragt Jules. »Was erwartest du?«

Ich stemme die Füße auf meinen Sitz und starre auf die Spitzen meiner bequemen Halbschuhe. Ich kann es ihm nicht sagen. Was soll ich denn überhaupt sagen? Dass ich wie Huckleberry Finn auf der Flucht bin? Dass ich gegen mein jetziges Leben rebelliere, dass ich nach Absolution und nach einer Identität suche, die nicht daraus besteht, der Punchingball für meine neurotische, dysfunktionale Familie zu sein? Denn deswegen bin ich hier. Ich habe aber keine Lust darauf, dass er erwidert: Du brauchst eine Therapie / andere

Leute sind viel schlimmer dran / du trägst Prada-Schuhe, was willst du mehr?

»Ich bin wegen der Erfahrung hier«, antworte ich. Eine Lüge. »Und um mich im Unterschriftenfälschen zu üben.« Ich lege mir die Hand auf die Stirn. »Diese Auswahlrunden, wow! Hast du noch irgendwelche gestrichelten Linien übrig, auf denen Eltern oder Erziehungsberechtigte unterschreiben sollen? Kann ich für dich erledigen.«

»Wie bitte? Du hast die Unterschriften deiner Eltern gefälscht? Wissen sie überhaupt, dass du hier bist?«

»Nein. Sie glauben, ich wäre in Aserbaidschan. Ich hab ihnen eine Nachricht hinterlassen.«

»Kann ich dich was fragen?«

»Nein.«

»Was ist so schlimm an deinen Eltern?«

»Hör mal, Jules. Du bist ja nett und so, aber kümmere dich bitte um deinen eigenen Scheiß.«

Der Mercedes rumpelt über irgendeine Baustelle. Neonfarbene Hütchen flackern vorbei wie kleine Leuchttürme und sind gleich darauf wieder verschwunden. Auf meiner Brust liegt ein Druck. Ich schaue Jules nicht an, aber wahrscheinlich sieht er jetzt richtig angeekelt aus.

»Na ja, du siehst tatsächlich so aus, als hättest du ein hartes Leben hinter dir«, bemerkt er. »Unterernährt. Ständig von Krieg bedroht. Nichts zum Anziehen, außer ein paar Klamotten aus der Kleidersammlung. Wie hast du's überhaupt so weit gebracht?«

»Wie bitte?«

»Ach, nichts. Aber findest du es nicht auch merkwürdig, dass man so junge Leute wie uns in eine solche Fundstätte hineinlässt? Wäre das nicht eher was für erfahrene Archäologen, renommierte Kunsthistoriker oder so? Wundert dich das gar nicht?«

Ich sehe ihn mit zusammengekniffenen Augen an. »Bestimmt werden auch renommierte Kunsthistoriker und erfahrene Archäologen vor Ort sein. Dorf ist zum Beispiel da. Außerdem sind wir gut vorbereitet. Wir sind qualifizierte junge Leute. Schade für dich, dass du so wenig von deinen Fähigkeiten hältst; ich jedenfalls finde, dass ich mir das verdient habe.«

Blödsinn. Ich habe nicht das Gefühl, überhaupt irgendetwas verdient zu haben.

»Willst du behaupten, du könntest mit den Besten mithalten, und die hätten niemand Geeigneteren finden können?«

»Nein. Ich sage bloß, dass noch nie jemand da unten gewesen ist«, fauche ich. »Noch weiß man kaum etwas über Zustand und Alter der Fundstätte, ja, man weiß im Grunde noch gar nichts, bis wir mit der Erforschung beginnen. Und dass wir jung sind, sollte dabei doch kein Hindernis sein, oder? Gute Nacht.«

Ich rolle mich in der Ecke zusammen und fühle mich leer, ja, richtig elend. *Vier Gelegenheiten, Freundschaft zu schließen, vermasselt. Das war's. Bravo, Ucki, hast es mal wieder geschafft.*

Es gibt Menschen, die besitzen die besondere Fähigkeit, überall unglücklich sein, egal wo, egal mit wem und egal warum. Vielleicht ist diese Fähigkeit aber auch nur typisch für mich.

Ich tue so, als würde ich einschlafen. Jules redet sowieso nicht mehr mit mir.

Aurélie du Bessancourt, 6. Oktober 1789

Gestern sind die Marktweiber nach Versailles marschiert. Sie haben zwei Wachen getötet, ihnen die Köpfe abgeschlagen und ihre grausigen Trophäen auf Lanzen gespießt. »Wie Äpfel am Spieß«, hat Guillaume den Dienern erzählt, die sich in der vorderen Eingangshalle um ihn geschart hatten, und alle schnauften entsetzt, raschelten mit den Schürzen und flüsterten erregt.

Guillaumes Bericht ist eigentlich nicht für unsere Ohren bestimmt, aber meine Schwestern und ich haben am Türspalt des Musikzimmers gelauscht.

Guillaume ist in Versailles gewesen, wo er eine Botschaft meines Vaters überbringen sollte, als die Nachricht von den heranrückenden Marktfrauen kam. Er behauptet, er habe die Königin persönlich mit dem jungen Dauphin in den Spiegelsaal rennen sehen; die königliche Familie sei nach Paris geflohen und Ludwig XVI. schon so gut wie kopflos.

Die Ärmel kleben mir unangenehm an den Handgelenken. Mein Mund ist trocken. Ich scheuche meine Schwestern auf der anderen Seite des Musikzimmers hinaus und versuche, sie mit simplen Kartentricks abzulenken, aber ich kann mich nicht konzentrieren und lasse das Spiel fallen. Vater hat das Schloss bereits verlassen und sich nach unten ins Palais du Papillon zurückgezogen. Wieder wurde Ma-

man eine Schatulle überbracht, eine Einladung, ihm in die
Tiefe zu folgen. Wieder fing ich sie ab:

Mein Liebling, stand darin, die Schrift unregelmäßig und
voller Tintenkleckse, als hätte Vater bei jedem Buchstaben
innegehalten, um über das nächste Wort nachzudenken.

*Im Schloss seid Ihr nicht mehr sicher. Ich habe Ge-
rüchte vernommen, Briefe erhalten. In Paris braut sich
ein Sturm zusammen, der Blut und Verderben über
Frankreich bringen wird wie seit hundert Jahren nicht
mehr. Bald wird es zu Plünderungen, Tod und Aufruhr
kommen. Der König wird aufs Schafott gebracht werden, die Königin ebenfalls. Eine Welle menschlichen
Abschaums wird sich über das Land ergießen. Aber Du
hast nichts zu befürchten, ma chérie. Für eine solche
Katastrophe habe ich den Palais du Papillon erbaut:
auf dass unser Leben weitergeht und die Schönheit
und Beschaulichkeit unserer Kultur auf ewig erhalten
bleiben, welche Schrecken auch immer die Welt heim-
suchen mögen. Ich verspreche, dass es Dir im Palast
an nichts fehlen wird. Du wirst dort sicher sein, mein
Schatz. Du wirst umsorgt werden.*

Dein Gatte,
Frédéric du Bessancourt

Aber Maman will nicht gehen. Ich habe gehört, wie sie die
Wachen, die Vater nach ihr geschickt hatte, angefleht hat, so
verzweifelt und schrill, wie man es einer so kleinen, zierlichen Person nicht zugetraut hätte.

»Warum?«, habe ich sie heute Morgen gefragt, als ich ihr

allein im oberen Korridor begegnet bin. »Maman, warum gehen wir nicht hinunter in den Palast? Wir brauchen doch nicht lange dortzubleiben, ganz bestimmt nicht. Was hat dich dort so erschreckt?«

Diesmal antwortete sie. Sie nahm meine Hände in ihre und drückte sie, bis meine Finger knackten. »Die Diener«, flüsterte sie. »Sie haben so grausige Gesichter.«

Ich verstand kein Wort von dem, was sie sagte.

6

Um kurz nach halb zwölf erreicht unser kleiner Konvoi Péronne. Auf dem Weg die Hauptstraße entlang blicke ich an den Gebäuden empor, an den mit Efeu bewachsenen Backsteinfassaden, den *boulangeries*, *pâtisseries* und *fleuristes*. Eiskalter Regen tropft von jedem Mansardendach und jeder grünspanüberzogenen Regenrinne. Eine Frau mit leuchtend rotem Kopftuch dreht sich nach unserem Konvoi um und wendet rasch wieder den Blick ab. Es ist sehr still hier.

Ich rechne damit, dass wir an dem winzigen Hotel anhalten, aber wir gleiten weiter die Straße entlang und lassen Péronne hinter uns. Nach etwa zwanzig Minuten fahren wir durch ein hohes schmiedeeisernes Tor. Überwachungskameras drehen sich mit, als wir vorbeikommen. Ich blicke mich um und sehe, wie sich das Tor hinter uns schließt.

Ich klopfe an die Scheibe, die uns von Dorf und dem Fahrer trennt. Keine Antwort. Ich schaue Jules an. Er schläft, die Knie bis zum Kinn angezogen.

Ich betrachte die vorbeiwischenden Bäume, sie sind nackt und winterlich. Die Straße zieht sich lange Zeit schnurgerade dahin. Unser Konvoi aus glänzend schwarzen Autos, die die Äste und den Himmel reflektieren, rollt einem massiven, weißen Gebäude entgegen – einem Schloss, das sich hell vor den schlammigen Grüngrautönen der umgebenden Landschaft abhebt.

Ich stoße Jules mit dem Fuß an und sage leise: »Ich glaube, wir sind da.«

Er wacht nicht auf.

Die Autos halten oben an der halbkreisförmigen Auffahrt vor dem fahlen Château. Die Türverriegelung springt auf.

Ich steige aus, hinaus in die Kälte. Vor und hinter mir öffnen sich Wagentüren und spucken den Typen mit dem roten Iro, die anderen Bodyguards und Will aus. Miss Sei kommt mit klappernden Absätzen auf mich zu.

»Wo sind wir?«, frage ich sie und blicke an der Fassade des Schlosses hoch. Es ist symmetrisch gebaut: zwei Stockwerke, große Fenster. Wahrscheinlich Mitte 19. Jahrhundert. Solide, groß und alt.

»Das ist das Château du Bessancourt. Es gehört den Sapanis«, erklärt Miss Sei. Es ist das erste Mal, dass ich sie reden höre, in einem glasklaren britischen Englisch. Sie öffnet Dorfs Tür und murmelt etwas ins halbdunkle Wageninnere. Dann dreht sie sich wieder zu mir um. »Sie haben es vor einigen Jahren gekauft und es zu restaurieren begonnen. Aus diesem Grund seid ihr hier. Professor Dorf wird es euch drinnen erklären.«

»Augenblick mal, hier wohnen wir?« Jules steigt hinter mir aus, völlig k. o., mit abstehenden Haaren wie eine struppige Katze.

Dorf lacht leise und schält sich aus dem Beifahrersitz. »Allerdings!« Er stampft zweimal auf die gepflasterte Auffahrt. Seine spitzen Lederschuhe sind spiegelblank poliert. »Wir befinden uns hier am Grabungsort. Dreißig

Meter unter uns liegt der Eingang zum sagenumwobenen Palais du Papillon. Ich hielt eine Unterbringung in unmittelbarer Nähe für sinnvoll.«

Ich starre auf die Pflastersteine und blicke dann wieder an dem Schloss hoch. In der blauen Mappe stand, dass das ursprüngliche Schloss in den Revolutionsjahren bis auf die Grundmauern niedergebrannt wurde. Also muss dies ein Neubau sein. Ein merkwürdiger Gedanke, dass hier vor Hunderten von Jahren Franzosen mit Perücken und in Strumpfhosen herumgelaufen sind. Dass es vor uns eine andere Welt gegeben hat, Menschen, die ihr Leben lebten, ohne zu ahnen, was die Zukunft bringen würde. Ich blicke die Zufahrtsstraße entlang, rechts und links sind bis zum Horizont nichts als Bäume und Felder.

Hayden und Lilly kommen zu uns herüber. Lilly plappert unablässig, und Hayden starrt finster vor sich hin, als wolle er am liebsten auf etwas einschlagen.

»Alle da?«, fragt Dorf. In der frostigen Luft klingt seine Stimme wie von Watte gedämpft. »Hört bitte gut zu. Dies hier wird während der Expeditionen unsere Basis sein. Die Sapanis sind zurzeit nicht da, aber wir sind Gäste in ihrem Haus. Bitte benehmt euch dementsprechend. So. Euer Gepäck wird gleich von Angestellten hineingebracht. Kommt mit.«

Lilly schlüpft in eine der Limousinen und schultert ihren Riesenrucksack.

»Er hat gesagt, wir sollen die Sachen hierlassen«, wendet Jules ein, aber sie sieht ihn an, als wolle sie sagen: *Nur über meine Leiche.* Wir folgen Dorf die Treppe hinauf zu den dunklen, glänzend polierten Eingangstüren. Sie sind mit

Schnitzereien von Äxten und Rosen verziert, genau wie das Wappen auf unseren Dokumenten. Wir betreten das hohe, hallende Foyer. Miss Sei und die vier Bodyguards folgen uns. Ich habe immer noch keine Ahnung, wozu die gut sein sollen. Mir ist klar, dass die Sapanis reich und mächtig sind, aber hier werden wohl kaum Paparazzi aus dem Gebüsch springen und uns Mikrophone vor die Nase halten.

Die Wände sind mit dunklem Holz vertäfelt, der Boden mit schwarzweißen Marmorfliesen bedeckt. Drinnen ist es feuchtkalt, und die Luft ist muffig, als hätte das Gebäude lange leergestanden.

Ich trete neben Dorf, der sich freundlich zu mir umdreht und mir lächelnd in verschwörerischem Flüsterton zuraunt: »Anouk, es ist uns wirklich eine Freude, dich bei uns zu haben. Wir befürchteten schon, den letzten Platz nicht besetzen zu können, aber dann kamst du! Und dann auch noch als Mitglied einer so angesehenen Familie. Wir freuen uns, dir diese Möglichkeit bieten zu können.« Dann dreht er sich weg und sagt laut: »Miss Sei wird euch jetzt in eure Zimmer bringen.«

Verwirrt starre ich ihn an, doch er duckt sich lächelnd durch einen niedrigen, reichverzierten Eingang, und mit einem Klicken schließt sich die Tür hinter ihm.

Was hatte denn das zu bedeuten? Mein Herz hämmert schmerzhaft in meiner Brust, ein winziger Trommelschlegel auf Knochen.

»Anouk«, sagt Miss Sei. Ich drehe mich um. Sie steht am Fuß der Treppe und wartet auf mich. »Bitte bleiben Sie bei der Gruppe.«

Sie steigt vor mir die Treppe hinauf, auf zwölf Zentimeter

hohen Absätzen, die knallen wie ein Nagelgewehr. Ich eile den anderen hinterher.

»Das Abendessen wird um Viertel vor sechs serviert.« Miss Sei blickt beim Reden starr geradeaus, die Augen auf einen imaginären Punkt irgendwo hinter uns geheftet. »Es sind noch nicht alle Bediensteten eingetroffen. Ich hoffe, Sie haben Verständnis dafür, wenn es beim Service zu Engpässen kommt. Sie können sich jetzt erst einmal in Ihren Zimmern frisch machen und ausruhen. Um halb sechs treffen Sie in der Eingangshalle wieder mit Professor Dorf zusammen. Das wäre alles.«

Jules wirft einen unsicheren Blick die Treppe hinunter zu den Limousinen und unserem Gepäck. Lilly klopft auf die Tragegurte ihres Rucksacks und lächelt ihn honigsüß an.

Wir erreichen den Flur im ersten Stock. Miss Sei öffnet eine hohe Tür. »Mr. Maiburgh, Mr. Park, Mr. Makra. Dies hier ist Ihr Zimmer. Miss Peerenboom und Miss Watts, bitte folgen Sie mir.«

Sie geht weiter den Korridor entlang, und ich erhasche einen Blick auf ihr Gesicht – es gleicht einer Maske, angespannt und starr. Wenn ich nicht so herzlos wäre, würde sie mir wahrscheinlich leidtun. Teenager zu beaufsichtigen muss eine undankbare Aufgabe für die Chefwissenschaftlerin der Sapani Corporation sein. Ich an ihrer Stelle wäre auch stinksauer.

Wortlos öffnet sie die Tür, sieht uns mit ihren glänzenden Augen auffordernd an, und als ich an ihr vorbei ins Zimmer schlüpfe, nehme ich einen Hauch ihres Geruchs wahr, Bitterlemon und Rosmarin, wie sehr intensive Seife. Darunter verbirgt sich eine andere, verstecktere Note. Etwas Chemisches.

Sobald sich die Tür geschlossen hat und sich Miss Seis Schritte im Korridor entfernt haben, lässt Lilly ihren Rucksack von den Schultern rutschen, stößt einen tiefen Seufzer aus und lässt sich aufs Bett fallen, als sei sie einen Marathon gelaufen. »Ist das abgefahren! Hast du dir die Bude angeschaut? Wie Hogwarts, nur in ungemütlich.«

Ich bleibe stocksteif stehen und sehe mich um. Die Decke ist mindestens viereinhalb Meter hoch. Dunkelgrüne Seide bedeckt die Wände. Der ganze Raum ist üppig mit Quasten und Silberbrokatkissen dekoriert. Auch hier oben ist es kalt. Zwar höre ich das Flüstern eines Belüftungssystems, aber die Wärme muss sich unter der verschnörkelten Stuckdecke stauen, denn hier unten spüre ich nichts davon.

Lilly fängt plötzlich an zu lachen und lässt sich vom Bett runterrollen. »Und, wie findest du die Jungs?« Auf allen vieren krabbelt sie zu ihrem Rucksack und wühlt darin herum. »Hayden ist eingebildet, obwohl ich glaube, dass er damit nur seine Unsicherheit überspielt. Er braucht vielleicht einfach nur Freunde.«

Ich lasse mich nicht zu einer Antwort herab. Lilly macht sich nichts daraus, wie bisher jedes Mal. Sie zieht ein sehr großes Reisenecessaire aus ihrem Rucksack und krabbelt auf Händen und Knien weiter.

»Jules mag ich«, fährt sie fort. »Er ist echt witzig.«

»Natürlich ist er witzig. Schau dir mal an, wie er aussieht. Mit so einem Gesicht würde jeder den Klassenclown spielen.«

Lilly hält inne, dreht den Kopf und wirft mir einen Blick zu, als hätte ich gerade einen Hundewelpen gefressen. »Das ist nicht komisch, Anouk. Echt nicht.« Dann steht sie auf und legt den restlichen Weg zum Badezimmer auf zwei Beinen und mit unbewegter Miene zurück.

»Was ist?«, frage ich und breite die Arme aus, als könne ich schließlich nichts dafür. »Leute, die nach gesellschaftlichen Normen als weniger attraktiv gelten, müssen andere Mittel und Wege finden, um sich beliebt zu machen. Das ist wissenschaftlich erwiesen!«

»Das ist gemein!« Lilly reißt die Badezimmertür auf und verschwindet. Ich höre Wasser rauschen. Als sie das nächste Mal spricht, klingt ihre Stimme tonlos durch die geschlossene Tür. »Hast du eine Ahnung, was das mit den Bodyguards soll?«

Offenbar hat sie keine Lust mehr, mit mir über die Jungs zu reden. Sie scheint also doch nicht ganz so schwer von Begriff zu sein.

»Hab ich mich auch schon gefragt«, erwidere ich. »Vielleicht wollen die Sapanis nicht, dass irgendetwas über den Fund an die Öffentlichkeit dringt.«

»Aber warum laden sie dann Studis hierher ein?« Lilly erscheint in der Tür, wobei sie offenbar Haarfestiger in ihre Haarspitzen einarbeitet.

Ich drehe mich zum Fenster um. Das Licht draußen ist von einem stumpfen Bleigrau, als wäre es schon Abend. Die Bäume bilden ein großzügiges Viereck rund um das Anwesen. Jules hat sich genau dieselbe Frage gestellt wie Lilly. Ich habe ihn abgebügelt, dabei ist die Frage berechtigt. Warum sind wir hier? Warum Lilly, warum ich? Warum die anderen, die alle so verschieden sind? Blaue Mappen in der Post, Wappen im Briefkopf und teures Büttenpapier machen die Sache noch lange nicht plausibel und offiziell. Doch ich habe mir so sehr gewünscht mitzufahren, dass ich mir einredete, alles wäre echt. Wie die Leute, die an Horoskope oder die Wirkung von Kettenbriefen glauben. Wie Leute, die unvernünftig handeln.

Lilly geht ins Badezimmer zurück und ruft heraus: »Das Schloss ist gar nicht richtig eingerichtet, hier fehlt es an allem. Mir gefällt es nicht. Wir haben auch nur ein Handtuch. Hast du mal gecheckt, ob es WLAN gibt?«

Ich mustere das massive Himmelbett, das fast das ganze Zimmer ausfüllt. Aber es gibt nur eines. Dann werde ich wohl auf dem Sofa schlafen müssen.

»Wenn es WLAN gibt, werden wir es wohl kaum benutzen dürfen«, rufe ich zurück, trete ans Fenster und grabe mein Handy aus der Hosentasche. Mindestens zehn WLAN-Netze werden aufgelistet. Alle verschlüsselt.

Ich werfe mein Handy auf das Nachtschränkchen. Lilly kommt mit einer Tasse voll bernsteinfarbener Flüssigkeit aus dem Bad. Sie hält sie mit beiden Händen fest, als könne sie sonst entwischen.

»Hier gibt's Brandy«, sagt sie erstaunt. »Im Badezimmer!«

»Hast du nicht eben gesagt, hier gäbe es nichts?«

»Stimmt, aber Brandy gibt's.«

Sie schlürft aus der Tasse, verzieht das Gesicht und stellt sie auf das Nachtschränkchen. Sie wird einen Ring hinterlassen, aber ich sage nichts. Mein Kopf fühlt sich schwer an. Lilly zieht jetzt einen Wust von Ladegeräten und Kabeln aus ihrem Rucksack. Ich krieche aufs Bett. Nicht unbedingt, um zu schlafen; ich liege nur da, starre an den Betthimmel und treibe an der Grenze zwischen Schlaf und Wachsein hin und her. Irgendwann ziehe ich die Decke über meine Schuhe und Jeans …

Ich träume, dass ich auf einem großen, schwarzen Gewässer dahintreibe. Nur mein Gesicht und meine Hände ragen über die Oberfläche. Dann steigt langsam etwas anderes neben mir auf – ein Mädchen in einem kostbaren, üppigen Kleid, der Rücken wie eine samtene Insel. Ihre kalten Finger streifen meine, und ich fange an, wie wild um mich zu schlagen, während das schwarze Wasser um mich herum brodelt …

7

Als ich aufwache, fühle ich mich wie eine Pennerin. So ist das, wenn man in seinen Klamotten schläft – man wacht auf mit so einem widerlichen, fettigen Gefühl von Kälte und Wärme zugleich und wird an die vielen Male erinnert, an denen man in Flughäfen, Autos oder auf Ellis Winthropes rissiger Ledercouch übernachtet hat und tapfer die Ausdünstungen stinkiger Tennissocken und muffiger Chips erträgt, weil man nicht zu Hause sein wollte, *weil man überall sonst, nur nicht zu Hause sein wollte ...*

Ich blinzle ein paarmal. Rolle mich auf den Rücken. Es ist dunkel im Zimmer.

»Lilly?«

Ich reibe mir die Augen mit den Handballen, schleudere die Schuhe weg und tappe ins Badezimmer. »Lilly, wie viel Uhr ist es?« Das Bad ist komplett mit Marmor ausgekleidet. Eine Seite des Waschbeckens wird bereits vollständig von einem Sammelsurium von Flaschen und bonbonfarbenen Make-up-Tuben in Beschlag genommen. Und da steht auch die Dekantierkaraffe mit dem Brandy, von der Lilly gesprochen hat. Sie ist fast voll, und von Lilly ist keine Spur zu sehen.

Ich dusche mich schnell heiß ab und stecke danach den Kopf ins Schlafzimmer. Lillys Rucksack sieht aus, als hätte er einen ganzen Schrank voller Jeansjacken, Batikklamotten und Federn gefrühstückt und anschließend ausgekotzt, was durchaus verständlich ist. Mein Koffer ist immer noch nicht da. Ich dachte, Dorf hätte gesagt, das Gepäck würde raufgebracht?

Ich schaue zum Fenster hinaus. Es ist inzwischen vollständig dunkel. In das einzige Handtuch gewickelt, eile ich zu meinem Telefon und berühre das Display. *Scheiße.* 17.25 Uhr.

Ich flitze zurück ins Bad und ziehe dieselben Klamotten an, die ich auf dem Flug getragen habe. Skinny Jeans, grob gestrickter grauer Pulli mit Kängurubeutel, Halbschuhe. Hoffentlich ist das Abendessen keine förmliche Veranstaltung. Ich reiße die Tür zum Flur auf ... und hätte Lilly beinahe das Knie ins Gesicht gerammt.

Sie sitzt genau vor der Tür im Schneidersitz auf dem Boden. Jules und Hayden sind auch da. Die drei haben sich unterhalten, verstummen aber abrupt, als ich herauskomme, und starren mich mit aufgerissenen Augen an.

»Hey«, sagt Hayden nach einer Schrecksekunde und grinst sein dämliches Vierzigerjahre-Filmstargrinsen.

Ich gehe um sie herum zur Treppe. »Hey, *Blue Eyes*«, erwidere ich und hoffe, er hört das *Ich hasse dich* heraus.

Ich weiß nicht, warum ich so sauer bin. Ich sollte mich nicht darüber wundern, dass sie nicht mit ihrer Diskussionsrunde gewartet haben, bis ich aufgewacht bin. Was habe ich denn gedacht nach meinem Verhalten in den letzten vierundzwanzig Stunden?

Ich komme an Will vorbei, als er gerade das Jungszimmer verlässt. Ich gehe die Treppe hinunter. Worüber sie wohl geredet haben? Wahrscheinlich über mich. *Anouk ist eine so blöde Kuh, am besten, wir verbrennen sie sofort auf dem Scheiterhaufen.*

In der Eingangshalle ist niemand; die Säulen werfen Schattendreiecke über den Schachbrettboden. Ich lasse mich in einen Sessel vor dem riesigen kalten Kamin fallen und beuge mich über die Armlehne. Wühle einen Korb voller Zeitungen und Zeitschriften durch. Will sprudelt auch nicht gerade vor Freundlichkeit, aber ich wette, über ihn hat sich keiner das Maul zerrissen.

Kurz darauf kommt Lilly herunter und setzt sich neben mich. Sie wirft mir einen verstohlenen Blick zu, als wüsste sie nicht recht, was sie sagen soll.

Ich nehme drei Zeitungen aus dem Korb und lege sie mir fächerförmig auf den Schoß. Sie sind alle von heute, glatt und ungelesen. Die Schlagzeilen berichten von Autounfällen, Terroranschlägen, einem brüskiert aussehenden Staatsoberhaupt. Im Geiste denke ich mir eigene reißerische Schlagzeilen aus:

DER FRANZÖSISCHE PHARAO: KRÖSUS AUS DEM ACHTZEHNTEN JAHRHUNDERT ERBAUTE GRABMAL VON ÄGYPTISCHEN AUSMASSEN

DER MYSTERIÖSE FALL DES VERRÜCKTEN MARQUIS

SPEKTAKULÄRE ENTDECKUNG! UNTERIRDISCHER PALAST. EINE WISSENSCHAFTLICHE SENSATION!

»Ich hatte vor, dich zu wecken«, sagt Lilly ruhig. »Aber ich habe es vergessen. Ich weiß, dass du glaubst, wir hätten über dich geredet, aber ich schwöre dir –«

»Ist mir doch egal«, unterbreche ich sie.

Ich knalle die Zeitungen hin und krame nach meinem Handy. Meine Hosentasche ist leer. Ich habe mein Handy oben liegen lassen. Ich sehe mich nach einer Uhr um. Auf der anderen Seite der Halle steht eine Standuhr, drei Meter hoch, dunkel und schmal, in die Ecke gedrängt wie ein einsamer Gothic-Typ auf einer Sportlerparty. Die Zeiger wandern über ein bleiches Gesicht.

Ich spüre, wie mich Lilly beleidigt ansieht. Ich weiß nicht, was ich machen soll. Die Uhr tickt seltsam laut und abgehackt. Mein Gehirn muss das Geräusch herausgefiltert haben, denn gerade eben habe ich es noch nicht wahrgenommen.

Will kommt die Treppe herunter, sieht Lilly und mich und den leeren Sessel neben uns. Schätzt die Untiefen als zu gefährlich ein. Lehnt sich gegen die Wand.

Hayden und Jules kommen herunter.

Um Punkt 17.30 Uhr öffnet sich eine Tür, und Professor Dorf und Miss Sei schreiten über den Marmorboden auf uns zu.

Aurélie du Bessancourt, 18. Oktober 1789

Hier im Schloss fühlen wir uns wie Geister. Es ist so still; Gärten und Park fallen langsam der Vernachlässigung und dem Schweigen anheim. Wir fünf – Maman, Bernadette, Charlotte, Delphine und ich – lagern apathisch auf Sofas oder zusammengerollt auf den Teppichen. Die Diener wurden alle hinuntergeschickt. Ich habe zugesehen, wie sie sich auf der Treppe drängten, eine Prozession von Köchinnen und Zimmermädchen in schmutzigen Schürzen und schneeweißen Hauben, Lakaien in goldbetresster Livree, Musiker, Perückenmacher und Schneider, die Gesichter starr wie bei einer Beerdigung.

Maman tut so, als sei alles wie immer. Sie kleidet sich für Diners um, die nicht länger serviert werden, und bedankt sich bei nicht vorhandenen Zimmermädchen und Lakaien und versucht uns in einer verzweifelten Pantomime zu suggerieren, dass wir nicht allein und Tausenden von hungrigen, aufgebrachten Bauern ausgeliefert sind.

Gestern bin ich hinunter in den unteren Korridor gegangen und habe das schmale Wandpaneel betrachtet, hinter dem sich der geheime Eingang in den Palais du Papillon befindet.

Ich las Vaters Wahlspruch, der in winzigen Messinglettern, fast unsichtbar, in die Randleiste eingelassen ist: *Hin zu Glück, Sicherheit und immerwährendem Frieden.*

»Wir sollten nicht hierbleiben, Maman«, sage ich, setze mich auf, und alle Köpfe außer dem meiner Mutter wenden sich mir zu. Die Fenster zum Park sind geöffnet. Eine Brise weht flüsternd herein, warm beim ersten Hauch, dann kühl. »Wir sollten die Kutsche nach Croisilles nehmen oder zu Vater hinuntergehen, aber wir dürfen hier nicht allein bleiben. Was ist, wenn auch unser Schloss gestürmt wird?«

Niemand antwortet. Bernadette und Charlotte scheinen die Gefahr gar nicht zu begreifen. Sie brauchten noch nie an einem heißen Tag ohne Sonnenschirm oder an einem kalten Tag ohne Fuchspelz hinauszugehen. Ich befürchte, dass sie sich daher für unangreifbar halten. Delphine ahnt, dass irgendetwas nicht stimmt, aber sie ist mit ihren sechs Jahren noch zu klein; ich brächte es nicht fertig, ihr meine Ängste anzuvertrauen. Maman sollte meine Sorgen teilen, denn sie weiß, worum es geht, doch sie redet nicht mit mir. Sie sollte mir dabei helfen, unsere Flucht zu organisieren und in aller Eile das Château zu verriegeln, aber sie setzt ihren leichtsinnigen Kurs fort wie ein Pferd mit Scheuklappen. Mir ist zum Schreien zumute.

»Wir werden sterben, wenn wir hierbleiben.«

Ich stoße die Worte hervor wie Rammböcke. Delphine, die zu meinen Füßen sitzt, schnappt nach Luft. Charlotte und Bernadette blicken erstaunt von ihren Gedichten auf. Maman sieht mich mit weit aufgerissenen Augen an. Mit zitternder Stimme, aber klar und deutlich erwidert sie: »Jeder muss irgendwann sterben.« Sie dreht sich zum Fenster um, wendet mir ihr schönes Profil zu, und das Sonnenlicht fällt auf ihren langen blassen Hals. »Sie schlagen einem den Kopf ab, sagst du? Das ist ein schneller Tod. Eine Gnade.«

8

Die Flügeltüren öffnen sich, und Dorf geht uns voran in den Speisesaal. Miss Sei ist kurz vorher in einen Gang abgebogen. Ich nehme an, dass sie sich heute Abend nicht unters gemeine Volk mischen wird.

Der Speisesaal wirkt so groß wie ein Tennisplatz. Ein massiver Tisch aus poliertem Walnussholz thront in der Mitte, darauf ein üppiges Arrangement aus Päonien und Treibhaushyazinthen, rechts und links davon Kandelaber. Die Kerzen brennen nicht. Indirektes Licht fällt von den Wänden und der Decke; schmale LED-Streifen verbergen sich hinter Leisten und tauchen den Raum in einen weichen, bernsteinfarbenen Schimmer. Es ist, als hätten wir eine von Tolstois endlosen Dinnerszenen betreten, allerdings in einer Hightechumgebung und ausschließlich von schlechtangezogenen Teenagern bevölkert.

Wir ziehen unsere Stühle zurück. Lilly will sich erst zu Hayden setzen, entscheidet sich dann aber doch lieber für den Platz neben Will. Es folgt allgemeines Füßescharren und Stühlerücken, was Hayden mit gereizten Blicken quittiert. Endlich haben wir alle unsere Plätze eingenommen, und Schweigen legt sich wie Staub über uns.

Dorf räuspert sich. »Eure Eltern wurden inzwischen über eure sichere Ankunft informiert. Wir halten sie weiterhin regelmäßig auf dem Laufenden und schicken ihnen noch vor eurer Rückkehr eine vollständige Akte. Sobald das Medienembargo aufgehoben ist, können sie sich ein umfassendes Bild machen. Ich nehme an, sie werden erfreut sein, von euren Leistungen zu erfahren.«

Ich finde seine Art, mit uns zu reden, widerwärtig – als wären wir hirnlose Idioten, nur dazu da, seinem Auftritt nickend beizuwohnen und zu lächeln.

»Der Palast …«, beginnt Will. Er spielt mit dem Besteck und legt es parallel auf die gestärkte Leinenserviette. »Es muss Jahrzehnte gedauert haben, ihn zu bauen. Für Versailles brauchte man fünfzig Jahre. Wie konnte man ein so immenses Projekt geheimhalten?«

Dorf lächelt. »Konnte man nicht. Jedenfalls nicht ganz. Es gab Berichte über große Baumaßnahmen in Péronne, und zahlreiche Gerüchte machten die Runde. Die meisten Historiker taten entsprechende Überlieferungen jedoch als eines der vielen Märchen ab, die die Pariser Revolutionäre in die Welt gesetzt hatten, um die Aristokraten zu diskreditieren. Ein unterirdischer Palast, prächtig wie der Hof des Sonnenkönigs, aber in dreißig Meter Tiefe – das erschien wohl als allzu phantasievoller und übertriebener Luxus, um ihn für bare Münze zu nehmen.«

»Wann wurde der Palast denn entdeckt?«, fragt Hayden. »Und wie haben Sie davon erfahren?«

»Der Eingang wurde vor etwa zwei Monaten gefunden«, antwortet Dorf. »Rein zufällig. Man hielt ihn zunächst für einen Einsturztrichter. Der für die Restauration verantwortliche Baumeister, ein gewisser Monsieur Gourbillon, stieß eines Morgens mit seinen Arbeitern unten im Weinkeller auf einen drei Meter breiten Krater. Als sie ihn aushoben, fanden sie erst einen Stuhl und dann einen kompletten, vollständig tapezierten Raum. Sie waren auf eines der höhergelegenen Vorzimmer des Palais gestoßen. Monsieur Gourbillon benachrichtigte die Sapanis, und diese wandten sich wiederum an mich.«

Zum Glück haben die Sapanis nicht die Polizei gerufen, sonst gäbe es längst einen offiziellen Bericht und es würde hier von Kriminaltechnikern, Schatzsuchern und sensationsgeilen bärtigen Hipstern mit Hightechkameras wimmeln.

»Aber warum haben die Sapanis Sie und uns hinzugezogen?«, frage ich. Jules wirft mir einen erstaunten Blick zu, als wolle er sagen: *Im Ernst? Du willst das jetzt doch ansprechen?*

»Die Sapanis engagieren sich sehr für die Förderung junger Talente«, antwortet Dorf. »Sie haben zahlreiche Stiftungen ins Leben gerufen und vergeben Stipendien in den unterschiedlichsten Bereichen. Sie wollten euch eine Chance geben.«

»Nett von ihnen. Aber warum sind sie nicht hier im Schloss, wenn ihnen so viel daran liegt?«

Dorf sieht mich merkwürdig an. »Anouk, die Sapanis sind vielbeschäftigte Leute. Ich bin sicher, du hast deine Akte gelesen. Ihr Firmenimperium erstreckt sich über Asien, Europa und die USA. Eine ihrer Technologiefirmen hat möglicherweise den Prozessorchip in deinem Handy, die Motoren in dem Flugzeug, das euch hierhergebracht hat, und das Luftfiltersystem in diesem Raum entwickelt. Gewiss wirst du ihnen verzeihen, dass sie nicht in dem Moment herbeigeeilt kamen, in dem du eingetroffen bist.«

Jules schnaubt und versteckt sein Lachen hinter einem gespielten Hustenanfall.

Ich starre Dorf mit unbewegter Miene an. »Ich erwarte nicht, dass sie wegen mir herbeieilen. Aber wenn es um die Entdeckung eines riesigen unterirdischen Palastes geht? Dann würde ich sehr wohl das Design von Luftfiltersystemen für einen Moment unterbrechen.«

Dorf blinzelt mir zu, und ich hätte ihn am liebsten geschlagen. »Ach tatsächlich? Nun, ich werde es ihnen ausrichten. Doch bis dahin haben sie euch mir anvertraut und die Leitung der Expedition auch, und damit wirst du dich zufriedengeben müssen.«

Er hat meine Frage nicht beantwortet. In keiner Weise. Lilly sieht mich an und runzelt die Stirn. Meinetwegen oder wegen des Unsinns, den Dorf verzapft? Das Schweigen zieht sich hin …

… bis Kellner hereinkommen, in cremefarbene Satinsmokings mit Goldknöpfen und kleinen Fliegen gekleidet. Jeder von ihnen trägt zwei mit silbernen Hauben bedeckte Platten herein. Sie servieren sie uns, nehmen schwungvoll die silbernen Hauben ab und defilieren so schnell wieder hinaus, wie sie hereingekommen sind. Der köstliche Duft lässt mich Dorf einen Moment vergessen. Vor mir stehen drei Schüsseln aus feinstem Porzellan, eine mit Suppe, eine mit Garnelen und eine mit gedämpftem grünen Gemüse, bestreut mit roten Safranfäden. Ich rieche gerösteten Knoblauch, süßen Chili und Frühlingszwiebeln.

Die Atmosphäre bei Tisch lockert sich spürbar auf; Besteck klappert, und Porzellanschüsseln werden hin und her geschoben.

»Ist schon mal jemand unten gewesen?«, fragt Hayden zwischen zwei Bissen. »In der Akte heißt es, der Palast sei versiegelt. Haben Sie ihn von innen gesehen?«

»Nein.« Dorf isst nichts. Er fährt mit den Fingern über eine glänzende Fläche neben seinem Teller, und ich erkenne jetzt, dass dort ein rasiermesserdünnes Tablet liegt. »Aber wir haben das Wappen der Bessancourts im Vorzimmer gefunden. Ein Schmetterling mit Augen auf den Flügeln. Dieses Wappen wurde seit 1792 nicht mehr verwendet, daher war es kein weiter Weg bis zu der Annahme, man sei tatsächlich auf den Palais du Papillon gestoßen. Wir haben Bodenradarmessungen durchgeführt und einen groben Umriss des Palastes erstellt. Die Vorzimmer führen zu Schächten, die wiederum zu einer Tür führen, die wir für den Haupteingang halten, aber weiter sind wir noch nicht gekommen.« Dorf hebt den Blick. »Ja, Hayden, er ist versiegelt. Wir haben keine Ahnung, was sich hinter der Tür befindet.«

Er hält das Tablet hoch. Wir sehen ein Foto, so überbelichtet, dass es fast schwarzweiß aussieht. Es zeigt hohe, üppig vergoldete Flügeltüren. Die Griffe sind mit einem dicken Seil verknotet, und ein dunkler, faustgroßer Klumpen klebt in der Mitte. Vermutlich ein Wachssiegel.

Schweigen legt sich erneut über die Tischrunde. Ich starre das Display an. Morgen werden wir vor dieser Tür stehen. Das Siegel brechen. Hindurchgehen.

»Also ...« Ich schlucke eine Garnele, ohne zu kauen. Es tut weh. »Die Bessancourts müssen diese Türen versiegelt haben, nachdem sie den Palast verlassen haben, oder? Sie sind nach England geflüchtet und waren dort glücklich bis an ihr Lebensende. Das heißt, wir werden da unten nicht auf einen Haufen Leichen stoßen.«

»Stimmt, wir glauben tatsächlich, dass die Bessancourts nach England entkommen sind. 1802 verstarb in North Yorkshire ein Mann namens Friedrich Besserschein. Im Gemeindearchiv sind vier überlebende Töchter registriert sowie die Tatsache, dass Mr. Besserschein aus dem Ausland stammte und im Jahr 1734 geboren war, demselben Jahr wie Frédéric du Bessancourt. Daher gehen wir davon aus, dass es sich bei diesem Besserschein um Frédéric du Bessancourt gehandelt hat. Ihr werdet also bei der Expedition nicht auf Leichen stoßen, es sei denn, der Palast wäre luftdicht verschlossen und bei der Versiegelung wäre ein fachkundiger Einbalsamierer zugegen gewesen.«

Dorf legt das Tablet beiseite und lächelt. »Nun, was wir aber finden werden, sollte wesentlich interessanter sein. Der Marquis hat sehr wahrscheinlich alles hinuntergebracht, was er retten wollte, darunter eine umfangreiche Sammlung von Kunstwerken und Manuskripten sowie Diener und Frau und Kinder.« Dorf kichert, als sei es wahnsinnig komisch, eine Ehefrau und Diener mit Gemälden und Manuskripten gleichzusetzen. »Wahrscheinlich haben sie auch Schmuck, Kleidung, Lieblingsinstrumente, Spielzeug, Tagebücher und Medikamente mitgenommen. Wenn er auch nur ansatzweise erhalten ist, wird der Palais du Papillon wesentlich mehr sein als nur ein architektonisches Wunder. Er birgt einen Schatz an historischen Details, ein regelrechtes historisches Festmahl aus Zeugnissen für das Leben im Frankreich des achtzehnten Jahrhunderts – die, völlig unverändert, darauf warten, von uns studiert zu werden.«

Die Kellner sind zurück. Ich habe kaum Gelegenheit gehabt, von meiner Suppe zu kosten, aber sie nehmen sie mir weg und stellen ein neues, mit einer Silberhaube bedecktes Gericht vor mich hin. Diesmal verbirgt sich zarter grüner Spargel darunter, so fein und farbintensiv wie Kinderspielzeug aus Plastik. Daneben ein gehäufter Silberteelöffel Kaviar. Sauce Hollandaise in einer Muschelschale.

»Morgen früh erhaltet ihr eure Ausrüstung«, fährt Dorf fort. »Den Zeitplan findet ihr oben in euren Zimmern, wenn ihr gleich hinaufgeht. Wir werden um Punkt neun Uhr vom Weinkeller aus in den Palast aufbrechen, daher solltet ihr ausreichend schlafen und gut frühstücken. Stellt euch den Wecker und …« Er beendet den Satz nicht; irgendetwas scheint ihn zu amüsieren. »Und wer weiß, wie es von da aus weitergeht? Was auch immer geschieht, was immer wir dort unten finden werden, dies wird das Abenteuer eures Lebens werden.«

Jules und Hayden werfen einander einen genervten Blick zu. Will schaut ernst auf seinen Teller. Lilly isst eine einzelne Spargelstange und wirft sich das Haar über die Schulter. Ich weiß nicht, was ich tun soll. Mir kommt das alles sehr merkwürdig vor. Irgendetwas stimmt hier nicht, ich weiß nur noch nicht, was.

Aurélie du Bessancourt, 23. Oktober 1789

Wir hatten uns in der Bibliothek eingeschlossen, als wir sie kommen hörten: Schwere Stiefel polterten durch die unteren Räume, Stimmen riefen einander etwas zu. Seit Tagen habe ich ängstlich darauf gewartet, dass irgendwann Fremde der Zufahrt von der matschigen Straße aus folgen, hungrige Bauern mit Elsteraugen. Dass sie Läden aufbrechen und durch die Fenster hereinklettern. Jetzt, wo sie tatsächlich hier sind, krampft sich mein Herz vor Angst zusammen.

»Vielleicht sind es Monarchisten«, sage ich hoffnungsvoll.

Niemand antwortet. Maman sitzt mit versteinertem Gesicht reglos da wie eine Springbrunnennymphe, die Arme eng um Delphine geklammert. Bernadette und Charlotte schmiegen sich auf dem Sofa aneinander. Wir alle starren die verschlossenen Türen an.

Die Schritte nähern sich dem ersten Stock – lautes Hämmern von Schusternägeln auf den Treppenstufen dringt herauf bis in den Korridor. Als sie die Bibliothek erreichen, kann sich Delphine nicht länger beherrschen; ein Laut entschlüpft ihrer Kehle, hoch und durchdringend wie das Miauen eines Kätzchens. Man kann es unmöglich überhören. Der Türgriff zur Bibliothek wird heruntergedrückt. Fäuste trommeln wütend gegen die Türen. Ich sehe, wie das Holz an den Angeln splittert. Wenn niemand aufschließt, werden sie die Türen eintreten.

Zwei Männer stürmen herein, gekleidet in Vaters Farben, Rot und Gold. Einer von ihnen ist schon alt, verwittert wie die Galionsfigur eines Schiffes. Der andere ist kaum älter als ich. Sein Gesicht ist wie aus Stein gemeißelt, und unter seiner Mütze kringelt sich eine dunkle Locke über die Stirn. Beide Männer sind schweißnass und außer Atem.

»Madame Célestine«, sagt der Jüngere. »Mesdemoiselles.« Er begrüßt meine Schwestern und mich mit einem knappen Nicken. »Sie kommen.«

Maman setzt sich mit angstgeweiteten Augen in ihrem Stuhl auf, starr wie ein Kaninchen vor der Schlange, während Delphine sich an sie klammert und die Wachen nicht aus den Augen lässt. Bernadette und Charlotte starren wie versteinert vom Sofa herüber, nur der Spitzenbesatz an ihren Ärmeln zittert.

Ich stehe auf. »Seid Ihr sicher?«, frage ich mit krächzender Stimme, und ich räuspere mich. »Vater hat gesagt, sie würden nicht herkommen. Er sagte, er hätte eine Vereinbarung getroffen. Einen Pakt mit der Nationalversammlung, damit man uns in Ruhe lässt.«

Der alte Wachmann ergreift das Wort, seine Stimme ist rauh und belegt. Ich habe Sorge, er könnte auf den Boden spucken. »Wenn Ihr es wünscht, Madame, tretet hinaus und informiert die Menge über diese Vereinbarung. Während wir hier reden, marschieren sechshundert Fischweiber aus Paris durch den Park auf das Schloss zu. Ich bin sicher, sie wären hocherfreut, Euch kennenzulernen.«

Das Gesicht des alten Wachmanns ist zerfurcht und

pockennarbig von Alter und Krankheit. Er gibt sich keine Mühe, besonders höflich zu sein.

»Was ist mit der Lieferantenanfahrt hinter den Küchen?«, frage ich. »Seid Ihr zu Pferd gekommen? Könnt Ihr eine Kutsche fahren?«

Die Wächter wechseln Blicke. »Mademoiselle, hier liegt ein Missverständnis vor«, erwidert der jüngere. »Wir kommen nicht von den Ländereien. Der Marquis hat uns geschickt, wir kommen von …«

Von unten. Aus dem Palais. Das bedeutet, dass es zu spät für eine Kutsche ist. Zu spät zur Flucht. Vater wird von der Revolution nicht verschont werden. Seine Bestechung hat nichts genützt.

Ich wende mich zu Maman um, doch sie hat sich bereits aufgerichtet. Ihr Rosenblütenmund ist verzerrt. »Ich werde nicht gehen«, stößt sie hervor, bevor ich ein Wort sagen kann. »Aurélie, ich werde das nicht tun!« Sie beugt sich über Delphine, streichelt beinahe fieberhaft ihre Wangen und ihr Kleid. »Bitte mich nicht darum, Aurélie, bitte mich nicht …«

Von draußen dringt jetzt Lärm herein. Die Sonne ist fast untergegangen; das letzte bronzefarbene Glühen verblasst hinter den Pappeln. Ich höre sie näher kommen, schreiend und singend, rauhe Stimmen, die im stillen Park widerhallen.

Mit einem Satz bin ich bei Maman, packe sie an der Hand und ziehe sie zur Tür.

»Ich bitte dich nicht, Mutter. Wir werden nicht sterben. Weder will ich es, noch werde ich es dir erlauben. Beeil dich!«

9

Wieder werden unsere Teller abgeräumt. Man setzt uns winzige Fingerschalen mit Lavendelwasser vor, gefolgt von makellos geformten, rosafarbenen Kugeln Granatapfelsorbet in Martinigläsern.

Ich esse meines gerade auf und fahre mit dem Löffel am Glasrand entlang, als einer der Kellner zurückkommt. Er trägt ein Tablett mit Kristallwassergläsern auf kleinen Zinnuntersetzern. Auf den Untersetzern liegen Medikamentenkapseln, dunkelrot und schimmernd wie Blutstropfen. Der Kellner gibt jedem von uns einen Untersetzer und verschwindet lautlos. Ich erhasche einen Blick auf eine Tätowierung in seinem Nacken: ein schwarzer Schnörkel, halb unter seinem Kragen versteckt.

»Was ist das?« Ich nehme eine der Kapseln in die Hand und sehe, wie sich die Luftblase in ihrem Inneren bewegt.

Dorf greift nach seinem Untersetzer, legt die Hand auf den Mund, wirft den Kopf in den Nacken und schluckt. »Der Palast liegt dreißig Meter unter der Erdoberfläche«, sagt er und tupft sich den Mund mit der Serviette ab. »Stehende Luft kann sehr gefährlich sein. Diese Kapseln enthalten ein Gegenmittel gegen mögliche Mikroben und Toxine, die sich in einer versiegelten Umgebung entwickeln können.«

Sein Untersetzer war leer. Das weiß ich genau. Der Kellner hat sechs Gläser und sechs Untersetzer gebracht. Auf einem davon lagen keine Kapseln. Dem von Dorf.

Mich überläuft es kalt. »Das ist doch lächerlich«, erwidere ich und versuche, das Zittern in meiner Stimme zu unterdrücken. »Man kann sich gegen vergiftete Luft nicht mit ein paar Tabletten immunisieren. Wir werden sie sofort verdauen und den Wirkstoff im Laufe der Nacht abbauen.«

Dorfs Blick fällt auf mich, und zum ersten Mal entdecke ich Ärger in seinen ruhigen grauen Augen. Er entgegnet nichts. Lillys Blick wandert zwischen uns hin und her. *Hat sie dasselbe gesehen wie ich?*

Doch Hayden greift bereits nach seinen Kapseln. »Runter damit«, sagt er und wirft sie ein. Ich starre ihn an und beobachte den messerscharfen Umriss seines Kiefers, während er schluckt. Irgendwie erwarte ich, dass ihm jetzt Klauen und Hörner wachsen. Oder dass er vielleicht vom Stuhl fällt. Sich auf dem Boden windet. Doch nichts dergleichen geschieht. Er klopft sich zweimal auf die Brust und grinst mich an, als wolle er mir damit beweisen, wie dämlich ich bin.

Bin ich das?

Lilly und Jules greifen ebenfalls nach ihren Kapseln. Sie sehen sich kurz an, dann schluckt Jules seine, und Lilly, die ihm in nichts nachstehen will, folgt seinem Beispiel. Wieder lächelt Dorf mich an, mit diesem widerlichen, abfälligen Grinsen. »Siehst du?«, sagt er. »Alle haben es überlebt.«

Aus dem Augenwinkel heraus sehe ich, wie Will seine Kapseln kritisch mustert. Spürt wenigstens er die merkwürdige Atmosphäre?

Nein. Auch er schluckt sein Medikament.

Ich starre die eine Kapsel an, die in meiner Hand liegt.

Rot–dunkel–rot–dunkel. Plötzlich erscheint sie mir wie eine Punktur, wie Blut, das aus meiner Haut quillt.

Nein, ich spinne nicht. Hier stimmt was nicht. Ich nehme die andere Kapsel auch in die Hand und schiebe meinen Stuhl zurück. Die Beine schaben quietschend über den Fußboden.

Hayden beginnt, sich seltsam zu bewegen, als wäre er unter Wasser. Der Kopf kippt ihm auf die Brust. Er steht träge auf, lacht seltsam, aber es ist nicht komisch. Alle starren ihn an. Alle, außer Dorf.

Seine Augen bohren sich in meine.

»Anouk?«, sagt er, und seine Stimme ist schneidend. »Setz dich. Nimm die Kapseln.«

Aurélie du Bessancourt, 23. Oktober 1789

Wir hetzen die Treppe hinunter, tiefer und tiefer unter die Erde, und ich sehe nichts anderes vor Augen als Maman, die sich von uns abwendet, während das Blut ihr Gewand durchtränkt.

Sie haben sie erschossen. Die Kugel ist durch Fleisch und Sehnen geschlagen und zwischen den perlmuttglänzenden Schlingen ihres Darmes stecken geblieben wie ein Stück Kohle, ein schwarzer Samen, aus dem der Tod keimt. In fünf Minuten wird sie keine Luft mehr bekommen. In zehn wird sie für immer von uns gegangen sein …

»*Aurélie!*«, hat sie geschrien. »Lass mich nicht zurück!« Aber ich habe es getan.

Oben höre ich die Flammen brausen, die das Schloss verschlingen. Sie werden allmählich leiser, während wir das Chaos und das Schießpulver hinter uns lassen und gänzlich in eine andere Welt eintauchen.

Uns leuchtet nur die offene Laterne in der Hand des alten Wachmanns. Ihr heißer Atem schlägt mir ins Gesicht – Tierfett, schmutzige Lappen und Petroleum. Bernadette eilt mit gerafften Röcken hinter ihm her, dicht gefolgt von Charlotte, in gleicher Haltung, wie immer der Schatten ihrer Schwester, selbst in der Not. Dann komme ich mit Delphine. Der junge Lakai bildet das Schlusslicht und drängt uns panisch weiter.

10

Ich setze mich nicht. Ich schiebe die Kapseln mit der Zunge hinter meine Zähne. Schmecke die glatte, kalte Gelumhüllung. Dann renne ich hinaus ins Foyer.

Das stand nicht im Vertrag. Drogen, nein, die waren nicht Teil der Vereinbarung. Ich hole jetzt mein Handy und rufe irgendjemanden an. Ich weiß zwar noch nicht wen, aber irgendjemand muss erfahren, wo wir sind.

»Gibt es ein Problem, Anouk?« Dorfs Stimme hallt durch das Foyer. »Wenn es ein Problem gibt, rede mit mir.«

Ich sehe eine Glastür am anderen Ende des Foyers, die hinaus zur Allee und zu den Feldern führt. Ich könnte versuchen, sie zu erreichen. Ich schmecke etwas Bitteres auf meiner Zunge. Die Kapseln lösen sich auf, und der Wirkstoff sickert in meinen Mund.

Mist, Mist, Mist, spuck sie aus, hau schnell ab …

Ich drehe mich um und sehe, dass Miss Sei quer durch das Foyer auf mich zumarschiert. Begleitet wird sie von dem nordischen Gott und dem Typen mit dem roten Irokesen. Sie sehen bizarr aus, gefährlich, die Gesichter gestreift von einfallendem Mondlicht und Schatten.

Ich huste und spucke einen dicken roten Flatschen auf die Treppe, wische mir den Mund ab und stolpere hinauf.

Ich bin so langsam. Was ist los? Ich schmecke die Kapsel

immer noch, spüre, wie meine Wangen taub werden. Ich erreiche den oberen Korridor. Wanke ihn entlang, wobei ich mich mit einer Hand an der Wand abstützen muss.

»Was ist denn los, Anouk?« Dorfs Stimme dringt verlangsamt und schwammig von unten an mein Ohr. »Warum ruhst du dich nicht ein bisschen aus, es war ein langer Tag …«

Ich schwöre, dass ich hören kann, wie er dabei grinst. Ich habe Mühe, den Türgriff zu finden, und stolpere in mein Zimmer. Ich brauche mein Handy, muss Penny anrufen …

Ich pralle gegen den Beistelltisch und werfe fast die Lampe um. Fahre mit der Hand über die Marmorplatte. Die Tür steht weit offen. Ich höre die anderen draußen im Korridor. Wo ist mein Handy? Ich wirble herum, wacklig auf den Beinen, und blicke mich im Raum um.

Ich sehe die Übergardinen. Stühle. Kissen. Die Bettdecke, glattgezogen. Lillys monströser Wanderrucksack ist verschwunden. Das Bett ist gemacht. Auf dem Mahagoninachttisch ist ein ringförmiger Abdruck.

Ich schleppe mich zur Badezimmertür. Taumle gegen den Türrahmen. Ein dumpfer, pulsierender Schmerz explodiert in meinem Kopf. Das Waschbecken ist geputzt und leer. Keine Mascara, keine Kosmetiktücher, kein Reisenecessaire. Alles wurde gesäubert. Abgewaschen.

Das Pulsieren wird zu einem Hämmern, das meine Gedanken übertönt. Ich liege auf dem Fußboden. Ich sehe, wie sich Schuhe nähern, schwarz und glänzend, wie Käfer, die auf mich zukrabbeln. Mein Blickfeld ist abwechselnd verschwommen und klar, verschwommen und klar.

Nein, bitte, Mom, Dad, Penny, so helft mir doch …
Dann bin ich weg.

Auf der Treppe zum Palais du Papillon, 15 Meter unter der Erde, 23. Oktober 1789

Im Geiste sehe ich Maman den Korridor entlangkriechen. Ihr wunderschönes Gewand ist mit Blut und Ruß befleckt. Sie hustet, schluchzt. Asche umwirbelt sie wie ein Wintersturm und erfüllt die Galerie. Bedeckt ihr Gesicht und legt sich auf ihre Wimpern. Verwandelt Maman in eine weißgraue Statue. In der Ferne lodern die Flammen, glühend heiß wie in der Hölle.

Wir können Maman doch nicht allein zurücklassen!

Ich bleibe stehen. Der junge Wächter prallt gegen meinen Rücken. Delphine schreit vor Überraschung auf.

»Wir müssen umkehren«, flüstere ich. »Wir müssen Mutter holen.«

»Mademoiselle, wir können nicht …« Der junge Wächter versucht, mich weiterzudrängen, aber ich kralle die Finger in das Gestein auf beiden Seiten und rühre mich nicht vom Fleck. Ich bin eine Närrin, ich weiß es, aber es geht um meine Mutter! In Versailles sind zwei Wachleute ermordet worden, und die waren nicht einmal adelig. Ich bete zu Gott, dass sie Maman noch nicht geköpft haben.

»Mademoiselle, wenn wir umkehren, wird man uns alle töten!« Das Gesicht des jungen Wächters im Lampenschein wirkt seltsam feingeschnitten und sein Gesichtsausdruck nicht unfreundlich. Seine Worte perlen von mir ab wie Wasser.

»Ich werde allein gehen, wenn Ihr mir nicht helft. Aber ich werde sie nicht zurücklassen, weil sie sonst verbrennt.«

»Bitte, Mademoiselle ... Baptiste!«, ruft der junge Wächter dem älteren nach. *»La demoiselle, elle ...«*

Ich höre, wie der alte Wächter die Stufen hinaufstapft, sich an meinen Schwestern vorbeidrängt. Das leise Rauschen seiner aufflackernden Laterne. Ich wende den Blick nicht von dem jungen Soldaten ab.

»Bitte, helft mir«, sage ich mit mitleiderregend dünner Stimme. »Wir können sie nicht zurücklassen. Wenn mein Vater hier wäre und erführe, dass wir sie den Revolutionären überlassen haben, würde er ...«

Der alte Wächter packt mich am Handgelenk und zerrt wild an mir. »Ihr Vater wird gar nichts tun«, zischt er. »Die Marquise wurde vom Anblick ihres brennenden Heims in die Hysterie getrieben. Sie war nicht zur Vernunft zu bringen, rannte zurück, um ihre Juwelen zu retten, und wurde getötet. Das ist alles, was Euer Vater erfahren wird, ist das klar?«

Seine Zähne glänzen wie Porzellan in seinem ledrigen Gesicht. Ich weiche vor ihm zurück, versuche mich loszuwinden, aber seine Finger umklammern mich nur noch fester, graben sich in meine Haut.

»Mademoiselle, ich habe Euch gefragt, ob das klar ist. Ich nehme an, Ihr habt die Frage trotz meines groben Bauernfranzösischs verstanden.«

»Ich glaube nicht, dass es Euch geziemt, mich herumzukommandieren, Monsieur. Ihr braucht nicht mitzukommen, wenn Ihr es nicht wünscht, aber ...«

Der alte Wächter verdreht mein Handgelenk derart, dass mein Ellbogen nach oben zeigt, und ich schreie vor Schmerz laut auf. Meine Augen huschen zu meinen Schwestern. Wie gern hätte ich ihnen diesen Anblick erspart! Sie starren zu mir hoch, Charlotte mit offenem Mund.

Irgendwo hoch oben ertönt ein lautes, vielfach widerhallendes Krachen. Der alte Wächter lässt mich los, und ich stolpere, halte mich an Delphine fest. »Weiter!«, befiehlt er. »Schnell.«

Und so eilen wir weiter die Treppen hinunter. Hinter meinen Augenlidern sammeln sich heiße Tränen. Verwirrung und Angst zurren meinen Magen zu einem Knoten zusammen. Ich konzentriere mich auf die Jacke, die sich über dem Rücken des alten Wächters spannt, den Laternenqualm, der in stinkenden Wolken die Treppe heraufwallt, den Ruß, der in Flocken auf die Nacken meiner Schwestern fällt – wie Flöhe. *Maman, bitte, bitte, sei in Sicherheit!*

Wir passieren einen Bogengang. Das Atmen fällt jetzt schwer. Zwar ist es hier nicht warm, aber meine Haut fühlt sich unter den Schichten von Satin und Spitze klebrig an. Die Treppenstufen werden breiter und sind nicht mehr so steil. Alles um uns herum besteht aus rauhem, hässlichem Stein.

Wir erreichen das Ende der Treppe und hasten durch einen Tunnel, rund und gerippt wie der Brustkorb eines Wals. Am Ende sehe ich einen würfelförmigen Raum, sämtliche Wände verspiegelt. Jemand steht darin. Ein Mann. Meine Hand schließt sich fester um die von Delphine.

Die Wächter treiben uns voran.

Die Schultern des Mannes sind so breit, dass die Nähte

seines schwarzen Gehrocks fast aufplatzen. Seine Arme wirken baumstark. Sein Rücken ist uns zugewandt, aber jetzt erkenne ich ihn: Graf Havriel. Der schweigende Riese an meines Vaters Seite, der Verwalter seines großen Reichtums und Hüter seiner Geheimnisse.

Graf Havriel dreht sich zu uns um. Er ist seltsam elegant, trotz seiner Größe, wie ein Tänzer. Sein Gesicht ist eckig und ernst, umrahmt von einem akkurat getrimmten Bart. Er ist beinahe so alt wie Vater, aber nicht halb so verlebt.

»Mesdemoiselles«, sagt er, kommt auf uns zu und legt die Hand an die Taille, als wolle er sich verbeugen.

Plötzlich hält er inne. Seine Augen huschen über unsere schmutzige kleine Gruppe: den alten Wachmann, Charlotte, Bernadette, Delphine. Sein Blick bleibt an mir hängen.

»Wo ist Lady Célestine?« Seine Stimme ist sanft.

»Sie ist in ihre Gemächer zurückgerannt, Monsieur«, antwortet der alte Wächter schnell. »Wir konnten es nicht verhindern, sie …«

Havriel erstarrt. »Sie ist noch im Château?«

Der alte Wächter tritt von einem Fuß auf den anderen, antwortet aber nicht. Der jüngere nickt, ein Mal.

Havriels Augen zucken, nur ganz leicht, ein Blinzeln, ein Fokussieren. Und jetzt grollt er, und ich spüre, wie Delphine neben mir zusammenzuckt. »*Non*, ihr geistesschwaches Pack! Was habt ihr bloß getan?«

Er beginnt, hin und her zu wandern. Es ist kaum Platz in dem kleinen Spiegelzimmer, aber er geht in engen Kreisen. »Ihr müsst sie holen. Holt sie sofort herunter!«

»Monsieur, sie wollte nicht!«, erwidert der alte Wächter verzweifelt. »Sie war hysterisch, sie hat sich geweigert!«

Havriel bleibt stehen, wirbelt herum und sieht den jungen Wächter an. Seine Augen sind dunkel und schleudern Blitze wie Gewitterwolken. Ich habe ihn bisher nur ruhig erlebt – ganz gleich, ob bei privaten Anlässen oder bei Staatszeremonien mit König Ludwig und seiner österreichischen Gattin. Während alle anderen aufgetakelt herumstolzierten wie Pfauen, war Havriel der ruhende Pol, eine strenge Gestalt in Schwarz, eine riesige schweigende Präsenz, die an ihrem Wein nippte und in Vaters knotiges rotes Ohr sprach.

»Ihr werdet sofort nach oben zurückkehren«, sagt er, und plötzlich klingt seine Stimme gefährlich und tief. »Ich habe den Befehl, das Palais du Papillon zu versiegeln. Kehrt Ihr allein zurück, werdet Ihr ausgesperrt, und glaubt mir, Eure Rolle bei der Rettung unserer lieben *noblesse* wird von Euresgleichen in Paris nicht geschätzt werden.«

Der junge Wächter umklammert seine Muskete. Er schluckt und starrt Havriel an. Der ältere Wächter sieht ihn ebenfalls an, aber in seinen Augen liegt ein erschreckender Ausdruck, eine Mischung von Angst und tiefem Hass.

»Ihr schickt uns in den Tod wegen einer Verrückten«, beginnt er, aber Havriel wirbelt zu ihm herum und bellt: »Geht! Und betet, dass sie noch am Leben ist!«

Die beiden Wächter verlassen uns, ducken sich durch den Durchgang und rennen dann los. Ihre Silhouetten verschwinden durch den Tunnel.

Sobald das Geräusch ihrer Schritte verhallt ist, sinken Havriels Schultern in sich zusammen. Er dreht sich zu uns um, und die vielen tiefen Furchen in seinem Gesicht werden weich. Doch sein Blick ist sorgenvoll und ein wenig hilflos, als wüsste er nicht, was er mit drei schluchzenden und einem reglos starrenden, aufsässigen Mädchen anfangen soll. Ich weiß auch nicht, was ich mit ihm anfangen soll. Ich nehme Delphine an den Schultern und drehe sie zu mir. »Alles wird gut«, flüstere ich ihr ins Ohr. »Sie gehen Maman holen. Sie bringen sie sicher herunter.«

Ich wende mich an Havriel und raffe all meinen Mut zusammen. Havriel hat eine Glocke aus einer seiner Taschen gezogen. Er neigt den Kopf zu mir, als wolle er sich für das, was als Nächstes geschieht, entschuldigen. Er läutet die Glocke, und ein Klang ertönt, der die Luft zerteilt wie ein zitternder Silberfaden. Gleich darauf höre ich Schritte, die sich eilig nähern. Nicht von der Treppe her. Von irgendwo jenseits der Spiegel. Aus dem Palais du Papillon.

»Kinder«, sagt Havriel. »Stellt euch einander gegenüber. Rasch!«

Mein Magen krampft sich zusammen. »Wie bitte?«

»Tut, was ich euch gesagt habe«, sagt er, zündet mit einer schnellen Bewegung eine Lampe an und reguliert die Flamme.

Ich ziehe Bernadette an mich und positioniere Charlotte ihr gegenüber. Bei jeder anderen Gelegenheit würde mich Bernadette anzischen, sie sei nur zwei Jahre jünger als ich und ich hätte kein Recht, sie herumzukommandieren. Aber sogar sie weiß, dass jetzt nicht der richtige Zeitpunkt ist zu streiten. Ich stelle Delphine vor mich und versuche, mir meine schreckliche Panik nicht anmerken zu lassen.

Menschen betreten den Raum. Ich höre ihren Atem, das Rascheln von gestärktem Leinen, das Tappen von Schritten auf Stein. Ich möchte am liebsten schreien, so nahe sind sie mir, so erdrückend ist das Gewicht ihrer Körper in diesem winzigen Raum.

Ich blicke in die Spiegelwand hinter Delphine. Ich sehe Maman, verschwommen im Glas. *Die Diener haben so schreckliche Gesichter,* flüstert sie.

Es ist nicht Maman. Es ist Havriel und jemand anders, und er murmelt: »Schnell, schnell!«, und jetzt spüre ich einen Atemhauch im Nacken und das Kratzen von Stoff. Ein Tuch gleitet an meinem Haar herunter.

»Was ist das?« Meine Stimme zittert. »Ich will nicht, dass mir die Augen verbunden werden! Ich will nicht …«

Es ist keine Augenbinde. Es ist ein Sack. Das schwarze Tuch gleitet über meine Augen und bläst den Raum aus wie eine Kerze. Hände drehen mich im Kreis. Ich muss Delphine loslassen.

»Delphine?«

Ich werde gezwungen zu gehen, mitgeführt wie ein Bündel.

»Delphine, wo bist du?« Ich taste blind umher, finde sie aber nicht.

Wovor hast du dich gefürchtet, Maman? Was ist hier unten?

An meiner Seite stößt Bernadette einen leisen Laut aus. Ich versuche sie zu berühren, aber jemand fasst mich an der Schulter und drängt mich rasch voran. Wir passieren eine Tür. Ich spüre ihre Form, den Übergang von einem Raum zum nächsten.

»Halte die Arme bei dir«, sagt Havriel plötzlich irgendwo zu meiner Linken.

Ich presse die Arme fest gegen meinen Körper, und ein

schwirrender, tröpfelnder Klang umgibt mich, als wäre ich gerade in eine Tropfsteinhöhle getreten. Wir gehen viele Minuten lang. Der Raum fühlt sich nicht länger eng und erstickend an, sondern groß und kalt. Ich höre das Quietschen sich öffnender Türen. Und jetzt sind wir in einem Zimmer, und ich spüre die intensive Wärme eines brennenden Feuers. Ich rieche Lampenöl, gewürzten Wein und Holz. Ich rieche …

»Frédéric?«, fragt Havriel, und mein Herz zieht sich zusammen.

Vater!

Ich rieche seinen Duft. Ich kann an den Fingern einer Hand abzählen, wie oft ich mit ihm gesprochen habe, aber sein Duft, der im Château zurückblieb, wenn er die Säle durchwandert hatte, die Spuren davon an Mutter, wenn sie so traurig und geisterhaft wirkte: den würde ich überall wiedererkennen. Es ist der Duft von Rosen, Veilchen, das süße, schwere Aroma von Lilien kurz vor dem Verwelken. Ein berauschender, öliger Duft, der aus jeder seiner Poren dringt.

»Frédéric«, wiederholt Havriel und entfernt sich von uns. Seine Stimme ist sanft, als tröste er ein kleines Kind. »Frédéric, deine Kinder sind hier. Aurélie, Bernadette und die anderen. Deine Töchter.«

Und dann höre ich ihn: »Die Kinder?«, flüstert er. Seine Stimme hallt feucht und schwach hinter seiner Zinnmaske wider. »Aber wo ist Célestine? Wo ist meine Frau?«

II

Ich erwache, heftig nach Luft schnappend. Es ist eiskalt. Ich liege auf hartem Untergrund. Meine Augen sind geöffnet, aber ich sehe nichts als Finsternis. Mein Mund fühlt sich wund an. Blutig.

Ich bewege mich nicht. Ich weiß nicht, ob ich mich bewegen kann. Angst erfasst mich; jedes Nervenende ist gereizt und lässt meine Haut brennen wie Feuer. Bilder zucken mir durch den Kopf. Glänzende rote Punkte. Dann zerwühltes Bettzeug, das sich von einer Sekunde zur anderen glättet. Dorf, dessen Lippen lautlos lächelnd die Worte formen: *das Abenteuer eures Lebens*, und uns dann zuprostet.

Bin ich noch einmal davongekommen? Habe ich es hinaus auf die Felder geschafft und mich versteckt? Ist mir deswegen so kalt?

Nein, habe ich nicht. Ich bin raufgelaufen und ...

Sie haben mich erwischt.

O nein! Nein, nein, nein. Das war dumm, einfach idiotisch, ich habe etwas von dem Wirkstoff in der Kapsel geschluckt. Ich bin ohnmächtig geworden.

Ich bin so tot.

Die Luft hier drinnen steht. Der Boden unter mir ist glatt, glasig. Ich lausche, das Blut hämmert mir in den Ohren. Jemand ist in der Nähe, jemand atmet. Mehrere Leute.

Werde ich beobachtet? Mein Puls beschleunigt sich.

Ich schwitze trotz der Kälte. Sofort denke ich an Entführungen, Menschenhandel, Achtzigerjahre-Horrorfilme mit Fleischerhaken, staubigen Glühbirnen und literweise Blut. Aber man fliegt keine Mordopfer oder zukünftige Sklaven mit einem Privatjet nach Frankreich und setzt sich mit ihnen an einen Tisch. Man schickt ihnen keine Unterlagen auf mit Wappen geprägtem Büttenpapier.

Ich löse eine Hand, die ich zur Faust geballt habe, und befühle den Boden. *Keine Panik, Ucki. Du findest einen Weg. Du kannst es schaffen, hier rauszukommen …*

Meine Finger berühren etwas Weiches. Ich zucke zurück. Stoff. Ich habe Stoff berührt und die schwache Wärme von Haut gespürt. Jemand liegt neben mir. Nur dreißig Zentimeter entfernt.

Es ist Jules.

Ich rieche es an dem intensiven, blumigen Haargel. Ich setze mich auf und fühle mich unendlich erleichtert. Dann gehe ich vorsichtig auf die Knie. Hoffentlich bemerkt keiner, dass ich auf bin. *Wer immer dort ist, bitte tötet mich nicht!* Auf allen vieren krieche ich zu ihm, ertaste sein Gesicht und lege ihm die Hand über den Mund.

»Jules!«, flüstere ich. Er versucht mich abzuschütteln, aber er wacht nicht auf. »Jules!« Mit der freien Hand rüttle ich an seiner Schulter. Jetzt muss er die Augen aufgeschlagen haben, denn er setzt sich grunzend zur Wehr.

»Jules, sei still! Ich bin es.«

Ich nehme die Hand weg und bete im Stillen, dass er nicht anfängt zu schreien. Die andere Hand presse ich auf seine Schulter, damit er unten bleibt.

»Anouk?« Seine Stimme ist nur ein heiseres, verängstigtes Flüstern.

»Warte. Sei still.« Ich krieche ein wenig weiter und erreiche die nächste Person.

Es ist Lilly. Ich kann nur ihr blondes Haar erkennen, das sich hell vom schwarzen Boden abhebt. Ich schüttle sie. Sie erwacht leise, mit einem sanften Seufzer. Hayden ist der Nächste. Er wacht nicht auf. Ich schüttle ihn, lege einen Finger auf seinen Puls und spüre das schnelle Pochen. Er lebt. Aber warum bewegt er sich nicht?

Ich krieche weiter, und ein harter Knoten aus Schmerz bildet sich in meinem Kopf. Will liegt zusammengerollt da wie ein überdimensionaler Hundewelpe. Kaum berühre ich ihn, rollt er sich auf den Rücken und starrt mich an.

Ich kann jetzt ein bisschen mehr erkennen: den Umriss von Wills Gesicht und die Gestalten der anderen, als sie sich aufrichten und sich benommen umsehen.

»Leute?« Ich räuspere mich, so leise ich kann. Balle die Hand zur Faust, kralle die Fingernägel in die Handflächen. »Sie haben uns betäubt. Sie haben uns irgendwohin gebracht; wir müssen hier raus.«

Lilly schluchzt, hoch und erstickt. »Wo sind wir? Wo sollen wir raus?«

»Ich weiß nicht. Aber seid lieber still. Bewegt euch langsam.« Ich fühle die Spannung rings um mich kribbeln wie einen elektrischen Sturm, der sich bis zur krachenden Entladung aufbaut. Ich spreche leise, gehaucht und ohne Betonung, für den Fall, dass wir abgehört werden: »Keine Panik. Keine Panik.«

Jules steht auf und prallt gegen eine Wand. Es gibt ein

hohles Geräusch, wie gegeneinanderrollende Bierflaschen auf dem Boden eines Autos. Jetzt, wo wir wach sind, verbrauchen wir mehr Luft. Ich spüre bereits, wie sich der Raum aufheizt.

»Mein Handy ist weg«, stellt Jules fest. »Sie haben mir mein Handy abgenommen!«

Ich kehre zu Hayden zurück und versetze ihm einen energischen Tritt. Ist mir egal, ob es weh tut; wir müssen sofort los. Ich sehe ein stecknadelkopfgroßes Licht zu meiner Linken aufleuchten. Lilly hält ein Schlüsselanhängerlämpchen in der Hand. Weinend beugt sie sich darüber und scheint sich direkt ins Auge.

»Oh, vielen Dank.« Ich nehme ihr das Lämpchen weg und leuchte damit die Wände ab. Ich sehe eine Person mir gegenüber, und im ersten Moment zieht sich alles in mir in eiskaltem Schrecken zusammen. Aber es ist nur meine eigene Reflexion. Die Wände sind verspiegelt. Wir befinden uns in einem Raum – einem kleinen Würfel –, der vom Boden bis zur Decke verspiegelt ist.

»Helft mir, einen Ausweg zu finden«, keuche ich, tappe umher und untersuche das Glas nach Fugen. Ich weiß nicht, wie viel Zeit uns bleibt, aber die Leute, die uns hierhergebracht haben, wissen es. Sie wissen genau, wie lange die Wirkung der roten Kapseln anhält und was sie nach unserem Erwachen mit uns anstellen wollen. Da die Wirkung jetzt abklingt, werden sie bald da sein. Mir fällt ein, dass das Glas nur auf einer Seite verspiegelt sein könnte. Jemand könnte auf der anderen Seite stehen und uns beobachten.

Ich ertaste einen Zwischenraum in einer Ecke des Würfels. Grabe meine Fingernägel hinein und ziehe. Nichts bewegt sich. Ich fange an zu schwitzen. Wir stolpern jetzt übereinander wie ein Haufen wimmelnder Meerschweinchen in einem Käfig.

»Anouk?«

Ich schwinge das Lämpchen herum. Leuchte genau in Wills Gesicht. Mist. Er hebt eine Hand, um seine Augen zu schützen. »Da sind Stühle«, sagt er und deutet darauf.

Ich leuchte in die entsprechende Richtung.

Stimmt. Zwei Stühle, die einander gegenüberstehen. Zierliche, vergoldete Louis-quinze-Möbel, ein krasser Gegensatz zu den Spiegeln. *Waren sie vor zehn Sekunden überhaupt schon hier?*

Nein, sie sind einfach aufgetaucht, Anouk. Natürlich waren sie schon da. Ich gehe zu einem hin. Versuche ihn hochzuheben. Vielleicht können wir ihn dazu verwenden, das Glas zu zerschmettern. Er ist am Boden festgeschraubt. Ich lasse mich darauf fallen. Dünne Linien ziehen sich quadratisch um die Füße des Stuhls.

Ich leuchte nach oben. Die Decke besteht ebenfalls aus Glas, aber sie ist nicht komplett verspiegelt wie die Wände. Ich sehe mich selbst darin, mein Gesicht ein blasses Oval, die Augen weit aufgerissen. Und ich kann auch hindurchsehen und erkenne undeutlich ein Wandgemälde, das knapp darüber schwebt.

Ein Schmetterling mit großen, eingekerbten Schwingen. Auf jeder prangt ein menschliches Auge, das auf uns herunterblickt.

»Schaut mal! Da oben!«

Die Augen sind genau über den Stühlen positioniert.

»Los, jemand muss sich auf den anderen Stuhl setzen!«

Jules und Lilly hyperventilieren. Will sieht erst mich, dann den Stuhl stirnrunzelnd an. Er geht hin. Ich setze mich ihm gegenüber.

Nichts geschieht. Ich weiß nicht, was ich erwartet habe. Ich nehme an, da die Stühle die einzige Anomalie im Raum sind, wäre es logisch, dass sie irgendwie im Zusammenhang mit …

Ein lautes *Klack* ertönt. Der Stuhl sackt unter mir weg, ein paar Zentimeter. Lilly stößt einen leisen Schrei aus. Ich umklammere die Sitzfläche, so fest, dass meine Knöchel hervortreten. Ich starre Will an. Auch sein Stuhl ist abgesackt. »Äh …« Ich schlucke. »Okay, das war …«

Klack. Schon wieder, diesmal lauter, wie ein Pistolenschuss.

Klack. Klack. Irgendetwas bewegt sich unter dem Fußboden, hinter den Wänden, rings um uns. Will schaut mir fest in die Augen.

Ich öffne den Mund, will etwas sagen, aber der Lärm wird immer lauter, ohrenbetäubend laut. Der ganze Raum erzittert.

Die Wände bewegen sich rückwärts und auseinander. Hinter ihnen befinden sich weitere Spiegel, und auch sie bewegen sich, schieben sich aber ineinander. Ein Alarm ertönt. Eine schrille, heulende Sirene.

Ich springe von dem Stuhl auf. Will ebenfalls. Doch es gibt kein Halten. Ich wirble herum. Lampen leuchten flackernd auf, schwach und fluoreszierend. Der Raum ist definitiv kein Würfel mehr. Ich blicke jetzt einen Korridor entlang; Doppelglaswände, durchzogen von Kabeln und Leuchtröhren. Die drei anderen Wände haben sich zu einem ellenlangen Spiegellabyrinth geöffnet. Plötzlich verstummt die Sirene.

Niemand bewegt sich. Niemand atmet.

Ich höre Schritte. Sie kommen auf uns zu. Mehrere Leute, mit stampfenden Stiefeln, und hinter ihnen das unverkennbare Klicken von Highheels.

Ich drehe mich zu den anderen um. »Sie kommen!«, flüstere ich. »Sie kommen!«

Hayden liegt immer noch auf dem Boden, alle viere von sich gestreckt, im Tiefschlaf. Ich sinke auf ein Knie und verpasse ihm eine Ohrfeige.

Er regt sich nicht.

Sie sind fast da.

12

Wir schleifen Hayden einige Meter weit mit, lassen ihn fallen, rennen los. Hinein in das Labyrinth der Spiegelwände, eine raschelnde, flüsternde Gruppe. Der schwache Strahl der winzigen Taschenlampe geht fast im Durcheinander der Beine und Körper unter. Mein Herz wummert schmerzhaft gegen meine Rippen.

Wohin laufen wir? Wohin?

Drei Spiegelwände weiter bleiben wir stehen. Ducken uns. Ich blicke über die Schulter zurück. Die Spiegel sind von dieser Seite aus durchsichtig. Ich kann das erkennen, was vorher der würfelförmige Raum war und wo die Stühle jetzt frei stehen. Ich sehe Hayden, auf dem Fußboden ausgestreckt.

Ich schalte die Lampe genau in dem Moment aus, als Miss Sei zwischen den Spiegeln hervortritt.

Sie wird von vier Gestalten begleitet. Identisch, groß, in engen schwarzen Anzügen und mit dunklen Helmen wie Motorradfahrer oder Einsatzpolizisten. Die Visiere glänzen tiefschwarz. Rote Lichter pulsieren entlang ihrer Kinnlinien, *hell–dunkel–hell–dunkel*, wie sich öffnende und schließende Kiemen. Jeder trägt einen großen Koffer.

Wir müssen hier raus. In zwei Sekunden werden sie bemerken, dass Hayden als Einziger noch am Boden liegt.

Die zwei Sekunden sind um.

Los!

Doch ich bleibe wie angewurzelt stehen. Die anderen ebenfalls. Ich beobachte, wie Miss Sei alles absucht. Ihr Blick bleibt auf Hayden haften. Die Einsatzpolizisten / Motorradfahrer umringen ihn. Einer von ihnen öffnet einen Koffer und holt ein schwarzes Bündel heraus, eine hauchdünne Trage und etwas, das wie vakuumverpackte, medizinische Instrumente aussieht. Miss Sei kniet sich neben Hayden auf den Boden, hebt seinen Kopf an und streicht mit dem Daumen über seine Augenbraue, fast zärtlich.

Mit der anderen Hand greift sie in den offenen Koffer. Im ersten Moment glaube ich, dass sie Hayden helfen will. Ihn auf die Trage legen, ihn irgendwohin in Sicherheit bringen …

Sie hält so etwas wie einen Tankstutzen in der Hand. Länglich. Mit Widerhaken. Eine Silbernadel ragt am Ende hervor wie ein Stachel. Ihr Mund verzieht sich zu einem Lächeln. Und dann treibt sie den Stutzen in Haydens Schädelbasis.

Mit einem Schlag reißt er die Augen auf, beginnt zu röcheln, zu gurgeln. Sein Rücken wölbt sich auf. Er hebt die Arme, als wolle er Miss Sei wegstoßen, aber sie drückt auf einen Hebel am Stutzen, und Hayden sackt schlaff und schwer zu Boden. Die Gestalten mit den Helmen gehen in die Knie. Sie schnallen Riemen um Haydens Handgelenke. Er erhält eine weitere Injektion, diesmal mit einer Spritze. Der Stutzen, an dem ein Schlauch hängt, bleibt an Ort und Stelle. Dann wird er hochgehoben. Schwarze Handschuhe graben sich in seinen Hals, seine Arme.

Nein. Nein, das geschieht nicht wirklich …

Ich schlage krampfhaft die Hand vor den Mund. Langsam drehe ich mich zu Lilly, Will und Jules um. Ich will, dass sie mir sagen, dass das ein Scherz ist, dass Miss Sei nicht gerade Hayden mit einem Tankstutzen erstochen, ihn nicht gerade ermordet hat. Doch sie erwidern nur starr meinen Blick.

Wieder schaue ich durch die Spiegel. Hayden liegt nun auf der Trage, die Augen weit aufgerissen und glasig. Seine Brust hebt und senkt sich nicht. Miss Sei steht aufrecht und wischt sich die Hände an einem weißen Tuch ab.

Sie haben ihn getötet. Sie haben Hayden getötet, und wenn wir noch am Boden lägen, wenn wir nur wenige Minuten länger zum Aufwachen gebraucht hätten, wären wir jetzt auch tot.

Miss Sei reicht das Tuch an einen der Einsatzpolizisten weiter. »Sucht die anderen«, befiehlt sie mit eiskalter, lauter Stimme. »Ihre Reaktionen sind jetzt noch verlangsamt.«

Ich habe seit Jahren nicht geweint, aber jetzt ist mir danach. Ein brennender Druck baut sich hinter meinen Augen auf. *Wir müssen los*, sage ich tonlos, nur mit Lippenbewegungen, aber ich starre weiter durch den einseitig durchsichtigen Spiegel. *Wir müssen los!*

Die behelmten Gestalten drehen sich um und blicken suchend an den Spiegeln entlang. Einer schaut genau in unsere Richtung. Er kann uns durch die Spiegel nicht sehen, oder? Aber da steht er, das geschlossene Visier unmittelbar auf mich gerichtet, und angenommen, ich wäre als Reflexion sichtbar, angenommen, das Ding dreht sich um einen Zentimeter, und er sieht uns hier zusammengekauert hocken …

Ich trete einen Schritt vom Glas zurück. Die anderen auch. Das Ding kommt einen Schritt näher. Legt den Kopf schief. »Los!«, sage ich, und es hört uns, und wir rennen. Unsere Füße knallen wie Gewehrschüsse auf dem Boden. Die Spiegel scheinen sich zu allen Seiten auszubreiten und vervielfältigen uns tausendfach. Eine schwarze Gestalt schießt quer durch unsere Reflexionen.

»Rennt!«, rufe ich. »In den Korridor!« Keine Ahnung, wohin er führt, aber wir dürfen uns in diesem Labyrinth nicht verlieren. Ich schlüpfe um eines der Glaspaneele herum und sprinte los. Der Korridor zieht sich vor mir dahin und schnurrt am Ende zu einem dunklen Punkt zusammen. Ich werfe einen Blick über die Schulter und sehe kurz unsere Verfolger. Unter der Führung von Miss Sei marschieren sie auf uns zu. Sie rennen nicht. Sie scheinen sich ganz sicher zu sein, dass sie uns sowieso erwischen, dass wir chancenlos sind. Es sieht aus, als wären sie zu Hunderten, wieder und wieder gespiegelt, eine Armee von Doppelgängern.

Miss Sei hebt die Hand und stößt einen Ruf aus, eine einzelne, spitze, bösartige Silbe.

Ich drehe mich wieder nach vorne um.

Eine der Helmgestalten steht genau vor mir. Ich ducke mich unter ihrem Arm hindurch, als sie versucht, mich zu ergreifen. Will prallt eine Sekunde später dagegen und rammt sie gegen die Wand. Ich höre Glas splittern.

»Wo sollen wir hin?«, schreit Lilly.

Ich habe keine Ahnung. Die anderen Gestalten beschleunigen jetzt ihre Schritte und überholen Miss Sei. Ich höre ihre Stiefel auf dem Boden trampeln.

Wir nähern uns dem Ende des Korridors. Vor uns liegt eine massive Tür, wie die eines Banktresors. Eine riesige Scheibe aus stumpfblauem Metall. Sie steht einen Spalt offen.

»Kommt!«, schreie ich. »Schnell, alle durch die Tür. Und dann zuschlagen!«

Ein weiterer Blick über die Schulter: Will hat sich von dem Helmding befreit und rennt stolpernd los. Weiter hinter uns rasen die anderen Helmdinger den Korridor entlang. Ihre Arme bewegen sich wie mechanische Hebel auf und ab. Sie rennen mit unglaublicher, unmenschlicher Geschwindigkeit. Miss Sei hält jetzt eine Waffe in der Hand. Sie zielt genau auf mich.

Ich erreiche die Tür und schlüpfe durch den Spalt.

»Kommt!«, schreie ich. »Beeilt euch!«

Ich höre einen Schuss und das *Ping* einer Kugel, die von Metall abprallt.

Jules, Lilly und in letzter Sekunde auch Will hechten herein und werfen sich sofort gegen die Tür. Wir drücken mit aller Kraft gegen den Rand. Die Angeln sind geölt, seidenglatt, aber die Tür scheint eine Tonne zu wiegen.

»Nein!«, ruft Miss Sei, und ihre Stimme klingt verändert. Angstvoll.

Draußen im Korridor überholt eine der Helmgestalten die anderen. Sie ist entsetzlich nahe und rast auf uns zu. Ich sehe ihr Visier durch den sich schließenden Spalt, eine gewölbte Scheibe von Nacht, den Halbkreis des pulsierenden roten Leuchtens entlang seines Kinns. Schwarze Finger langen nach mir, bereit, mein Gesicht zu packen und meinen Schädel zu zerquetschen.

Miss Sei schreit: »Nein!«, ein letztes Mal, schrill und verzweifelt.

Die Tür schlägt zu, und ich ramme mit einem Faustschlag den Riegel davor.

13

Wir befinden uns in einem Saal. Riesig und höhlenartig, eine Kathedrale der Schatten. Lilly und Jules rennen weiter. Ich drehe mich noch einmal zur Tür um, kämpfe mit den anderen Riegeln. Sie sind aus solidem Stahl und führen von der Mitte der Tür aus zur Wand. *Drei, vier, fünf* ... Will und ich schieben sie mit einem Knall zu. Ich höre weitere kleinere Schlösser, die sich klickend schließen, dann das Zischen von Luft, als wir eingeschlossen werden. Keuchend lasse ich mich gegen das Metall fallen.

Ansonsten kein Laut. Weder jenseits der Tür noch hier im Saal. Die Stille lastet schwer auf mir, ich kann sie fühlen, solide, eisig.

Ich hebe den Kopf. Etwa zwanzig Schritte weiter sind Jules und Lilly stehen geblieben. Ich sehe keine Lichtquelle, aber trotzdem ist es nicht ganz dunkel. Die Wände bestehen aus schwarzem und grünem Marmor. Dunkel und durchscheinend, mit Venen, die knapp unter der Oberfläche pulsieren, wie bei einem Verdauungsorgan. Eine Gewölbedecke aus Gold und Kristall. Ich lasse den dünnen Lichtfinger von Lillys Taschenlampe durch den weiten Raum wandern. Er bleibt an goldenen Blättern und Marmorhänden hängen. Porträts und Spiegel schimmern, ich sehe Stühle und überdimensionale chinesische Vasen. Alles wie für Riesen.

Langsam atme ich aus. »Jules?«, rufe ich schwach. »Lilly, wartet.«

Ich gehe auf sie zu, stolpere über meine eigenen Füße. Jules hat die Hände in seinem Haar vergraben. Er schwankt auf weichen Knien, als könne er sich nicht entscheiden, ob er sich übergeben oder sich voller Bewunderung umblicken soll. Lilly stößt schluchzend »Wow« hervor, wieder und wieder.

Ich senke den Blick. Der Fußboden besteht aus einem Mosaik von tausend Marmorfliesen. Gigantische Flügel. Menschliche Augen.

Das muss ein Witz sein.

Ich erreiche Jules und Lilly. »Sie werden uns töten«, flüstert Lilly. Flehentlich schaut sie mich an, das Gesicht von Tränenspuren durchzogen. »Sie sind wahnsinnig, sie …«

Ich höre ihr nicht zu. Gedanken wirbeln durch meinen Kopf und drehen sich zu einem Strang ineinander. *Dies hier ist das Palais du Papillon. Es gibt das Palais wirklich. Es ist hier, und es hat eine sehr moderne Tresortür und neonerleuchtete Korridore. Sie haben uns angelogen, von Anfang an.*

Aus dem Augenwinkel heraus sehe ich Will auf uns zukommen. Er hinkt leicht.

»Was ist mit der Expedition?«, schluchzt Lilly. »Wir sollten doch um neun Uhr unsere Ausrüstung …«

»Es gibt keine Expedition, Lilly!«, unterbreche ich sie ungehalten. »Kapierst du das nicht? Sie haben uns betäubt. Sie haben uns getäuscht, um uns hierherzulocken. Wir sind gerade knapp dem Tod entronnen, begreifst du's endlich?«

Die Stimme in meinem Kopf verändert sich, wird schrill:

Du kannst hier nicht bleiben! Du wurdest von ihnen gekidnappt! LAUF!

Aber ich rühre mich nicht. Mein Körper fühlt sich an, als wäre er tausend Meilen entfernt. Lilly und Jules sitzen jetzt beide wie betäubt auf dem Boden. Ich stehe daneben, steif und verängstigt, die Hände zu Fäusten geballt.

»Wir sollten uns verstecken«, schlägt Will vor. »Wir wissen nicht, wer möglicherweise hier unten ist.«

»Hier unten?«, äffe ich ihn nach. Meine Stimme klingt stachelig, gemein. War gar nicht beabsichtigt. Ich hab's wohl nur verlernt, mich anders auszudrücken. »Woher willst du wissen, dass wir irgendwo ›unten‹ sind, Will? Und woher willst du wissen, wo ›unten‹ ist?«

»Der Schmetterling«, erwidert er und deutet auf den Fußboden, aber ich lache ihn aus.

»Das Wappen der Bessancourts? Du gehst also davon aus, dass die Bessancourts tatsächlich gelebt und dass sie ein Wappen besessen haben? Du gehst davon aus, dass wir nicht in jeder Hinsicht von den Sapanis belogen wurden?«

Will stellt sich neben mich. Er trägt eine Armbanduhr, so eine klobige für Bergsteiger. Vorsichtig dreht er das Handgelenk, und drückt auf einen Knopf. Zeigt mir das grünleuchtende Zifferblatt.

Höhe: 27 Meter über NN.

»Na und?«, frage ich. Ich weiß nicht, was das bedeutet. Ich bin Studentin der Kunstgeschichte, keine bescheuerte Pfadfinderin.

Will drückt auf einen anderen Knopf. Koordinaten erscheinen auf dem winzigen Display. »Ich habe unsere Position gecheckt, gleich nachdem wir hier angekommen sind«, erklärt er. »Und die Koordinaten sind dieselben geblieben. Wir sind genau da, wo wir auch gestern waren. Nur dass Péronne gut sechzig Meter über dem Meeresspiegel liegt.« Er schaut mich an. »Wir befinden uns vierunddreißig Meter unter der Erde.«

Lilly steht auf. Reckt den Kopf, um einen Blick auf die Uhr zu erhaschen. Sie schnieft immer noch.

Will zeigt es ihr. Gleich darauf schaltet er das Display aus. »Die Uhr arbeitet mit Solarenergie«, sagt er ruhig. »Sie geht bald aus.«

Am liebsten hätte ich laut geschrien: *Genau wie wir!*, und mich wie verrückt auf dem Marmor um die eigene Achse gedreht. Stattdessen murmle ich: »Ich verstehe das nicht. Sie hätten sich doch nicht solche Mühe geben müssen. Sie hätten uns einfach irgendwo von der Straße zerren oder uns in einer Tiefgarage abmurksen können.«

Von Will kommt keine Reaktion. Stattdessen erhalte ich eine ganz andere. Irgendwo in dieser immensen, ungestörten Stille krabbelt etwas über den Fußboden auf uns zu. Lilly fängt erneut hysterisch an zu schluchzen.

Bilder rasen mir durch den Kopf: riesige, muskulöse Zombies, die rostige Ketten hinter sich herziehen. Fleischfressende Pflanzen. Insekten, die ihre Gestalt verändern. Jedes Klischee, das mir jemals bei meinen abendlichen Fernsehmarathons begegnet ist. *Hoffentlich gibt es hier unten keine fleischfressenden Pflanzen! Bitte nicht!*

Klick.

Das Krabbelgeräusch verstummt. Ein rotes, stecknadelkopfgroßes Licht glüht etwa zehn Meter von uns entfernt im Saal auf.

Mit angehaltenem Atem starre ich es an.

Ein Stück der Wandverkleidung ist zurückgeschnappt und hat ein Quadrat dahinter eingelassener Maschinerie enthüllt: Spiralen grauer Metallröhren und diese rote Linse, die wie ein Auge herausstarrt.

»Verschlossen seit zweihundert Jahren?«, haucht Jules. »In echt jetzt?«

Zu meiner Rechten höre ich ein erneutes Klicken.

Ich fahre herum und starre in die Dunkelheit. Ein zweites rotes Licht ist auf der gegenüberliegenden Wand erschienen. Ein gleichmäßig rundes Leuchten. Auf einmal verwandelt es sich in einen roten Strahl und durchmisst den Raum mit einem präzisen, dünnen Schnitt, als hätte jemand die Dunkelheit aufgeschlitzt. Ein Hologramm erscheint in der Mitte des Saals. Wir starren es an und drängen uns auf dem Fußboden zusammen.

»Kinder!«

Es ist Dorf. Das Hologramm ist nicht sehr scharf, man erkennt weder Augen noch Nase, aber durchaus die hängenden Schultern und seine mächtige Gestalt. »Öffnet die Sprengtür!« Er spricht mit tiefer Stimme, schnell und völlig gefühllos. »Es ist zu eurer eigenen Sicherheit. Öffnet die Sprengtür und lasst das Security-Team herein.«

Das Hologramm wirft ein körniges, verschwommenes Licht über unsere Gesichter.

»Könnt ihr mich hören?«, fragt Dorf. »Wir haben Sichtkontakt mit euch. Öffnet die Tür und lasst unser Security-Team ein. Ansonsten kann ich nicht für eure Sicherheit garantieren.«

»Unsere Sicherheit?« Ich ersticke fast an meinem eigenen

Sarkasmus. »Wenn Sie um unsere Sicherheit besorgt wären, hätten Sie vielleicht nicht Hayden ermorden sollen, wie klingt das?«

»Anouk«, sagt er. Er kann uns also hören. Er legt eine Kunstpause ein. Dreht sich um, vielleicht zu jemand anderem in dem Raum, in dem er sich befindet. »Hör mir zu«, sagt er mit derselben kalten, drängenden Stimme wie zuvor. »Das hätte nicht passieren dürfen. Es ist lebenswichtig, dass ihr meine Instruktionen genau befolgt. Kehrt um. Zurück zu der Sprengtür. Entriegelt sie, so schnell ihr könnt. Wenn ihr diese Tür nicht öffnet, werdet ihr sterben, und wir können nichts tun, um euch zu helfen. Jetzt haltet ihr euch für besonders schlau, weil ihr denkt: ›Egal, wir werden ja sowieso sterben.‹ Aber glaubt mir, es gibt Arten zu sterben, die sind so furchtbar, die könnt ihr euch in eurer wildesten Phantasie nicht ausmalen.«

»Ach ja?«, erwidere ich und spüre hysterische Erregung in mir aufsteigen, die mich mutig und leichtfertig macht. »Trotzdem werden wir diese Tür nicht öffnen.«

Das Hologramm scheint zu erstarren und dunkler zu werden. »Anouk, das ist kein Spiel. Ihr habt nicht uns ausgesperrt, sondern euch eingesperrt. Ihr habt noch ungefähr drei Minuten zu leben.«

»Und wenn wir Sie reinlassen, haben wir noch eine«, entgegne ich.

»Was geschieht in drei Minuten?«, flüstert Jules. »Was wollen sie mit uns machen?«

»Er blufft«, behaupte ich, obwohl ich keine Ahnung habe.

»Kinder, öffnet die Tür!« Dorfs Stimme klingt jetzt angespannt, so als verliere er die Beherrschung.

Ich gehe auf das rote Auge in der Wand zu. Lege die Finger um die kleine Taschenlampe und umschließe sie fest. Ich erreiche die Instrumententafel. Über dem roten Licht befindet sich ein Kameraauge.

»Komm und hol mich!«, stoße ich leise hervor, beiße die Zähne zusammen und schlage mit der Faust auf die Instrumententafel. Glas splittert. Es tut weh, aber ich blute nicht. Das Hologramm flackert und verschwindet.

Alle sind jetzt auf den Beinen. Ich eile zurück zu ihnen. Etwa fünf Sekunden lang herrscht Schweigen, dann öffnen sich weiter hinten im Saal zwei weitere Wandpaneele. Erneut blinken zwei Lichter auf. Die roten Linien treffen sich. Dorf erscheint ein zweites Mal.

»Ihr wisst nicht, was ihr tut«, wirft er uns vor, und die Kälte in seiner Stimme ist verschwunden. »Ein Team von Trackern wird von der anderen Seite des Palastes aus in Marsch gesetzt, fünf Kilometer von euch entfernt. Wartet auf sie und geht keinesfalls, ich wiederhole, keinesfalls tiefer in den Saal! Der Palast ist nicht sicher. Böse Kräfte sind darin am Werk, und wir können nicht riskieren, dass ihr mit ihnen ...«

»Tracker?«, fragt Lilly mit großen Augen, deren Weißes in der Dunkelheit leuchtet. »Was meinen Sie mit Trackern? Was wollen Sie von uns?«, stößt sie schrill, abgehackt und heiser hervor. Sie hält etwas in der Hand, ein sinnloses, nutzloses Armband, und schleudert es gegen das Hologramm. Es fällt hindurch, verursacht nichts als ein leises Geräusch und schlittert über den Marmor davon.

Jules rennt auf einmal auf das Hologramm zu, als wolle er es angreifen, nichts als dünne Beine und Wut. Er stolpert hindurch, knickt ein, fällt auf den Rücken.

»Hört auf, euch zu bewegen!«, ruft Dorf. »Rührt euch nicht von der Stelle! Und öffnet die verdammte Tür!«

Ich renne mit erhobener Faust auf das nächstgelegene rote Auge zu. Will rennt zu dem anderen, auf der anderen Seite des Saales. Wir prallen zur gleichen Zeit dagegen. Das Hologramm stirbt zum zweiten Mal. Aber Dorfs Stimme hallt weiter durch den Saal – *öffnet-die-öffnet-die-Tür-be-wegt-bewegt-euch-nicht-* …

In diesem Moment zerreiße ich den Stolperdraht. Ich spüre ihn kaum. Ein leichtes Zupfen an meinem Knöchel, und die Lautsprecher schweigen. Im Saal wird es still. Beinahe.

Durch das Hämmern des Blutes in meinen Ohren höre ich etwas – ein eiliges Ticken, wie von einer Taschenuhr. *Ticktickticktickticktick*, irgendwo in den Wänden.

14

Reglos bleibe ich stehen und versuche, das Geräusch zu orten. Es scheint aus allen Richtungen gleichzeitig zu kommen und sich in Wellen durch den riesigen Raum zu verbreiten.

»Äh …« Ich blicke hinunter auf den durchtrennten Draht, der zusammengerollt auf dem Marmor liegt. »Leute?«

Ein lautes *Klonk*. Das Geräusch schwillt zu einem Donnern an, das die Wandvertäfelung entlang näher rollt. So als wäre der Saal plötzlich ein riesiges Aquarium, und jenseits der Wände schwämme ein riesiger Tintenfisch und trommelte mit seinen Armen am Glas entlang. Lilly, die immer noch auf dem Boden kauert, hat den Draht zu meinen Füßen gesehen und blickt mit aufgerissenen Augen zu mir hoch.

»Was hast du getan?«, flüstert sie.

Da verstummt das Donnern und weicht einem leisen, vibrierenden Summen.

Ruckartig drehe ich den Kopf. Das Geräusch kommt vom anderen Ende des Saals.

Sssss. Ein Zischen. Es hört sich an wie Pennys räudiges Spielzeugkrokodil, wenn sie es am Schwanz über den Fußboden zieht. Oder wie Fingernägel, die durch eine Rille fahren. Sand, der durch ein Stundenglas rinnt.

Will und Jules drehen sich langsam um, Lilly ebenfalls, die jetzt aufsteht. Wie gelähmt starre ich ins Dunkel.

Zunächst sieht es aus wie ein dünner Spiegelstreifen, der sich sechzig Meter entfernt von einer Seite des Saales zur anderen erstreckt. Nur dass der Spiegel aufsteigt. Und näher kommt.

»Anouk, was hast du getan?«, fragt Jules entsetzt.

Das ist kein Spiegel. Es ist ein Draht. Ein einzelner, glitzernder Draht, der etwa anderthalb Meter über dem Boden entlangfährt. Nicht schnell. Nicht langsam. Wie hypnotisiert starre ich ihn an. Er erreicht eine hohe orientalische Vase. Durchschneidet sie wie Butter.

Meine Haut wird zu Eis.

»Duckt euch!«, schreie ich. »Duckt euch. Runter!«

Ich lasse mich auf den Boden fallen, rolle mich auf den Rücken. Sirrend fährt der Draht über mich hinweg. Die anderen liegen im Kreis um mich herum. Schuhe reiben quietschend über das Schmetterlingsmosaik. »Wir müssen hier raus«, rufe ich, panisch vor Angst. »Wir müssen …«

Ich stütze mich auf die Hände. Am anderen Ende der Halle ist eine Tür. Hoch, vergoldet, mit einer verschnörkelten Marmoreinfassung. Sie scheint im Dunkel schwach zu leuchten. Ich springe auf die Füße. Will ist genau hinter mir.

»Los!«, rufe ich. »Lauft zur Tür!«

Ich werfe einen Blick über die Schulter zurück. Der Draht hat das Ende der Halle erreicht. Er bleibt stehen. Ein erneutes *Klonk* vibriert durch den weiten Raum. Dann kommt der Draht zurück. Fünfzig Zentimeter tiefer. Doppelt so schnell.

Lilly ist jetzt auch auf den Füßen. Jules nicht.

»Lauft!«, schreie ich. »Aufstehen! Los! Rennt!«

Will sprintet zu Jules, reißt ihn hoch, und wir hasten durch die Mitte des Saals. Vor uns, direkt über der goldenen Tür, erscheinen drei weitere Drähte, sinken herab und sausen die Schienen in beiden Wänden entlang. Alle in unterschiedlicher Höhe. Lilly schreit auf und scheint umdrehen zu wollen. Aber von hinten nähert sich ein weiterer Draht.

»Achtet auf die vor uns, ich sichere euch den Rücken!«, schreie ich, und wir rennen zusammen weiter. Ich stolpere über meine eigenen Füße, weil ich über die Schulter zurückblicke. Der erste Draht bewegt sich schneller als die anderen. Ich sehe ihn aus drei Meter Entfernung schimmernd auf uns zurasen, lasse mich fallen, reiße Lilly mit mir. Der Draht fährt um Haaresbreite über unsere Nasen hinweg. Schon bin ich wieder auf den Beinen, springe über den zweiten Draht, ducke mich unter dem dritten hindurch. Lilly ist nicht mehr neben mir. Sie heult unablässig wie eine Sirene, aber wo? Ist sie verletzt? Ich kann nichts erkennen, darf nicht zurückschauen.

Ein vierter Draht rast auf mich zu, einen Meter über dem Boden. Er durchtrennt Stühle und eine weitere Vase. Er vibriert, zittert vor und zurück, so schnell, dass man ihm fast nicht folgen kann. Will ist vor mir. Er rennt genau darauf zu. Und jetzt kommt noch ein Draht. Ein fünfter, den ich übersehen habe und der ganz tief über den Boden gleitet. Wenn sich Will unter dem hohen Draht hindurchbückt, wird ihm der niedrige die Sohlen von den Füßen trennen.

»Will, unten!«, flüstere ich.

Noch ein Meter.

»Will, spring!«

Eine Sekunde, bevor ihn der Draht erwischt, sieht er ihn. Springt. Unter dem nächsten duckt er sich hindurch. Und irgendwie dreht er sich, wendet sich auf den Rücken, immer noch in der Luft, und schlüpft über beide Drähte hinweg. Er prallt auf den Boden, rollt sich ab und rennt weiter, in vollem Sprint auf die goldenen Türflügel zu.

Die Halle ist jetzt ein einziges Netz von Drähten. Neun, zehn. Sie fallen aus der Wand über der goldenen Tür und rasen auf uns zu. Sie folgen keinem Muster. Einige bewegen sich vorwärts, andere rückwärts. Manche verändern ihre Bahn, springen plötzlich mit einem Klicken zwanzig Zentimeter höher. Ich weiß nicht, wo Lilly und Jules sind, erkenne nur Schemen in der Dunkelheit.

»Blockiert die Schienen!«, schreit jemand schrill. »Wir müssen die Schienen blockieren!«

Es ist Lilly, sie ist direkt hinter mir.

Ich schleppe mich über den Boden zur Wand. Blicke hoch.

»Was ist das nur für ein Ort?«, japse ich.

Was ich für dekorative Einlegearbeiten in der Vertäfelung gehalten habe, stellt sich als Netzwerk von Schlitzen heraus, ein kompliziertes Schienensystem, das bis auf etwa zwei Meter Höhe reicht. Die Drähte sind an hölzernen Knöpfen befestigt. Ich beobachte, wie einer an seiner Schiene entlang auf mich zuschwirrt. Ein Klicken ertönt. Als wüsste er, dass ich da bin. Der Draht springt in eine neue Spur, dreißig Zentimeter tiefer.

Der Saal ist eine Todesfalle.

»Anouk!«

Ich tauche unter dem Draht hindurch. Wirble herum.

Lilly wuchtet etwas auf die Schulter – einen Stuhl. Sie wirft ihn gegen den nächsten Draht, und ich will sie schon wegen ihrer Dummheit anfahren, da berührt der Stuhl den Draht und wird säuberlich zertrennt. Abgeschlagene Stuhlbeine rutschen über den Boden auf mich zu.

Na klar! Die Schienen blockieren. Ich hab's kapiert. Ich schnappe mir ein Stuhlbein und bohre es in die Schiene, als gerade ein Draht über meinem Kopf vorbeiläuft.

Er hält nicht an. Das Stuhlbein, eingeklemmt zwischen dem Knopf und der Wand, rutscht quietschend die Schiene entlang. Irgendwo zu meiner Rechten sehe ich Jules, eine undeutliche Silhouette im Halbdunkel, der einem Draht ausweicht. Will ist vor mir, Lilly hinter mir.

Ich höre ein scharfes *Ping*. Der blockierte Knopf hat angehalten. Aber nur auf einer Seite. Der an der gegenüberliegenden Wand bewegt sich noch. Ich sehe, wie sich der Draht spannt, höre, wie er knarrt …

»Runter!«, schreie ich, und alle lassen sich fallen und rollen sich zusammen, als der Draht reißt und zurück durch die Wand peitscht. Etwas schnappt nach meinem Knöchel. Brennender Schmerz explodiert mein Bein herauf.

Ich drücke mich auf den Händen hoch und beiße die Zähne zusammen. Dann sehe ich es kommen.

Jetzt sind wir tot.

Eine ganze Wand von Drähten, zwei Meter fünfzig hoch, fünf Zentimeter Zwischenraum zwischen jedem Draht, rast durch den Saal auf uns zu. Ein Zwischenraum deutet an, wo der zerrissene Draht verlaufen wäre, aber er ist einen Meter fünfzig über dem Boden, und die Lücke ist nur fünfzehn Zentimeter breit. Keine Chance, dass wir da durchkommen.

Will rennt zu uns zurück. Ich werfe einen Blick hinüber zu Lilly und Jules. Ich kann ihre Gesichter nicht erkennen, aber sie stehen einfach bloß da, plötzlich ganz ruhig, und starren die durch das Halbdunkel heranrasende, glänzende Wand an. Ob es immer so ist, wenn der Tod kommt? Minimales Drama. Bloß Ursache und Wirkung, und das Universum endet für dich. Ich sehe unsere Leichen vor mir, nachdem die Drähte durch sie gefahren sind, unsere mit Blut bespritzten Gesichter.

Ich schließe die Augen.

Ein weiteres, ohrenbetäubendes *Klack*.

Und dann sehe ich Licht. Nicht so ein blödes Licht am Ende des Tunnels, sondern richtiges, goldenes Licht, das durch meine Lider fällt.

Ich reiße die Augen auf. Fünf Zentimeter vor uns haben die Drähte angehalten.

Wandleuchter erwachen flackernd zum Leben, den ganzen Saal entlang. Die Kronleuchter hoch oben erblühen zu Bällen aus Licht. Schweiß tropft mir vom Gesicht. Die Drähte schweben schimmernd in der Luft. Wir können nichts anderes tun, als dazustehen und nebeneinander in den strahlenden, wundervollen Glanz zu starren.

Palais du Papillon, Salle d'Acajou, 34 Meter unter der Erde, 23. Oktober 1789

Dicke Finger ergreifen den Saum des Sacks und ziehen ihn über meinen Kopf. Ich stehe in einem dunklen Raum, ein Schmuckkästchen aus rotem Plüsch und schimmerndem Gold. Meine Schwestern sind bei mir. Die Decke ist mit Stoff abgehangen, ein Baldachin aus welliger Seide. Schwache Lampen zischen leise an den Wänden. Vater sitzt in der Mitte des Raumes wie ein Trollkönig in seiner unterirdischen Höhle, riesig und ungeschlacht auf einem zarten Stuhl, ein Bein über das andere geschlagen.

Er ist genauso groß und breit wie Havriel, aber damit endet bereits jede Ähnlichkeit zwischen ihnen: Während Havriel ein Fels der Ruhe und schattenhafter Grazie ist, gleicht Vater einem Eber, nachdem ihn die Hunde gefasst haben, keuchend um sein Leben ringend, obwohl es bereits verwirkt ist. Er trägt einen prachtvollen, kirschroten Mantel und eine kalkweiße Perücke. Sein Mund mahlt in ständiger Bewegung in seinem gepuderten Gesicht, zitternd und zuckend, stumme Worte formend, die er nicht äußert – eine kleine Zinnmaske mit Kräutern und Parfüm vor die Nase, selbst wenn er spricht. Das hat er schon immer getan, solange ich mich erinnern kann. Die Ärzte sagen, die Maske würde ihn vor der Pest, der Grippe und jeder Art von

Krankheit schützen, und er scheint ohne sie nicht leben zu können.

Seine Hände haben zu zittern begonnen, so dass die Ringe an seinen dicken Fingern klackernd gegen die Armlehnen schlagen.

»Meine Gattin«, wiederholt er. »Wo ist sie?« Er versucht aufzustehen und sinkt wieder zusammen. Seine kleinen schwarzen Augen huschen über unsere Gesichter und verharren auf dem leeren Stuhl zu meiner Rechten, als erwarteten sie, dort jemanden zu sehen. Havriel umklammert die Augenbinde in seinen Händen fester. »Frédéric?«, sagt er sanft. »Frédéric, hört mir zu …« Er tritt an Vaters Seite.

»Wo ist sie, Havriel?«, flüstert Vater, und neben mir richtet sich Delphine mit einem Ruck auf. Sie muss im Stehen eingenickt sein.

Havriel legt Vater die Hand auf die Schulter. Vater schüttelt sie ab. Erneut versucht er aufzustehen, erneut misslingt es ihm. »Wo ist Célestine? Es hat versprochen, uns würde nichts geschehen, das hinterhältige Ding, es hat versprochen …«

»Die Wächter holen sie just in diesem Moment«, verspricht Havriel rasch. »Sie wollte das Château nicht verlassen, aber zweifellos werden sie sie sicher heruntergeleiten.«

»Sie haben auf sie geschossen!«, korrigiere ich. Meine Stimme ist dünn wie ein Faden, aber sie reißt Vaters Kopf hoch wie den einer Marionette. Havriel wendet sich nicht um. Er verharrt in eisigem Schweigen.

»Sie wollte nicht mitkommen«, fahre ich fort, jetzt lauter, und meine Stimme wird herausfordernd und bitter. »Sie hatte Angst. Sie hatte solche Angst, dass sie lieber sterben wollte, als in Euer paradiesisches unterirdisches Reich zu flüchten. Warum wohl, Vater, erlaubt mir die Frage?«

Aber Vater hört gar nicht mehr zu. Er stößt schrille Schreie aus, krümmt sich im Stuhl zusammen und windet sich, seine Hand wandert über das Kissen, als wäre dort Mamans suchende Hand; Havriel packt ihn; Delphine wimmert.

»Frédéric, beruhigt Euch! Sie wird in diesem Moment in Sicherheit gebracht! Wir wissen nicht, wie schwer sie verletzt ist.«

»Sie haben sie erschossen!«, rufe ich. »Sie haben sie erschossen, und wenn sie es nicht getan hätten, hätte sie es wahrscheinlich selbst getan!«

Weinend will ich auf Vater zugehen, da dreht sich Havriel um.

»Bleib zurück, Aurélie«, herrscht er mich an. »Bleib zurück!«

Havriels Glocke ertönt. Eine Tür wird geöffnet. Dahinter ist jemand. Der Sack fällt wieder über meine Augen. Ich werde fortgeführt. Ich weiß nicht, wo meine Schwestern sind, und plötzlich fühlt sich mein Körper an wie aus Wachs, Zweigen und Strohhaaren; ich bin nur noch eine leere, poröse Hülle, zu müde zum Kämpfen. Ich gehe weiter und weiter, durch hallende Säle, bis meine Füße in den Schuhen schmerzen. Ich habe das Gefühl, tagelang zu laufen, von weichen Händen durch die Dunkelheit geleitet, und dennoch kann ich Vater noch immer schreien hören.

15

Wir stolpern weg von den Drähten und untersuchen unsere Körper auf Wunden. Mein Fuß fühlt sich an, als wäre er abgesägt worden. Ich ziehe mein Hosenbein hoch und erwarte, teilweise amputiert zu sein, bloßgelegte Muskeln und Knochen zu sehen, wenn nicht noch Schlimmeres. Aber ich habe nur einen Schnitt, knapp über dem Knöchel. Winzig, knapp fingernagelgroß. Ein Paradebeispiel für eine Antiklimax.

Ich lasse mich an die Wand neben Jules sinken. Er versucht, seine Hand zu bewegen, und beobachtet, wie sie dort, wo sie seinen Fall gebremst hat, rot und glänzend anschwillt. Lilly kniet vor der Wand aus Drähten. Der Kopf ist ihr auf die Brust gesunken, und das Haar hängt ihr strähnig übers Gesicht. Ich kann nicht erkennen, ob sie verletzt ist. Immerhin atmet sie.

Ich lehne mich gegen die Wand und schließe die Augen.

»Was wollen die nur von uns?« Ich bringe nichts als ein rauhes, heiseres Krächzen heraus.

Niemand antwortet. Ich rolle den Kopf zur Seite und versuche, Jules' Blick zu fangen. »Im Ernst, warum haben sie uns nicht einfach im Spiegelraum umgebracht? Oder vorher beim Abendessen? Oder in dem beschissenen Flugzeug? Und warum gibt es hier Fallen? Dorf hat gesagt, sie könnten uns sehen, sie wüssten, wo wir sind, also warum haben sie die Drähte aufgehalten? Warum haben sie uns nicht einfach erledigt?«

Will lässt sich neben uns nieder. Er hat einen Schnitt am Arm. Ein Ärmel seines Shirts klebt an der Haut, dunkel durchweicht und glänzend. Er reißt den anderen Ärmel am Schultersaum ab und bindet damit die Wunde oberhalb seines Bizeps mit Hilfe seiner Zähne ab.

»Sie wollen uns gar nicht töten«, behauptet er.

Ich sehe den mit Widerhaken versehenen Stutzen wieder vor mir, der in Haydens Schädel verschwindet.

»Ach, wirklich?«, frage ich. »Aber Hayden schon, nicht wahr?«

Will zieht den Knebel fest zusammen und krümmt sich dabei vor Schmerz. Jules lässt den Kopf zwischen den Knien hängen. Ich sehe nichts von ihm außer seinem schwarzen Haar. Mir ist zum Kotzen zumute, und am liebsten würde ich jemanden schlagen, mich fetzen und Pläne schmieden, aber stattdessen sitzen hier alle nur rum!

Abrupt stehe ich auf, trotz der Schmerzen in meinem Fuß. »Wir müssen hier raus.«

Jules schnappt nach Luft, er schluchzt, den Kopf immer noch zwischen die Knie geklemmt. Will blickt zu mir auf, seine Augen sind klar und ruhig. Er weint nicht, aber ich glaube, er würde es tun, wenn er allein wäre.

Ich blicke zu den goldenen Flügeltüren am Ende des Saales. Sie reflektieren das Licht der Kronleuchter und scheinen zu glühen. »Jetzt steht doch endlich auf!« Meine Stimme hallt durch den Raum.

Keiner regt sich.

Ich gehe auf Lilly zu. Auch ich habe Hayden sterben sehen, und ich befinde mich gerade in allen vier Stadien der Trauer gleichzeitig, aber ich will nicht ermordet werden. Ich packe Lilly am Handgelenk und reiße sie praktisch auf die Füße.

»Was ist nur mit dir los?«, schluchzt Lilly. »Wir sind eben beinahe ...«

»Ja«, sage ich kämpferisch. »Wir sind beinahe gestorben, und wir werden tatsächlich sterben, wenn wir uns nicht in Bewegung setzen!«

Wie zur Antwort ertönt mehrfach ein metallisches Ploppen hinter den Wänden. Lilly und ich erstarren. Die Drähte gleiten entlang ihrer Schienen zurück. Sie schwirren und vibrieren nicht mehr, sondern ziehen sich, wie ein verwundetes Tier in seine Höhle, zurück, indem sie am Ende des Saales aufsteigen und in ihren Schlitzen über der goldenen Tür verschwinden. Straff gespannt. Unsichtbar.

»Will, kümmere du dich um Jules«, befehle ich über meine Schulter hinweg. »Dorf hat gesagt, sie würden Tracker vom anderen Ende des Palastes aus losschicken. Das bedeutet, dass es ein anderes Ende gibt.«

Irgendwo hinter mir sagt Jules mit bitterer Stimme: »Du willst, dass wir einfach so durch diese Türen marschieren? Ist das dein Plan? Und was ist mit Dorf? Er hat gesagt, hier unten ist etwas. Und wenn das, wovor er uns gewarnt hat, schon auf der anderen Seite ...«

»Entweder das oder Miss Sei und ihr Tankstutzen, du kannst es dir aussuchen.«

Ich habe Lilly am Arm gepackt, und wir überqueren rasch den Mosaikboden. Die goldenen Türflügel ragen vor uns empor, mit Figuren geschmückt und irgendwie surreal, wie Rodins Höllentor. Sie sind wie ein goldglänzender Alptraum – vergoldete Gesichter, verrenkte Körper, Schwingen, Hufe und Klauen, die sich durch die goldene Masse emporkämpfen. Jules und Will holen uns ein. Will stützt Jules, obwohl dessen geschwollene Hand ihn nicht am Gehen hindert. Nebeneinander stehen wir keuchend vor der Tür und starren daran empor.

»Und wenn es eine Falle ist?«, flüstert Lilly. »Vielleicht ist sie präpariert.«

Ich lege meine Hand dagegen.

»Schon möglich«, sage ich und drücke sie auf.

16

Sie ist nicht präpariert. Vielleicht hat auch, wer immer diesen Ort kontrolliert, beschlossen, uns nicht zu töten. Wir schlüpfen durch die goldenen Türflügel. Will schließt sie hinter uns, so leise er kann.

Der Raum, in den wir jetzt gelangen, hat neun weitere Türen – drei in jeder Wand, die eine, durch die wir gerade gekommen sind, nicht mitgezählt. Alles hier ist knochenweiß. Die Decke, die Wände mit ihren verschnörkelten Stuckverzierungen, der kreisrunde Tisch in der Mitte – alles. Der einzige Farbklecks ist die große Obstschale auf dem Tisch, ein holländisches Stillleben mit Trauben, Orangen und rubinroten Äpfeln, üppig und lebhaft im Kontrast zu all dem Weiß. Es herrscht Totenstille.

Ich blicke mich um. Ich vermute, es handelt sich um eine Art Antichambre, aber es ist anders als alles, was ich je gesehen oder über das ich gelesen habe. Der Raum wirkt irgendwie ausgelaugt, entleert, wie der unvollendete Teil einer Computeranimation. Auch hier prangt an der Decke ein Schmetterling, ein weißer. Diesmal sind die Augen beinahe geschlossen. Jedoch nicht schläfrig. Eher verschlagen. Katzenhaft.

»Das können die nicht machen«, haucht Lilly, und ihre Stimme wirkt wie eine Dissonanz, eine Kräuselung in der toten Luft. »Damit kommen die nie durch. Unsere Eltern wissen, dass wir in Frankreich sind. Sie wissen zwar nicht genau, wo, aber meine Mutter wird es herausfinden, und sie wird dieses Ding hier mit einem Löffel ausgraben, wenn es sein muss.«

»Als ob denen überhaupt jemand etwas anhaben könnte. Unsere Flugscheine haben genügt, um die US-Sicherheits-kontrollen komplett zu umgehen. Das ist ein vollkommen anderes Niveau des Reichtums.«

»Sie müssen aber trotzdem Angst haben, erwischt zu werden«, erwidert Will. »Warum sonst diese große Lüge? Und warum haben sie uns überhaupt hierhergebracht?«

»Und uns dann entwischen lassen«, pflichtet Jules ihm bei.

»Sie haben uns nicht entwischen lassen«, entgegne ich. Dieser Raum jagt mir Angst ein. Ich muss mich zwingen weiterzusprechen. »Ich glaube, wir sollten gar nicht erst wieder aufwachen. Ich habe den größten Teil von meinen Kapseln ausgespuckt, weshalb ich wahrscheinlich als Erste wieder zu Bewusstsein kam. Deshalb konnte ich euch auf-wecken. Nur Hayden …«

Hayden hatte nicht dieses Glück.

»Wir sollten in diesem Würfelraum sterben. Aber wir sind geflüchtet.«

»Und was jetzt?«, fragt Jules.

»Jetzt verstecken wir uns«, schlage ich vor. »Dorf hat ge-sagt, diese Dinger, diese Tracker, was weiß ich, wären fünf Kilometer entfernt, und wenn sie auch nur annähernd den Typen bei Miss Sei ähneln, dann sind sie verdammt schnell.«

Ich gehe zum Tisch und nehme mir eine Orange. Ich habe damit gerechnet, dass sie unecht ist, gefährlich, dass sie möglicherweise zu vergifteten Stacheln explodiert und meine Hand aufspießt. Doch sie tut es nicht. Ich rieche den intensiven Duft des Öls in der Schale, das an meinen Fingerspitzen haften bleibt. Ich stecke die Orange in meine Pullovertasche und nehme mir dazu noch einen Apfel und eine Handvoll Trauben. Will nimmt vorsichtig eine Birne und betrachtet sie wie ein geheimnisvolles Rätsel.

»Womöglich beobachten sie uns auch jetzt gerade.«

»Höchstwahrscheinlich.« Ich drehe mich um die eigene Achse. Es ist ein merkwürdiges Gefühl, als sich der Raum um mich dreht. Die Luft ist unbewegt, aber als ich jetzt genau hinhorche, ganz aufmerksam, herrscht keine vollkommene Stille. Sie ist geladen, gesättigt mit einer intensiven, sirrenden Energie. Mir sträuben sich die Nackenhaare.

Ich schließe fest die Augen. Öffne sie wieder. »Welche Tür? Sucht euch eine aus, irgendeine.«

Will deutet mit seiner Birne auf eine Tür in der linken Wand. Ich gehe darauf zu.

In meinem Kopf beginnt eine Stimme panisch zu flüstern: *Keine Tür ist die richtige. Sie wollen uns noch nicht töten, sie wollen uns noch nicht töten …*

Ich ziehe am Türgriff und spähe in den nächsten Raum. Es ist ein Salon, einer von der Sorte, in dem wohlhabende französische Familien ihre Gäste empfangen. Viel Blattgold. Rote Brokattapete. Wandverkleidungen aus Bleiglas und Kristalllüster. Sessel, die warten wie leere Münder.

Ich trete ein. Die anderen folgen in sicherem Abstand.

»Vielen Dank«, sage ich, ohne mich umzudrehen. »Ihr wollt nicht zusammen mit Anouk getötet werden, falls der Raum eine Falle ist, stimmt's? Ihr seid ja echt süß.«

Von diesem Raum gehen drei Türen ab, die, durch die wir gekommen sind, und zwei in der Wand gegenüber. Was wir tun ist dumm. Wir tappen blind umher, bis wir das Gefühl haben, weit von unserem Startpunkt entfernt zu sein, aber das hat nichts mit Verstecken zu tun und bringt uns nicht in Sicherheit. Nur weil wir nicht wissen, wo wir sind, bedeutet das noch lange nicht, dass die anderen es auch nicht wissen.

Wir müssen auf das Schlimmste gefasst sein.

Ich renne hinüber zum Marmorkamin und versuche, mich auf die Umrandung zu hieven. Sie ist höher, als ich groß bin. Ich finde keinen Halt an den glatten Seiten. Ich versuche es noch einmal und rutsche ab wie ein Depp.

Jules eilt zu mir. »Hey, was machst du da?« Er starrt mich an, als müsse man mich wegen Tollwut einschläfern.

Ich ignoriere ihn, ziehe einen Stuhl heran und steige auf den Sitz. Er knarrt unter meinem Gewicht. Ich schaffe es auf den schmalen Absatz des Kaminsimses und schiebe mich zentimeterweise zur Mitte. Die anderen überlegen wahrscheinlich gerade, mich als Friedensopfer für die Psychos zurückzulassen. Mir egal. Über dem Kamin, befestigt an einem dekorativen Wappen, hängen zwei gekreuzte Schwerter – Krummschwerter mit ziselierten Goldhandgriffen.

Ich greife nach einem und versuche es herauszuziehen. Es rührt sich nicht. Ich zerre an dem Wappen, löse es von der Wand. O nein! Es ist schwer. Ich wanke rückwärts. Ich werde von dem Kaminsims fallen, wenn ich den Schild nicht loslasse. Ich schwenke herum und lasse das Ding fallen. Es knallt scheppernd zu Boden, ohrenbetäubend laut. Ich springe ihm hinterher.

»Bist du verrückt?«, zischt Jules, und Lilly dreht kleine

Kreise und knetet hektisch eine der Federn, die in ihr Haar geflochten sind.

»Waffen«, erkläre ich. »Ihr solltet euch auch welche beschaffen.«

Ich habe keine Ahnung, wie man mit Säbeln kämpft. Ich kann mich geschickt abrollen und ausführlich über die florentinischen Meister der italienischen Frührenaissance dozieren, aber ich bin mir ziemlich sicher, dass diese Tracker, wer auch immer sie sein mögen, damit nicht zu beeindrucken sind. Dennoch sind Säbel besser als gar keine Waffe, wenn ihr mich fragt. Ich stelle mich mit einem Fuß gegen den Rand des Schildes und ziehe mit aller Kraft.

Lilly folgt meinem Beispiel. Sie fängt an, Kommodenschubladen aufzuziehen und sie zu durchwühlen. Will geht zu einem Schrank an der gegenüberliegenden Wand. Mir gelingt es, den ersten Säbel zu lockern, und dann reiße ich ihn heraus. Ich fahre mit dem Daumen an der Schneide entlang. Nicht sehr scharf, aber die Spitze sieht gut aus. Sie wird einigen Schaden anrichten, wenn ich sie fest genug irgendwo reinramme. Mit etwas Wackeln bekomme ich auch den zweiten Säbel heraus. Lilly bringt einen langen Brieföffner mit Elfenbeingriff. Will hat sich einen wundervoll verschnörkelten Feuerhaken besorgt. Jules hat nichts, deswegen greift er nach einer Porzellanstatue in seiner Reichweite, die eine Dame mit Regenschirm darstellt, und schwenkt sie drohend.

Ich nehme sie ihm ab, stelle sie wieder hin und gebe ihm Wills Feuerhaken. Da Wills Hände immer noch geöffnet sind, als versuche er mit dem plötzlichen Fehlen von Feuerhaken in seinem Leben fertig zu werden, ersetze ich den Feuerhaken durch einen der Säbel. Lilly greift nach dem anderen. Ich denke noch kurz, dass ich ihn ja eigentlich wollte, aber egal. Ich stecke den Brieföffner in meine Jeanstasche und hoffe, mich nicht im Gehen selbst aufzuspießen. Dann drehe ich mich zu den anderen um.

Wir sind irgendwie lächerlich. Wie eine Gruppe übereifriger Söldner in einem billigen Science-Fiction-Film, die sich mit Haushaltsgegenständen bewaffnen.

»Bravo«, sage ich. »Und jetzt weiter.«

Ich gehe zur linken Tür. Schlüpfe hindurch.

Es ist, als wäre ich in einem Gemälde gelandet, einem Meisterwerk in 3-D. Der Raum ist nicht groß, aber jeder Zentimeter von Decke und Wänden ist mit beeindruckenden Landschaften bemalt: schattigen, inbrünstigen Szenen von Mythen und Verrat, verrenkten Figuren, wallenden Bahnen von Umhängen und wabernder Dunkelheit.

Ich weiß, woran mich das erinnert: an die Sixtinische Kapelle. Die echte habe ich am Ende meiner Italienreise letztes Jahr besichtigt. Ich hatte ein Penthouse in Rom gemietet, trank Montepulciano, aß Pancetta mit Oliven und tat furchtbar erwachsen. Im Kopf führte ich dramatische Gespräche mit meinen Eltern, schrie die Randalierer spätabends unten auf der Straße an, das ganze Programm. Als ich inmitten einer Touristenschar die Kapelle besichtigte, legte ich den Kopf in den Nacken und hatte das Gefühl, als würden mich all diese Gestalten von der Decke herab beobachten. Hier ist es schlimmer. Denn sie sind näher.

Ich will weitergehen – die anderen überholen mich bereits, durchqueren langsam den Raum –, aber irgendetwas an den Bildern zwingt mich, stehenzubleiben. Die gemalten Gesichter sehen wütend aus. Die Gestalten kämpfen, gefangen in einem Krieg, die Augen so tief in den Höhlen, dass sie fast schwarz aussehen. Die Himmel sind blutunterlaufen, die Bäume verkrüppelt.

Ich stelle mir vor, wie die Tracker durch Räume wie diesen auf uns zustürmen.

Das Zimmer hat vier Türen. Eine in jeder Wand.

Die Luft ist noch immer geladen mit diesem merkwürdigen Prickeln.

Und in einer Ecke steht ein Mann. Er blutet. Und er beobachtet uns.

17

Im ersten Augenblick denke ich, dass ich mir die Gestalt nur einbilde. Klapperdürr. Rotunterlaufene Augen. Wie ein gefallener Engel steht er vor dem barocken Pomp und den Ölgemälden hinter ihm.

Im Palast sind böse Kräfte am Werk …

Jetzt sieht Lilly den Mann auch, und es ist, als sendeten ihr ihr Verstand und ihre Augen gegensätzliche Botschaften, denn sie geht genau auf ihn zu und sagt: »Das ist kein …. Das ist kein Mensch …«

Dann kreischt sie so laut, dass es mir in den Ohren weh tut: »Wer bist du? Wer bist du?«

Daraufhin gerät alles in Bewegung. Die anderen sehen ihn auch. Wir rennen los, rempeln einander an, um die nächste Tür zu erreichen, voller Angst, ihm den Rücken zuzudrehen. Er ist kalkweiß, trägt Kniebundhosen und ein faltiges, weites Hemd. Es ist von Blut durchtränkt und klebt an seiner Haut.

Er regt sich nicht. Er beobachtet uns mit offenem Mund. Dann stößt er französische Worte aus, panisch und verzweifelt: »*Reine*«, sagt er zitternd. »*Mère de miséricorde, notre vie, notre joie, notre espérance, salut. Enfants d'Ève …*«

Wir stürmen in einen langen, hohen Korridor.

Ich höre noch: »*Nous crions vers vous du fond de notre éxile …*«

Es ist ein französisches Gebet, aber es klingt seltsam verdreht und düster, und in meinem Kopf höre ich Dorf feixen: *Ihr habt uns nicht ausgesperrt, ihr habt euch eingesperrt!*

Ich drehe ruckartig den Kopf und stolpere beinahe gegen Jules' Rücken. Der blasse Mann steht immer noch da und grinst. Und dann folgt er uns. Seine Augen bohren sich in meine. Er rennt auf uns zu, seine Füße trommeln auf den Boden. Ich blicke nach vorn und sprinte, so schnell ich kann.

»Was sagt er?«, kreischt Lilly.

Wieder schaue ich zurück und sehe alles verschwommen, als wäre ich betrunken. Vier gegen einen, vier gegen einen, wenn er uns einholt, können wir …

Er ist verletzt, aber an seinen milchweißen Armen ziehen sich kräftige Muskelstränge entlang, und seine sehnigen Beine tragen ihn auf uns zu wie eine knochige, schnell krabbelnde Spinne. Er murmelt immer noch vor sich hin und starrt mir ins Gesicht.

Wir erreichen das Ende des Korridors. Es gibt keinen Ausgang. Was wir für eine Tür gehalten haben, ist eine dreidimensionale Trompe-l'Œil-Darstellung des Tores zu den Elysischen Gefilden. Der Raum ist eine Sackgasse.

Ach du Scheiße!

Ich blicke zurück. Der blasse Mann ist nur noch fünf Meter entfernt. Lilly hebt ihr Schwert und schwenkt es in großen, wilden Bögen vor sich herum. »Stopp!«, ruft sie. »Kommen Sie nicht näher! Anouk, sprich französisch mit ihm, worauf wartest du?«

Ich fahre herum. »*Arrêtez!*«, rufe ich. »Bleiben Sie stehen! *Arrêtez, n'approchez pas,* kommen Sie nicht näher!«

Nur zwei Meter vor uns bleibt er abrupt stehen. Stille. Die anderen drehen sich langsam um. Der Mann starrt uns an. Ein Tropfen Blut, dunkel wie Wein, löst sich von seinen Fingerspitzen und fällt zu Boden.

»Wer sind Sie?«, frage ich auf Französisch, fast hysterisch laut. »Gehören Sie zu den Sapanis?«

Er legt den Kopf schief. Seine Augen sind dunkel umrandet, und irgendetwas an ihnen – die Art, wie sie starr auf mein Gesicht geheftet sind – bewirkt, dass ich mich am liebsten unter dem Fußboden verkriechen würde.

»Was wollen Sie?«, frage ich noch einmal.

Der Mann blinzelt. Und dann scheint er in Zeitlupe in sich zusammenzusinken, doch dabei vollführt er eine komplizierte Verbeugung, ein Bein nach vorne, einen Arm nach hinten und die blutige Hand wie in einer Pantomime zu mir ausgestreckt. Er kommt einen Schritt näher, dann noch einen. Den Kopf noch immer gesenkt.

»Fass ihn nicht an«, flüstert Lilly, das Schwert auf ihn gerichtet, mit zitternder Klinge.

»Glaub mir, ich habe nicht vor … *Écoutez*«, fahre ich den blassen Mann an. »Was ist mit Ihnen geschehen?«

Er schlägt die Augen auf, und unsere Blicke treffen sich. Für eine Sekunde sehen sie mich scharf an, dann verschwimmen sie vor Tränen, und Zentimeter für Zentimeter nähert er sich mir, mit zitternden Fingern, während Blut zu Boden tropft.

»Aurélie«, krächzt er. »Aurélie.«

»Wer ist Aurélie?«

Er antwortet nicht. Er fällt auf ein Knie und schlingt seine langen Arme um sich, mit hängendem Kopf. Er ist furchtbar dünn. Seine Wirbelsäule ragt wie eine kleine Bergkette aus seinem Hals hervor, seltsam reptilienhaft. »*Aidez-moi*«, flüstert er. »*S'il vous plaît, ayez pitié. J'ai tellement peur.*«

»Helft mir«, übersetzt Will leise. »Ich bitte Euch, habt Mitleid. Ich habe solche Angst.«

»Er hat Angst?«, stößt Jules schrill hervor. »Und was ist mit uns? Dorf hat gesagt, dass hier unten etwas ist. Er könnte dieses Etwas sein. Was, wenn er mit irgendetwas infiziert ist oder so?«

Der blasse Mann kippt zur Seite und fällt zu Boden. Sein Atem wird flacher, geht in schnellen, schwachen Stößen. Seine Haut wird widerlich grauviolett.

»Er wird verbluten«, sage ich. Meine Stimme klingt kalt und tonlos. Ich habe keine Ahnung, wie ich reagieren soll, bei diesem Zusammentreffen mit einer furchterregenden, sterbenden Person im Palast unserer Kidnapper. Mein Verstand drängt mich, zurück in den Raum mit den Gemälden zu laufen, eine andere Tür zu wählen und zu vergessen, dass wir ihn je gesehen haben.

»Und wenn er uns helfen kann?« Ich gehe vorsichtig zu ihm hin. Seine Atemzüge sind jetzt ganz leise. Ein Blutrinnsal kriecht unter ihm hervor und über den Fußboden wie ein Finger, der sich nach uns ausstreckt. »Angenommen, er könnte uns sagen, was wir wissen müssen, um hier herauszufinden?«

»Bist du verrückt?«, erwidert Jules. »Nein, nein, nein, wir sind auf der Flucht, okay? Man will uns umbringen!«

»Jules, schau ihn doch an! Er ist verletzt. Wir sitzen alle im selben Boot, und er ist wahrscheinlich schon länger hier unten als …«

»Es könnte ein Trick sein«, gibt Will zu bedenken. »Vielleicht spielt er uns nur etwas vor.«

»Dann sterbe ich einen grauenvollen Tod, und ihr wisst es beim nächsten Mal besser. Eine Win-win-Situation.« Ohne die Entscheidung des Komitees abzuwarten, ziehe ich den Brieföffner aus meiner Hosentasche und gehe zu dem blassen Mann hin. Er hebt den Kopf und schaut mich unter halb geschlossenen Lidern hervor an. Durch den Blutverlust ist seine Haut jetzt fast durchscheinend. Rote Flecken breiten sich rings um die Augen und an seinem Hals aus. Seine Fingernägel sind dick und gelb.

»*Aidez-moi*«, keucht er wieder, kaum hörbar. »*Aurélie, aidez-moi …*«

Ich gehe in die Hocke, blicke ihn fest an und frage auf Französisch: »Können Sie uns hier herausbringen?«

Er nickt, aber seine Augen werden glasig. »*Oui, mademoiselle, oui!*«

»Okay. *Faisons un accord.* Sie helfen uns, und wir helfen Ihnen, einverstanden?«

Schluchzend greift er nach meiner Hand, und seine Tränen fließen und vermischen sich mit dem Blut auf dem Boden.

Ich zucke weg und unterdrücke den Würgereiz in meiner Kehle. »Wenn er irgendetwas versucht«, sage ich zu den anderen, »schlagen wir ihm den Schädel ein und laufen. Bis dahin werden wir ihm helfen.«

18

Er riecht widerlich, nach einer Mischung aus Schweiß und Dreck, New Yorker Straßen im Sommer und irgendetwas Blutigem, Metallischem, das ich noch nicht richtig einordnen kann. Ich versuche, nicht durch die Nase zu atmen und nicht versehentlich seine Haut zu berühren und mich zu übergeben, während ich Lage um Lage von tannengrünem Vorhangsamt um seinen Arm wickle. Mir kommt es vor, als wäre ich in *Vom Winde verweht* gelandet, eine Kriegskrankenschwester Mitte des 19. Jahrhunderts. Gebt mir ein paar Reifröcke, und ich befördere Melanie mit Tritten aus der Stadt.

»Noch mehr«, sage ich, werfe den Kopf in den Nacken und starre zur Decke. »Ich brauche noch mehr Verbandmaterial.«

Wir befinden uns eine Tür weiter als der Raum mit den Gemälden, in einem kleinen, sechseckigen Wohnzimmer mit einer Konzertharfe in der Mitte. Die Vorhänge umrahmen ein falsches Spiegelfenster, das wohl dazu dienen sollte, sich weniger eingeschlossen zu fühlen, obwohl es genau den gegenteiligen Effekt hat. Man sieht Vorhänge und ein fensterförmiges Objekt, und man erwartet, hindurchschauen zu können, in den Himmel oder über offene Felder. Aber man sieht nur sich selbst. Es ist irritierend.

Will reißt noch einen Streifen von den Gardinen ab und reicht ihn mir. Ich schnappe nach Luft und bücke mich wieder, wickle die Bandagen, so schnell ich kann.

Das Blut strömt aus einer tiefen Wunde, die sich vom Ansatz seines Ellbogens bis zum Handgelenk zieht, auf der Oberseite des Arms. Es ist nur eine Fleischwunde, aber eine sehr merkwürdige. Es ist weder ein Schnitt noch ein Biss. Sie ist breit, mit glatten Wundrändern, wie eine Rille, beinahe so, als hätte ihn etwas verbrannt. Ganz langsam.

»Er hat gesagt, er kann uns hier rausbringen?«, murmelt Jules, an mich gewandt. Er hockt neben Will und sucht nach den Säumen der Vorhänge. »Aber wie sollen wir glauben, was er sagt? Warum helfen wir ihm überhaupt? Erklärt es mir! Wir können ihm nicht vertrauen!«

»Wir werden ihm auch nicht vertrauen.« Ich wickle noch einen Streifen Samt um den Arm des Mannes. Ich höre ein nasses Schmatzgeräusch, als ich ihn strammziehe, und ich spüre, wie sich mein Magen umdreht. »Wir sorgen dafür, dass er nicht innerhalb der nächsten fünf Minuten stirbt, und bringen ihn dann dazu, uns das Leben zu retten, ob er es will oder nicht.«

Ich schaue dem blassen Mann ins Gesicht. Seine Haut hängt in Falten herunter, aber ich glaube, es liegt nicht am Alter. Er gleicht einem dieser Kriegsgefangenen in Vietnam, die man schon mal in Dokumentationen sieht, oder einem Extrembergsteiger nach einem harten Gipfelsturm. Erschöpft, ausgelaugt und krank. Ich erkenne, warum mir seine Augen anfangs blutunterlaufen vorgekommen sind. Die dunkle Iris ist seltsam verschwommen, als würde sie sich in das Weiß hinein ausbreiten. Ich muss an die Zombies in britischen Art-House-Apokalypsefilmen denken und wie die Figuren aussehen, bevor die Infektion ausbricht. Am liebsten würde ich diesen Typen in eine gläserne Isolierzelle sperren und nur über eine Sprechanlage mit ihm kommunizieren. Er trägt auch noch andere Wunden am Körper. Ältere. Winzige, haardünne Schnitte am Hals, auf der Stirn und in den Handflächen, die zu feinen, satinglänzenden Narben verheilt sind. Weiß wie Fischgräten.

»Wir müssen weiter!«, schnieft Lilly kläglich. Sie steht neben uns, tritt von einem Fuß auf den anderen und schwingt ihr Schwert wie ein gereizter Gartenzwerg.

Ich knote den letzten Streifen Samt um die improvisierte Bandage und stehe rasch auf.

»Wir gehen jetzt weiter. Können Sie laufen?«, frage ich den blassen Mann. »*Pouvez-vous marcher?*«

Er nickt, erhebt sich aber nicht. Will hilft ihm auf. Als er ihn loslässt, knicken seine Beine grotesk ein, und er fällt beinahe wieder hin. Will fängt ihn auf.

»Auch von allein?«, fragt Jules spitz.

Will hält den Mann aufrecht, und wir durchqueren den Raum. Langsam. Okay, es war vielleicht doch keine so gute Idee.

»Bringen Sie uns zum Ausgang!«, sage ich auf Französisch. »Auf den Weg hinaus. *La police pour nous, l'hôpital pour vous.* Die Polizei für uns, das Krankenhaus für Sie.«

Er schüttelt heftig den Kopf.

»Was soll das heißen ›Nein‹? Doch! Und zwar sofort!«

»Noch nicht«, erwidert er, senkt den Kopf, kneift die Augen zu und nickt wieder mehrmals hintereinander. »Es ist zu gefährlich. Wir müssen uns verstecken! Sie kommen!«

»Sagt er, dass wir uns verstecken müssen?«

»Wo? Wo sollen wir uns verstecken?«

»Folgt mir«, sagt er, reißt sich von Will los und hinkt auf unsicheren Beinen zum Gemälderaum, durch die Türen, zurück in das weiße Vorzimmer. Wir eilen ihm nach, Will an seiner Seite, falls es ihm einfallen sollte, sich davonzumachen. Wir schlüpfen durch Türen und durcheilen eine endlose Reihe kostbarer Räume. Wandteppiche, Blattgold, Gemälde und Möbel huschen vorbei. Wir befinden uns in einem schmalen Korridor, dessen Wände mit dunklem Holz verkleidet sind und dessen Decke mit Gold verziert ist, gemustert wie riesige Libellenflügel. Der blasse Mann bleibt vor einer Flügeltür stehen. Er nickt und deutet darauf.

»Ungefährlich?«, frage ich und klopfe mit einer Hand auf das Holz. »Sind wir da drin in Sicherheit?«

Er starrt mich an, seine Augen zucken. Jules dreht sich um und blickt den Flur entlang.

»Sicher?«, wiederhole ich drängend. »Sommes-nous en sécurité?«

Jemand kommt. Ich höre es, jetzt, wo wir stehengeblieben sind – noch weit, weit entfernt, aber das Geräusch nähert sich, der unverkennbare Klang von hämmernden Schritten. Türen werden geöffnet. Und da ist auch plötzlich wieder dieses durchdringende Summen. Dasselbe Summen, das ich in dem knochenweißen Vorzimmer gehört habe, nur lauter – eine dünne, verschwommene Klanglinie, die schmerzhaft ansteigt. Wer immer sich da nähert, kann nicht weiter als fünf Räume entfernt sein. In wenigen Sekunden werden unsere Verfolger in den Korridor stürmen.

Der blasse Mann verliert die Fassung, Jules ebenfalls. Das

Summen klingt jetzt wie eine Knochensäge und schneidet in mein Gehirn.

Wenn sich jenseits dieser Türen nicht gerade eine Abordnung der Sapanis befindet, die sich auf Chaiselongues fläzt und das Blut kleiner Kinder aus Martinigläsern schlürft, werden wir uns dort verbergen.

Ich reiße die Türen auf. Will packt den blassen Typen, Lilly packt Jules, und dann drängen wir uns alle in einen großen, dunklen ...

Palais du Papillon, Chambres Jacinthe, 34 Meter unter der Erde, 1789

Ich wurde von meinen Schwestern getrennt, ich weiß nur nicht genau, wann. Vielleicht war ich nach der Begegnung mit Vater für kurze Zeit zu durcheinander oder einfach zu müde und niedergeschlagen vor Trauer, um es zu bemerken, aber jetzt sind sie jedenfalls fort. Ich erinnere mich an das trockene Klacken unserer Schuhe auf Holzböden, Delphines leises Weinen und das Rascheln von Charlottes und Bernadettes Röcken, als sie sich an den Händen hielten und einander trösteten. Eine Tür, die sich knarrend öffnete und schloss. Ich weiß noch, dass ich in ein Bett zwischen kalte Laken gekrochen bin. Als ich erwachte, war ich allein. Und bin es seitdem geblieben.

Neun Tage sind vergangen, seitdem ich zuletzt die Sonne gesehen habe.

Neun Tage, seitdem Maman gestorben ist.

Neun Tage in diesen verschlossenen, stickigen Gemächern.

Neun Kratzer im Holz hinter dem Betthimmel.

Ich habe das Gefühl, als wäre ich lebendig begraben.

Mein Grab ist wunderschön. Es besteht aus zwei Zimmern; den Hyazinthenzimmern, wie eine schnörkelige Schrift über der Tür verkündet, den *Chambres Jacinthe*.

Es gibt ein Schlafzimmer, verschwenderisch in Blassgrün und Rosa ausgestattet, und ein Boudoir in blauer Seide und mit einem großen, kunstvoll verzierten Kamin aus schneeweißem Marmor. Am zweiten Tag habe ich versucht, den Schornstein hinaufzukriechen, aber ein Gitter versperrte den Durchgang nur einen Meter über dem Fußboden, so fest eingelassen, dass es sich unter keinen Umständen lockern lässt. Ich frage mich manchmal immer noch, wo dieser Kamin hinführt und ob irgendwo mitten in den Wäldern von Péronne hoch über uns Schornsteine aus der Erde ragen.

Vielleicht ist der Kamin auch nur eine Attrappe, wie die Spiegelfenster und die Vorhänge. Vielleicht führt er nirgendwohin. Bisher hat kein einziges Mal ein Feuer darin gebrannt.

Meine Zimmer sind durch einen hohen, vergoldeten Durchgang miteinander verbunden. Es gibt eine kleine Toilette, die man durch eine Wandtür neben dem Bett erreicht, und die Tür des Boudoirs führt hinaus in den Flur. Das ist alles, was ich weiß. Die Tür zum Korridor ist stets verschlossen, und seit meiner Ankunft ist niemand hindurchgekommen oder -gegangen.

Die Bediensteten benutzen diese Türen nicht. Sie haben ihr eigenes, ausgeklügeltes System, und ich sehe sie niemals, nicht mal tagsüber, wenn sie mir Essen bringen oder eines der Zimmer aufräumen. Jeden Abend nehme ich mir vor, nur leicht einzunicken und beim leisesten Geräusch zu erwachen, doch am Ende schlafe ich wie ein Stein, und am Morgen sind meine Kleider gereinigt, die Lampendochte zurechtgeschnitten und mein Frühstück serviert. Ich habe entdeckt, wie sie es machen: Wenn ich vom Schlafzimmer ins Boudoir gehe oder andersherum, schließt sich klickend die Tür hinter mir und wird verriegelt. Ich kann daran rütteln und hämmern, wie ich will, sie wird sich nicht öffnen, bis sie es will, und wenn sie es will, ist der Raum dahinter jedes Mal menschenleer. Ich finde Teller mit Gebäck und Schalen mit Obst, Tassen mit dicker Sahne, frisch gestärkte Unterröcke, kleine Teekännchen und manchmal ein neues Buch mit Gedichten oder Geschichten. Aber wer immer mir diese Annehmlichkeiten bringt, ist jedes Mal bereits fort.

Natürlich habe ich nach dem geheimen Durchgang gesucht, der sie einlässt, und natürlich habe ich ihn gefunden. Zwei Zimmer können nur wenige Geheimnisse bewahren und auch nur für kurze Zeit. Doch leider ist der Durchgang von der anderen Seite her verriegelt. Ich habe mir die Finger am Spalt blutig gekratzt, und am nächsten Tag lagen Verbände und eine fettige braune Salbe auf meinem Nachtschränkchen.

Ich hätte nicht übel Lust, sie quer durchs Zimmer zu pfeffern oder mir die Zehen an der Wand zu brechen und zu schreien, bis ich heiser bin. Ich hätte es getan, wenn ich geglaubt hätte, es könnte helfen. Aber es hat keinen Sinn, sich kindisch zu benehmen. Ich habe jede Ecke und jeden Winkel nach einem Fluchtweg abgesucht. Ich habe verzweifelte Botschaften ausgelegt und laut um Befreiung gefleht, und ich habe alle meine Tränen vergossen. Niemand hört mich. Ich kann nichts tun, außer verrückt zu werden. Lange kann es nicht mehr dauern. Langsam, aber sicher werde ich wie die alten Vogelscheuchen von Witwen bei Hofe, die von Zimmer zu Zimmer wandern, gedankenverloren in den Bergen ihrer kostbaren Gewänder sitzen und nichts anderes zu tun haben, als vor sich hin zu murmeln und missbilligend auf die jungen, glücklichen Leute zu blicken, die sie einst gewesen sind, und die alten Zeiten wieder herbeizusehnen.

Manchmal schreibe ich auf das Papier, das für mich bereitliegt, und oft starre ich mein eigenes Spiegelbild an. Eine armselige Gesellschaft. In den ersten paar Tagen habe ich die Fensterattrappen angeblickt und so getan, als spräche ich mit Maman. Ich stellte mir vor, mein trockenes Schluchzen wären ihre beruhigenden Laute, und die Bewegungen der Uhrzeiger wären ihre Finger, die mir durchs Haar strichen.

»Meinst du, wir kommen hier raus?«, fragte ich das Fensterglas, und dann antwortete es mit einer hübschen, naiven Stimme: »Du wirst hinauskommen, Aurélie. Du bist klug und du bist tapfer.«

Doch ich habe damit aufgehört. Nicht mal die Witwen bei Hof sind so verrückt.

Letzte Nacht habe ich Delphine weinen hören. »Aurélie?«, schrie sie weit von mir entfernt, und ich setzte mich steif im Bett auf und horchte, bis mir die Ohren rauschten, aber ich hörte nichts mehr. Ich stand auf und presste mein Ohr an die Tür. Neun Stunden später erwachte ich auf dem Fußboden, und inzwischen glaube ich, dass ich es wohl geträumt habe.

Heute stehe ich zur üblichen Stunde auf und kleide mich hinter dem seidenen Wandschirm an. Es ist fast unmöglich, sich ohne Zofe richtig anzuziehen; ich finde die Hälfte der Knopflöcher nicht, aber es spielt keine Rolle. Ich weiß gar nicht, warum ich mir überhaupt noch die Mühe mache. Vielleicht werde ich nie wieder einen anderen Menschen sehen, da könnte ich auch in ein Laken gewickelt herumlaufen wie eine römische Prinzessin. Vielleicht werde ich hier unten sterben, eine alte Jungfer tief unter der Erde, die bis dahin sowieso vollkommen den Verstand verloren hat.

Ich habe schon die merkwürdigsten Träume. Ich sehe Zähne blitzen und Schmetterlingsflügel, die sich öffnen und schließen. Delphine mit wild herausgewachsenen Haaren, in denen sich Silbergabeln und Spielzeugschaukelpferde verfangen haben. Maman, die sich eine Kugel aus der Brust zieht.

Das Frühstück erwartet mich im Boudoir, als ich fertig angekleidet bin. Warme Brötchen und Butter, Honig in einem Kristallschüsselchen, dazu ein Büschel glänzender dunkelblauer Trauben. Die Trauben schmecken nach Asche. So schmecken alle Früchte hier. Ob Vater sie in kleinen Gefäßen in einem Laboratorium zieht? Havriel hat gesagt, sie hätten den Palast versiegelt, ihn gegen das Blut und das Chaos der Revolution verschlossen, deswegen bezweifle ich, dass die Trauben aus Lyon stammen, so wie früher. Ich pflücke ein paar ab und esse sie. Ich setze mich und bestreiche ein Brötchen mit Butter. Das Besteck klirrt leise in der Stille.

Hier unten klingt die Stille anders. An der Erdoberfläche ist Stille etwas Großes, Volles. Sie lebt, pulsiert mit den Bewegungen des Himmels, der Erde und der Sterne. Hier ist die Stille verschlossen und gespannt. Alles klingt lauter, jeder Atemzug, jeder Schritt. Dadurch fällt das Atmen schwer und auch das Gehen. Und vielleicht ist das der springende Punkt. Ich werfe das Brötchen nach zwei Bissen hin und setze mich an den Schreibtisch.

Ich bin immer noch entschlossen, eine Flucht zu versuchen. Ich bin zu dem Schluss gekommen, dass ich zwei Möglichkeiten habe. Die eine ist herauszufinden, wie die Bediensteten ein und aus gehen, was ich getan habe. Jetzt muss ich sie nur noch erwischen, bewusstlos schlagen und durch den geheimen Ausgang entweichen. Die zweite Möglichkeit wäre, auf jemanden – Havriel oder Vater – zu warten, der regulär durch die Tür tritt, denjenigen bewusstlos zu schlagen und zur Tür hinaus zu fliehen.

Ich weiß, dass die Diener sich immer nur in einem der beiden Räume aufhalten und sich die Zwischentür verschließt, wann immer sie da sind, was mich daran hindert, sie je von Angesicht zu Angesicht zu sehen. Ich weiß, wo die Durchgänge in Boudoir und Schlafzimmer sind, durch die sie eintreten. Sie sprechen nicht mit mir durch die Tür. Sie reagieren auch nicht auf meine Zettel, egal, wie freundlich ich ihnen schreibe und wie viel Geld ich ihnen verspreche.

Doch ich habe eine neue Idee. Heute wird wieder ein Bediensteter kommen, um das Frühstück abzuräumen, und diesmal werde ich mich auf die Lauer legen.

Ich sitze an meinem Schreibtisch, tauche meine Feder in die Tinte und schreibe einige Wörter auf ein Stück Papier:

Rosen
Viper
Schlagsahne

Ich halte inne. Tue so, als hätte ich etwas im Schlafzimmer vergessen. Stehe vom Stuhl auf und bewege mich zur Tür. Ich achte darauf, nicht in den Spiegel zu sehen, als ich daran vorbeikomme. Ich bezweifle zwar, dass sie mich durch ihn hindurch beobachten, aber ich will nicht, dass sie Verdacht schöpfen. Ich gehe im Schlafzimmer herum und singe vor mich hin. Beiläufig entferne ich mich von der Tür. Praktisch sofort beginnt sie sich knarrend hinter mir zu schließen, wie von unsichtbaren Händen bewegt.

Ich frage mich, ob es etwas mit dem Fußboden zu tun hat. Mit dem Gewicht auf den Brettern oder nur mit einem aufmerksamen Auge und einem Hebel. Es spielt keine Rolle. Sobald sich die Tür zu schließen beginnt, wirbele ich herum. Ein dicker Ball Papier liegt zusammengeknäult in meiner Hand. Ich werfe ihn zu Boden und klemme ihn zwischen Tür und Türrahmen. Das Schloss schließt sich. Aber es schnappt nicht ein. Perfekt.

Ein Schauer der Angst überläuft mich, als ich mich mit dem Rücken an die Wand dränge. Es könnten mehrere Bedienstete sein; vielleicht steht einer Wache, und sie sind hoffnungslos in der Überzahl. Aber wenn ich es nicht versuche, werde ich es nie erfahren.

Ich höre, wie sich die Wandtür im Boudoir öffnet und sich Schritte nähern. Langsam schleiche ich vorwärts, um durch den Spalt zwischen Tür und Rahmen zu spähen.

Ich sehe das Boudoir, still und leer wie ein Puppenzimmer …

Ich warte und wage kaum zu atmen. Ich sehe niemanden, aber ich höre Bewegungen, das Gleiten und Klirren von Tellern, das Flüstern von Tischwäsche. Ich greife nach der schweren Bronzevase in der Ecke neben der Tür. Mit der will ich zuschlagen. Sie ist zu weit entfernt. Ich schleiche hinüber. Als ich zur Tür zurückkehre, sehe ich den Diener.

Ein Bein. Eine Hand. Er steht mit dem Gesicht zur Schlafzimmertür.

Beinahe hätte ich geflucht. War ich zu leise? Hat er Verdacht geschöpft, gesehen, dass die Tür nicht verschlossen ist?

Der Boden im Boudoir knarrt. Ich erhasche einen Blick auf eine Ferse, ein Bein. Der Bedienstete wendet sich ab und geht in eine andere Ecke des Zimmers. Vorsichtig öffne ich die Tür, nicht mal einen Zentimeter.

Ich sehe jetzt seinen Rücken. Es ist ein Mann in einer feinen Livree, einer Weste und weißen Strümpfen. Er räumt das Frühstück ab und ersetzt es durch marmorierte Waffeln und kandierte Früchte, die in leuchtend bunte Vierecke geschnitten sind wie weiche Juwelen. Er ist jung. Seine Schulterlinie kommt mir irgendwie vertraut vor, ebenso wie die braunen Locken auf seinem Kopf. Habe ich ihn schon einmal gesehen?

Ein unangenehmes Kribbeln breitet sich auf meinem Schienbein aus. Ich versuche, so vorsichtig wie möglich meine Position zu verändern. Der Fußboden knarrt ganz leise. Als ich wieder hinschaue, ist der Diener verschwunden.

Meine Augen huschen durch den Raum. Ich habe nicht gehört, wie sich die Verkleidung geschlossen hat. Ist er fort? Er darf nicht entwischen! Nicht, bevor ich ihn erledigt habe. Ich bleibe wie angewurzelt stehen und sammle allen Mut, um in den Raum zu stürzen. Ich atme langsam ein …

Sein Gesicht erscheint zwischen Tür und Rahmen, auf derselben Höhe wie meines. Unsere Blicke treffen sich. Ich reiße die Tür weit auf und schlage ihm mit der Vase fest gegen die Schläfe.

Er dreht sich zur Seite, verliert das Gleichgewicht und stürzt zu Boden. Ich attackiere ihn erneut. Bis er plötzlich mit schützend vor sein Gesicht gehobenem Arm »Stopp!« ruft. Dann, als würde er sich besinnen, sagt er leiser, eindringlicher: »Aufhören, Mademoiselle, bitte hört auf.«

Ich starre ihn mit aufgerissenen Augen an. Es ist der Wächter. Der junge Wächter, der versucht hat, Maman zu retten. Er ist keinen Tag älter als ich. Ich wirble herum und laufe auf den geheimen Ausgang zu. Er ist verschlossen, aber bestimmt nicht verriegelt.

Ich ziehe daran. Die Tür bewegt sich nicht.

Ich kehre zu dem Jungen zurück, der sich mühsam aufrichtet. Wieder hole ich mit der Vase aus.

»Egal, wer Ihr seid«, sage ich. »Egal, was man Euch gesagt hat. Ich werde hier gefangen gehalten. Ich weiß nicht, wo meine Schwestern sind. Ihr werdet mir helfen, sie zu finden.«

19

Es ist eine Bibliothek. Langgestreckt, halbdunkel – eine schattenhafte Galerie der Bücher. In ihr herrscht der gleiche schwache ultraviolette Schein wie im Saal mit den Rasiermesserdrähten – gerade hell genug, um etwas erkennen zu können, aber zugleich stockdunkel. Über die gewölbte Decke erstreckt sich eine Sternenkarte, Blattgoldplaneten und Sternzeichen vor einem blauen Firmament. Mahagoniregale ragen hinauf bis zu Kassiopeias Zehen, zwölf Meter über unseren Köpfen. Am anderen Ende der Bibliothek befindet sich ein massiver Marmorkamin, und der Boden ist dick mit Pelzen und Fellen ausgelegt.

Igitt. Das ist ja wie auf einem Narnia-Schlachtfeld. Ich schwöre, dass ich ein Eisbärenfell sehe.

»Die Türen!«, sagt Will. Wir drängen uns um sie und versuchen, sie zu verschließen. Schließlich rammen wir einen Keil in den unteren Spalt; das ist alles, was wir haben. Alles, was zwischen uns und der Bedrohung von außen steht.

»Sie kommen!«, flüstert Jules schrill und voller Panik, und Will und Lilly beginnen, einen massiven Tisch in Richtung der Türen zu zerren. Der Lärm ist nervenzerfetzend. Ich renne zu ihnen, um ihnen zu helfen. Wir tragen ihn den Rest des Weges und schieben ihn quer vor die Türflügel. Jules klemmt seinen Feuerhaken durch die Türgriffe.

Wir ziehen uns zurück, unsere Waffen fest umklammert. Mein Kopf fühlt sich an, als müsste er jeden Moment wie ein Feuerwerkskörper explodieren.

Ich höre nichts jenseits der Türen. Keine Schritte. Nichts als dieses kratzige, kaum wahrnehmbare Sirren. Es ist, als hätten unsere Verfolger genau vor der Tür innegehalten oder wären daran vorbeigelaufen. Der blasse Mann hat sich in eine absurde Statue zurückverwandelt, die Finger verkrampft, die Schultern angespannt, in einer Haltung, als wolle er eine Figur auf den Gemälden in einer der Sixtinischen Stanzen imitieren.

Wir warten wie erstarrt. Die Minuten vergehen. Meine Gelenke fühlen sich allmählich an wie durchgekautes Kaugummi.

»Sind sie weg?«, flüstert Lilly.

Oder warten sie draußen? Ich stelle sie mir vor, tintendunkle Gestalten, die dort verharren wie schwarze Pfeiler, schweigend und angespannt.

»Ich glaube, sie sind vorbeigelaufen«, erwidert Will leise. »Wir sollten die Tür weiter verbarrikadieren, für den Fall, dass sie zurückkommen.«

Wir verfallen in panische Aktivität. Der Holzboden knarrt. Will stapelt einige schwere Stühle auf den Tisch. Ich klettere auf sie und wuchte einen achtbeinigen Sekretär mit Pfauenfederintarsien aus Perlmutt obendrauf. Es folgt eine ledergepolsterte Leiter, ein Hocker. Wir klettern höher und höher, bis die gesamten an die vier Meter hohen Türen mit einem Stapel von Möbeln verbarrikadiert sind.

Als ich hinunterklettere, höre ich draußen etwas. Ein rauhes Kratzgeräusch, wie Krallen auf Holz.

Ich erstarre, klammere mich gefährlich instabil an einen Stuhl, einen Fuß in der Luft hängend. Meine Augen huschen hektisch zu Lilly auf der anderen Seite des Möbelstapels.

Das Geräusch hört nicht auf. *Skrrrts-skrrrts,* hallt es durch den Korridor, ganz dicht auf der anderen Seite der Tür. Endlich bricht es ab. Es entfernt sich nicht, wird auch nicht schwächer. Es verstummt einfach.

Ich springe hinunter und lande geräuschlos auf einem Wolfspelz. Jules nimmt mich am Arm und zieht mich hoch. Ich spüre seinen heißen Atem, als er mir ins Ohr flüstert: »Du musst mit ihm reden.« Er blickt hinüber zu dem blassen Mann. »Was war das da draußen? Du musst ihn fragen, warum sie uns hier runtergebracht haben!«

Ich nicke. Will deutet nach hinten in die Bibliothek, und wir gehen weiter hinein. Unsere Gruppe trennt sich wie Wasser, als wir die Beistelltische und Sofas passieren. Meine Füße versinken in Pelz und rauhem Fell, dessen Knistern mir eine Gänsehaut verursacht. Der blasse Mann hält sich dicht in meiner Nähe. Er hinkt immer noch und presst den verletzten Arm angewinkelt an die Brust.

Wir erreichen den riesigen Marmorkamin und schmiegen uns in die Schatten einer seiner verzierten Säulen. Es ist still in der Bibliothek. Der blasse Mann steht etwas abseits von uns und starrt auf die Türen. Ich rutsche ein Stück zu ihm hinüber.

»Hey«, sage ich. »*Écoutez.* Hören Sie. Wir sind entführt worden. Wir sind amerikanische Staatsbürger, und wir müssen unbedingt hier raus. Wir müssen wissen, was los ist.«

Mein Herz klopft mir bis zum Hals. Der blasse Mann antwortet nicht. Sieht mich auch nicht an.

Neue Taktik: »*Je m'appelle Anouk. Et vous?*« Grund-
wissen Psychologie. Behandle dein Gegenüber, als wäre es
ein menschliches Wesen. Erst die Freundlichkeit, dann das
Geschäft. Oder, noch besser: Geschäft, getarnt als Freundlichkeit.

»*Moi?*«, antwortet der blasse Mann heiser, den Blick noch
immer auf die Tür gerichtet. Dann wiederholt er leise: »*Moi.
Qui suis-je?*«

Wer bin ich?

Seine Augen weiten sich. Er wirkt wach und erschrocken,
wie jemand, der aus einem Alptraum erwacht ist. »*Je suis
perdu*«, antwortet er. »*Perdu dans l'ombre.*«

Ich wende mich an die anderen

»Er sagt, er sei verloren«, erkläre ich. »Verloren im Dunkel.«

»Das ist ein schrecklicher Name«, bemerkt Jules, und fast
gleichzeitig ringt Lilly die Hände und flüstert: »Wow, super,
genau wie wir.«

Ich drehe mich wieder zu dem blassen Mann um. »Also
schön. Sie sind Perdu. Sehr erfreut. Wurden Sie auch entführt? Wie kommen wir hier raus?«

Perdu beginnt zu kichern, den Kopf in den Nacken gelegt. Ein hässliches Geräusch, als wäre seine Kehle mit Glasscherben gefüllt.

»Ihr könnt nicht gehen«, erwidert er. »Ihr könnt nicht
gehen!«

»Warum lacht er?«, fragt Jules mit großen Augen. »Sag
ihm, er soll aufhören!«

Mir wird ganz übel. »*Nous avions un accord* – wir hatten
eine Abmachung …«, beginne ich.

»Psst!«, flüstert Perdu und legt einen langen dünnen Finger an die Lippen. »Er ist in der Nähe!«

Will erstarrt. Ich werfe einen Blick über die Schulter zu den Türen, und das Herz klopft mir erneut bis zum Hals.

»Wer?«, soufflire ich. »Dorf?«

»Nein.« Perdu schlingt die Arme um seine knochigen Schultern. Er krümmt sich und scheint vor unseren Augen zu schrumpfen. Dann dreht er sich um, deutet quer durch die Bibliothek zu den geschlossenen Türen, die reglos hinter ihrem Käfig aus Möbeln aufragen, und stößt mit einem kehligen, durchdringenden Krächzen hervor: *»L'homme papillon! L'homme papillon!«*

»Was sagt er?«, zischt Lilly.

»Der Schmetterlingsmann.«

»Wer?«

»Ich weiß es nicht.«

»Frag ihn, was wir tun sollen.«

»Perdu?«, flüstere ich eindringlich, und er zuckt zusammen. »Perdu, was wissen Sie? Wer sind Sie?«

20

Perdu richtet sich langsam auf und spricht jetzt zu uns allen. »Ich krieche durch die Dunkelheit«, sagt er. »Durch Wälder von Blattgold und Kristall wandere ich. Ein Freund der Freundlosen, Retter von toten und zerbrochenen Dingen. Ich bin der Wächter in den Baumwipfeln.«

Zu den anderen sage ich: »Er ist verrückt.«

»Na, großartig«, erwidert Jules. »Wie gut zu wissen, dass wir jetzt mit ihm hier eingesperrt sind.«

Ich drehe mich wieder zu Perdu um und sage auf Französisch: »Sie haben doch versprochen, dass Sie uns helfen würden. Hat dieser Raum einen anderen Ausgang? Wissen Sie, wie wir hier rauskommen?«

Perdu beobachtet mich mit pfeifendem Atem. Ich kann nicht in seinem Blick lesen. Normalerweise bin ich davon überzeugt, dass die vielen Bücher über durchgeknallte Typen, die ich verschlungen habe, sich gelohnt haben und ich echt viel Ahnung von den Tiefen menschlicher Verkommenheit habe. Aber Perdu macht mich ratlos. Ich habe keine Ahnung, ob dieser Blick gefährlich oder flehentlich ist.

»Wenn ihr jetzt geht«, sagt er, und Speichel tritt bei jedem Atemzug zwischen seine Lippen, »werdet ihr sterben. Tretet durch diese Türen, und er wird euch sehen. Seine Augen werden euch verschlingen wie Münder, ihr werdet auf dem

Boden liegen, und Ameisen, Wespen und Maden werden aus euren Wunden kriechen wie Tropfen von Nacht. Vier kleine Pflaumen, alle zerkaut.«

Den letzten Satz äußert er so beiläufig, dass ich ihn für einen Moment für vollkommen vernünftig halte. Doch plötzlich schwingt seine Hand herum, trifft Will genau an der Schläfe, und dann huscht er davon und quetscht sich in den Zwischenraum zwischen einem Stuhl und der Wand, als versuche er, sich zu verstecken. Unter der Armlehne hervor schaut er mit glitzernden Augen zu mir auf und zischt: »Ich bin der Einzige, dem ihr vertrauen könnt.«

Ich schaue hinüber zu Will. »Alles klar mit dir?«

Er nickt rasch, als hätte er den Schlag nicht mal gespürt. »Was hat er gesagt?«, fragt er. »*Prunes mâchées*, was bedeutet das?«

»Es bedeutet, dass wir sterben, wenn wir jetzt hinausgehen.«

»All diese Worte bedeuten nichts weiter als ›ihr werdet sterben‹?«, fragt Jules.

»Im Großen und Ganzen. Außerdem scheint er zu glauben, dass da draußen nur eine Person ist. Und zwar eine männliche.«

Lilly versetzt mir einen Rippenstoß. »Er bewegt sich. Was macht er da?«

Perdu ist wieder hinter dem Stuhl hervorgekrochen und steht auf. Will will sich schon auf ihn werfen, aber ich halte ihn an der Schulter zurück. »Warte!«

Die Schatten verschlucken Perdu. Er ist jetzt nur eine leichte Variation, ein weiterer Schatten im Spektrum der helleren und dunkleren Schwärze. Es klingt, als würde er eine Schublade durchwühlen. Als er zu uns zurückkehrt, hält er etwas in der Hand verborgen. Er kommt auf mich zu. Öffnet die Faust. Es ist ein Kompass, die Oberfläche derart zerkratzt und angestoßen, als hätte er einem Piraten gehört.

»Ein Unterpfand«, sagt er, und seine Stimme klingt jetzt wieder menschlich und sanft. »Ein Unterpfand meiner Loyalität. Ich werde euch in Sicherheit bringen. Es gibt einen Geheimgang. Einen Weg, den sie nicht kennen können. Nordwärts, so wie der Zaunkönig fliegt, pfeilgerade, schnurgerade.«

Ich nehme den Kompass nicht von ihm an. »Aber warum sind Sie dann noch hier unten? Sie haben gesagt, Sie wollen hier nicht bleiben, also gehen Sie. Was hält Sie auf?«

»Alles«, antwortet er, jetzt wieder verängstigt. »Feuer und Schwert, Riegel und Gift. Der Palast ist nicht leicht zu überwinden, weder von innen noch von außen. Aber meine Zeit hier neigt sich dem Ende zu. Ich werde nicht mehr gebraucht. Er wird mich bald töten. Aber ihr werdet mir helfen.« Sein Blick huscht von mir zu den anderen, und er lächelt dieses schreckliche, weichlippige Grinsen. »Ihr werdet mich mitnehmen, oder? Ihr werdet mich nicht zurücklassen.«

»Wann will er aufbrechen?«, fragt Will. »Wenn er entscheiden könnte, wann sollten wir die Bibliothek verlassen?«

»Perdu«, sage ich. »*Combien de temps voulez-vous que nous restions ici?*«

Er hält mir den Kompass hin, will, dass ich ihn in die Hand nehme. »Bis morgen früh«, flüstert er. »Morgen ist ein neuer Tag, ein heller Tag.«

»Woher sollen wir wissen, wann es morgen ist?«

»Die Zeiger werden es euch sagen. Siebenmal werden sie sich drehen, Runde um Runde. Bei der achten wird es morgen sein.«

»Sie meinen, in acht Stunden? Wie sollen wir acht Stunden bleiben? Wie kommen Sie darauf, dass wir hier so lange in Sicherheit sind?«

»Ich werde euch beschützen«, verspricht er. »Ich werde euch im Schatten meiner Flügel verbergen.«

Das ist keineswegs tröstlich. Perdus Augen leuchten, seine Finger wandern an den Rändern des Kompasses entlang und hinterlassen einen fettigen Film. Ich nehme ihn, drehe mich zu den anderen um und übersetze, so schnell ich kann. Während sie zuhören, werden ihre Gesichter mit jedem Wort länger.

»Du machst wohl Witze«, sagt Jules. »Und wenn er lügt? Wenn er uns hier nur aufhalten will, bis die Tracker hier sind?«

»Ich weiß es nicht«, antworte ich. »Es ist unsere Entscheidung. Wir können entweder hier mit ihm warten oder gehen und uns dem stellen, was immer da draußen ist. Es ist die Wahl zwischen Teufel und Beelzebub, also sucht euch aus, was euch lieber ist.«

Meine Antwort weiß ich schon. Wir können nicht wissen, was Perdu tun würde, wenn wir ihn jetzt mit dort hinausnähmen. Wir müssten ihn zurücklassen, aber dann wären wir orientierungslos und würden uns auf gut Glück in den Palast stürzen, in der Hoffnung, nicht zu sterben. Das werden wir wahrscheinlich ohnehin, aber die Chance, dass wir am Leben bleiben, scheint mit Perdu größer zu sein.

Wir müssen ihm vertrauen. Wir müssen hier unten irgend-jemandem vertrauen, auch wenn es ein Verrückter ist.

»Wenn wir warten, muss jemand Wache schieben«, stellt Lilly fest. »Die ganze Nacht.«

»Wir können uns abwechseln. Jeder zwei Stunden.«

»Ich kann sowieso nicht schlafen«, sagt Jules.

Und so warten wir.

21

Wir haben uns unsere eigene persönliche Blase von warmem Licht und Gemütlichkeit vor dem Kamin geschaffen. Will hat einen Lichtschalter hinter einem Stück Wandverkleidung neben dem Kaminsims entdeckt, und Jules und Lilly haben aus Stühlen, Kissen und Teppichen eine Burg gebaut, fast wie ein eigenes Schloss. Es ist irgendwie morbide, wenn man darüber nachdenkt, dass wir hier unten im Palast unserer Psycho-Entführer ein Lager aufschlagen. Es ist wie eine Zombie-Mörder-Übernachtungsparty. Aber die Alternative wäre, im Dunkeln zu kauern, also können wir auch gleich das Beste daraus machen. Irgendwie ist es auch eine Genugtuung, das Zeug der Sapanis zu benutzen. Ich gehe davon aus, dass es ihre Bibliothek ist, sofern es sich bei den Sapanis um reale Personen handelt. Ich nehme außerdem an, dass dieser Palast keine zweihundert Jahre alte archäologische Stätte ist. Es ist das Haus der Sapanis. Ihr riesiges, unberührtes, unterirdisches Heim, das zufällig verseucht ist mit blutenden Männern, Fallen und Irrsinn im Allgemeinen. Ich wette, es würde ihnen nicht gefallen, dass ihre zukünftigen Mordopfer durch ihre Bücher blättern, ihre Pelze benutzen und sich in ihren Sesseln fläzen.

Ich nehme mir ein Kissen und stopfe es mir in den Nacken, angelehnt an ein Tischbein.

Will erkundet die Bibliothek. Lilly und Jules beschäftigen sich mit dem Ausbau unseres Unterschlupfs. Perdu versteckt sich wieder hinter dem Stuhl, die Augen fest geschlossen. Seine Samtbandagen sind schwarz und krümelig.

»Perdu«, sage ich leise. Sein Mund zuckt und öffnet sich. Feuchte, graue Zähne erscheinen, zusammengepresst, unregelmäßig, ekelhaft. Er zuckt zusammen, als hätte ihm die Anrede weh getan. »Woher stammen Sie?«

»Aus Péronne«, haucht er.

Ich versuche, mein Hosenbein von meinem Knöchel zu lösen. An der Stelle, wo der Draht den Knöchel erwischt hat, ist das Blut geronnen.

»Und wie sind Sie hier heruntergeraten?«

»C'est ma maison«, flüstert er. »Elle me garde.«

»Das ist mein Zuhause«, übersetze ich für Jules, der hinter seiner Wand von Stühlen hervor misstrauisch zu uns herüberschielt. »Es hütet mich.«

»Wer hütet?«, fragt Jules. »Ist er eine Art Haustier?«

»Hey!«, protestiert Lilly und sieht Jules vorwurfsvoll an. »Du weißt doch gar nicht, was er durchgemacht hat. Vermutlich ist er schon wesentlich länger hier unten als wir. Deshalb ist er vielleicht so durcheinander.«

»Unten«, murmelt Perdu, und ich hebe die Hand, um Lilly und Jules zum Schweigen zu bringen. »Weit unten«, fährt Perdu fort. »Tief in der Erde. Zu Glück, Sicherheit und ewigem Frieden haben sie mich gebracht. Aber bald werde ich fortgehen. Wenn der Krieg vorüber ist, so hat man mir gesagt, wenn der Krieg vorüber ist, kannst du gehen. Aber er zieht sich ewig hin. Er hört niemals auf.«

»Welcher Krieg?«, frage ich.

»Dieser Krieg.« Er streckt einen Finger in Richtung der Decke. »Dort oben. In der Rue du Fauconnier köpfen sie die Leute. Hört ihr denn nicht die Schreie?«

»Dort oben ist kein Krieg«, erwidere ich. »Jedenfalls keiner, den man hier unten hören könnte.«

»Dort ist immer Krieg«, zischt Perdu. Er weint wieder. Ich sehe seine Tränen, schimmernde Spuren, die sich über seine Wangen ziehen. »Überall. Dort oben. Hier unten.« Er tippt sich mit dem Finger an den Kopf. »Hier drin.«

»Aha.« Ich schaue Jules an und verdrehe die Augen. »Wie alt sind Sie, Perdu?«

Er hebt die Hände, die Finger gespreizt wie zwei Fächer. Er schließt die Fäuste, öffnet sie wieder und wieder, und mir wird klar, dass er mir demonstriert – zehn Finger, zehn Jahre – wie Jahrzehnt um Jahrzehnt vergeht.

»So alt sind Sie nicht. Wann wurden Sie geboren? In welchem Jahr?«

»Siebzehnhundertzweiundsiebzig.«

Will ist zurück. Er stößt einen Laut aus – ein leises Bellen, tief aus seiner Brust. Ich nehme an, es sollte ein Lachen sein. Sonst hätte ich ihn gar nicht bemerkt. Er bewegt sich wie ein Geist.

Jules schaut Will an. »Was? Was hat er gesagt?«

»Dass er über zweihundert Jahre alt ist«, antworte ich. Ich lehne mich mit dem Rücken gegen den Kamin, blicke zur Decke hinauf mit ihrem Netz von Linien, das die griechische Mythologie abbildet. Ich erkenne Andromeda und den Schwan. Eine Gestalt, die ich für einen Widder halte, die aber wie ein Minotaurus aussieht. Das erinnert mich wiederum an die Sage von Theseus, in der junge Leute in ein Labyrinth geschickt werden, um einem Ungeheuer als Futter zu dienen. Wenn die Sapanis das nachspielen wollten, haben sie sich in der Zahl geirrt: Wir müssten zu siebt sein. Und Dorf hat sich nicht so angehört, als wollte er uns als Futter für dieses Ding. Er klang, als würden wir seine Pläne torpedieren.

Ich seufze und starre weiter zur Decke hinauf. Wenn dies eine Szene aus einem Indie-Film wäre, würde ich neben einem mit Graffiti verzierten Wohnmobil in die Sterne gucken, unterwegs auf einem Roadtrip quer durch Montana. Ich hätte eine Gitarre und einen großen alten, fröhlichen Hund dabei. Ich würde in den unendlichen Nachthimmel starren und mich ganz klein fühlen. Da dies aber mein richtiges Leben ist, schaue ich auf Tupfen weißer Farbe an einer Decke und denke darüber nach, wie es wohl ist, lebendig gefressen zu werden.

Ich ziehe mein Hosenbein über den Schnitt und blicke zu Will auf. »Hast du etwas gefunden?«

»Keine anderen Türen«, antwortet er. »Aber viele Bücher über Philosophie. Und der Kamin ist in ungefähr zwei Meter Höhe blockiert. Ah ja, und eine Uhr habe ich auch gefunden.«

Er reicht mir eine kleine Messinguhr zum Aufziehen mit zwei winzigen Klauenfüßen. Sie sieht wunderhübsch aus, als könnte sie jeden Moment kichernd davonrennen und als würde sie immer ausgerechnet dann schrill klingeln, wenn man morgens wirklich nicht aufwachen möchte. Ich ziehe sie auf.

Perdu hat uns wieder den Rücken zugedreht und duckt sich in eine Ecke, den Kopf gegen die Wand gepresst. Er singt leise und verhalten:

Maikäfer flieg,
Der Vater ist im Krieg.
Die Mutter ist im Pommerland,
Pommerland ist abgebrannt,
Maikäfer flieg.

»Er singt jetzt Kinderlieder«, erkläre ich. »Ziemlich gruselige. Ist wohl schon etwas spät für ihn.«

Lilly fängt an zu lachen, aber es klingt nicht unbedingt so, als fände sie mich lustig. Und dann dreht sich Perdu plötzlich um und starrt uns an.

»Tanzt am Ufer des Sees entlang, und ihr fallt hinein«, sagt er leise und eindringlich, als verrate er uns ein Geheimnis. »Springt ihr aber in die Mitte, wird alles gut. Ihr werdet zwar nass werden, aber ihr habt es so gewollt, versteht ihr? Es ist eure eigene Entscheidung.«

»Schon gut, Perdu.« Genauso gut könnte er sagen: Ich werde euch nichts Hilfreiches erzählen, denn entweder will ich, dass ihr sterbt, oder ich bin einfach nur völlig durchgeknallt.

Ich stehe abrupt auf und gehe leise über die Felle. Jemand folgt mir, und im ersten Moment glaube ich, es ist Perdu, aber es ist Will.

Er sagt nichts, wandert nur an meiner Seite durch die Bibliothek. Vor den Türflügeln bleiben wir stehen.

Ich blicke an dem Möbelberg hinauf und horche angestrengt auf jedes noch so leise Geräusch auf der anderen Seite. Das Sirren ist verstummt. Alles Kratzen, Knarren, Flüstern und Summen hat aufgehört. Ein solides weißes Rauschen brandet gegen die Bibliothekstüren, so massiv, als wären der Korridor, der Gemälderaum und alle anderen Zimmer verschwunden. Ich stelle mir vor, wie wir die Türen öffnen und ins Nichts blicken. In den luftleeren Raum. In dem schwerelos die Bibliothek schwebt wie ein Schuhkarton.

»Es ist so still«, sage ich.

Will nickt. Wir atmen synchron. Ein Kribbeln läuft meine Arme hinauf wie eine Million winziger Insekten. Mich überkommt ein überwältigender Drang, die Möbel vom Tisch zu fegen, die Türen zu öffnen und loszurennen.

»Angenommen, dies wäre unsere Chance?«, sage ich. »Hier drin sind wir hilflos. Angenommen, wir sollten jetzt besser wegrennen?«

»Uns wird nichts passieren«, sagt Will und rollt mit den Schultern.

Sehr tiefsinnig, Will. Logisch und fundiert. Ein schlagendes Argument.

Wir kehren zu den anderen zurück.

22

Jules reicht mir ein paar Trauben. Er hat seine bunten Hemdsärmel bis zu den Ellbogen aufgerollt und reibt heftig über seinen Arm. Doch den eigentlichen Arm sieht man gar nicht, denn unter dem Stoffärmel trägt er Ärmel aus Tinte: eine Cheshire-Katze, abstrakte Blumen und die Worte *Plage von Affenläusen* in Mandarin auf dem Handgelenk. Ich wette, der Tätowierer hat ihm weisgemacht, es wäre ein Glücksspruch.

Ich schlucke die Trauben hinunter. Sie schmecken nach Asche, trocken und bitter. Die anderen scheinen jetzt alle schlafen zu wollen. Ich frage mich, wie lange wir dort in dem Glaswürfelraum gelegen haben und ob es jetzt an der Oberfläche Nacht ist.

»Hier ist noch ein Kissen, falls du noch eins möchtest«, sagt Lilly, wohl aus Mitleid wegen meiner spartanischen Schlafsituation. Ich nehme es und nicke ihr zu, was sie meinetwegen als ein Dankeschön interpretieren kann.

Sie nickt ebenfalls. Sie hat sich in einem Ohrensessel zusammengerollt und in einen Teppich gewickelt wie eine Beduinenfrau. Bevor ich die Tür überprüft habe, hat sie sich einen flauschigen Pelz umgelegt, zusammengenäht aus den Fellen Hunderter kleiner, niedlicher Tiere. Ich nehme an, dass Jules sie darauf aufmerksam gemacht hat, denn sie hat ihn bis ganz hinüber auf die andere Seite der Bibliothek gezogen und wie zum Protest unter einen Tisch geschoben.

Ich greife nach der Uhr, die Will mitgebracht hat, und werfe einen Blick darauf. »Eine Stunde ist um. Bleiben noch sieben.« Ich drehe den Kopf zu Perdu. Pass auf ihn auf, bedeute ich Will. »Wir wechseln uns alle zwei Stunden ab, okay? Die erste Wache ist wahrscheinlich die leichteste, weil man nicht aufwachen muss. Wer möchte sie übernehmen?«

Ich erwarte, dass sich Lilly oder Jules melden, aber sie tun es nicht. Niemand tut es, was bewundernswert und zugleich vollkommen nutzlos ist. Ich gebe Jules die Uhr. »Wenn die Zeiger auf acht zeigen, wecke einen von uns.«

Jules nimmt die Uhr. Will streckt sich auf einem Teppich aus und legt sein Schwert sorgfältig neben sich. »Wenn irgendetwas passiert ...«, sagt er. Er beendet seinen Satz nicht und blickt zum anderen Ende der Bibliothek.

»Wenn etwas passiert, weckt Will«, ergänzt Lilly. »Er wird unsere Feinde mit dem Schwert zersäbeln. Und wir schicken ihm unterstützende Gedanken.«

Wow, Lilly, war das etwa Sarkasmus? Will stützt sich auf die Ellbogen und blinzelt ihr zu. Wahrscheinlich überlegt er, ob sie sich über ihn lustig macht oder nicht. Das tut sie, aber irgendwie will sie ihm wohl nicht weh tun, deswegen beugt sie sich von ihrem Sessel hinunter und fährt ihm mit der Hand durchs Haar. »War ein Witz, Will. Hey. War nur ein Witz.«

Sie lächelt ihn an, ein richtig breites, fröhliches Lächeln, mit rosa Zunge und Zähnen. Will lächelt zurück. In seinen Wangen bilden sich Grübchen, und seine Augen glänzen ganz untypisch. Wow, was für ein Anblick!

Jules lacht angesichts von Wills Verwandlung, was auch mich zum Lachen bringt, weil Jules genauso klingt wie mein Papagei Pete, der mir zum Abschied aus seinem Käfig in der Frühstücksküche zugekrächzt hat. Weil ich lache, muss wiederum auch Lilly lachen, und schon bald lachen wir alle drei, trocken und brüchig, wie ein wirklich schreckliches Trio von Beatboxern. Nichts an unserer Lage ist auch nur im Entferntesten komisch, und gerade das bringt mich umso mehr zum Lachen.

Will wird wieder ernst, sieht uns mit hochgezogenen Augenbrauen an und dreht sich auf die Seite. Ich bin mir allerdings ziemlich sicher, dass er immer noch lächelt. Unser Lachen erstirbt.

Ich fühle mich gesättigt, als ich mich neben dem Tischbein zusammenrolle. Gesättigt und gewärmt, was eigentlich gar nicht sein kann, denn diese Trauben waren Schrott und hier drin ist es eher kühl, woran auch die Beleuchtung nichts ändert. Ich nehme an, ich könnte von Lachen leben. Wahrscheinlich würde ich verhungern, aber vielleicht wäre es das wert.

Ich nicke ein. Verrenke mir den Nacken und lege mein Kissen auf den Boden. Ich bin schon fast eingeschlafen, und mein Körper fühlt sich pelzig und dumpf an. Dann öffne ich die Augen noch einmal, ganz langsam. Will schläft. Jules steht am Kamin. Er wirkt nervös und tritt mit einem Fuß gegen den Marmor. Lilly schläft in ihrem Sessel. Und hinter ihr, knapp außerhalb des Lichtscheins, steht Perdu und beobachtet mich. Seine Augen sengen Brandwunden in meine Haut.

Palais du Papillon, Chambres Jacinthe, 34 Meter unter der Erde, 1790

Der Diener heißt Jacques. Seitdem ich ihn mit der Vase geschlagen habe, ist er jeden Tag gekommen, und er sperrt mich bei seiner Ankunft nicht mehr aus. Er scheint sich über Gesellschaft genauso sehr zu freuen wie ich, obwohl er es bereitwilliger zugibt als ich. Ich finde ihn überhaupt ein wenig zu dreist. Er lächelt, wenn es nichts zu lächeln gibt, und geht nicht wie ein Gentleman, sondern lässt Haltung vermissen. Außerdem war er bisher nicht besonders nützlich.

»Warum kannst du nicht einfach die Wandtür aufschließen und mich rauslassen?«, fragte ich ihn an dem Tag, an dem wir uns wiedertrafen.

»Mademoiselle, man beobachtet uns!«, erwiderte er, bedeckte sein geschwollenes Gesicht mit einer Hand und starrte mich an, als wäre ich ein wilder Troll. »Versteht Ihr das nicht? Ich werde mir eine gute Erklärung für die Beule ausdenken müssen, die Ihr mir verpasst habt. ›Ach so, ich bin gestolpert, während ich das Porzellan abgestaubt habe, und dabei habe ich mir selbst ein blaues Auge gehauen.‹ Ihr müsst wissen, dass wir direkte Befehle von Graf Havriel haben, niemals jemanden in die Dienstbotenkorridore einzulassen, vor allem Euch nicht. Und wenn Ihr wirklich flüchten würdet, würde man Euch ohnehin erwischen. Ständig laufen ja noch andere Diener hin und her. Ihr würdet keine dreißig Meter weit kommen, bevor sie Alarm schlagen würden.«

Ich schüttelte den Kopf und drehte mich weg, wie um ihm zu bedeuten: *Du kennst mich schlecht, du hast keine Ahnung, wie weit ich kommen würde.*

Er fuhr fort: »Und wenn sie Euch erwischt hätten, würden sie Euch an einen viel schlimmeren Ort bringen, und Ihr würdet eine alte warzige Hexe als Dienerin bekommen, und ich versichere Euch, dass sie kein Wort mit Euch reden würde, besonders dann nicht, wenn Ihr sie mit einer Vase schlagen würdet. Bitte, Mademoiselle, hört mir zu, und ich werde Euch helfen.«

Ich drehte mich wieder zu ihm, denn ich war neugierig. Sein Gesicht blickte ernst, seine Augen waren schiefergrau. »Ich weiß, dass Ihr leidet, Mademoiselle«, begann er. »Ich weiß, dass man Euch eingesperrt hat, und, Revolution hin oder her, es ist nicht recht, jemanden so zu behandeln. Aber Ihr müsst vorsichtig sein. Ihr habt eine einzige Chance, Eure Schwestern zu holen und an die Oberfläche zu gelangen. Nur diese eine, eine andere werdet Ihr nicht bekommen.«

Und dann redeten und redeten wir.

Jetzt, sechs Tage später, weiß ich inzwischen Folgendes, wobei die Tatsache, dass ich dies alles so schnell niederschreiben kann, mich schon wieder ärgert: Jacques erhält Befehle vom ersten Butler, Monsieur Vallé. Jacques' Aufgabe besteht darin, meine Hyazinthen-Gemächer in Ordnung zu halten und mich mit allem zu versorgen, was ich brauche. Es ist ihm streng verboten, mit mir zu reden. Er hat außer mir noch niemand anderen von meiner Familie gesehen. Die letzte Bessancourt, die er erblickt hat, war Maman. Sie atmete nicht mehr, als er und der alte Wächter sie hinuntergetragen haben. Jacques weigerte sich, mir ihre Verletzungen zu beschreiben, aber auch er hat eine Mutter, in Péronne, und er sagte, wenn sie so sterben würde, würde er ein Jahr lang weinen. Sein Gesicht war ernst, als er mir das erzählte, und als ich weinte, ging er nicht fort, sondern blieb bei mir sitzen, bis ich erschöpft war, ausgewrungen wie ein Wäschestück.

Heute sitze ich auf dem Boden des Boudoirs, während er saubermacht oder jedenfalls so tut.

»Warum bist du nicht länger Wachmann?«, frage ich ihn. »Als wir herunterkamen, warst du in Uniform.«

Mit einem Knall schlägt er ein Laken aus. »Man hat mir gesagt, hier unten gäbe es keinen Bedarf mehr für Wachen. Friede und ewige Sicherheit, versteht Ihr? Der Palast ist uneinnehmbar. Daher bin ich jetzt Zimmermädchen.« Er lacht, faltet das Betttuch an allen Ecken um die Matratze, und ich bemerke plötzlich, wie hübsch sein Gesicht ist, wenn er lacht.

»Bist du aus freien Stücken heruntergekommen?«

Wenn er ja sagt, werde ich ihn weniger mögen.

»Nein.« Er beginnt die Kissen auszuschütteln. »Na ja, irgendwie schon, aber entscheidet sich ein Hungernder zu stehlen? Entscheidet sich ein Soldat für das Töten? Manches müssen wir tun, weil wir sonst sterben.« Er versucht mir zuzuzwinkern, aber ich drehe mich weg. Ich habe den Schatten gesehen, der über sein Gesicht gefallen ist. Ich beobachte ihn scharf und warte.

»Ihr seid neugierig wie ein Spatz, Mademoiselle«, fügt er rasch hinzu. »Ich bin hierhergekommen, weil mein Vater zur See fährt und ich drei Schwestern und vier Brüder habe, die alle von dem leben, was meine Mutter mit Sockenstopfen und Hosenflicken zusammenkratzen kann. Meine Geschwister brauchten Brot und Strümpfe für den Winter. Deswegen bin ich eines Tages auf einen Karren gesprungen, der zum Schloss fuhr, und habe um Arbeit gebettelt. Wir haben nicht dieselbe Wahlfreiheit wie hochwohlgeborene Herrschaften.«

Aufbrausend erwidere ich: »Vielleicht ist Euch nicht aufgefallen, Monsieur, dass auch Hochwohlgeborene nicht so viele Wahlmöglichkeiten haben, wie Ihr denkt. Auch ein goldener Käfig bleibt ein Käfig.«

»Aber ein Käfig, in dem kein Mangel an Brot und Strümpfen herrscht«, entgegnet er gleichmütig.

»Ein Käfig der Einsamkeit«, stoße ich wütend hervor. Ich erkenne plötzlich, dass sein Mitleid mit mir mit Verachtung gemischt ist. Ich tue ihm leid, er bemitleidet mich, weil meine Mutter tot ist, aber es ist das Mitleid eines älteren Bruders, der das jüngere Geschwisterchen hätschelt, weil es wegen eines verlorenen Spielzeugs weint. Er glaubt, ich hätte kein hartes Leben.

»Ich habe Essen und Kleidung, das stimmt«, erwidere ich mit leiser Stimme. »Aber meine Mutter ist tot. Es gibt keinen Unterschied zwischen Seelenschmerz und Bauchschmerz.«

»Glaubt Ihr etwa, dass Bauern kein Herzeleid kennen? Wir kennen beides.«

»Du hast eine Mutter!«, schreie ich ihn an. »Sie ist am

Leben! Sie wurde nicht vor deinen Augen erschossen, und deine Schwestern wurden nicht von dir weggerissen und in irgendeinem gottverlassenen Palast eingesperrt. Aber du gönnst mir kein Quentchen Mitleid. Ist es, weil ich reich bin? Auch wir in unseren goldenen Höfen kennen den Tod. Wir kennen Krankheit und Grausamkeit, wir kennen erstickende Enge und Unfreiheit. Du kannst nicht behaupten, unser Leben wäre leicht, genauso wenig, wie ich behaupten kann, eures wäre es. Wir alle haben unser Leben, und für uns alle ist es furchtbar!«

Das letzte Wort kreische ich fast. Ich atme tief durch, um nicht in Tränen auszubrechen.

Mehrere Augenblicke lang sagt keiner von uns ein Wort. Jacques setzt sich wieder in Bewegung, geht umher und glättet die Kissen. Schließlich dreht er sich zu mir um. »Es tut mir leid, Mademoiselle. Wir sollten uns nicht streiten. Bitte. Alle in der Küche sind ständig gereizt bis aufs Blut, Tag für Tag. Nichts als Gift und Galle. Bitte lasst wenigstens uns nicht streiten.«

Er ist fertig mit dem Bett und setzt sich mir im Schneidersitz gegenüber. Ich gebe großes Interesse an einer Rille in den Dielen vor, und ein Stich von Schuldbewusstsein durchfährt mich, weil ich ihn so angekreischt habe. Er ist arm und ich bin reich, und beide glauben wir, wir wären jeweils trauriger und verletzter als der andere. Aber für Schmerz gibt es kein Maß. Wie wunderbar wäre es, wenn es auch keine Grenze für Mitleid gäbe.

»Mir tut es auch leid«, sage ich. »Und bitte nenn mich Aurélie. Bitte.«

Wir bleiben auf dem Fußboden sitzen, keiner sieht den

anderen an. Wir verharren einfach so, weil wir uns nicht trennen wollen. Wir gleichen uns in mancher Hinsicht: Wir sind beide jung und einsam. Wir möchten die beschützen, die wir lieben. Und wir können es beide nicht.

»Kommst du mit, wenn wir flüchten?«, frage ich nach einer Weile.

Überrascht blickt er auf. »Wohin?«

»Ich weiß nicht. Wohin wir auch gehen. Nach London, nehme ich an.«

Ich muss furchtbar frivol klingen, aber es ist mir egal. Ich kann fast die Sonne da oben spüren, den Wind und die grünen Gräser, die meine Fingerspitzen streicheln. Ich kann die Vögel hören. Ich habe das Gefühl, diese Mauern sprengen, die Decken mit meinen Schultern anheben zu können.

»Ihr würdet nicht wollen, dass ich Euch begleite«, erwidert Jacques und schaut auf dieselbe Rille in der Holzdiele, die ich so ausgiebig inspiziert habe. »Ich kann mit englischen Zofen nicht mithalten.«

»Und du hast hier Familie«, antworte ich praktisch.

Er starrt mich an und nickt. »Das stimmt.«

Ein Klopfen ertönt, irgendwo in den Wänden, dumpf und weit entfernt. Er verlässt mich.

Fast eine Woche vergeht, bevor ich ihn wiedersehe. Er schließt die Tür zum Schlafzimmer auf und grinst mich an, versucht heiter und fröhlich zu tun, aber ich weiß, dass er nichts von beidem ist. Als er sich streckt, um das Kranzgesims zu erreichen, sehe ich, dass er Blutergüsse auf den Händen hat und violette und grüne Flecke unter seinem Hemdkragen hervorschauen. Er weigert sich, mir zu verraten, wie sie entstanden sind. Ich hoffe, dass man ihn nicht bestraft hat, weil er zu lange bei mir war.

»Hast du einen Weg hinaus gefunden?«, frage ich ihn, sobald ich mich traue.

»Nein«, antwortet er. »Aber ich komme der Sache näher. Die Butler zerreißen sich vor Arbeit. Sie … Sie werden wütend, wenn die niedrigeren Diener langsam sind, aber es gibt jetzt weniger von ihnen, und sie können nicht alles im Auge behalten. Ich glaube, dass einige von ihnen wieder hinaufgeschickt werden. Vielleicht flüchten sie aber auch.« Er blickt auf seine Hände und spreizt sie über den Knien. Seine Finger sind braun und abgearbeitet wie die eines Bauern. »Sie lassen mich nicht in die Nähe der äußeren Zimmer des Palastes oder in bestimmte Flügel, aber ich glaube, dass es nur eine Frage der Zeit ist. Es ist riesig hier unten, aber es fühlt sich klein an, luftleer.« Seine Stimme wird weich. »Ich habe die merkwürdigsten Träume.«

Ich frage mich, ob sie meinen Träumen ähnlich sind. Ich will ihn schon danach fragen, als ein Geräusch hinter der Tür uns beide so erschreckt, dass wir aufspringen. Jacques rennt zur Wandverkleidung. Ich begleite ihn, und als er hindurchgeht, streiche ich über seine Hand, und er drückt meine. Dann ist er fort.

Manchmal glaube ich, dass ich ihn am meisten mag, wenn er nicht da ist. Ich denke an all die Dinge, die ich ihn fragen möchte, und dann erinnere ich mich wieder daran, dass ich nicht mal das Wort an ihn richten würde, wenn wir nicht hier wären, wenn ich keine Gefangene wäre.

23

Ich träume. Nein: Ich alpträume, wenn man so sagen darf. Ich liege mit dem Rücken flach auf dem Boden, und meine Schultern kleben widerlich an meinem Hemd.

Ich bin in einem Bankettsaal – prächtig, abstoßend, reich verziert. Alles ist schwarz und rot. Rote Lichter. Schwarze Schatten. Und alles steht auf dem Kopf. Kandelaber sprießen aus dem Boden wie Bäume. Ein langer Tisch hängt von der Decke. Der Tisch ist mit großen Mengen von Speisen gedeckt, grotesk und nicht zu erkennen im Dunkel, und irgendwie fallen sie nicht hinunter.

Ich sitze an dem Tisch, ebenfalls mit dem Kopf nach unten, und meine Schulterblätter drücken gegen die Lehne eines hohen, geschnitzten Stuhls. Dann kippt die Anziehungskraft, und ich sitze aufrecht. Ein Teller steht vor mir. Ich kann nicht sagen, was darauf ist, aber das Essen ist hoch aufgetürmt und dampfend heiß ...

Ich zucke zusammen. Eine weitere Person sitzt am Tisch, ganz am anderen Ende. Ein Mann. Er wird von den Schatten verdeckt, aber ich spüre seine Augen auf mir. Sie sind kalt. Scharf. Eisblau.

Ein Geräusch, als klopfe jemand mit einem Messer

gegen einen Kristallpokal, und rote Lichter flammen rings um den Tisch auf. Jetzt erkenne ich die Gestalt am anderen Saalende besser. Ein riesiger Mann, verschattet in dem rötlichen Schein. Aus unerfindlichen Gründen kann ich nur Teile von ihm schärfer sehen: einen roten Samtmantel, spitzenverzierte Manschetten auf dem Tisch vor ihm, den unteren Teil seines Gesichts, Warzen, die wie Beulen durch den Puder drücken. Der Mann kaut, lächelt, kaut und lächelt, schneller und schneller, mit schmatzenden Lippen. Zwischendurch kann ich kurz seine Zähne erkennen – rote Zähne, fleckige, kauende Zähne.

»Seid Ihr der Schmetterlingsmann?«, will ich fragen, aber irgendetwas steckt mir im Hals, und ich huste, spucke Gewehrkugeln auf meinen Teller ...

Ich erwache, nach Luft schnappend.

Eiskalter Schweiß klebt mir am Rücken. Ich erschauere und kneife die Augen zu. Setze mich auf.

Wie spät ist es? Lilly hängt halb von ihrem Sessel herunter. Jules und Will liegen der Länge nach auf dem Fußboden ausgestreckt. Das Licht scheint sich verändert zu haben. Es ist jetzt fahlweiß, nicht mehr der goldene Schein, in dem wir eingeschlafen sind.

Irgendetwas stimmt hier nicht.

Das Zimmer fühlt sich plötzlich überfüllt an, erstickend voll. Lilly, Jules und Will sind neben mir, aber noch andere Leute liegen auf dem Boden, um den Kamin herum, quer über Tische. Schlafende Leute, die Gesichter von mir weggedreht, reglos.

Ich fahre herum und suche Perdu. Er steht in dem Schatten hinter einem riesigen Globus, weint und umklammert die gemalte Landkarte. Dann dreht er sich zu mir, seine Augen sind feuerrot.

Lauft!, stößt er hervor, *solange ihr noch könnt! Er hat euch gesehen.*

Ich erwache mit einem Schrei. Stütze mich auf. Das Licht ist weich und warm. Die Schlafenden sind fort. Nur wir sind da, Jules, Will, Lilly und ich. Vier.

Eins.

Zwei.

Drei.

Vier.

Perdu ist verschwunden.

24

Ich renne durch die Bibliothek.

»Perdu!« Mir ist egal, ob mich jemand hört. Die Uhr ist um siebzehn nach zwei stehengeblieben. Fünf Stunden, nachdem ich zuletzt darauf geschaut habe. Auf dem Boden ist Blut, es ist dunkel und stinkt nach heißem Metall. Ich patsche mit den Füßen hinein.

Ich erreiche die Türflügel und starre an ihnen hinauf. Sämtliche Möbel, die wir davor aufgestapelt hatten, liegen auf einem Haufen. Ich sehe durchnässte Papierstapel, rot befleckt. Abgebrochene Stuhlbeine. Der massive Walnussholztisch liegt auf der Seite. Die Türen sind immer noch geschlossen, aber der Keil auf dem Boden fehlt.

Nein, nein, nein, wie lange ist er schon weg, wie lange hat die Tür offen gestanden ...

»Will?«, rufe ich panisch über die Schulter.

Ich trete den Keil wieder fest hinein, wirble herum und renne zurück zum Kamin. Nicht nur Blut ist auf dem Boden. Büschel dunkler Haare treiben in den Lachen und fettige, perlweiße Streifen. Als hätte irgendetwas Perdu zerrissen.

»Jules!« Die anderen rappeln sich auf und starren das Blut an. »Jules, bitte sag mir, dass du nicht eingeschlafen bist! Bitte!«

Er fährt herum und sieht mich mit weit aufgerissenen Augen an.

Er ist eingeschlafen. Wir alle sind es.

Will löst sich von uns und geht zur Tür. Ich krieche auf allen vieren zwischen den Stühlen hindurch auf der Suche nach irgendetwas, was fehlt. Mein Brieföffner ist noch in meiner Tasche. Der Kompass liegt auf dem Boden, halb verborgen unter einem Haufen Kissen und Teppichen. Ich greife danach und umklammere ihn mit der Faust, krieche aber weiter. Die beiden Schwerter liegen auf dem Boden. Ansonsten haben wir nichts, was sich zu stehlen lohnte.

Ich springe auf und renne wieder zu den Türen. Will steht davor und hält eine Hand über einen blutigen Abdruck auf dem Holz. Er ist kleiner als seine Hand. Als meine Hand. Er ist winzig, fast zerbrechlich. Hatte Perdu so winzige Hände?

»Nichts ist kaputt«, sagt Will leise. »Der Türkeil, der Feuerhaken, alles in Ordnung, was bedeutet ...« Er hustet. »Was bedeutet, dass die Tür von dieser Seite geöffnet wurde.«

Ich stoße eine Art tierischen Schrei aus und drehe mich im Kreis. Ich raufe mir die Haare, grabe mir die Nägel in die Kopfhaut. »Hat er jemanden hereingelassen, und wir haben es nicht gehört? Er hat einen Berg von Möbeln abgeräumt, ist wahrscheinlich angegriffen und zerrissen worden, und wir haben es einfach verschlafen?«

Lilly und Jules kommen herbeigerannt, die Schwerter in den Händen. Will greift nach seinem. Ich lasse mich fallen und reiße den Keil unter der Tür hervor. Wir glaubten uns hier in Sicherheit. Wir haben geschlafen! Aber hier unten sind wir nirgends in Sicherheit.

Ich stehe da, und wir starren uns sekundenlang an. Unsere Augen treten aus unseren schmutzigen Gesichtern hervor wie Murmeln. Ich nicke und umklammere fest den Griff meiner Waffe. Ich kann unsere Herzen fast schlagen hören, uns in Gedanken im Chor schreien hören.

»Alles klar«, sage ich. »Wir schaffen das.«

Dann öffne ich die Tür.

25

Es ist, als landeten wir mit einem Sprung in einem Alptraum, einer Art surrealem, dadaeskem Ballett. Der Boden ist mit Leichen übersät.

Sie liegen ausgebreitet auf dem Marmor, schwarze Anzüge glänzen stumpf, ihre Beine sind widernatürlich unter ihnen angewinkelt. Wie erstarrt stehen wir in der Tür zur Bibliothek und überblicken das Gemetzel. Wir sehen kein Blut. Nur behelmte Leichen, die den Boden pflastern wie Asphalt.

Ich setze mich als Erste in Bewegung, trete einen Schritt nach vorn und hocke mich neben den am nächsten liegenden Toten. Wenn es eine Falle ist, sind wir ohnehin tot.

Ich stoße ihn an. Der behelmte Kopf rollt herum und schaut mich an. Das rote Licht entlang der Kinnlinie ist ausgeschaltet und nur noch ein matter, leerer Streifen.

»Wer hat das getan?«, flüstert Jules, und Will sagt: »Das ergibt keinen Sinn.«

Nein, das tut es nicht. Das waren die Tracker, die Dorf ausgesandt hat. Sie müssen es sein. Sie sehen genau wie diejenigen aus, die Miss Sei im Spiegelwürfel bei sich hatte, und diese Dinger waren schnell. Sie hätten uns wahrscheinlich mit einem Schlag töten und unsere Schwerter als Zahnstocher benutzen können. Aber es gibt keine Anzeichen für einen Kampf. Kein Kratzer auf der Oberfläche ihrer schimmernden schwarzen Panzer. Und sie sind keinesfalls in eine Falle gelaufen. Es kann nicht sein, dass wir diesen Korridor unverletzt passiert haben und die eigentlichen Bewohner dieses Ortes massakriert worden sind.

»Sollen wir ihm mal den Helm abnehmen?«, fragt Lilly.

Das Summen ist zurück, die Luft trocken und prickelnd. Will beugt sich langsam hinunter zum Nächsten. Voller Schreck sehe ich zu, wie er die Finger um den Helm legt und zieht. Er löst sich nicht. Will greift nach dem Visier und klappt es auf.

Galle steigt mir in die Kehle. Ich strecke den Arm aus und knalle das Visier wieder zu, aber es ist zu spät. Ich habe das Gesicht gesehen. Alle haben das Gesicht gesehen.

Es war beinahe menschlich. Seine Haut war milchig, und eine gelartige blaue Flüssigkeit bildete einen Film über den Wangen. Irgendeine Technik war rings um die lidlosen Augen implantiert worden. Das Geschöpf war definitiv tot. Tausende haarfeiner Kratzer bedeckten seine Haut, rings um die Augen und den Mund, am Hals entlang bis hinunter in den Anzug.

»Perdu hatte auch solche Kratzer«, flüstert Lilly. »Am ganzen Körper.«

»Leute?« Jules steht auf und deutet auf etwas an der Wand gegenüber der Tür.

Wir sehen alle hin.

Ein Satz steht darauf, tief eingraben in das gesplitterte Holz – sechs Wörter, in wilden, eckigen Lettern in die Seidentapete und die Wandverkleidung gehackt:

SEHT, WIE DIE MÄCHTIGEN GEFALLEN SIND.

Ich stehe abrupt auf.

Wir wechseln Blicke, und die Nachricht steht hinter uns wie ein grausames Grinsen, eine lückenhafte Zahlenreihe. »Los, nichts wie raus hier!«

Wir lassen die Leichen hinter uns und rennen ans Ende der Galerie. Platzen durch die Türen. Knallen sie zu und verriegeln sie hinter uns, obwohl ich mich deswegen noch lange nicht sicher fühle.

»Die waren doch die Bösen«, keucht Lilly, lehnt sich an die Wand und zerrt hektisch an ihrer Kleidung, als bekäme sie keine Luft. »Also, wer hat die Bösen ermordet?«

»Perdu –«, beginnt Jules.

»Nein, nicht Perdu«, schneide ich ihm das Wort ab. »Perdu hatte Angst. Er hat sich schrecklich vor irgendetwas hier unten gefürchtet, und er wollte mit uns zusammen flüchten. Ich glaube, dass es ihn erwischt hat, bevor er abhauen konnte.«

»Aber warum hat es dann uns nicht angegriffen?«

Ich schüttle den Kopf. Ich habe keine Ahnung. Und der Gedanke, dass es hier unten Schlimmeres gibt als die Tracker, Miss Sei und Dorf, ist keine Vorstellung, mit der ich mich lange beschäftigen möchte. »Hoffen wir einfach, dass wir ihm nicht begegnen.«

Ich ziehe den Kompass heraus, drehe mich und beobachte die Nadel. Ich höre Perdus Stimme, hoch und aufgeregt, die sich durch das statische Knistern in meinem Kopf zu Wort meldet:

Ein geheimer Weg ... Richtung Norden ... Ihr werdet mir helfen, oder? Ihr werdet mich nicht zurücklassen?

Ich starre die Kompassnadel an. Blicke auf. Und mache mich in Richtung Norden auf den Weg.

26

Ungeschützt umherzuwandern fühlt sich schrecklich an. Es ist, als hätte man das Haus in einem ultraknappen, hauchdünnen Partykleid verlassen und auf einmal gemerkt, dass sich die Haustür genau ins Tigergehege des Zoos in der Bronx geöffnet hat. Was wahrscheinlich etwas ist, über das nur ich mir je Gedanken gemacht habe. Keine Ahnung. Wir befinden uns in einem hohen, schmalen Korridor, der von Türen gesäumt ist. Hier herrscht Halbdunkel, und der Boden ist mit einem endlos langen, violett-schwarzen persischen Läufer bedeckt, der mit üppigen bronzefarbenen Blumen und Satyrn bestickt ist. Der Teppich verleiht dem Raum eine merkwürdige Atmosphäre, als sollte er heimelig wirken. Doch mein Körper weiß, dass ich im Untergrund bin, in einem fensterlosen Korridor unterhalb einer Billion Tonnen von Erde und Gestein. Er weiß, dass ich gefangen bin. Das verursacht ein kleines Jucken genau im Zentrum meines Gehirns, das ich unmöglich kratzen kann. So muss sich wohl der Wahnsinn anfühlen.

Hinter mir flüstern Lilly und Jules miteinander. »Im Ernst, es gibt keinen Grund dafür, dass ausgerechnet wir ausgewählt worden sind. Wir sind ganz offensichtlich nicht wegen unserer Fähigkeiten hier. Wir kommen nicht mal ansatzweise aus ähnlichen Verhältnissen. Mein Vater stammt aus Ägypten. Und wir sind auch keine kompletten Gegensätze, wie eine Testgruppe oder so. Wir sind einfach willkürlich ausgewählte Jugendliche.« Eine Pause. »Ehrlich gesagt, habe ich es schon bereut, mich angemeldet zu haben, als ich euch am Flughafen gesehen habe.«

»Und jetzt tut's dir nicht mehr leid?« Lillys Stimme klingt ängstlich.

Jules antwortet nicht. Wir erreichen das Ende der Galerie. Ich nehme den Kompass in die andere Hand und räuspere mich.

»Wollen wir einfach hoffen, dass Perdu recht hatte mit dem Ausgang?«, fragt Jules, die Stimme um eine Terz höher. Er redet mit mir. »Der geheime Ausgang, den wir jetzt ganz allein finden müssen?«

»Wenn du einen besseren Plan weißt, Jules, dann raus mit der Sprache. Ich bin schon ganz gespannt, echt.«

Das nächste Zimmer ist ein Büro, das von ringsrum angebrachten polierten Bernsteinquadraten schimmert. Wir durchqueren es in zehn Schritten.

»Wir könnten versuchen zu verhandeln«, sagt Jules.

»Willst du dich opfern, so dass der Rest der Gruppe freikommt? Nein? Okay, ich auch nicht.«

»Ich schlage ja nur vor, dass wir vielleicht …«

»Hör auf, Jules, du bist ein Jammerlappen.«

»Hört beide auf!«, meint Lilly nervös.

Jules wirft den Kopf in den Nacken und lacht. Wer lacht derartig laut, wenn sonst was hinter der nächsten Ecke lauern und uns hören könnte? Aber er entgegnet nur, beleidigt und in seinem Stolz verletzt: »Du nennst mich einen Jammerlappen? Wo du dich darüber beklagt hast, dass du die

Unterschriften deiner Eltern fälschen musstest, um aus dem Haus zu kommen?«

Nein, das hat er jetzt nicht gesagt! Ich knalle ihm eine, dass er nicht mehr weiß, ob er Männchen oder Weibchen ist, dieser kleine Punk-Hipster mit seinen doofen Tattoos!

Ich wirble herum. Lilly stellt sich zwischen uns. »Stopp!«, fährt sie uns an, und Will stellt sich vor Jules und sagt sehr sanft: »Komm, lass gut sein, Alter.«

Ich versuche Lilly wegzuschieben.

»Hör endlich auf!«, zischt sie und baut sich vor mir auf. Ihr Scheitel reicht mir kaum bis ans Kinn, aber sie ist stark. »Uns zu streiten wird uns wohl kaum hier rausbringen, oder? Hört auf damit.«

Jules und ich starren einander an. Jetzt stottert er sogar eine Entschuldigung! Heuchler! Du kannst nicht jemanden auf den Kehlkopf boxen und hinterher sagen, es täte dir leid. Dass die Leute echt glauben, das würde reichen!

Aber Lilly hat recht. Sich zu streiten ist völlig sinnlos. Ich hebe süffisant eine Augenbraue und biege in einen Korridor ein.

Jules rennt mir nach. »Es tut mir wirklich leid«, sagt er, aber ich habe keine Lust auf große Versöhnungen. Ich bin hungrig und durstig. Und wir haben größere Probleme. »Ich sage doch nur, dass es vielleicht noch andere Optionen gibt. Wir irren umher in der Hoffnung, dass irgendein verrückter Typ die Wahrheit gesagt hat, und in der Zwischenzeit werden wir verfolgt.«

»Wer verfolgt uns?«, erwidere ich und dringe in die nächste Zimmerflucht ein. »Diese Tracker jedenfalls nicht mehr. Und warum uns? Warum sollte man US-Bürger in einen anderen Kontinent einfliegen, um sie dann dort zu ermorden? Und warum nur Jugendliche?«

»Vielleicht haben sie so ihre Vorlieben.«

»Für was? Für verzogene Gören?«

Alle starren mich an.

»Entschuldigung.« Ich schaue auf meine Schuhspitzen, jetzt ebenfalls zerknirscht. »Ich will damit nur sagen, dass ich mir ziemlich sicher bin, dass Leute mit Tankstutzen aufzuspießen immer denselben Effekt hat, egal, ob man aus Amerika oder Frankreich kommt. Man brauchte seine Opfer nicht zu importieren. Man braucht wirklich keine komplizierte Lüge zu erfinden und tonnenweise Papier zu verschicken, um die auserwählten Opfer zur Schlachtbank zu führen.«

Eine Weile lang gehen wir schweigend weiter, passieren einen Rundbogen und gelangen in einen halbdunklen, höhlenartigen Raum mit Bergen von bestickten Kissen und einem gekachelten Springbrunnen in der Mitte. Ähnlich wie in der Alhambra von Granada!, denke ich. Wir suchen erst alles nach Fallen ab und bewegen uns nur ganz vorsichtig. Doch dann stürzen wir alle zum Brunnen und trinken gierig. Das Wasser schmeckt kühl und frisch, nur das zählt jetzt. Doch als ich nach ein paar Schlucken aufblicke, stelle ich erschrocken fest, dass es keine Tür in der nördlichen Wand gibt. Wir werden in westlicher Richtung weitergehen müssen.

Als wir uns wieder in Marsch setzen, räuspert sich Will. »Ich habe eine Theorie«, sagt er, und wir schleichen noch leiser, um nur ja keins seiner Worte zu verpassen. Das haben schweigsame Leute so an sich, man hört ihnen tatsächlich zu, wenn sie mal was sagen!

»Ich weiß auch nicht, warum wir hier sind … hier im Palast, meine ich. Nur dass wir vor zwei verschiedenen Gefahren flüchten.« Seine Stimme ist leise, und er sieht uns einen nach dem anderen eindringlich an. »Das Ganze gleicht einem Dreieck. Hier, in einer unteren Ecke, sind wir. Und Dorf und die Tracker sind in der anderen unteren Ecke. Oben an der Spitze ist etwas anderes.«

Ich blinzele. Mann, das waren aber viele Sätze hintereinander.

»Und was ist an der Spitze?«, fragt Lilly. »Welche Theorie hast du dazu?«

»Ich weiß nicht.« Er fährt mit dem Daumen heftig über den Ledergriff seines Schwertes, als wäre ihm die Tatsache, dass er bisher noch nicht alles über den Palast herausgefunden hat, ein wenig peinlich. »Dieses Etwas, das Perdu erwischt hat. Das Etwas, das die Tracker fertiggemacht und den Satz an die Wand geschrieben hat. Ich weiß nicht.«

Er dreht sich weg, und seine Stimme wird noch leiser. »Aber egal, was es ist, es ist so schlimm, dass die Sapanis Angst davor haben. Und es von Fallen und Sprengtüren bewacht hier unter der Erde einsperren! Es ist außer Kontrolle geraten.«

»Und warum haben sie uns mitten hineingeschmissen?«, fragt Jules. »Nur zu ihrer Zerstreuung?«

»Nein«, erwidert Will. »Sie haben uns aus einem anderen Grund heruntergebracht. Aber nicht mit der Absicht, dass wir uns selbst in ihrem Palast einsperren und als Futter für das dienen, was sie sich hier unten halten. Ich glaube, wir haben ihre Pläne durchkreuzt. Und das nicht zu knapp.«

Mir läuft es kalt den Rücken hinunter. Ich blicke zur Decke hinauf. Stuckwölbungen, von Rippen durchbrochen wie der Gaumen eines blassen, kränklichen Mundes.

»Der Feind unseres Feindes ist unser Freund, so was in der Art?«, fragt Jules.

»Nein, Jules«, erwidere ich. »Etwas, das einen ganzen Raum voller übermenschlicher Soldaten ermorden kann, ohne ein Geräusch zu machen: Das ist garantiert nicht unser Freund.«

Plötzlich habe ich Angst, mich umzuschauen, ja, irgendwohin zu schauen außer strikt geradeaus. Ich denke an Perdu, wie er sich hinter den Stuhl in der Bibliothek gekauert hat, an seinen zitternden Finger, der zu den Türen ausgestreckt war. Der Schmetterlingsmann.

»Der Schmetterlingsmann«, sage ich leise. Keiner hört mich. Die Galerie scheint die Worte aufzulecken und sie im Ganzen zu verschlingen.

27

Wir steigen eine breite Marmortreppe empor. Ich bin schon ganz aufgeregt, denn alles, was hinaufführt, ist gut. Bedeutet, dass wir näher an die Oberfläche gelangen, hin zu WLAN, Polizeistationen, Normalität. Wir erreichen einen Absatz. Die Steinbalustrade ist mit Reliefs von sich windenden, marmorweißen Meereswesen geschmückt, die sich umeinanderschlingen, als wollten sie sich gegenseitig auffressen. Ich werfe einen Blick zurück in den riesigen Saal, den wir eben durchquert haben, eine leere Halle mit rautenförmigen Bodenfliesen und quadratmetergroßen Freskenmalereien. Am Absatz teilt sich die Treppe und führt nach links und rechts rechtwinklig weiter. Wir wählen die linke Treppe, und ich werde von der irrationalen Hoffnung erfüllt, dass wir oben auf Türen stoßen. Vielleicht sogar den Ausgang, von dem Perdu geredet hat.

Falsch. Als wir das Ende erreichen, blicken wir in eine Ausstellungshalle hinein, in der sich auf beiden Seiten Glasvitrinen aneinanderreihen. Ganz am anderen Ende der Halle befindet sich eine weitgeöffnete Flügeltür, durch die ich weitere Räume erkenne, Gold, Gemälde und Dekadenz, so weit das Auge reicht. Der Palast scheint grenzenlos zu sein.

»Was meinst du, wie viele Stockwerke es hier gibt?«, fragt Jules Lilly.

Sie zuckt mit den Achseln. »Will?« Er antwortet nicht. »Will?« Keine Reaktion. »Wi-ill!«

Erst beim dritten Rufen blickt er sie endlich an, als hätte sie ihn gerade rüde aus einem Nickerchen geweckt.

»Du studierst doch Architektur«, sagt Lilly, so wie dumme Menschen sagen: »Du bist doch Amerikanerin«, wenn sie sich nach einem Hamburger-Rezept erkundigen oder wissen wollen, wie ein Rodeo funktioniert. »Hast du irgendeine Vorstellung davon, wie dieser Palast aufgebaut ist?«

Will schüttelt den Kopf. »Erst habe ich gedacht, er würde vielleicht auf Versailles basieren, aber … nein. Es ist, als hätten die Konstrukteure einfach in jeder Richtung immer weitergebaut. Wenn das stimmt, was im Prospekt stand und für den Palast natürliche Höhlen genutzt wurden, hat man möglicherweise einfach so lange weitergebaut, bis kein Platz mehr war.«

Ich beobachte, wie die Kompassnadel zuckt, und höre Jules und Lilly hinter mir flüstern. Wir kommen inzwischen nur noch langsam voran.

»Vielleicht ist das Ganze ja ein Experiment«, spekuliert Lilly. »Stellt euch mal vor, die handeln mit genetisch manipulierten Organismen und probieren ein Virus an uns aus. Wir mussten schließlich medizinische Unterlagen einreichen und uns auf Ebola testen lassen. Das könnte Teil der Voraussetzungen gewesen sein. Vielleicht haben sie uns irgendetwas injiziert.« Sie hält inne und fügt nachdenklich hinzu: »Oder es ist etwas anderes, von dem wir keine Ahnung haben.«

»Es könnte auch ein psychologisches Experiment sein«, sage ich, drehe mich um und gehe ein paar Schritte zurück.

»Wie man es sonst mit Ratten durchführt. Anschließend wiederholt man es mit Kontrollgruppen von andersartigen Tieren. Man setzt sie in ein Labyrinth und schaut, was passiert.«

»Ich bin kein Tier«, erwidert Jules.

»Da wäre ich nie draufgekommen. Überlegt mal, vielleicht stammte Perdu aus einer früheren Gruppe. Oder wir kommen alle aus dysfunktionalen Familien, und man will prüfen, wie wir auf Traumata reagieren – wer überlebt und wer verrückt wird.«

Fehlanzeige. Jules sieht mich nur etwas belustigt an, Lilly beäugt mich neugierig. Für mich hat sich die Theorie plausibel angehört.

»Ich habe eine tolle Familie«, entgegnet Lilly.

Schnell drehe ich mich um und gehe weiter. »Aha. Freut mich.« Ist mir peinlich, das Ganze.

»Es könnten auch Halluzinogene sein, die man an uns ausprobiert«, meint Jules, fast im Flüsterton, weil er jetzt nur noch mit Lilly redet. Unsere Überlegungen führen uns weiter zu Zombies, der Apokalypse, Zeitreisen, Außerirdischen und raffinierten Rückzugsorten für wohlhabende Serienmörder. Meine Theorie hat mir besser gefallen. Ich blicke mich in der Galerie um.

Die Tapete hinter den Ausstellungsvitrinen schimmert königsblau, und alle paar Meter sind silberne Wandleuchter angebracht. Dunkle, mit üppigen Schnitzereien verzierte Holzbalken ragen zur Decke hinauf und greifen über unseren Köpfen ineinander wie Zweige. Zwischen ihnen, in Nischen stehend oder an der Wand hängend, sieht man Skulpturen, Porträts und Stillleben.

Ich halte inne und beuge mich näher zu einem der Ausstellungsstücke. In der Vitrine steht eine antike Pendeluhr. Das Zifferblatt besteht aus Alabaster in der Farbe schlechter Zähne, so dünn geschliffen, dass man das Gewirr von Zahnrädchen und Federn dahinter erkennen kann. Sie sieht alt aus. Mindestens 17. Jahrhundert. Die nächste Vitrine enthält ein Drähte spuckendes Gerät – möglicherweise ein Telegraph. Danach kommt ein altes Telefon. Im ersten Moment bin ich ganz aufgeregt und frage mich, ob wir es benutzen könnten, um jemanden anzurufen. Nein. Das Kabel, das unten hervorschaut, ist zusammengerollt und mit Kabelbindern befestigt. Außerdem bezweifle ich sehr, dass wir hier unten eine Telefondose finden würden.

Die Ausstellungsstücke scheinen chronologisch und thematisch geordnet zu sein. Jetzt stehe ich vor den Waffen. Eine merkwürdige, mittelalterlich anmutende Steinbüchse. Dann Steinschlossgewehre und -musketen. Vor einer Geschützpatrone bleibe ich stehen. Stumpfes, dunkles Metall mit messingglänzender Spitze – die Art, wie sie sie im Ersten Weltkrieg verschossen haben, als die ganze Edle-Helden-Illusion zerbrach und nur noch blutige Kämpfe in Schützengräben, im Schlamm feststeckende Leichen und Gasmasken übrig blieben.

Mit zusammengekniffenen Augen entziffere ich das kleine Messingschild.

Erste Granatkartätsche aus Massenproduktion,
1912, von H. B.

Als sei es ein Kunstwerk. Als sei es etwas Schönes und nicht etwas, das Soldaten mit Feuerexplosionen zerfetzte ... etwas, das ein Mensch entworfen hat, um Mitmenschen zu töten.

Ich drehe mich um und starre die Reihe der Glasvitrinen entlang. Mein Herz pocht heftig in meiner Brust. Von hier an geht es nur noch um Waffen. Granaten. Raketen. Gewehre auf dreibeinigen Ständern wie feingliedrige schwarze Insekten.

Echt jetzt?

Lilly geht mir voraus und inspiziert eine Ausstellung von knallroten Kanistern, die mit Warnungen vor Biogefahren geprägt sind. »Von H. B.«, liest sie vor und blickt mich an.

»Diese hier tragen Abzeichen«, sagt Jules von der anderen Seite des Saales aus. »Rote Armee, Khmer.«

Ich gehe weiter. Die Waffen scheinen mich anzustarren, leblos, aber dennoch wachsam. Ich stelle mir vor, dass einer dieser schwarzäugigen Läufe plötzlich herumschwenkt und eine Kugel mich durchschlägt.

»Das gehört alles denen«, sage ich. »Es ist ihre Ruhmeshalle oder so etwas. Vielleicht haben sie all das erfunden.«

»Das würde erklären, warum sie so reich sind«, bestätigt Lilly und geht hinüber auf die andere Seite der Galerie. »Wenn sie Waffenproduzenten sind. Da mangelt es doch nie an Auftraggebern.«

Ich komme an Will vorbei, der vor einer Vitrine steht, die den schwarzen Körperpanzer eines Trackers enthält. Stirnrunzelnd betrachtet er ihn.

»Wisst ihr, was komisch ist?«, ruft Jules über die Schulter hinweg. Er steht vor etwas, was einer riesigen Metall-Seegurke ähnelt. »Diese blauen Mappen, die wir bekommen haben. Dieses ganze Gerede davon, dass Teile des Palastes möglicherweise unter Wasser stehen, dass wir vielleicht tauchen müssten, dass sie keine Ahnung hätten, was sich hier unten befinde und dieser ganze Quatsch. Die wussten ganz genau, was hier unten ist. Aber wir sollten gar nicht lange genug leben, um irgendetwas davon zu sehen.«

»Und wir haben ihnen geglaubt«, sage ich, als ich an ihm vorbeigehe. »Das ist das Seltsamste von allem.«

Wir haben kaum etwas in Frage gestellt, bis es zu spät war. Wir sahen ihre schicken Namen, sahen uns ihre schicken Websites an. Aber Papier ist geduldig, ebenso wie Daten im Internet ganz leicht zu fälschen und mit Lügen zu spicken sind.

Selektive Wahrnehmung, f. – die Tendenz, Sinnesreize zu übersehen oder auszublenden, die emotionales Unbehagen auslösen oder früheren Überzeugungen widersprechen.

Mit anderen Worten, was man nicht sehen will, sieht man auch nicht.

Ich kann es kaum fassen. Noch gestern war ich nur damit beschäftigt gewesen, meinem verkorksten kleinen Herzen zu folgen, ganz im Disney-Prinzessinnenstil. Und jetzt? Na ja, in einem Palast bin ich immerhin gelandet, echt cool.

Ich gehe langsamer, weil die anderen immer noch die Waffen umkreisen. Ich wünschte, sie würden sich beeilen. »Wenn wir hier rauskommen, sind diese Leute erledigt«, stellt Lilly fest. »Könnt ihr euch die Prozesse vorstellen? Ich meine ja, sogar wenn wir nicht rauskommen, wird irgendetwas passieren. Unsere Eltern werden die Polizei alarmieren.«

Irgendetwas an Lillys Worten zieht mich gewaltig runter. Sie rechnet immer noch mit ihren Eltern, glaubt immer noch, sie könnten uns retten. Ich mache mir nicht nur deshalb Sorgen, weil ich verbittert über meine Eltern bin und sie keine Ahnung haben, wo ich bin. Wenn sie Bescheid wüssten, würden sie jetzt wahrscheinlich gerade einen Leichenschmaus mit Hummer planen. Hier unten, in diesem riesigen, künstlichen, wunderschönen Paralleluniversum, klingen Wörter wie »Polizei« und »Prozesse« einfach nur lächerlich. Die Sapanis haben uns in einem Privatjet aus New York ausgeflogen. Ohne dass wir ein einziges Mal unsere Pässe vorzeigen mussten. Ich bezweifle, dass ihnen Polizei oder Gerichte irgendetwas anhaben könnten.

Ich komme jetzt an moderneren Waffen vorbei. Statt Mörser und Granaten gibt's jetzt Hightechkriegsgerät zu bewundern, Nachtsichthelme, Körperpanzer, wie die Tracker sie getragen haben. Glatt und eckig. Ein Helm thront auf einem Gestell wie ein abgetrennter Kopf.

Ich konzentriere mich auf die Gemälde an den Wänden. Wenigstens die sind großartig. Ich stehe vor einem, das eine Waldlichtung zeigt, auf dem Personen ein ländliches Mahl einnehmen. Der Himmel ist fast vollständig von Laub verdeckt, aber das Licht sickert trotzdem hindurch und sprenkelt die ganze Szene mit mattgoldenen Flecken. Die Menschen auf dem Gemälde liegen in eleganter Haltung auf einer Decke und bedienen sich aus einem geflochtenen Korb. Sie tragen Kleidung des ausgehenden 18. Jahrhunderts, kostbar, aber mit bäuerlichen Elementen, etwa einem Strohhut oder einer gestreiften Schürze. Sie wirken wie eine Familie. Eine richtig nette, glückliche Familie.

Ich trete einen Schritt näher und empfinde etwas wie Nostalgie, was merkwürdig ist, weil ich weiß Gott noch nie ein Picknick wie dieses erlebt habe. Ich konzentriere mich auf Einzelheiten: den Wein, funkelnd rot in Kristallpokalen. Einen Flecken Sonnenlicht auf einer Silbergabel, die halb verborgen in einer Deckenfalte liegt. Die lächelnden Lippen der Frau, die den Kuchen hält. Sie scheint von innen zu leuchten, als wollte der Maler sie noch schöner darstellen, als sie ohnehin schon ist.

Ihre Zähne sind blutig rot, ihr Lächeln besudelt.

Ich blinzele.

Nein. Ihre Zähne sind normal. Weiß, klein und hübsch, wie Knochensplitter.

Ich reiße mich von dem Gemälde los. *Was ist los mit dir, Ucki?* Die anderen sind mir jetzt voraus, und ich beeile mich, sie einzuholen. Sie haben sich um das Gemälde eines Kaninchens versammelt. Wir sollten weitergehen, wir sollten rennen und nicht herumlungern und uns mit Kunst beschäftigen. Doch Jules steht starr vor dem Gemälde.

»Bist du sicher?«, fragt Lilly ungläubig. »Es könnte eine Kopie sein.«

»Das ist keine Kopie, schau dir mal die Pinselstriche an«, erwidert Jules und weist mit einer indignierten, ausdrucksvollen Handbewegung mal hierhin, mal dorthin. »Diese Linienführung kann man nicht imitieren. Ich kenne dieses Bild. Ich kenne es!«

Ich blicke zu dem Gemälde hoch. So interessant ist es auch wieder nicht. Es fesselt mich definitiv nicht und wühlt mich auch nicht so auf wie die Szene auf der Waldlichtung. Das Kaninchen hockt vor einem braunen Hintergrund, drapierte Seide, nehme ich an. Der Rücken ist dem Beobachter zugewandt, der Kopf über die Schulter gedreht. Es sieht mich an.

Na schön, ein bisschen interessant ist es doch. Irgendetwas im Blick des Tieres ist herzzerreißend, es liegt eine Art Vorwurf in seinen mandelförmigen Augen, ein Anflug von Resignation, als erwartete das Kaninchen ein schlimmes Schicksal, und ich sei auch schuld daran.

»Was hat es denn?«, frage ich. Komisch, dass ich es nicht erraten kann.

»Es hat sich verirrt, denke ich.« Das Tier schaut uns über die Schulter mit großen Augen an. »So soll es jedenfalls wirken. Das Gemälde stammt von Kanachev. Dem russischen Maler. Es existieren nur Schwarzweißfotos davon, da seine Gemälde während der Belagerung von Leningrad gestohlen wurden. Er selbst gilt seit dem Zweiten Weltkrieg als vermisst; wahrscheinlich ist er in einem Konzentrationslager ermordet worden. Das hier war sein Meisterstück.«

»Warum ist es dann hier?«, fragt Lilly.

Ja, warum ist es dann hier? Ich will es nicht mal wissen. Ich will keine weiteren Enthüllungen, und ich will auch nicht wissen, wer diese Sapanis sind, denn jedes Mal, wenn wir auf ein neues Indiz stoßen, erscheinen sie mir alptraumhafter. Ich gehe jetzt weiter auf die Türen am Ende der Ausstellungshalle zu, und zwar schnell.

»O mein Gott!«, flüstert Lilly hinter mir. »Anouk, warte! Schau mal!«

Ich blicke zurück. Lilly zeigt auf ein anderes Gemälde, ein kleines in einem vergoldeten Rahmen, hoch oben an der Wand. Ich bleibe wie angewurzelt stehen.

Es ist das Bild eines Mädchens. Sie trägt ein graues Seidenkleid mit einem blauen Stoffgürtel und hat einen Arm um eine Marmorbüste gelegt. In den Händen hält sie einen

Schlüssel und eine Blume, vielleicht ein Gänseblümchen. Ein Gazeschal fällt von ihren nackten Schultern. Ihr Haar ist dunkel. Ihre Augen sind intensiv blau. Ihr Gesicht ist scharf geschnitten, ihr Ausdruck missmutig.

Es ist ein Porträt von mir.

28

Ich höre, wie sich die anderen um mich gruppieren, raschelnd wie Vögel. Ich spüre, wie sich mein Gesicht zu einem Ausdruck abgrundtiefen Horrors verzerrt. »Was soll das denn?«, krächze ich. »Was …?«

Jules haucht: »Wow!«

Meine Fingerknöchel treten weiß hervor. Ich umklammere meinen Kopf, als wollte ich ihn auspressen wie eine Zitrone, so dass der Wahnsinn heraustropft, bitter und gelb zwischen meinen Fingern hindurch. Ich halluziniere schon wieder. Mikroben. Schlechte Luft. Kommt in letzter Zeit öfter vor.

Heftig atmend lasse ich meinen Kopf los.

Wieder sehe ich das Porträt an. Es stellt immer noch mich dar. Es sind immer noch meine dünnen Arme, die aus dem Kleid hervorragen und sich um die Büste schlingen. Es ist immer noch mein eckiges, verschlossenes Gesicht, das ärgerlich wirkt, obwohl ich es nicht bin. Meine Augen sind zusammengekniffen, mit einem Funken von Rebellion, als wäre ich sauer auf die Person gewesen, die mich gemalt hat, und jetzt sauer auf die Person, die mich ansieht. Ich bin sauer auf mich!

Ich schüttle heftig den Kopf und wende mich ab. Wir befinden uns im unterirdischen Palast einer kriminellen

Waffenhändlerfamilie. Sie haben ein Porträt von mir an der Wand. Das alles hat vorher keinen Sinn ergeben und muss es auch jetzt nicht.

Ich renne los. Aber angenommen, es ergibt einen Sinn? Ein nagendes Schuldgefühl breitet sich in meinem Magen aus, genau wie jedes Mal, wenn ich einen Preis gewinne und es keinen interessiert. Wie jedes Mal, wenn ich eine Sprache erlerne und niemanden habe, mit dem ich sie sprechen könnte. Genauso wie am Flughafen, als meine Mutter Kaugummi kaute und Penny ihr vernarbtes Gesicht hinter ihrem Haar versteckte und beide mich nicht ansahen, weil sie es nicht wollten. *Du hängst an dieser Wand wie eine Jagdtrophäe, weil du dorthin gehörst, Anouk. Du bist ein böses Mädchen. Ein schlechter Mensch.*

Ich höre die anderen hinter mir. Lilly versucht, mich am Arm zu fassen. Ich stoße sie weg. Doch sie lässt sich nicht abschütteln. »Hey!«, sagt sie. »Anouk, jetzt warte doch!«

Ich kann sie nicht ansehen.

Sie bleibt an meiner Seite und geht mit mir gemeinsam auf die Flügeltür zu, ohne mich noch einmal loszulassen. Ich denke zuerst, sie tut das, weil sie auf mich losgehen wird, weil sie das alle tun werden. Sie werden mir den Schädel einschlagen und mich tot zurücklassen, eine Psychotochter, die auf dem Fußboden von Psychos verblutet. Ich würde so etwas tun, wenn ich sie wäre. Wenn Jules, Will oder Lilly in diesem Goldrahmen an der Wand hingen, würde ich durchdrehen.

Ich spüre, wie ein heftiges Gefühl in mir aufwallt, Wut auf mich selbst, aber auch Schmerz und Angst, und verliere die Bodenhaftung – die Kontrolle.

Lilly stößt die Flügeltüren am Ende der Galerie weit auf, und Jules schließt sie hinter uns.

Du wirst nicht weinen, Ucki. Fast acht Jahre lang hast du nicht geweint. Es war nur ein Bild, und du musst einfach denken …

Da kommt plötzlich ein langgezogenes Schluchzen aus meiner Brust. Das ist so bizarr, dass ich mich zunächst frage, ob es von jemand anderem stammt. Sofort wende ich mich von Lilly weg und versuche, mein Gesicht zu verbergen. Sie starrt mich an. »Geh weg«, sage ich trotzig. Ich wünschte, sie würden mir alle den Rücken zudrehen. Aber sie tun es nicht, und jetzt weine ich doch. Und aus irgendeinem Grund sieht es gar nicht danach aus, als wollten die anderen mir den Schädel einschlagen.

Sie sehen im Gegenteil besorgt aus. Sie scharen sich um mich, und dann nimmt Lilly meine Hand und verschränkt ihre Finger mit meinen. »Ist schon gut, Anouk. Alles ist gut.«

Was soll hier gut sein?, hätte ich am liebsten gekreischt. *Hier ist gar nichts gut!*

Doch ich spüre Lillys Hand in meiner, und auch Jules und Will – ihre Wärme, ihre Anwesenheit –, und ich höre mich heulen, laut und lange wie ein neugeborenes Baby.

Palais du Papillon, Chambres Jacinthe, 34 Meter unter der Erde, 1790

Aurélie? Aurélie, ich muss mit Euch reden!«
Jacques stürmt in das Boudoir. Ich springe auf die Füße, ziehe lächelnd die Ärmel meines Kleides glatt. Seine Besuche werden immer seltener. Aber als ich ihn ansehe, gefriert mir das Lächeln im Gesicht. Er keucht, und sein Hemd ist schweißnass. Seine Augen sind schreckgeweitet.

»Was ist denn los, Jacques?«

»Ich weiß nicht. Vielleicht ist es nichts. Ich weiß nicht!« Er wandert auf und ab und fährt sich mit den Fingern durchs Haar.

Ich greife ihn am Arm und führe ihn rasch zu einem Stuhl. »Jacques, hör auf damit. Was ist passiert?«

Er lässt sich auf den Stuhl fallen, starrt mich an, und etwas Seltsames und Beängstigendes flackert in seinen Augen. Dann blinzelt er und ist wieder er selbst. »Ich habe etwas gesehen, ich …«

»Was? Sag es mir.« Ich spreche so sanft wie möglich, aber am liebsten würde ich ihn anschreien und durchschütteln.

»Eine der Köchinnen«, beginnt Jacques und sein Atem beruhigt sich allmählich, während er sich tief in den Stuhl sinken lässt. »Madame Boucheron. Sie war Saucenköchin in der Küche des Châteaus, aus Paris, exzellent und gut bezahlt. Aber hier braucht man keine Saucen. Der Marquis isst tagein, tagaus nur Zwieback und gekochtes Hammelfleisch, und ihr blieb keine andere Aufgabe, als Bouillon für die Diener zu kochen ...«

»Aber was ist daran so schrecklich?«

»Aurélie, hör mir zu! Die Diener sind alle unzufrieden. Alle. Es gibt keine Gesellschaften, für die gekocht werden muss, nichts, worauf wir uns freuen können. Und das hat sie ausgesprochen. Sie verlangte, hinaufbracht zu werden. Sie wollte zurück nach Paris. Aber dann ...«

»Dann was?«

Er dreht den Kopf weg und kneift die Augen zu.

»Jacques, sag's mir! Was ist?«

Ich werde nicht dort hinuntergehen, höre ich Maman flüstern, als sie durch das offene Fenster in den Park hinausschaut. *Verlange das nicht von mir.*

»Ich habe sie heute gefunden«, flüstert Jacques. »Ich sollte die Privatgemächer des Marquis über dem *Salle de Jupiter* in Ordnung bringen. Der Marquis wusste nichts davon, er war anderswo beschäftigt, aber Monsieur Vallé hat mir den Schlüssel gegeben und mir aufgetragen, mich zu beeilen. Ich bin mit Bürsten und Eimern hineingegangen. Da lag etwas auf einem Tisch. Erst glaubte ich, es sei ein Tier, ich dachte ...«

Er schlägt die Hände vors Gesicht.

Verständnislos starre ich ihn an.

»Sie haben irgendetwas mit ihr gemacht«, fährt Jacques fort. »Die Haut an ihren Armen war aufgeschnitten und ... Überall waren Diagramme, Bücher, Papiere und Wannen voll Wasser, groß genug für einen menschlichen Körper, und

Phiolen mit Blut, und in der Ecke saß ein Mann, jedenfalls hielt ich ihn zuerst für einen Mann. Ich weiß nicht. Er saß da wie eine Statue, und er war marmorweiß, und sein Gesicht, sein Gesicht, Aurélie!«

Er ergreift meine Hände, sieht mich flehentlich und forschend an, als bärge mein Gesicht ein Geheimnis, das er unbedingt erfahren müsse. »Er hat zu mir gesprochen«, flüstert Jacques. »Er bat mich, näher zu kommen und mich ein Weilchen zu ihm zu setzen. Er fragte mich, ob ich Angst hätte. Er sagte, alle hätten Angst vor ihm – seine Eltern und die Diener –, obwohl er doch nichts wolle, außer sie glücklich zu machen. Ich bin hinausgerannt, aber ich habe immer noch den Geruch von Blut und den Gestank von Verwesung in der Nase. Es war wie ein Leichenhaus. Sie haben sie ermordet, Aurélie! Dein Vater und dieses Ding haben sie ermordet, die Diener, die verschwunden sind, und von denen wir dachten, sie seien freigelassen worden – sie haben sie abgeschlachtet!«

Ich entreiße meine Hände seinem Griff. »Ich weigere mich, das zu glauben. Mein Vater ist verrückt, aber er ist kein Mörder. Was hätte er denn davon? Er ist ein Mann der Vernunft, ein Philosoph und Wissenschaftler.«

»Ich habe Angst davor, in die Küche zurückzukehren«, sagt Jacques, als hätte er mich gar nicht gehört. »Ich habe Angst, mit irgendjemandem zu reden. Angenommen, der Marquis findet heraus, was ich gesehen habe? Angenommen, dieses Ding erzählt es ihm?«

Ich bekomme keine Luft. Es ist zu heiß hier im Zimmer. Die Luft fühlt sich dick und viskos an, wie heißer Dampf.

»Was, wenn sie mich umbringen?« Jacques' Stimme klingt

bemitleidenswert, wie das Wehklagen eines kleinen Jungen, und es trifft mich ins Mark, weil ich weiß, dass nicht die Angst vor Schmerz oder Tod dahintersteckt. Er fürchtet darum, was aus denen werden soll, die ihn brauchen: seine Geschwister und seine Mutter, meine Schwestern und ich.

Ich umklammere meine Röcke mit den Fäusten, so fest, dass es schmerzt. »Es muss eine logische Erklärung dafür geben. Da bin ich mir ganz sicher. Bitte den ersten Butler, zu mir zu kommen. Besser noch: Sage ihm, dass ich verlange, mit Vater zu sprechen. Sag es irgendjemandem. Sag ihnen, ich hätte dir eine Botschaft zukommen lassen. Sie haben nichts davon, wenn sie Leute ermorden. Vielleicht war es doch der Kadaver eines Tieres, oder Madame Boucheron war schon tot. So ungewöhnlich ist das nicht, dass Leichen zu medizinischen Zwecken und der Erweiterung menschlichen Wissens untersucht werden. Es ist nicht unmöglich …«

»Und wenn er dir die Wahrheit sagt? Wenn er zugibt, dass er uns alle tötet?«

Ich werde ganz still und löse den Griff von meinen Röcken. »Hast du den Weg hinaus gefunden?«

»Ich bin kurz davor, ich …«

»Dann bring mir einen Schlüssel, Jacques! Bring mir eine Pistole, bring mir irgendetwas!« Ich fühle die Tränen in meinen Augen brennen, einen heißen, schmerzhaften Druck. »Wenn sie dich erwischen, bleibt mir nichts, hörst du? Dann sind meine Schwestern verloren!«

Und plötzlich fallen wir einander in die Arme, und wir umklammern einander wie Ertrinkende, vor Angst, vor Verzweiflung.

»Ich kehre zurück, Aurélie. Ich verspreche es! Sie werden mich nicht töten, nicht, bevor ich einen Weg gefunden habe. Ich komme zurück, so schnell es irgend geht, und wenn ich wiederkomme, dann gehen wir. Wir kehren zurück an die Oberfläche. Nach Hause.«

Als er fort ist, und ich allein in dem erlesen schönen Zimmer zurückbleibe, lehne ich die Stirn gegen die Wand und schluchze.

Komm zurück, bete ich. *Komm zurück, bevor es zu spät ist!*

29

Die Durchsagen beginnen ungefähr zwanzig Minuten, nachdem ich mich draußen vor der Kaninchengalerie gefühlsmäßig so richtig ausgekotzt habe. Wir wandern durch eine Flucht verschnörkelter Räume in warmen Farben, voller idyllischer Landschaftsgemälde und seidener Wandtapeten, die schimmern wie Insektenflügel. Jules reißt Fäden aus dem ausgefransten Saum seiner Hosentasche. Ich fühle mich so, als wäre ich von einem Auto überfahren worden. Plötzlich bleibt Lilly abrupt stehen, eine Hand erhoben.

»Leute?«, sagt sie.

»Was denn?« Jules bleibt ebenfalls stehen und dreht sich zu ihr um.

»Hört ihr das?«

Will und Jules eilen zu ihr. Ich nicht. Ich höre nichts. Ehrlich gesagt, ist es mir in dem Augenblick auch völlig egal. Ich kann nur an das Bild in der Galerie und an meinen Weinkrampf denken. Ich versuche Lilly zuzuhören. Aber ich höre nur das Sirren der Leuchten. Und möglicherweise das Flüstern einer Klimaanlage.

»... wird übertragen ...«

Da! Eine kurze Sequenz, die jetzt wieder zu einem fernen, unverständlichen Rauschen verflacht. Tief im Palast spricht eine monotone Stimme.

»Tracker?«, fragt Jules.

»Ich glaube nicht, dass Tracker reden können«, erwidert Will.

Ich glaube das auch nicht. Diese Dinger sind unmittelbar vor den Bibliothekstüren massakriert worden, und wir haben keinen Laut gehört. Irgendetwas sagt mir, dass sie nicht dazu gemacht wurden, ihre Gefühle zu äußern.

»Ich glaube, das ist eine Aufnahme«, sagt Lilly. »Hört sich an wie Dorf.«

Wie auf einen unhörbaren Befehl setzen sich die anderen in Trab. Ich folge ihnen, halte demonstrativ Abstand. Ich weiß, das ist lächerliches Teenagergehabe, aber ich bin emotional völlig durcheinander, und so gehe ich eben damit um, okay? Wir laufen in nördlicher Richtung, wie es Perdu gesagt hat. Die Stimmaufnahme scheint in einer Schleife zu laufen, manchmal näher, manchmal weiter entfernt. Der Schnitt in meinem Fuß fängt wieder an zu pochen. Ich bin so hungrig, dass ich alles essen könnte – gemaltes Obst, Steintrauben, die Tapete. Und ich würde mich gerne hinter meinem Haar verstecken.

Ich streiche mir die Strähnen aus dem Gesicht, so dass ich es nicht kann. *Ich habe geweint. Ich habe alles rausgelassen. Es ist jetzt gut.*

Aber so fühlt es sich nicht an. Wenn andere dich haben weinen sehen, ist es, als besäßen sie einen Teil von dir. Es ist, als hätte man sich ein Stück weit geöffnet, und sie hätten durch den Panzer geblickt, den man normalerweise trägt, und einen sorgfältigen, langen Blick auf den schreienden außerirdischen Irren darunter geworfen. Ich glaube wirklich, dass Will und Jules seitdem stiller sind. Als machten sie sich Sorgen, dass dieses Weinen sich nun öfter wiederholen könnte.

Lilly bemerkt, dass ich zurückgefallen bin, und wird langsamer, bis sie an meiner Seite läuft. Will und Jules machen es ihr nach.

»Ich bin nicht krank«, fauche ich, aber Lilly läuft unverdrossen weiter neben mir her, und das macht alles noch schlimmer, weil es bedeutet, dass sie weiß, dass ich total mies drauf bin.

Wir durchqueren einen Raum, der wie die Residenz eines Upper-Class-Goldfischs aussieht: aquamarinfarbene Seide, ein Kronleuchter, von dem versilberte Muscheln und Kristalle hängen. Hinter uns hallt die Stimme und verliert sich in der Ferne. Ich nehme an, dass sie irgendwann aus nächster Nähe zu hören sein wird. Die Tatsache, dass das bis jetzt noch nicht der Fall ist, könnte ein gutes Zeichen sein. Vielleicht bedeutet es, dass die Sapanis nicht wissen, wo wir sind.

Allerdings wissen wir das auch nicht. Wir werden langsamer.

»Was ist, wenn wir hier unten sterben?«, klagt Jules, heftig keuchend.

Niemand antwortet.

»Im Ernst, angenommen, wir finden hier nicht raus? Hayden hat es nicht geschafft. Wir kannten ihn genau vierundzwanzig Stunden, und dann war er tot, und wir … Wir mochten ihn nicht mal. Ich möchte nicht …«

Die Türen erstrecken sich vor uns wie in einem Unendlichkeitsspiegel auf einer Kirmes. Unsere Füße stampfen laut über das Parkett, Gummisohlen quietschen. Was Jules wohl damit sagen wollte? *Ich will nicht vergessen werden?* *Ich möchte nicht umgeben von Leuten sterben, die mich nicht leiden können?*

»Wir werden nicht sterben«, erwidere ich, absichtlich laut und bestimmt.

»Ach, wirklich?«, gibt Jules zurück, ein wenig überrascht, dass ich wieder rede. »Wenn wir noch einmal diesen Trackern begegnen, erwischt es mich als Ersten. Sollten wir … Sollten wir vielleicht etwas mehr voneinander wissen?«

»Nein«, entgegne ich. »Denn was ist, wenn wir alle überleben? Dann wissen wir zu viel voneinander.«

»Na und?«, sagt Jules.

»Kommt gar nicht in Frage.« Ich nehme wieder den Kompass zur Hand.

»Ich finde auch, wir sollten uns besser kennenlernen«, meint Lilly.

Na super. Ich werde wirklich nicht schlau aus ihr. Ich erinnere mich an den scharfen Blick, den sie mir im Flugzeug zugeworfen hat. Wie sie diesen Stuhl in der Rasierdrahthalle hochgehoben hat, obwohl sie klein und schmächtig ist. Wie sie den Streit zwischen Jules und mir geschlichtet hat. Und ich ahne plötzlich, dass unter diesen blonden Ringellocken und dem Hippie-Schnickschnack noch etwas ganz anderes steckt. Möglicherweise eine ätzend karrieregeile Chefin.

Will blickt über die Schulter zu uns zurück. »Wir müssen auf jeden Fall leiser sein«, sagt er mit seiner sanften Stimme. Will er uns denn nicht endlich mal anschnauzen? *Ruhe, oder wir werden gekillt!* »Geräusche tragen weit hier unten.«

Jules ignoriert ihn. »Willst du anfangen?«, fragt er Lilly.

Sie wirkt zuerst etwas erschrocken und beginnt erneut,

mit den Federn in ihrem Haar zu spielen. »Okay«, sagt sie dann. »Okay. Erstens müsst ihr wissen, dass ich gelogen habe.« Wir treten durch die letzte Tür des Korridors in einen Raum, der gefliest ist wie ein Damebrett. Dazu schwarze Möbel, weiße Marmorwände, onyxgerahmte Spiegel, blendend weiße Schaffellteppiche. »Das mit meiner Tante in Wisconsin und den Tätowierungen stimmt nicht. Eine ganze Menge anderer Sachen auch nicht. Ich habe weder irgendwelche Tattoos, noch gibt es eine Stadt namens Flemings in Wisconsin. Und außerdem bin ich nicht wirklich nett. Ich tue nur so, weil ich nicht will, dass ich ausgegrenzt werde, aber … Und übrigens bin ich nicht besonders intelligent. Ich habe keine Ahnung, wie ich zu dieser Reise gekommen bin. Ich habe die achte Klasse zweimal wiederholt, und ich habe eine ziemlich schlimme Legasthenie, und als ich die Einladung zur Expedition bekommen habe, war ich wahnsinnig stolz, weil ich dachte, ich wäre tatsächlich mal gut in irgendetwas außer darin, eine Spinnerin zu sein. Aber das war wohl ein Irrtum.«

Ganze zehn Sekunden lang sagt keiner ein Wort. Ich denke zuerst, Lilly macht Witze, bis sie anfängt zu weinen.

»Du bist keine Spinnerin«, sagt Jules leise. »Du hattest die Idee mit dem Stuhl. Du hast gesagt, wir sollten die Drähte blockieren, das war intelligent. Das war toll!«

Wo sind wir hier, bei einer Gruppentherapie? Aber Lilly hört nicht auf zu weinen. Okay, kann sein, dass sie keinen großen Wortschatz und einen ziemlich üblen Klamottengeschmack hat, aber eigentlich finde ich nicht, dass sie so herzzerreißend weinen müsste, als wär sie ein schrecklicher Mensch. Ich könnte alle wirklich netten Leute, die ich kenne, an den Fingern einer Hand abzählen. Oder besser: Ich könnte sie ganz ohne Hände zählen, und Lilly gehört definitiv zu den richtig Netten.

»Bitte hör auf«, sage ich. »Hör auf zu weinen. Du bist nett. Nicht viele Leute sind wirklich nett.«

Erstauntes Schweigen.

Habe ich etwas Falsches gesagt?

Jules schlägt beide Hände auf die Wangen und stößt hervor: »Woooww! Nouki!« Ganz atemlos und flüsternd, und in Gedanken stecke ich ihn in einen Gartenhäcksler und sehe stoisch zu, wie seine Schuhe die Rutsche runter verschwinden.

Er sieht meinen Gesichtsausdruck. Und lacht. Lilly lacht auch, ein bisschen zittrig.

»Im Ernst, Lilly, es ist völlig egal, warum du hier bist. Sie haben uns ganz offensichtlich sowieso nicht wegen unserem überdurchschnittlichen IQ ausgewählt. Und im Moment zählt auch nur, dass wir hier rauskommen. Also lasst uns weitergehen.«

Wir setzen uns wieder in Bewegung, und Will lächelt mich an, nur ganz kurz und andeutungsweise. Ich sehe es, halte aber den Blick starr geradeausgerichtet.

Das nächste Zimmer sieht aus wie ein Kinderspielzimmer. Schaukelpferde. Bunte Holzklötzchen, die in wackligen Türmen auf dem Teppich stehen. Sogar ein Miniaturschloss aus Stein ist in eine Wand eingebaut, komplett mit Fallgatter und Glasfenstern in Kindergröße. Jetzt fängt Jules an, seine Geschichte zu erzählen. Er sei in einer Kleinstadt in Nebraska aufgewachsen und bis zur Highschool deswegen gemobbt worden, weil er das einzige Kind in der Stadt mit einem Vater aus Vorderasien war. Und auf der Highschool wurde er dann gemobbt, weil Jugendliche keine anderen Jugendliche mögen, die wie spindeldürre Vogelscheuchen aussehen, violette Haare haben und sich nicht für Football interessieren. Er erzählt, wie er mal von der Schule geflogen ist, weil er jemandem die Nase gebrochen hat, obwohl sie zu siebt auf ihn losgegangen waren und der Typ, den er geboxt hat, ein Messer gezogen hatte. Wie er nach San Diego abgehauen ist und zwei Jahre die Kunsthochschule besucht hat, weil er, wenn er geblieben wäre, genau wie seine Quälgeister geendet und in alle Ewigkeit in seiner eigenen, persönlichen Mindestlohnhölle Hamburger in der Snackbar gewendet hätte. Er versucht, das alles lustig klingen zu lassen, als wäre es ein Ausschnitt aus einem witzigen Coming-of-age-Film, aber es ist nicht lustig. Es fällt schwer, sich das anhören zu müssen, und ich wünschte, jemand würde ihn beiseitenehmen und seine Hand tätscheln oder so.

Den Clou bringt er in einer bitteren, vor Ironie triefenden Nachrichtensprecher-Stimme: »Aber seht mich jetzt mal an, Jules aus Stainfield, Nebraska: Ich chille in einem französischen Palast. Umgeben von mehr Gold, als ich gebrauchen kann. Ich lebe meinen Traum!«

Mit einem Schwung wendet er sich an mich: »Anouk. Du bist dran.«

»Ich erzähle gar nichts. Das ist doch blöd.«

»Rede doch einfach mit uns! Verrate uns zum Beispiel, warum du in Pennerklamotten zum Flughafen gekommen bist.«

»Nein.«

Es wäre cool, Will erzählen zu hören. Ich würde gerne

seinem etwas schleppenden Akzent lauschen, herausfinden, ob er ein nettes Zuhause hat, ob seine Eltern zusammen Geschirr spülen und dabei *Greatest Countryhits der 70er* hören. Ob er William Makepiece Thackeray mag oder eher der Joyce-Typ ist. Vielleicht mag er aber auch beide nicht. Vielleicht mag er lärmende Baseballspiele und Hotdogs, in welchem Fall er besser für immer schweigsam bleiben und mir meine Träume lassen sollte.

»Warum?«, fragt Jules.

»Darum. Ich muss mich nicht erklären.«

In der nördlichen Wand ist keine Tür. Wir gehen immer noch nach Osten, und ich habe das Gefühl, dass wir mit jedem Schritt weiter vom Weg abkommen.

»Komm schon, Anouk. Vielleicht bin nicht ich der Nächste, sondern du.«

»Ach bitte …« Meine Stimme ist so ätzend, sie könnte Löcher in Metall brennen. »Ich bin das Letzte Mädchen. Sieh meine vorbildliche Unschuld und meine Verzweiflung.«

Will hat sich an die Spitze der Meute gesetzt. Entweder ist ihm das Gelaber egal, oder er blendet es aus. Ich eile ihm nach. Ich denke an das kleine Lächeln, das er mir zugeworfen hat. Vielleicht kann ich mit ihm allein reden, so dass ich diese schreckliche Gruppenentblößung nicht mitmachen muss. Er läuft ziemlich schnell.

»Will?«

Er bleibt wenige Schritte vor mir in der Tür stehen, die Schultern angespannt. Ich hole ihn ein.

Ich erstarre. Wir blicken in ein Vestibül. Eine Alabastervase mit roten Rosen, die Blütenblätter dick und samtig, steht auf einem Tisch in der Mitte.

»Oh, Mann«, sagt Will.

Das Summen ist wieder da – ein hohes, vibrierendes Winseln. Ich presse die Hände an den Kopf.

Ich glaube, die Durchsagen wieder zu hören, nur dass es jetzt eine andere Stimme ist, ein dünnes, undeutliches Flüstern, ein Gemurmel auf Französisch, wie eine andere Frequenz, die die erste überlagert. Und dann, im Hintergrund, kaum hörbar, singt jemand.

Maikäfer flieg,
der Vater ist im Krieg,
die Mutter ist im Pommerland,
Pommerland ist abgebrannt …

Da wird das Summen plötzlich unerträglich schrill und bohrt sich rotglühend in mein Ohr.

30

Alles bleibt stehen. Klang. Zeit. Will, Jules und Lilly, die mitten in der Bewegung einige Meter vor mir zu schweben scheinen. Ich bin wie gelähmt, eine Hand in der Luft.

Ich sehe die Gestalt aus dem Augenwinkel heraus. Ungefähr drei Meter links von mir. Eine Frau.

Angst verschließt meine Venen, ein Zehn-Milligramm-Morphintropf betäubt mich. Meine Augen verdrehen sich. Die Frau steht da und starrt mich an. Sie trägt ein wunderschönes, kostbares Kleid, tiefrot. Es erinnert mich an Schlachthäuser im Halbdunkel, rohe Kadaver, die in den Schatten hängen. Die Röcke scheinen durchnässt zu sein, dunkle Flüssigkeit tropft von ihnen auf den Boden. Ihr Haar ist grau gepudert und hoch auf ihrem Kopf aufgetürmt, aber ihr Gesicht ist jung. Makellos. Wunderschön. Cremeweiß, faltenfrei. Ihre Augen glänzen schwarz.

»*Fuyez!*«, sagt sie zu mir, und das Wort klingt wie Glockengeläut, rein und zart. »*Enfuyez-vous d'ici!*« Sie streckt eine Hand nach mir aus. Sie hat etwas am Handgelenk, einen Knoten von Adern, die unter ihrer Haut pulsieren. Sie öffnet den Mund, und ich weiß nicht, was es ist – ein Lächeln, eine Grimasse? –, aber die Zähne hinter diesen zarten Lippen stehen ganz merkwürdig krumm und schief. »*Enfuyez-vous d'ici!*«

Flieht! Weg von hier!

»Anouk?«

Ich fahre herum. Jules steht neben mir. Ich habe das Gefühl, als hätte ich gerade einen heftigen Stromstoß erhalten,
als hätte ich eine elektrische Leitung angefasst. Will und
Lilly drehen sich verwundert zu mir um.

»Alles in Ordnung mit dir?«, will Lilly wissen.

Ich blicke über die Schulter. Die Frau ist weg. Der Boden,
auf dem sie gestanden hat, glänzt fleckenlos.

»Mir geht's gut.« Ich gehe an Jules vorbei. Mein Gehirn
zerbirst, zersplittert wie ein Spiegel.

Die Durchsagen kommen näher.

Palais du Papillon, Chambres Jacinthe, 34 Meter unter der Erde, 1790

Wir sind einmal auf Reisen gegangen, um einen alten Herzog zu besuchen, einen Verwandten meines Vaters aus der Region Bordeaux. Es ist Sitte, dass adelige Kinder nach ihrer Geburt weggeschickt werden. Das Leben eines adeligen Kindes besteht in einer endlosen Abfolge von Ammen, Gouvernanten, unverheirateten Tanten und übellaunigen Hauslehrern, Kindergemächern in den oberen Stockwerken des Familienchâteaus, wenn man reich ist, Klosterschulen und fernen Verwandten, wenn man es nicht ist. Ich wurde mit sieben Jahren weggeschickt. Vater begleitete mich, fuhr aber in einer anderen Kutsche, versteckt hinter seinen parfümierten Taschentüchern und dieser Zinnmaske voller Kräuter, aus Angst vor der Pest, irgendwelchen Fiebern oder welche Krankheiten auch immer durch die Städte und Nebenstraßen krochen. Wenn wir bei Wirtshäusern Rast machten, um etwas zu essen oder die Pferde zu wechseln, sah er mich jedes Mal nervös an, wenn mich meine Gouvernante zu sehr in seine Nähe brachte, als wäre ich ein räudiger kleiner Schoßhund, der nur auf eine Gelegenheit wartet, ihn ins Bein zu beißen.

Ich habe nur noch schemenhafte Erinnerungen an die Burg des Herzogs. Es war ein zugiger, baufälliger alter

Kasten, der inmitten eines großen Waldes aufragte wie ein Märchenschloss. Die Kinder des Herzogs und die Kinder der Diener waren nicht voneinander zu unterscheiden und kamen mir vor wie gefährliche kleine Vogelscheuchen, die in der Küche Bier tranken und mit den Wächtern wilde Glücksspiele spielten. Doch an eine Szene kann ich mich noch sehr deutlich erinnern: Wie ich inmitten vieler anderer Menschen neben einem großen Bett kniete und den von Krebs zerfressenen alten Herzog betrachtete. Er starb nur wenige Tage nach unserer Ankunft. Sein Leib lag seltsam solide und verloren da, sein Bauch ein großer Schneehügel unter den Laken. Sein Gesicht war mit Schwären bedeckt, und seine Frau und seine Kinder, ja sogar die Wachen, weinten alle leise in ihre Ärmel, Bärte und Spitzentaschentücher.

Vater hatte noch nicht die Heimreise angetreten. Auch er war im Zimmer, und ich erinnere mich an seinen Gesichtsausdruck beim Anblick der Gestalt im Bett. Es war ein Ausdruck tierischer Furcht, der eines zum Tode Verurteilten, der die schwarze Maske seines Henkers erblickt. Es war mir ein Rätsel, warum, denn für mich sah das stille, nässende Gesicht des Herzogs vollkommen friedlich aus.

31

Zum ersten Mal klar und deutlich hören wir die Durchsage in einem Zimmer, das wie eine Pralinenschachtel aussieht. Kissen in pudrigen Pink-, Mint- und Blautönen, dick wie Marshmallows. Weiße Möbel. Und in diese Pastellumgebung hinein hallt plötzlich Dorfs Stimme durch die Decke, kratzig wie rostige Gabelzinken.

»Anouk. Will. Jules. Lilly. Ich hoffe, es geht euch gut.«

Wir bleiben wie angewurzelt in der Mitte des Zimmers stehen.

Dorf fragt, ob es uns gutgeht? Wie auf einer verdammten Urlaubspostkarte?

Das ist, als würde man jemandem in die Brust schießen und anschließend fragen, ob er verletzt sei. *Nein, es geht uns nicht gut, du kranker Idiot, danke der Nachfrage.*

Dorf fährt ohne Pause fort: *»Ich bin sicher, ihr habt inzwischen festgestellt, dass ihr da unten nicht allein seid.«* Seine Stimme hat bei der Aufnahme sicher eiskalt geklungen, doch hier unten scheppert sie blechern und wird immer wieder von Knacken und Knistern unterbrochen. *»Ihr habt uns ziemlich viel Ärger gemacht. Clever von euch, die Kamerakabel durchzuschneiden.«*

»Wie bitte?«, fragt Jules und schaut mich an. Ich erwidere seinen Blick und zucke mit den Schultern.

Wir haben keine Kamerakabel durchgeschnitten. Wir haben ein paar Objektive im großen Saal mit den Rasierdrähten eingeschlagen. Das ist alles.

»Ich will euch sagen, dass es vollkommen sinnlos ist, ziellos im Palais umherzurennen, wie ihr es bisher getan habt. Es ist in Kampfzonen unterteilt und mit Verteidigungsmechanismen ausgestattet. Ihr habt keine Chance zu überleben. Und selbst wenn ihr die Oberfläche erreichen solltet, würdet ihr feststellen, dass dort nichts mehr auf euch wartet. Eure Eltern wurden bereits über die unglücklichen Umstände informiert, durch die ihr alle bei einem Flugzeugabsturz über dem Atlantik ums Leben gekommen seid. Die Nachricht geht durch alle Medien. Trümmer wurden gefunden. Eure Eltern werden eine großzügige Entschädigungssumme erhalten.«

»Ist das sein Ernst?«, flüstert Lilly.

»Ihr seht also, dass es das Beste für euch wäre, die Umstände zu akzeptieren, wie sie sind. Ich möchte euch einen Deal vorschlagen. Es ist für uns von allergrößter Wichtigkeit, dass ihr unverletzt bleibt. Doch in den Tiefen ist noch jemand anders, dem es lieber wäre, wenn ihr uns nie erreichen würdet. Falls ihr diese Botschaft erhaltet, falls ihr noch am Leben seid – wovon wir bisher ausgehen –, kommt in den salle des glaces. Den Spiegelsaal. Dort erwarten wir euch.«

»Unsere Eltern glauben, dass wir gestorben sind?«, fragt Lilly jetzt mit hörbarer Panik in der Stimme. »Sie halten uns wirklich für tot?«

Sie sieht aus, als würde sie jeden Moment in Tränen ausbrechen, und sie tut mir leid. Sie liebt ihre Eltern, und wahrscheinlich lieben ihre Eltern sie. Wie schrecklich es sein muss zu wissen, dass sie glauben, man wäre für immer fort, obwohl man doch nur gefangen ist, hilflos umherirrt und sich nichts sehnlicher wünscht, als nach Hause zurückzukehren.

Will und Jules sind ganz still geworden.

Wir stürmen durch die himmelblauen Türen des Pralinenschachtelzimmers und knallen sie hinter uns zu. Wir stehen in einer Art Vorzimmer oder vielmehr einer Garderobe, den Hunderten polierten Eichenschubladen und Schränken nach zu urteilen, die die Wände säumen. In einer Ecke steht ein kleiner Tisch. Die Stimme folgt uns.

»*Anouk. Will. Lilly. Jules. Ich hoffe, euch geht es gut ...*«

Die Botschaft wiederholt sich. Ich höre sie auch jenseits der nächsten Flügeltür. Wir stoßen sie weit auf.

Hinter mir höre ich: »*Oh, und damit das klar ist ...*«

Wir haben das Ende verpasst.

»*... das ist ein Befehl.*«

Will schließt die Türen hinter uns. Wir stehen in einem weitläufigen, hellen Saal, fast so groß wie der Saal mit den Drähten. Einem Ballsaal.

»*Diese Botschaft wird in unregelmäßigen Abständen im ganzen Palais übertragen. In den Räumen, die mit Fallen versehen sind, haben wir sie so programmiert, dass sie innerhalb von zwanzig Sekunden nach Beendigung den Mechanismus der Falle auslöst. Das sollte für euch Ansporn genug sein, schnellstmöglich euren Weg fortzusetzen. Es gibt nur eine Richtung, in der ihr euch sicher fortbewegen könnt: auf den Spiegelsaal zu. Wir erwarten euch.*«

Ich drehe mich um die eigene Achse. Der Fußboden ist schwarzweiß gemustert.

In jedes schwarze Quadrat ist ein Schmetterling eingraviert.

In jedes weiße ein starres, wütendes Auge.

»Eine Falle«, sage ich überflüssigerweise. »Eine Falle …«

Wir rennen los, rasen zum anderen Ende, aber die Lautsprecher schweigen bereits. Die Uhr tickt. *Zwanzig Sekunden.* Wir schaffen das. Die hohe Flügeltür ist noch etwa achtzig Meter entfernt.

Ich laufe, so schnell ich kann, schnelle voran, die Luft rauscht in meinen Ohren und weht mir das Haar aus dem Gesicht. Wir erreichen die Türen mit zehn Sekunden Sicherheitspuffer. Sie sind verschlossen.

Nein! Das kann nicht sein!

Der Saal erbebt. Ich spüre es am ganzen Körper, ein arthritisches Klicken, das hinter den Wänden entlangläuft. Und dann schnappen sämtliche Schmetterlingsquadrate im Fußboden hoch.

»Zurück!«, schreit Jules. »Zurück!«

Wir wirbeln herum und sprinten los zum anderen Ende. Ein Quadrat öffnet sich genau vor mir. Ich springe und schlittere seitwärts, um einem anderen auszuweichen.

Jules ist gestürzt, rappelt sich auf und rennt weiter, aber er hinkt.

Das kann nicht sein! Wir werden nicht sterben, jetzt, wo wir endlich Fortschritte machen!

Meine Lunge brennt. Ich renne noch schneller, schaffe es aber kaum mehr, um die Öffnungen im Fußboden herumzutanzen. Irgendetwas steigt daraus empor. Glaskugeln, die an dünnen Drähten schweben wie zarte Ballons. Sie schimmern kalt und giftig blau.

»Sie werden uns nicht töten«, flüstere ich mir zu. »Sie brauchen uns für irgendetwas; sie werden uns nicht töten!«

Die Glasballons schweben zu Dutzenden empor. Einige erreichen Hüfthöhe, andere steigen höher, funkeln im Licht und strahlen es nach unten ab wie irisierende Quallen. Sie beginnen hin und her zu schweben und klingeln leise und schrill.

Die, die Will am nächsten ist, zerspringt mit einem melodiösen *Pling*. Dort, wo das Glas war, hängt jetzt eine Wolke. Sie ist blau und breitet sich aus. Will weicht seitlich aus. Was immer in diesem Globus war, hat ihn am Arm erwischt. Sein Ärmel qualmt.

Der Saal ist jetzt voll von den Ballons, Hunderten und Aberhunderten, die sich sanft hin und her wiegen. Sie sind so dicht beisammen, dass sie sich beinahe berühren. Ich kann nicht mehr rennen. Ich gehe vorsichtig weiter und schlängele mich durch sie hindurch. Sie streichen an meinen Beinen entlang und blähen sich um meine Schultern. *Pling!*, höre ich, irgendwo in meiner Nähe. *Pling!*

Noch fünf Meter bis zur Tür. Nur noch fünf Meter.

»Das verbrennt mich«, murmelt Will irgendwo zu meiner Linken. »Das verbrennt mich!«

Ein Globus streicht über meine Wange. Ich habe das Gefühl, zu ersticken, in einem klingelnden Glasmeer zu ertrinken. Irgendetwas zerplatzt in der Nähe meines Ohrs. Ich fühle ein Prickeln, das plötzliche Jucken von einer Million winziger Kristalle und dann Feuchtigkeit. Blut?

Nein, nein, nein, NEIN, es wird mich verbrennen, mein Gesicht verbrennen! Ich schnappe nach Luft, presse den Mund zusammen und atme durch die Nase. Hoch über mir beginnen die Lichter zu flackern. Vielleicht liegt es aber auch an mir. Vielleicht lösen sich meine Augen auf. Das Jucken an meinem Ohr ist zu einem brennenden Schmerz geworden, der sich unter die Haut und in meinen Schädel bohrt.

»Geh weiter, Ucki«, rede ich mir zu. »Du kannst es schaffen!«

Ich stürze und zerdrücke dabei die Kugeln unter mir. Blaues Pulver, überall. Ich höre Lilly schreien und Will vor Schmerz stöhnen.

Ich rolle mich auf den Rücken und schlage die Arme über das Gesicht, während Glaskugeln unter mir zerplatzen und zischen. Ich blicke auf. Das Blau schließt sich über mir, ein Ozean von Glas und kriechenden Dämpfen. Meine Augen zerreißen, meine Kehle schnürt sich zu. Ich glaube etwas zu hören, weit entfernt, jenseits des schimmernden Kugelmeeres.

»Anouk!«

Mühsam richte ich mich auf Händen und Knien auf. Ich huste, tief aus der Lunge heraus. Es zerreißt mich fast innerlich, aber das ferne Geräusch ist immer noch da. Meine Augen brennen, und Tränen laufen mir über die Wangen. Durch den verschwommenen Nebel sehe ich eine Gestalt. Sie rennt auf mich zu, fliegt fast, ein schattenhafter Umriss vor dem Hintergrund der Lichter.

Es ist nicht Will. Und auch nicht Jules oder Lilly.

Ich denke an die lächelnde Frau in ihrem roten Gewand. An Perdu in seinem lose fallenden, blutigen Hemd.

Ich schwanke und kippe fast vornüber. Ich sehe kaputtes Glas und intakte Kugeln auf mich zukommen. Das Klingeln der Kugeln wird plötzlich ohrenbetäubend. Jemand kommt auf mich zu. Wirft etwas in meine Richtung – *ein Seil?*

Die Gestalt ruft, schreit mir zu, ich solle mich daran fest-halten. Die Lichter flackern immer noch und gehen dann nacheinander aus. Ich hebe den Kopf. Und ich sehe …

Hayden. Er steht am Rande des Feldes mit den Glas-kugeln. Sein Haar klebt ihm verfilzt und platt am Kopf, seine Haut ist schmutzig und blutverschmiert. Wieder ruft er mir zu.

Ich ergreife das Seil. Es ist dick und hat eine Quaste am Ende.

Mit einem Zug von ihm bin ich raus aus den Giftkugeln. Meine Schuhe rutschen quietschend über den Fußboden.

»Hey, Anouk«, sagt Hayden mit seinem idiotischen brei-ten Grinsen, als er mich auf die Füße zieht und zu den Türen drängt. »Los, renn!«

Palais du Papillon, Chambres Jacinthe, 34 Meter unter der Erde, 1790

Ich bin seit vierundsiebzig Tagen lebendig begraben. Da erhalte ich Besuch.

Ich liege noch im Bett, im Halbschlaf, und in diesem Nebeltal zwischen Wachen und Träumen wage ich zu hoffen, dass Jacques mein Besucher ist und wir jetzt gehen, meine Schwestern holen und ins Sonnenlicht zurückkehren.

Ich höre das Rauschen eines Mantels, schweren Samt, das Flüstern von Spitzen.

»Aurélie? Wach auf. Ich habe eine Überraschung für dich.«

Ich schlage die Augen auf. Vater stampft auf mich zu wie eine riesige, aufgedunsene Schmeißfliege. Die weiße Bleifarbe auf seinem Gesicht kann nicht verbergen, wie alt er geworden ist. Die Haut hängt in schwabbeligen Falten an seinem Schädel herunter. Die Augen liegen tief in den Höhlen, die Perücke sitzt schief, und sein roter Mantel ist fleckig und faltig, als hätte er ihn seit vielen Tagen nicht gewechselt.

Mit einem Ruck setze ich mich auf. »Vater? Vater, was hat das zu bedeuten?«

Ohne mir zu antworten, beginnt er, neben meinem Bett hin und her zu wandern, die Hände fest um den Knauf seines

Stocks gelegt. »Eine Überraschung«, sagt er ungeduldig und schmeichelnd. »Kleide dich schnell an und lass uns gehen. Es war ein Erfolg!«

Ich schlüpfe auf der ihm gegenüberliegenden Seite aus dem Bett und husche hinter den bemalten seidenen Wandschirm. *Was war ein Erfolg? Was meint er, und was erwartet er von mir?*

Ich habe lange darauf gewartet, dass jemand kommt, Vater, Havriel oder der erste Butler, Monsieur Vallé – irgendjemand, der mir den Grund für meine schreckliche Einsamkeit erklärt. Doch jetzt ist Vater hier, und ich fühle mich ertappt wie eine Zofe im Weinkeller, schlaftrunken und ratlos. Sein Erscheinen kommt zu plötzlich und zu spät.

»Beeil dich!«, mahnt mein Vater, und ich höre seine schweren Schritte, während er durch den Raum wandert, und das Rasseln und Klirren von Objekten, die er berührt. »Los, los!«

Ich taste im Dunkeln nach meiner Kleidung. Ich werde mich heute vollständig ankleiden – Strümpfe, Unterröcke, Reifrock, weitere Unterröcke und Damaströcke. Ich beginne mich in die kalten Sachen zu zwängen. Als ich mich ausreichend gewappnet fühle, trete ich hinter dem Wandschirm hervor und fixiere Vater mit kaltem Blick.

»Vater«, hebe ich mit essigsaurer Stimme an. »Ich wünsche Euch gute Gesundheit. Welche Freude, Euch wiederzusehen. Ich bin sicher, Ihr seid äußerst beschäftigt, aber ich muss gestehen, dass die Erklärungen für meine Gefangenschaft, für die Trennung von meinen Schwestern und unsere vollständige Isolation wirklich sehr lange auf sich haben warten lassen.«

Vater blickt durch mich hindurch, seine Schweinsäuglein auf einen Punkt an der Wand hinter mir geheftet. »Ein Erfolg«, wiederholt er und wedelt mit seinen dicken Händen. »Komm! Komm!«

Eine Gänsehaut überläuft mich. »Vater«, wiederhole ich. Meine Stimme zittert. »Ihr werdet jetzt bitte mit mir reden. Ich bin Eure Tochter. Ich werde hier als Gefangene gehalten, ohne menschliche Gesellschaft, ohne ein Wort der Rechtfertigung. Unsere Mutter ist tot, meine Schwestern sind allein, und wir können weder Maman betrauern noch einander trösten, wir ...«

Vaters Augen sind jetzt auf mich gerichtet. Sie zucken und mustern emotionslos mein Gesicht. Dann kehrt der blöde, stumpfe Ausdruck zurück, und er wirft den Kopf in den Nacken. »Havriel?«, ruft er mit seiner hohen, zittrigen Stimme. »Havriel, sie macht Schwierigkeiten!«

Instinktiv trete ich hinter den Wandschirm zurück, als könnte er mich schützen. Havriel öffnet die Tür zu meinem Schlafgemach, eine Augenbinde in der Hand.

Bei ihrem Anblick schreie ich laut auf. Ich schreie und greife nach dem nächstbesten Objekt in Reichweite, einem Porzellanhund. Ich werfe ihn mit aller Kraft. »Raus hier!«, kreische ich. »Raus hier! Ich werde mich nicht mehr so einsperren lassen!«

Der Hund zerschellt einen ganzen Meter von Vater entfernt. Die beiden Männer starren mich an, und die Wut über ihre Schwerfälligkeit überwältigt mich. Havriel kommt auf mich zu. Ich kauere mich hinter den Wandschirm, umgeben von meinen gebauschten Röcken. Er zerrt mich hoch und streift mir die Binde halb über die Augen. Ich wehre mich, doch umsonst. Seine Hände sind so groß wie mein Kopf. Er könnte meinen Schädel mit seinen Fingern zerquetschen.

»Aurélie!«, sagt er warnend. »Bitte nicht.«

Die Binde sitzt, und ich sehe nur noch Dunkelheit.

»Komm, komm«, höre ich Vater murmeln. »Komm und sieh es dir an.«

Havriel schleift mich durch das Zimmer. Ich zittere vor Wut und Hass. *Ich bin doch keine Puppe! Ich bin nicht euer Hund, ihr könnt mich nicht so behandeln!*

Doch, sie können.

Wir treten hinaus in den Korridor. Klickend schließt sich die Tür hinter mir. Stumm machen wir uns auf den Weg. Ich weine nicht. Vater würde es sowieso nicht bemerken. Havriel dagegen schon, und vielleicht würde er mich bemitleiden, aber er hat es nicht verdient, den Guten spielen zu dürfen. Er ist genauso schuldig wie alle anderen in diesem Verlies.

Ich versuche meine Schritte zu zählen und mir zu merken, wo wir abbiegen, wie viele Türen wir durchschreiten und wie sich der Boden unter meinen Füßen verändert. *Parkett, Marmor, Teppich, Parkett.* Aber wir gehen so lange und durchqueren so viele Gemächer, dass ich mir nach einer Weile die Reihenfolge nicht mehr merken kann. Ich weiß noch, wie lang der erste Korridor war und wie die nächsten drei Räume beschaffen waren: der zarte, unbestimmte Duft von Blütenpotpourri und getrockneten Rosenblüten im ersten, knisterndes Feuer im dritten, und dann gerät alles durcheinander, und ich weiß nichts mehr.

Nun geht es Stufen hinunter. Eine Treppe? Gibt es mehr als ein Stockwerk in diesem Palast? Die Luft hier ist abgestanden. Meine Schuhe stoßen gegen Stein. Einen Moment lang befinden wir uns in einem engen Raum. Da meine verbundenen Augen nichts sehen, scheint meine Nase umso mehr Eindrücke zu verarbeiten und jede Nuance und Geruchsschattierung rings um mich wahrzunehmen: Vaters Parfümnoten, die die Luft pelzig beschweren – Nelken, Freesien und süßliche Öle. Der leicht schimmelige Geruch von Kleidung, Schweiß, Seide und Wolle. Etwas Flaches, Stumpfes, das von Havriel ausgeht, wie Salz und Stein. Ein Schlüssel wird in ein Schloss geschoben, gefolgt von dem weichen Schaben zahlreicher zurückschnappender Riegel.

Riesige Metallangeln drehen sich knarrend. Ich werde nach vorn geschoben. Die Binde um meinen Kopf lockert sich. Ich blinzele.

Ich stehe in einem Bankettsaal. Alles hier ist rot oder schwarz, ein beunruhigendes, flackerndes Panorama, tiefe Schatten, schwarzes Holz und rötlicher Brokat. Sogar das Licht scheint rot zu sein, ein gedämpfter, blutiger Schimmer.

Hinter mir schnauft Vater vor Aufregung. Havriel bleibt unerschütterlich wie ein Berg. Ich drehe mich um zu der Tür, die wir durchquert haben. Sie ist anders als jede, die ich bisher gesehen habe, niedrig und aus Eisen gemacht – dick wie eine Wand, die Oberfläche ein Labyrinth von Riegeln und komplizierten Zahnradsystemen.

»Schau!«, sagt Vater. »Schau, Aurélie!«

Meine Augen huschen durch den Saal und gewöhnen sich allmählich an das rote Licht.

Ich sehe einen langen Tisch, viele Stühle, schwach leuchtende, tiefhängende Kronleuchter, züngelnde rote Flammen hinter Kristall.

»Ich weiß nicht, was ich sehen soll«, erwidere ich kalt.

Havriel tritt zu einem Metallknauf neben der Tür und dreht leise quietschend daran. Die roten Lichter flammen auf, werden aber nicht heller, nur heißer.

»Wir sind so nahe dran«, sagt Vater. »So nahe daran, das zu finden, wonach wir gesucht haben.«

Ich blicke in das Flammenmeer. Jemand sitzt in den Schatten am Ende des Tisches. Eine Frau. Sie trägt eine hoch aufgetürmte graue Perücke, verziert mit Juwelen und einem kleinen Boot. Ihr Hals ist schlank, die Schultern zart. Ihre Röcke sind so ausladend, dass sie sich um die Tischecken bauschen wie weißblauer Gischtschaum.

Ich sehe ihr Gesicht. Meine Haut scheint sich von mir zu entfernen, sich von Knochen und Muskeln zu lösen und fliehen zu wollen. Vater spricht, aber seine Stimme klingt hohl und hallend wie aus der Tiefe eines Brunnens. Die roten Lichter schrumpfen zu nadelstichgroßen Punkten zusammen.

Es ist Maman. Sie ist wunderschön, ihr Mund ein glänzendes karmesinrotes Herz. Ich sehe, wie sich ihre Brust unter einer Saphirkette hebt und senkt. Sie atmet. Lebt.

Sie erblickt mich, hebt die Hand und winkt mir zu. »Aurélie, mein Liebling!«, ruft sie mit hoher, sanfter Stimme. Ich sehe eine Kugel, die langsam aus dem Lauf einer Waffe fliegt, Blut, das über Stoff kriecht, ein hübsches Gesicht, tropfende Tränen …

Es kann nicht sein.

32

Wir brechen kurz vor den Türen zusammen. Ich spüre meine Beine nicht mehr. Ich fühle nichts als Schmerzen, als würde sich ein Schwarm mikroskopisch kleiner Insekten in mein Fleisch bohren.

»Hayden«, murmele ich. Ein bitterer, kreidiger Film bedeckt meine Zunge. »Hayden?«

Er kann es nicht sein. Ich habe ihn sterben sehen.

Ich blicke über den Fußboden zu den anderen. Ich sehe alles verschwommen, huschende Schatten und plötzliche, giftige Farbexplosionen, wenn sich etwas bewegt.

Ich sehe Lilly und Jules. Sie kratzen sich zwischen den Fingern, spucken darauf, Tränen strömen ihnen über die Gesichter. Wenigstens haben sie noch Finger. Will sitzt neben ihnen. Seine rechte Hand ist halb verschwunden, drei seiner Finger zu Stummeln verbrannt. Er beugt sich darüber, die Augen geschlossen, die Zähne zusammengebissen.

Ich versuche mich aufzusetzen. Ich spüre, wie ich mit einer Wange zu Boden schlage, und weiß, mein Versuch ist gescheitert. Ich habe keinerlei Gleichgewichtsgefühl. Die Lichter sind erloschen, und ein mattes Glühen erfüllt den Saal. Notbeleuchtung. Dorfs Stimme dröhnt irgendwo in der Ferne. Gedämpft. Pochend.

Und Hayden ist immer noch da. Er hat sich nicht in eine

Halluzination verwandelt und ist nicht verschwunden. Er kniet neben Will und versucht ihm den Arm von der Brust wegzuziehen.

Ich stemme mich in eine halbsitzende Position hoch. Sofort habe ich das Gefühl, mich übergeben zu müssen. Meine Haut ist gespannt und trocken, als wäre mein Äußeres zu einem Panzer erstarrt. Meine Beine sind aber noch dran. Cool. Sie fühlen sich zwar an wie tot, wie kribbelnde Stümpfe, aber wenigstens sind sie noch da.

Ich reibe mir über eine Gesichtshälfte. Hautfetzen bleiben an meinen Fingerspitzen kleben. Ein Büschel Haare.

»Hayden«, krächze ich und klinge wie eine böse Hexe. »Ich habe gesehen, wie sie dich getötet haben!«

Hayden dreht sich herum. Sein Gesicht flackert seltsam in den Schatten und dem grünen Licht. Er lässt Will los, und ich atme seinen Geruch ein, als er sich nähert. Igitt! Er stinkt widerlich, nicht nur nach Schweiß wie wir, sondern nach Blut, Dreck und nach irgendetwas Unheimlichem, Heißem, Teerartigem.

»Ja, ich hab gemerkt, wie sie mich umgebracht haben. Hör auf zu kratzen, du verteilst nur das Gift. Wedle mit den Armen, schüttle die Kristalle ab, und bleib mit den Fingern vom Mund weg.«

Ich starre ihn an. Blinzle. Im Geiste sehe ich es wieder vor mir: Hayden, wie er im Würfelraum auf dem Boden liegt. Miss Sei, die mit dem Daumen über seine Augenbraue streicht. Der Tankstutzen, der sich in ihn hineinbohrt …

»Woher weißt du das?«, frage ich leise. »Was ist mit dir passiert?«

Er antwortet nicht, unterzieht mein Ohr einer oberflächlichen Inspektion und scheint es für nicht so problematisch zu halten, weil er sich dann Jules und Lilly zuwendet. »Wir dürfen nicht hierbleiben«, sagt er über die Schulter hinweg zu mir. »In diesem Raum gibt es keine Fallen, aber zwischen uns und unserem Ziel gibt es noch mehrere.«

»Aha, und wo ist unser Ziel, Hayden?«, frage ich höhnisch, denn wenn er eine Halluzination ist, dann eine bescheuert besserwisserische. Trotzdem wedle ich mit den Armen wie ein flügellahmer Vogel.

»Ich habe einen Panikraum gefunden«, antwortet Hayden. »Ungefähr sechs Zimmer in diese Richtung.« Er deutet mit dem Finger auf eine Tür in der Wand, die ich für die westliche halte.

Ich lasse die Arme sinken. »Einen Panikraum?«

Irgendjemand, ich glaube, Jules, murmelt: »Ich dachte, dieser ganze Palast hier wäre ein einziger Panikraum.«

Ich rapple mich hoch, auf die Füße. Das schmerzhafte Prickeln lässt nach und wird zu einem sandpapierkratzigen Kribbeln. »Zeig mir deinen Nacken«, fordere ich.

»Anouk, wir haben jetzt keine Zeit!«

Schwankend gehe ich zu ihm und greife ihn am Arm. »Zeig ihn mir!«

Hayden starrt mich an.

Ich glaube, irgendwo unter dem ganzen Dreck Verachtung zu entdecken, und nehme in Kauf, dass er mich gleich quer durchs Zimmer schleudert. Aber ich lasse seinen Arm nicht los. Er reißt ihn weg, dreht sich um und senkt das Kinn auf die Brust.

Die Wunde in seinem Nacken ist blutig. Tief. Es sieht aus, als hätte er versucht, sie zu reinigen – die Wundränder sind sauber –, aber sie ist immer noch offen, ein glänzendes, dunkelrotes Loch, das bis hinunter zu seiner Wirbelsäule reicht.

»Und, zufrieden?«, fragt er und dreht sich wieder zu mir um. »Hör mal, ich will auch nichts lieber als eine Erklärung, aber jetzt müssen wir erst mal weiter.« Er schreit mit lauter Stimme: »Los Leute, aufstehen!«

Mir ist schon wieder zum Kotzen zumute. Nach Luft schnappend, beuge ich mich nach vorn. »Ich habe dich sterben sehen, Hayden. Ich habe gesehen, wie du aufgehört hast zu atmen. Wie kannst du …« *Leben? Anouk, was hast du für ein Problem? Er ist nicht gestorben. Er steht direkt vor dir. Das ist doch gut!*

»Anouk?«, krächzt Lilly stöhnend.

Ich gehe zu ihr und helfe ihr auf. Wir stolpern die paar Schritte hinüber zu Jules. Hayden zieht Will hoch, und wir drei folgen ihnen, halb rennend, halb uns gegenseitig mitziehend, in ein Schlafzimmer hinein.

Die Kronleuchter hier sind ebenfalls ausgeschaltet, und die Möbel heben sich nur in dürren Umrissen aus der Dunkelheit ab. Ich brauche dringend Wasser. Wir gelangen in ein Badezimmer, in dessen Mitte eine muschelförmige Marmorwanne thront, die aus Botticellis ›Geburt der Venus‹ stammen könnte. Leider knochentrocken.

Im nächsten Zimmer ist sogar die Notbeleuchtung ausgeschaltet. Es ist stockdunkel. Doch jetzt blitzt eine Taschenlampe auf, ein gleißend heller, weißer Strahl.

»Weiter!« Hayden scheucht uns mit einer Handbewegung voran. Er lässt das Licht über die Wand wandern. Hält an einem Punkt dicht über dem Boden inne. Er geht in die

Knie. Ich sehe, wie sich klickend ein Wandpaneel öffnet und auf unsichtbaren Schienen beiseitegleitet. Dahinter befindet sich eine rechteckige Metallluke. Hayden reißt sie mit einem Ruck auf.

»Da rein.«

Im Ernst? *Hänsel und Gretel,* das zerlesene alte Taschenbuch, liegt offen auf dem Sofa im Spielzimmer: *»Kriech hinein«, sagte die böse Hexe. »Und schau nach, ob der Ofen heiß genug ist.«*

»Was ist da drin?«, frage ich, aber Lilly schiebt bereits Will hindurch, und Jules folgt. Ich sehe ihnen nach, schaue Hayden an, der die Luke aufhält.

»Das ist der Panikraum, du blöde Kuh!«, sagt er mit aufgerissenen, verängstigten Augen. »Los, rein!«

Ich höre Jules' Stimme blechern aus dem Inneren rufen: »Anouk, beeil dich!«

Ich gehe auf alle viere und krieche durch die Luke. Abgestandene, metallische Luft umfängt mich. Der Schutzraum ist eine graue, röhrenförmige Metallkapsel, wie ein Bunker. Zwei Meter breit, eins fünfzig hoch. Vielleicht fünf Meter lang. Ein Streifen von mattem, flackerndem Licht führt über die Decke. Eine ungemachte Pritsche ist aus der Wand geklappt. Glatte Plastikcontainer füllen ein Regal auf der anderen Seite.

Ich denke: *Wer hat diesen Panikraum gebaut, und wozu genau dient er?* Und jetzt höre ich Dorfs Stimme draußen, klar und so laut, dass es sich anhört, als stünde er unmittelbar vor der Tür. *»Anouk. Will. Jules. Lilly. Ich hoffe, es geht euch gut ...«*

Mit einem lauten *Klong* schlägt Hayden die Luke zu.

33

Die Beleuchtung brummt.

Das einzige andere Geräusch ist unser keuchender Atem, der nach und nach ruhiger geht. Immer ruhiger …

Will stößt ein unterdrücktes Stöhnen aus. Mit einem Schlag bin ich wach. Dränge mich an Jules vorbei, durchsuche fieberhaft die Regale, nehme Behälter heraus, öffne sie klickend und leere sie aus.

»Wie hast du überlebt?«, frage ich flapsig, zu Hayden gewandt. Ich zwänge mich an ihm vorbei. Die Kapsel ist viel zu eng, das Licht zu schwach, man kann kaum etwas sehen, und die Schatten in den Ecken sind undurchdringlich.

Hayden stößt ein ärgerliches Geräusch aus und hechtet mir nach, greift nach Scheren, einer glänzenden Wärmedecke, mehreren kleinen Flaschen, die umfallen, herumrollen und vom Regal fallen. Ich finde einen Kasten mit einem Rot-Kreuz-Symbol darauf und reiße ihn auf. Verbände. Eine Spritze. Penicillin. Eine runde Blechdose mit Salbe – blaues Etikett mit Siebzigerjahre-Blockbuchstaben darauf, obwohl sie brandneu aussieht. ›Gegen Verbrennungen und Schwellungen.‹

Ich nehme sie, krieche hinüber zu Will. Lilly und Jules knien neben ihm und unternehmen sinnlose Versuche, ihn zu trösten. Ich streiche etwas von der grauen, fettigen Salbe auf ein Wattestäbchen. »Das tut bestimmt im ersten Moment weh, müsste aber helfen.« Ich gebe Lilly das Wattestäbchen und wende den Kopf zu Hayden. »Hayden, rede endlich! Was ist passiert?«

Hayden lehnt sich gegen die Rückwand der Kapsel, verschränkt die Arme über der Brust. Seine blauen Augen huschen nervös umher. So hat er sich das Ergebnis seiner heroischen Rettungsmaßnahme offenbar nicht vorgestellt. Wir belagern seinen Raum. Und mir wird in diesem Moment klar, dass wir Hayden gar nicht kennen. Überhaupt nicht.

»Keine Ahnung«, sagt Hayden. »Das Letzte, woran ich mich erinnere, ist dein hysterischer Wutanfall oben im Speisesaal. Als ich aufgewacht bin, lag ich auf dem Boden eines riesigen Saales und hatte ein Loch im Nacken.«

»Was, die haben dich einfach so zurückgelassen?«

»Wer?«

»Miss Sei. Die Tracker.«

»Ich weiß nicht, wovon du redest.« Er starrt mich wütend an, als hätte ich ihn beleidigt. Lilly tupft die Salbe auf Wills Wunden. Will beißt die Zähne zusammen, und Lilly zuckt jedes Mal zusammen, wenn er den Atem scharf einzieht. Jules sitzt ganz still und wie geistesabwesend da.

Hayden nimmt die Arme von der Brust und hockt sich hin. »Ich bin rumgelaufen. Ich habe mir natürlich gedacht, dass ich im unterirdischen Palast sein muss, weil ich überall das Wappen mit dem Schmetterling gesehen habe. Ich bin davon ausgegangen, dass ich einen Unfall gehabt und dabei mein Kurzzeitgedächtnis verloren habe.«

»Du weißt also auch nicht, warum wir hier sind«, stellt Lilly fest. »Du hast keine Ahnung, was hier vor sich geht.«

»Nicht die geringste.«

Ich sehe ihn mit zusammengekniffenen Augen an. Er ist definitiv nervös. Dünner. Seine Schlüsselbeine heben sich unter dem Hemd hervor. Und eines seiner Augenlider zuckt und blinzelt unablässig.

»Wie hast du uns gefunden?«, frage ich.

»Reiner Zufall«, antwortet Hayden. »Ich habe schon seit ein paar Stunden Dorfs Durchsagen gehört, wusste aber nicht, wo sie herkamen. Dann habe ich beschlossen, in die Richtung zu gehen, wo ich ihren Ursprung vermutete. Und dann habe ich euch schreien hören.«

»Ich glaube nicht, dass ich geschrien habe«, erwidere ich, während ich immer noch die Vorräte durchgehe und die Sachen zu einem Haufen aufschichte, die ich für nützlich halte. »Und woher hattest du das Seil? Hattest du zufällig Vorhangkordeln dabei, weil sie das passende modische Accessoire für die Durchquerung unterirdischer Paläste sind?«

Hayden wirft die Hände in die Luft. »Was willst du von mir, ein Schuldbekenntnis? Bitte schön, ich habe euch gerettet!«

Er starrt mich an, immer noch mit dem zuckenden Augenlid, und verschränkt wieder die Arme wie ein schmollendes Kind, dem seine Geburtstagsparty nicht passt.

Ich blicke auf Will hinab und reiche Lilly noch ein Wattestäbchen. »Tut mir leid«, sage ich. Ich müsste mich eigentlich nicht entschuldigen – Misstrauen ist zu diesem Zeitpunkt reine Notwendigkeit –, aber irgendjemand muss es tun, sonst kommen wir nicht weiter. Ich zwänge mich wieder zum Verbandskasten durch. »Wir haben hier unten eine Menge schräger Sachen erlebt und sind paranoid. Sorry, Hayden.«

Er sieht mich immer noch vorwurfsvoll an. Dann nimmt er einige durchsichtige Plastikflaschen vom Regal und beginnt sie mit Wasser aus einem Zapfhahn in der Wand zu füllen.

»Vergiss es.« Er schraubt einen Deckel auf eine der Flaschen. »Ich habe jemanden schreien hören und bin hingelaufen. Die Kordel habe ich von dem Himmelbett abgerissen, an dem wir vorbeigekommen sind. Kannst es überprüfen, wenn du willst. Wenn ich das nicht getan hätte, wäre ich früher da gewesen.« Er wirft mir die Flasche zu. Ich hätte den Inhalt am liebsten sofort runtergeschüttet – meine Zunge fühlt sich an, als würde sie jeden Moment platzen –, aber ich bücke mich und halte sie Will an den Mund, während er trinkt.

»Und jetzt erzählt ihr mir mal was.« Haydens Augen huschen zwischen Will und mir hin und her. »Was habt ihr herausgefunden?«

»Nicht viel«, antworte ich. Will ist fertig mit Trinken. Ich leere den restlichen Flascheninhalt in drei Schlucken. »Wir glauben, dass die Leute, die uns entführt haben, zu einer jahrhundertealten Verbrecherfamilie gehören, die mit Waffen handelt und Kunstwerke stiehlt. Außerdem glauben wir, dass sie nicht alles unter Kontrolle haben, was hier unten vor sich geht. Sie reden dauernd von irgendeiner gefährlichen Partei, und es ist, als würden sie mit uns, aber auch mit den Sapanis spielen, und irgendwie scheinen sie in einer Art ungesunder Symbiose miteinander zu stehen.« Ich schweige und denke einen Augenblick nach. »Die Durchsagen waren nur für uns bestimmt. Das bedeutet, dass Dorf entweder glaubt, dass du tot bist, oder dass er dich absichtlich aus der

Gleichung heraushält. Hast du irgendjemanden hier unten gesehen? Zum Beispiel einen unheimlich blassen Typen, der überall blutet, oder eine tropfende Französin?«

»Wie bitte?«

»Ach, vergiss es. Also, hast du jemanden gesehen?«

»Einmal habe ich ein paar Typen in schwarzer Kampfmontur vorbeirennen sehen. Ich habe mich hinter einem Tisch versteckt und dachte, ich sei verloren. Aber sie haben mich nicht gesehen. Sie haben sich nicht umgeschaut, sondern sind stur geradeaus gerannt. Seitdem bin ich niemandem mehr begegnet. Sie sind nicht mehr zurückgekommen.«

»Und zwar, weil sie tot sind. Wahrscheinlich waren es Tracker. Irgendetwas hat mehrere von ihnen vor der Tür der Bibliothek getötet, in der wir uns versteckt hatten.«

»Irgendetwas hat sie getötet? Was soll das denn heißen?«

»Oder irgendjemand. Die gefährliche Partei. Perdu hat von einem Schmetterlingsmann geredet.«

Hayden blickt zu mir auf. »Wer ist Perdu?«

»Der unheimliche blasse Typ.«

Hayden fängt an zu lachen. Er wirft den Kopf in den Nacken und rattert wie eine Kettensäge. Ich denke an die Wunde in seinem Nacken, die dabei auseinandergequetscht wird, und es läuft mir kalt den Rücken hinunter.

»Perdu? Was ist das denn für ein Name?«, fragt Hayden. Seine Augen glänzen, als hätte er Fieber.

»Er hat gesagt, er sei verloren, und wir mussten ihn irgendwie nennen«, fauche ich. »*Perdu* bedeutet *verloren* auf Französisch. Deswegen haben wir ihn so genannt. Jetzt halt doch mal die Klappe.«

»Schon gut«, sagt Hayden. Er füllt weiter Wasserflaschen ab und schüttelt dabei den Kopf. »Und wo ist Perdu jetzt?«

Fragend blickt er die anderen an.

»Er ist weg«, antwortet Lilly ruhig.

Hayden blickt zwischen uns hin und her und wird nicht schlau aus uns. »Und? Habt ihr mit ihm geredet? Habt ihr herausgefunden, was er hier unten macht? Mein Gott, ihr hättet inzwischen längst alles rauskriegen müssen!«

»Wir haben mit ihm geredet«, sagt Jules. Es ist das erste Mal, dass er mit Hayden spricht, und er klingt gereizt. »Er hat gesagt, es gäbe einen Ausgang, in nördlicher Richtung. Außerdem hat er behauptet, er sei 1772 geboren, und als wir uns vor den Trackern versteckt haben, hat er die Türen aufgeschlossen, während wir schliefen.« Jules kichert, ein surreales Geräusch, nicht im Entferntesten heiter. »Irgendetwas hat ihn erwischt.«

»Schon wieder! *Irgendetwas!* Irgendetwas hat ihn erwischt.«

»Genau, Hayden, irgendetwas hat ihn erwischt«, wiederhole ich und drehe mich weg. Wieder durchsuche ich die Regale. »Auf dem Boden war überall Blut. Und Stücke von … Also, so was machen Tiere, okay? Menschen doch nicht.«

Ich finde eine Taschenlampe. Und noch zwei weitere. Vier klobige schwarze Batterien.

»Du hast gesagt, er sei ein unheimlicher blasser Typ gewesen, der überall blutete. War er verletzt, als ihr ihn gefunden habt?«

»Ja.«

»Also, wer sagt, dass da irgendjemand anders war? Wer

sagt, dass er diese Türen nicht geöffnet und selbst alle Tracker umgebracht hat?«

»Dafür gibt es mehrere Gründe. Erstens glauben wir, dass sie getötet wurden, gleich nachdem wir uns in diesem Raum verschanzt hatten. Und Perdu war wirklich verletzt. Und er hatte große Angst.«

»Oder war ein sehr guter Lügner.« Hayden hat eine weitere Flasche abgefüllt und wirft sie Lilly zu, kräftig und schnell. Sie kann sie gerade so auffangen.

»Er könnte in ein Zimmer mit einer Falle geraten sein.«

Wieder sehe ich Hayden starr an. »Du bist nicht dabei gewesen. Du weißt gar nicht –«

»Wenn ich es mir recht überlege«, unterbricht er mich, »dann weiß ich vielleicht doch etwas, was ihr nicht wisst. Wir befinden uns am östlichen Rand des Palastes. Es gibt nur einen Weg, der von hier aus nach Norden führt: den Saal, der jetzt mit giftigen blauen Dämpfen gefüllt ist. Wir müssten mehrere Räume mit Fallen überwinden und mindestens dreihundert Meter weit nach Westen gehen, bevor wir den nächsten Korridor erreichen, der nach Norden führt. Wenn der Ausgang in dieser Richtung liegt, wie ihr behauptet, dann können wir jetzt aufbrechen, nach einem anderen Weg suchen und riskieren, gefangen genommen zu werden. Oder wir können etwas tun, womit sie nicht rechnen. Wir bleiben hier und gehen durch den vergifteten Saal.«

»Und wo genau hast du fünf Schutzanzüge?«

»Wir brauchen keine Schutzanzüge. Ich bin vor einer Weile schon mal durch so einen Saal mit einer Falle gekommen, auch mit einer Art blauem Giftgas. Irgendetwas hatte es aktiviert, und überall waren Dämpfe. Als ich vier Stunden später wieder vorbeikam, war die Luft rein. Keine Dämpfe mehr. Ich konnte einfach so durchgehen, völlig gefahrlos. Wenn wir davon ausgehen, dass er zwei Stunden vorher aktiviert wurde, bevor ich zum ersten Mal daran vorbeikam, bedeutet das, dass es irgendwann nach sechs Stunden ein Sicherheitsfenster gibt, wenn die Dämpfe sich verzogen haben und der Fallen-Raum sich noch nicht wieder neu geladen hat. Ich schlage euch Folgendes vor: Wir warten, bis das Gas in der Halle sich verzogen hat. Dann, in sechs Stunden, gehen wir raus und hauen ab.«

»Wohin?«

»Zum Ausgang, Sherlock Holmes.«

»Das sind eine Menge Wenn und Aber. Das mit dem Warten haben wir schon mal versucht. Ist nicht gut ausgegangen. Und wenn wir uns nicht bewegen, werden die anderen vielleicht glauben, wir wären alle tot.«

»Umso besser.«

Ich starre ihn an. Ich kann einfach nicht glauben, dass er echt ist. Er sitzt genau vor uns, verdreckt, und in dem schwachen Licht sieht er irgendwie ungesund aus, noch dazu mit dem zuckenden Auge und der blutigen Wunde im Nacken.

Er kommt mit den letzten Flaschen rüber und gibt mir eine, und dabei berühre ich sein Handgelenk knapp unter dem Ärmel seines Sweatshirts. Vor ein paar Tagen wäre das merkwürdig gewesen, aber inzwischen scheint nichts mehr merkwürdig zu sein. Ich fühle seine Haut, etwas fettig und klamm, aber warm. Lebendig.

Er zieht die Hand mit einem Ruck weg. »Ich bin's, Anouk«, sagt er, und sein rechtes Auge öffnet und schließt sich wie ein Kameraobjektiv. »Ich bin nicht tot.«

34

Sechs Stunden sind eine Ewigkeit, wenn man sie in einem zwei mal fünf Meter großen Raum verbringen muss. Und sie kommen einem noch viel länger vor, wenn man diesen Raum mit anderen Leuten teilen muss. Wie zum Hohn steht die Zeit praktisch still. Wir haben eklige, vakuumverpackte Einmannpackungen gegessen, kalt aus der Folie gekratzt. Wir alle haben uns der Tortur unterzogen, die Toilette zu benutzen. Der Panikraum hat eine mit Wasserspülung, die aus einer Wand hervorragt wie auf einem Schiff. Gott sei Dank gibt es eine kleine Lüftungsklappe knapp unter der Decke, sonst wären wir von dem Gestank erstickt.

Jetzt kauern alle erschöpft an den Wänden und starren ins Leere. Jules summt einen Popsong, falsch und immer wieder dieselbe Sequenz. Nach einer Weile stützt er sich auf den Ellbogen hoch und sagt: »Will. Du bist dran. Erzähl uns deine Geschichte.«

Ich stöhne auf. »Lass das, Jules. Will hat gerade die halbe Hand verloren. Könnten wir bitte so tun, als wäre das eine ernste Situation?«

Jules wirft mir nur einen stumpfen Blick zu. »Wir brauchen nicht mal so zu tun als ob. Aber wir sind alle noch auf den Beinen und müssen noch stundenlang hier drin hocken. Also warum nicht? Los, Will.«

Am liebsten hätte ich Jules den Mund mit allen übriggebliebenen Verbänden gestopft, bevor es zum Schlimmsten kommt. Zu spät.

»Ihr erzählt euch gegenseitig Geschichten?« Hayden liegt auf seiner Pritsche, die Hände hinter dem Kopf verschränkt. Er schaut uns an, als wären wir schwachsinnige Kleinkinder. »Wie süß. Ich erzähle euch die von den drei kleinen Schweinchen.«

»Nicht solche Geschichten, du Idiot«, erwidert Jules, so heftig, dass ich ihn erstaunt ansehe. Hayden setzt sich ein Stück auf. Jules starrt ihn an, ohne mit der Wimper zu zucken.

»Wir erzählen uns gegenseitig etwas über uns«, erklärt Lilly rasch. Sie hat kaum ein Wort gesagt seit der Durchsage, dass unsere Eltern glauben, wir wären tot. Aber sie hat sich nicht ausgeklinkt. Sie ist nach wie vor hilfsbereit und stellt sich der Situation. »So dass wir etwas voneinander wissen. Falls etwas passiert.«

Ich rücke ein Stück näher zu ihr. »Alles okay mit dir?«, frage ich, und sie blickt kurz auf und wirft mir ein schnelles, gequältes Lächeln zu. »Klar«, sagt sie. »Alles gut.«

»Mach doch auch mit, Hayden«, sagt Jules, ohne ihn aus den Augen zu lassen. »Jetzt, wo du wieder lebst. Nach Will.«

»Jules!« Ich werfe ein Reiskorn nach ihm. »Hör auf.«

»Und nach Anouk.«

»Träum weiter.«

»Komm schon, Will«, sagt Jules und legt einen Arm über seine Stirn. »Erzähl uns was.«

»Da gibt's nicht viel zu erzählen«, beginnt Will. »Ich habe wirklich kein interessantes Leben.«

»Glaube ich gerne«, motzt Hayden gedämpft.

Will ignoriert ihn einfach. »Ich bin in einer Kleinstadt an der Küste von South Carolina aufgewachsen«, sagt er und beschäftigt sich mit seiner verletzten Hand, dreht sie langsam im Handgelenk. »Sie heißt Beaufort. Meine Eltern betreiben einen Souvenirladen. Ich interessiere mich für Brücken und wie sie gebaut werden. Ich habe eine kleine Schwester. Ich mag Segelboote, aber ich habe keines. Das war's so ungefähr.«

Jules sieht ihn forschend an, als rätsele er, ob Will irgendwelche bedeutenden Informationen zurückhält. Könnte sein. Oder auch nicht. Möglicherweise mag er tatsächlich einfach Segelboote, besitzt aber keins, und das war's.

»Geht es deiner Hand besser?«, frage ich, in dem Versuch, dieser Erzählerei schnellstmöglich ein Ende zu setzen.

Will nickt und hebt seine bandagierte Faust zu einem langsamen Gruß. Lilly hat es ein bisschen übertrieben mit den Verbänden und drei ganze Rollen verbraucht.

»Du kannst behaupten, deine Hand für eine noble Sache geopfert zu haben«, schlägt Jules vor. »Oder erzählen, sie wäre dir von einem Hai abgebissen worden. Das würde ich jedenfalls.«

»Wem würdest du das erzählen?« Ich picke weitere Reiskörner aus dem ansonsten leeren Plastikbehälter. Zerbeiße sie langsam. »Welchen Leuten?«

»Du weißt schon.« Jules senkt den Blick. »Leuten eben. Wenn wir wieder draußen sind ...«

Ich werfe ihm einen Blick zu und lächle. Ich kann nicht anders. Es ist schön, ihn das sagen zu hören – *wenn wir wieder draußen sind* –, als ginge er wie selbstverständlich davon aus. Als würde das ganz selbstverständlich passieren, weil wir es so wollen und uns von nichts aufhalten lassen.

Ich versuche mir vorzustellen, wie ich am JFK-Flughafen in New York in einem quietschenden Rollstuhl aus dem Flugzeug geschoben werde. Offenbar hat mir mein Unterbewusstsein ein gebrochenes Bein zugedacht. Extra Mitleidspunkte. Meine Eltern erwarten mich oben am Skywalk. Sie lächeln. *Wir dachten, wir würden dich nie wiedersehen!*, sagen sie. *Wir sind so stolz auf dich. Wir haben immer gewusst, dass du es schaffst.*

Doch irgendwie kann ich mir Dads Gesicht nicht richtig vorstellen, und auch nicht Mums klobige Ringe, die sie jeden Tag trägt, und irgendwie ist es mir auch gar nicht so wichtig, dass sie mir gratulieren und sagen, ich sei doch gut genug, um ihre Tochter zu sein. Sie verschwimmen, wie Gestalten hinter Glas, hinter einer verregneten Autoscheibe. Dann sind sie weg. Ich rolle in den Flughafen, an Zeitungsläden vorbei, wo überall mein Gesicht zu sehen ist. Mein Gesicht in der Zeitung, aber es ist, als hätte mich jemand geklont und der Öffentlichkeit eine säuerliche, verkniffene Version von mir präsentiert. Ich entdecke keine Ähnlichkeit mit mir. Ich fahre weiter, hinaus aus dem Terminal und über den Parkplatz, und ich glaube, am Ende wartet jemand auf mich, warten Leute, denen Zeitungen egal sind und auch alles sonst, was ich so angestellt habe.

»Oh, da denkt jemand heimlich nach.« Hayden beobachtet mich mit einem merkwürdigen Gesichtsausdruck, halb herausfordernd, halb neidisch.

Ich lasse mich gegen die Wand sinken und schmiege meinen Hals in die Biegung der Metallkapsel. *Hör auf zu träumen, Ucki. Noch bist du hier gefangen.*

Lilly, Jules und Will sind am äußersten Ende der Kapsel zusammengequetscht wie Sardinen in der Dose und schmiegen sich unter den Wärmedecken aneinander. Leise setze ich eine Flasche Wasser auf den Boden und beobachte sie. Das Licht über uns summt. Ich bin gerade fertig damit, jedes einzelne Nahrungsmittelpaket, jede Batterie und jedes Medizinfläschchen auf den Versorgungsregalen zu zählen. Ich habe alles in fünf gleiche Einheiten aufgeteilt, so dass wir beim Aufbruch rasch jeder eine davon nehmen können. Es hat nur zwanzig Minuten gedauert. Noch immer liegen mehrere Stunden des Wartens vor uns.

Ich starre mit halbgeschlossenen Augen durch den Panikraum. Hayden schläft auch nicht. Er sitzt auf der Pritsche und starrt die Luke an, die Knie zur Brust gezogen, seltsam verletzlich. Ich setze mich auf und rutsche zu ihm. Er sagt nichts, als ich mich neben ihn setze.

»Als du da draußen warst«, sage ich und starre ebenfalls die Luke an, in dem Versuch, das zu sehen, was Hayden sieht, »hast du da irgendetwas über einen Schmetterlingsmann in Erfahrung gebracht?«

»Ist das euer Schreckgespenst?«, fragt Hayden. »Ist das der, dem ihr alles zuschreibt? Das ist Quatsch. Es sind Menschen, die das alles tun. Menschen wie du und ich.«

»Sie sind nicht wie wir. Wir sind nicht wahnsinnig.«

»Ach, tatsächlich?«

Wieder rieche ich diesen überwältigenden Gestank, Übelkeit erregend süßlich und faulig. Ich starre meine Halbschuhe an, die sich schwarzglänzend vor der knittrigen Landschaft der Decken abheben.

»Hayden, hast du das Kamerakabel durchgeschnitten?«, frage ich plötzlich.

»Was?« Hayden schaut mich an. »Nein. Warum?«

»Keine Ahnung. Ich … Ich hab einfach gehofft, du seist es gewesen.«

Wir schweigen einen Moment. Eine Welle der Schläfrigkeit schlägt über mir zusammen. Wir sind jetzt seit mindestens achtundvierzig Stunden hier unten. Ohne Tageslicht gibt es keine Möglichkeit, festzustellen, ob es Nacht oder Tag ist. Meine innere Uhr ist völlig durcheinander. Ich glaube, mein Gehirn hat begonnen, dieses Summen herauszufiltern, wie es das oben mit Vogelgezwitscher und Verkehrslärm tut.

»Noch vier Stunden, bis wir zum Ausgang aufbrechen können«, sagt Hayden. Ich sehe ihm in die Augen. Auf den ersten Blick sind sie merkwürdig ausdruckslos und metallisch matt, aber tief, ganz tief in ihnen regt sich etwas, kämpft sich …

»Wir wissen gar nicht genau, wo der Ausgang ist«, gebe ich zu bedenken.

»Wir werden ihn finden.«

Ich mag es nicht, wie er mich ansieht, und seinen Geruch kann ich auch nicht ertragen. Ich nicke ihm zu und krieche zurück zu den anderen. Rolle mich neben Jules zusammen. Als ich glaube, dass ich es wagen kann, öffne ich ein Auge.

Hayden beobachtet uns. Er sitzt so reglos auf der Pritsche wie ein Standbild einer Filmaufnahme. Er hat denselben leicht verwunderten und sehnsüchtigen Ausdruck, wie Perdu ihn hatte. Als würde er denken: *Freunde. Ihr seid jetzt Freunde. Muss das schön sein.*

Ich blinzle. Sein Gesicht ist wieder ausdruckslos. Kalt. Ich schließe die Augen und hoffe, dass er meinen Blick im Halbdunkel nicht bemerkt hat.

Jemand ist draußen vor der Luke.

Ich setze mich abrupt auf. Der Lichtstreifen leuchtet immer noch, matt und summend. Lilly, Jules und Will haben sich hinter mir zu einem silbernen Knäuel zusammengedrängt. Hayden schläft auf der Pritsche, das Gesicht zur Wand gedreht.

Da höre ich es wieder: das leise *Snick-snick* von Drähten und sich verschiebenden Metallriegeln. Jemand ist draußen vor der Luke und versucht hereinzukommen.

»Hayden?« Ich robbe schnell durch die Kapsel und fasse ihn an der Schulter. »Hayden!«

Er schreckt auf. Mit einem Nicken weise ich auf die Luke. Er klettert von der Pritsche. »Wie lange schon?«, flüstert er.

»Keine Ahnung. Ich habe es gerade erst gehört.«

Das Klicken draußen verstummt.

Wir starren uns an. Tausend furchtbare Möglichkeiten schwirren mir wild durch den Kopf. Gestalten mit Helmen. Miss Sei auf allen vieren, eine Waffe mit den dünnen weißen Fingern umklammernd. Ein riesiger dürrer Schmetterling, der sich durch die Schatten schleppt und die Flügel raschelnd hinter sich herschleift.

Mir läuft es kalt den Rücken hinunter, und ich krieche

so schnell ich kann zurück zu den anderen. »Wacht auf«, sage ich leise und drängend. »Ihr müsst sofort aufwachen!«

»Was ist?« Lilly rollt sich auf den Rücken und reibt sich die Augen. Jules versucht mich mit einer Hand abzuwehren. Ich nehme seine Hand und schlage ihn damit.

»Steh auf!«, flüstere ich.

Das Klicken hat wieder begonnen. Weder schneller noch langsamer. Geduldig, wie ein Zahnarzt bei der Behandlung.

Lilly setzt sich auf und starrt zur Luke. »Was war das?«

Wieder verstummen die Geräusche und kehren nach kurzer Zeit zurück.

Lilly und Jules kriechen zu Hayden. Will folgt. Die verwundete Hand hält er immer noch an die Brust gepresst, aber im Gesicht sieht er besser aus. Er hat nicht mehr diesen glasigen Blick. Ich beobachte die anderen, einen Augenblick distanziert von ihnen. Ich habe ein dumpfes, taubes Gefühl im Kopf. Wir können nicht mehr als ein, zwei Stunden geschlafen haben.

»Sie können nicht rein, oder?«, flüstert Lilly. »Nicht von draußen?«

Hayden fährt mit einer Hand unter seine Pritsche und zieht ein Jagdmesser mit gezackter Schneide hervor. Er lehnt sich gegen die kleine Luke, das Messer in einer Hand, den Riegel in der anderen. »Nein, auf keinen Fall. Dafür gibt es den Eingang.«

Der Riegel klappert. Hayden lässt das Messer fallen und bückt sich danach. Jules stößt ein leises, kehliges Geräusch aus.

»Lass sie nicht rein, Hayden, bitte!«

»Wie sollen sie die Luke von außen öffnen, das ist ein verdammter Panikraum!«

»Keine Ahnung, aber ich glaube, sie schaffen es.«

Hayden packt den Riegel mit beiden Händen. Sein Gesicht läuft rot an, und ein Gelenkband springt in seinem Nacken. Er strengt sich an, hält den Riegel mit aller Kraft fest. Doch er wird ihm aus der Hand gerissen und bewegt sich ein paar Zentimeter zur Seite.

Hayden weicht zurück, flucht, die Finger weiß verfärbt vom Druck. »Die haben das Schloss geknackt!« Er dreht sich um, greift nach Messern und Taschenlampen und wirft sie uns zu. »Sie kommen rein!«

Will sucht hastig nach seinem Schwert. Hayden klappt eine schwarze Kiste auf und nimmt etwas heraus, eine Pistole.

Jetzt öffnet sich die Luke, und wir fangen alle an zu schreien, drängen uns nach vorne wie Maulwürfe, und Taschenlampenstrahlen bohren sich in die Dunkelheit draußen.

»Wer ist da? Wer ist da?«

37

Aurélie«, flüstert eine Stimme in der Dunkelheit. Es ist Perdu. Er ist von der Luke zurückgewichen und kriecht durch das, was von dem Raum übrig geblieben ist, die Augen weiß und fischig im Licht der Taschenlampen. Es sieht aus, als hätte jemand das Zimmer von oben bis unten durchsucht. Vorhänge baumeln in zerschlitzten Fetzen über den falschen Fenstern. Kristallscherben glitzern auf dem Boden. Perdu blinzelt nicht, hält nicht inne.

Hayden springt aus der Luke. Erreicht Perdu in drei Sätzen und tritt ihn, so dass er rückwärts taumelt, in einen Stuhl fällt und damit zu Boden kracht.

»Da bist du!«, schreit Hayden, die Pistole in einer und das Stahlmesser in der anderen Hand. Er holt mit dem Messer aus.

Ich rappele mich auf. »Hayden, warte!« Er tritt den Stuhl beiseite. Dieser dreht sich um die eigene Achse und rutscht über den Boden, obwohl er schwer und massiv ist.

Ich ergreife Haydens Messerhand. Er wirbelt herum.

»Lass das!«, zische ich. Haydens Augen sind weit aufgerissen und blitzen. Schweiß glänzt auf seiner Oberlippe. Sein Arm strebt immer noch aufwärts, als merke er nicht, dass das Messer jetzt auf mich gerichtet ist. »Hayden, er ist es, der Typ aus der Bibliothek. Wir glauben, dass er den Weg hinaus kennt.«

Hayden reißt sich von mir los. Perdu stößt schrille Schreie aus, in einen Haufen von Möbeltrümmern gekauert. Die Samtbandagen, die ich um seinen Arm gewickelt habe, sind fort. In den zuckenden Lichtstrahlen ist es schwer zu erkennen, aber auch die Wunde sehe ich nicht mehr. Ich stelle mich zwischen Hayden und Perdu.

Hayden stößt mich beiseite, so fest, dass ich mir den Hals verrenke.

Will springt an mir vorbei, packt Hayden am Arm und beweist, dass er auch nur mit der Linken stark ist. Seine Finger graben sich tief in Haydens Haut, und dieser öffnet die Faust zu einer Klaue. Das Messer fällt klappernd zu Boden.

Will bückt sich langsam und hebt es auf. Gibt es Hayden zurück, mit dem Griff zuerst, ohne sein Gesicht aus den Augen zu lassen. »Anouk hat gesagt, du sollst warten.«

Hayden nimmt das Messer an sich. »Ihr wisst gar nichts von ihm«, blafft er mich an. »Wenn er diese Tracker getötet hat, kann er uns alle töten.«

»Fünf Minuten«, bitte ich. »Gib mir fünf Minuten, um mit ihm zu reden.«

Ich knie mich neben Perdu. Er neigt den Kopf, verbeugt sich dankbar. »Aurélie«, flüstert er wieder, und ich ziehe den Brieföffner aus der Tasche und lege ihn an seine Kehle.

Perdus Blick flattert, schockiert und ängstlich. Er starrt mich an; seine Halsader pulsiert gegen die Klinge.

»Hör mir zu«, sage ich auf Französisch. »Du wirst uns verraten, wie wir aus diesem Palast rauskommen. Ich will ganz genau wissen, wie wir den Ausgang finden, und wenn du uns noch einmal anlügst, werde ich keinen mehr davon abhalten, dir weh zu tun.«

»Aurélie?«, flüstert Perdu. »Du bist böse auf mich. Wegen der Bibliothek. Aber ich hatte keine andere Wahl; er wollte mich holen! Ich habe ihn von euch weggelockt. Ich bin auf eurer Seite. Ich war immer nur auf eurer Seite.« Er weint, und Tränen tropfen ihm aus den Augen. »Lasst mich rein zu euch.« Er deutet auf die Luke. »Bitte, ich werde euch alles erzählen. Lasst mich nicht allein hier draußen.« Er wirft einen schüchternen Blick auf Hayden und die anderen, dann in die Dunkelheit hinter ihm. Jenseits der Taschenlampenstrahlen ist der Raum stockfinster, eine schwarze Wand.

Mein Herz pocht mir laut in den Ohren. Ich denke an die Tracker, die wie glänzend schwarze Tintenkleckse auf dem Boden vor der Bibliothek lagen. Der Riegel der Luke wurde Hayden aus der Hand gerissen. *Er kann uns alle hier töten.* »Das kann ich nicht machen, Perdu, beantworte mir einfach meine Frage!«

Will beginnt leise, den anderen alles zu dolmetschen.

»Bitte!«, heult Perdu. »Bitte, es ist gefährlich hier draußen! Ich spüre ihn. Er ist in der Nähe. Er hasst mich!«

»Hör auf, Perdu!« Ich steche ihm die Spitze des Brieföffners in den Hals. Es ist ein Versehen, ein Reflex. Perdu gurgelt, aber es kommt kein Blut. Es gibt nur eine trockene Öffnung in seiner Haut, wie in einer aufgeplatzten Birkenrinde. »Hör auf, uns anzulügen«, sage ich durch die zusammengepressten Zähne. »*Arrête de mentir!* Wie kommen wir hier raus? Wer ist der Schmetterlingsmann?«

Perdu erstarrt mitten im Schluchzen. Sein Kopf ist von mir weggedreht. Dann heftet er die Augen auf mich. Er weint nicht mehr. Sein Gesicht ist hasserfüllt, bedrohlich.

»Er ist Gift«, antwortet Perdu und verzieht die Lippen zu einem Grinsen. »Er ist der Tod.«

Er rückt näher zu mir. Ich versuche den Brieföffner an Ort und Stelle zu halten, aber meine Hand zittert. Seine Augen sind durchdringend, unendliche Schichten von Grau, Blau und Schwarz.

»Er ist ein Engel«, flüstert er. »Vom Himmel gefallen. Von den Sternen herabgeworfen.«

Ich kneife die Augen zusammen. »Perdu, wir müssen wissen, was uns erwartet. Bitte sag es uns!«

»ABER ICH SAGE ES EUCH DOCH!« Er richtet sich zu seiner vollen Größe von einem Meter achtzig auf, ganz knochige Glieder und blasse Haut, und für einen Augenblick erkenne ich etwas jenseits dieses mitgenommenen Körpers, einen stolzen Mann, stark und attraktiv. Hayden hat das Messer erhoben, bereit, Perdu niederzustechen, aber Perdu scheint es nicht zu bemerken. Er redet weiter, murmelnd, wie in Trance.

»Sie haben ihn aus Haut, Blut und Weisheit geformt«, sagt Perdu mit einem tiefen, heiseren Grollen. »Ohne Fehl und mit einem Wissen jenseits menschlicher Fähigkeiten, und sie haben um seine Gunst gebuhlt. *L'homme papillon* haben sie ihn genannt. Sie bauten ihm ein Schloss tief unter der Erde und sagten ihm, es sei ein Geschenk, aber sie haben gelogen. Es ist ein Gefängnis. Und ihr steckt da drin. Er schiebt euch umher wie Schachfiguren, und wenn die anderen euch nicht erwischen, dann wird er es tun, und er wird euch zerreißen, Glied um Glied.«

Perdu springt mich mit gebleckten Zähnen an. Hayden fegt ihn mitten aus der Luft beiseite wie eine Fliege, wobei er Perdu mit dem Messergriff am Kopf trifft. Heulend stürzt Perdu zu Boden.

»Ihr werdet sterben!«, kreischt er. »*Vous allez mourir,* ihr grausamen Kinder der Finsternis!«

Lilly, Will, Jules, Hayden und ich erstarren vor Schreck und sehen einander an.

»Was hat er gesagt?«, fragt Jules.

»Er will mit uns in den Panikraum kommen«, erkläre ich. »Er sagt, hier draußen sei es gefährlich, aber er redet nur wirres Zeug, er ist …«

»Er hat gesagt, der Schmetterlingsmann hasst ihn«, sagt Will leise und dreht sich zu mir um. »Und er schiebe uns umher wie Schachfiguren. Vielleicht arbeitet Perdu für den Schmetterlingsmann, aber wenn, dann nicht freiwillig. Er will hier raus, genau wie wir.«

»Wir nehmen ihn nicht mit«, unterbricht ihn Jules. »Auf gar keinen Fall! Wir müssen ihn loswerden, und wir müssen wieder rein.«

»Da drin sind wir auch nicht sicherer«, widerspreche ich, worauf Jules schnippisch erwidert: »Doch, das sind wir. Definitiv sicherer als schutzlos hier draußen.«

»Wir können ihn nicht gehen lassen«, gibt Lilly zu bedenken. »Egal, auf welcher Seite er steht. Er weiß, wo wir sind, und er kann uns verraten.«

»Willst du ihn allen Ernstes mit zu uns reinnehmen, Lilly?«, fragt Jules entsetzt. »Seinetwegen wären wir beinahe getötet worden! Wir haben keine Ahnung, wo er sich in den letzten zwölf Stunden aufgehalten hat!«

Hayden beißt auf das Innere seiner Lippe und hält den Kopf gesenkt. Er hebt abrupt den Blick. »Wir machen es so«, sagt er. »Anouk, du hast gesagt, er weiß, wo der Ausgang ist? Dann wird er uns rausbringen. Wenn er irgendwelche Dummheiten macht, ist er tot; bis dahin haben wir einen Führer. Halte die Freunde nahe bei dir, die Feinde jedoch noch näher, hat Konfuzius gesagt, oder?«

Nein, Hayden. Sun Tsu hat das gesagt. In Die Kunst des Krieges. Aber da zerrt Hayden Perdu schon grob über den Fußboden. »Helft mir mal! Ich brauche ein Seil und zwei Karabiner, und zwar schnell.«

Lilly rennt zur Luke.

»Wir nehmen ihn wirklich mit rein?«, fragt Jules ungläubig. »Ist das euer Ernst?«

Lilly kommt aus dem Panikraum zurück, über der Schulter ein zusammengerolltes, grell orangefarbenes Kletterseil. Perdu sieht zu, wie sie Hayden das schwere Seil übergibt, und ich erkenne, dass ihm in dem Moment klarwird, was sie mit ihm vorhaben.

Ein Krampf läuft über seine Wangen. Er schreit auf, schrill und vogelartig, und versucht sich loszuwinden. Hayden setzt einen Fuß auf seinen unteren Rücken und drückt ihn zu Boden. *»Aurélie!«*, keucht Perdu. *»Aurélie!«*

»Tut ihm nicht weh«, sagt Lilly, und ich beobachte, wie Hayden Perdu an Handgelenken und Beinen fesselt. Ich versuche, mein pochendes Herz wieder in seine dafür vorgesehene Höhlung zu zwingen.

»Schau mich nicht so an«, herrscht Hayden Jules an, als er das Seil durch die Karabinerhaken zieht. »Entweder so, oder wir schießen ihm in den Kopf, und irgendetwas sagt mir, dass dir das auch nicht gefallen würde.«

Perdu ist mit so viel orangefarbenem Seil umwickelt,

dass er aussieht wie in einem Kokon. Hayden bugsiert ihn durch die Luke. Lilly nickt Jules beruhigend zu, und sie kriechen hinter Hayden hinein. Nur Will und ich bleiben draußen in der Dunkelheit stehen. Er steht dicht neben mir, die verletzte Hand auf den Bauch gelegt, das Gesicht dem schwachen Lichtschein aus der Luke zugewandt.

»Ist ja nur noch für ein paar Stunden«, sagt er ruhig. »Alles wird gut.«

»Du sagst das jedes Mal, kurz bevor man uns umbringen will.«

»Und bis jetzt habe ich mich nicht geirrt«, erwidert Will und ringt sich irgendwie ein Lächeln ab. Seine Augen leuchten freundlich und blau, als er mich ansieht.

»Kommt rein«, befiehlt Hayden, und Will und ich gehen zur Luke.

»Noch drei Stunden«, sagt Hayden, als wir uns an ihm vorbei in den Panikraum zwängen. »Drei Stunden, und wir spazieren geradewegs aus diesem Höllenloch raus.«

Noch eine Dreiviertelstunde. Will, Jules und Lilly schlafen wieder. Ich weiß nicht, wie sie das schaffen. Perdu hockt gefesselt am Ende des Panikraums wie ein psychotischer, hasserfüllter Gollum. Seine Handgelenke sind an zwei Haken in der Wand gefesselt, die Arme weit ausgestreckt, die Hände kraftlos. Er sagt nichts. Regt sich nicht. Er starrt nur vor sich hin, mit dunklen, glänzenden Augen.

Der Lichtstreifen an der Decke gibt langsam den Geist auf. *Blitz-blitz-flacker* – jedes Mal wird es sekundenlang schwarz im Panikraum. Die drückende Hitze ist verflogen; stattdessen herrscht klammer Sauerstoffmangel. Ein warmer Film legt sich feucht über meine Haut. Ich habe mich neben Will zu einem Ball zusammengerollt, so dicht an ihm, dass ich die Wärme seines Rückens spüren kann. Ich halte die Klappe und versuche mir einzureden, ich könne ganz ruhig sein, was mir aber nicht gelingen will.

Du bist in Sicherheit, Ucki. Sie sind alle bei dir, Will, Lilly, Jules und Hayden, sie sind in deiner Nähe.

Ich öffne die Augen. Perdu beobachtet mich vom anderen Ende der Kapsel her. Ich spüre den Hass, der sich um ihn zusammenballt wie eine Mückenwolke. Bilder huschen mir durch den Kopf: mein Porträt in der Kaninchengalerie, dem jemand das Gesicht ausgekratzt hat; ein Bündel geäderter, violetter Trauben, in denen winzige schwarze Insekten schweben wie Embryos; sechs glänzende Drähte, die mich säuberlich zertrennen ...

Schau ihn nicht an, Anouk. Denk nicht an ihn.

Aber etwas in diesen Augen bringt mich dazu, mich verstecken zu wollen, mich zu entschuldigen oder um Vergebung zu bitten. Etwas in diesen Augen klagt mich an.

39

Als ich erwache, beugt sich Perdu über mich. Blut und Speichel glitzern an seinem Kinn. Er atmet aus: ein kurzer, scharfer Hauch. Dann fällt er nach vorn, genau auf mich.

Ich schreie. Stoße ihn weg. Hayden steht hinter ihm, das gezackte Jagdmesser in der Hand. Die Klinge glänzt rubinrot im Licht. Sein Hemd ist mit Blut bespritzt. »Anouk?«, flüstert er. Seine Augen sind weit aufgerissen.

Ich krabble weg und falle über die schlafende Lilly. »Was hast du getan?«

Hayden lässt das Messer fallen, und es rutscht über den Fußboden, wo es einen roten Streifen hinterlässt. »Er hat sich befreit, ich weiß nicht, wie, er hat dich angegriffen!« Er klingt verängstigt.

Eine Blutlache bildet sich unter Perdu – dunkel, dunkelrot. Er atmet noch, leise gurgelnd. Lilly setzt sich auf, schiebt mich beiseite.

»Was ist passiert?«, fragt Jules. »Was ist los?«

»Ich habe ihn gehört, als er losgekrochen ist, sonst wärt ihr jetzt alle tot«, stößt Hayden hervor. »Wir müssen gehen.«

Lilly sieht Perdu und stößt einen kurzen Schrei aus, der in ein müdes, resigniertes Stöhnen übergeht. Hayden quetscht sich an uns vorbei, nimmt Sachen vom Regal, kippt meine sorgfältig sortierten Stapel um. Essenspakete und Batterien fallen durcheinander und zu Boden. Er hat die Taschenlampen. Und die Batterien.

»Alles aufstehen!«, bellt er über die Schulter hinweg. »Wir müssen raus hier!«

»Er blutet«, erwidert Lilly. »Er stirbt!« Sie kriecht zu Perdu und dreht ihn um. Sie versucht, den Blutstrom aus der Wunde in seinem Rücken mit den bloßen Händen zu stillen, aber es ist zu viel Blut, und irgendwas daran ist seltsam: Es ist dick und klumpig, und irgendetwas schwimmt darin, dunkle Fäden …

Hayden drängt sie beiseite. »Komm ihm nicht zu nahe!«, grollt er, aber sie stößt ihn zurück und weint.

»Er stirbt, Hayden!« Sie schlüpft an ihm vorbei und beginnt, die Reste von Wills Verbänden über Perdus Wunde zu schichten. Sofort sind sie von Blut durchtränkt.

Ich weiß nicht, was ich tun soll. Mir ist übel. Will sitzt reglos da und starrt das Messer auf dem Boden an. Das Summen ist wieder da, tief und bedrohlich, in der Luft pulsierend. Es ist ein Pandämonium, alle kriechen übereinander.

»Wir hätten ihn nie reinlassen dürfen«, keucht Jules. »Das war deine bescheuerte Idee, Hayden!«

Hayden schleudert uns praktisch die drei Taschenlampen zu. Dann klappt er wieder die schwarze, längliche Schachtel auf. Darin liegt die Pistole, in einer Mulde aus schwarzem Schaumstoff. Er nimmt sie heraus und schiebt sie in seinen Hosenbund.

»Was ist mit Perdu?«, fragt Jules, und Lilly hämmert mit zusammengekniffenen Augen gegen die gebogene Metallwand.

Hayden sperrt die Luke auf und kriecht hinaus. »Lasst ihn liegen«, sagt er, zu uns gewandt. »Wir kommen nicht mehr hierher zurück.«

Lilly sieht mich an, mit tränenverschmiertem Gesicht. Ich sehe ihr für den Bruchteil einer Sekunde in die Augen. Schüttle den Kopf und stolpere Hayden hinterher.

Taschenlampen werden klickend eingeschaltet. Der Boden knarrt unter unseren Füßen. Ich erhasche einen letzten Blick auf Perdu im Panikraum. Sein Kopf ist zurückgelegt, seine Augen aufgerissen, als er uns gehen sieht. Hayden knallt die Luke zu. Jetzt sind wir allein in der Dunkelheit, und unsere Taschenlampenstrahlen huschen über die Wände.

Wir eilen ostwärts, auf demselben Weg, den wir gekommen sind. So leise wir können, huschen wir durch die Türen. Hayden hat die Führung übernommen, dann folgen der Reihe nach erst ich, dann Will, Lilly und Jules.

Will tippt mir mit der gesunden Hand auf die Schulter. Ich drehe mich zu ihm um. »Anouk?«, sagt er leise.

»Ja?«

»Kann ich kurz mit dir reden?«

»Klar.«

»Es geht um Perdu«, beginnt er hastig. »Ich weiß nicht, ob es Halluzinationen waren, aber als er im Panikraum war, hat er …«

Hayden kommt ein paar Schritte zurück und ermahnt uns, beisammenzubleiben.

Ich erkenne das Schlafzimmer wieder, in dem wir gerade sind. Das reichverzierte Bett, von dessen Himmel die mit Quasten geschmückten Schnüre fehlen. Irgendwo vor uns höre ich ein gedämpftes Rauschen und Dröhnen, wie ein ferner Wasserfall.

Ich sehe Will an und warte darauf, dass er weiterredet, und hoffe gleichzeitig, dass er es sich für später aufhebt.

Er sieht meinen Gesichtsausdruck. »Ich weiß nicht, was ich gesehen habe«, sagt er und entfernt sich wieder von mir. »Ich drehe durch.«

Willkommen im Club. Wir sind jetzt wieder in dem Vorzimmer zum Quallensaal, dem Ankleidezimmer mit seinen Dutzenden von Schubladenkommoden und Schränken. Es wirkt irgendwie kleiner. Unsere Lichtstrahlen treffen auf etwas. Etwas, das definitiv vorher noch nicht hier war.

»Was zum …«, stößt Jules hervor. Mein Magen krampft sich zusammen.

Eine brodelnde Wolke schwebt in der Dunkelheit. Die Türen zum Quallensaal sind halb zerstört. Blaue Dämpfe kriechen in einer zischenden, giftigen Wand auf uns zu.

40

Raus hier!«, schreit Will. »Los, raus!«
Wir stolpern rückwärts, drehen uns um und rennen
los. Hayden schreit und wütet, als hätte sich das ganze Universum gegen ihn verschworen. Wir kehren in das Schlafzimmer zurück und probieren die Flügeltüren in der östlichen Wand aus. Sie führen in ein Zimmer, das magnetisch
ist. Es ist ein Billardzimmer, aber die Kugeln sind aus schimmerndem Stahl und schweben über dem Tisch, bereit, jeden
zu zerschmettern, der hereinkommt. Hayden wird beinahe
hineingezogen; die Pistole in seiner Hose zerrt ihn durch
die Tür. Gemeinsam ziehen wir ihn zurück, umklammern
seine Schultern, versuchen ihn zurück ins Schlafzimmer
zu bringen. Will knallt die Türen zu. Wir sinken keuchend
neben dem Bett zusammen.

»Und was jetzt?«, flüstert Lilly.

Tja, was jetzt? In den Panikraum können wir nicht zurückkehren. Er ist jetzt Perdus Grab. Ich denke an ihn, wie
er darin eingeschlossen ist, keuchend, halb tot, vielleicht
schon ganz tot.

Hayden hat die Hände vors Gesicht geschlagen und
wühlt mit den Fingern in seinem Haar. »Ich will raus«, sagt
er mit schrecklicher, tiefer und heiserer Stimme. »Ich hasse
das! Ich hasse sie!«

»Wir können den Saal umgehen«, schlägt Lilly vor. »Wir kehren einfach um und suchen uns einen anderen Weg nach Norden, wie wir es anfangs tun wollten. Das … Das ist nicht das Schlimmste, was passieren konnte.«

Doch, das ist es. Wir haben sechs Stunden lang umsonst gewartet. Wir haben darauf gesetzt, durch den Quallensaal hinauszugelangen und nicht wieder zurück in die Mitte des Palastes rennen zu müssen.

Ich klemme meine Taschenlampe unter den Arm. Ich habe Kopfschmerzen. »Perdu hat uns etwas dazu gesagt. Jedenfalls hat er es versucht. Er sagte, wenn man am Rande des Weihers entlangginge, falle man hinein, springe man aber in die Mitte, geschähe einem nichts. Er meinte die Fallen! Dass sich die Fallen in den äußeren Gemächern des Palastes befinden. Und wenn Dorf uns im Spiegelsaal haben will, dann muss sich dieser irgendwo im Zentrum befinden. Was bedeutet, dass uns kein anderer Weg bleibt. Die Fallen sind ständig aktiviert. Keine Ahnung, ob Hayden mal eine kaputte erwischt hat, aber die anderen sind ständig bereit, jeden, der hier unten ist, eingesperrt zu halten. Wir haben keine andere Wahl, als Dorf und die anderen zu suchen.«

»Wir sind tot«, unkt Jules. »Wir sind erledigt, geliefert, am Ende.«

»Ihr habt es jetzt so weit geschafft«, unterbricht ihn Hayden. Sein Gesicht ist fettig und verschwitzt. »Wie schwer kann es sein, noch so ein paar Fallenräume zu überwinden?«

Ich lache bitter. Ist mir egal, ob er sauer ist; ich bin es auch. »Wir haben es so weit geschafft, weil wir Hilfe hatten. Irgendetwas hat uns im Saal mit den rasiermesserscharfen

Drähten gerettet. Du hast uns aus dem Quallensaal befreit. Die Sapanis wollten ursprünglich nicht, dass wir verletzt werden, aber ich glaube, sie sind mit ihrer Geduld am Ende. Sie brauchen uns für irgendetwas, aber wir kooperieren nicht. Also werden sie entweder unsere pulverisierten Leichen aus ihren Fallenräumen kratzen oder uns schnappen. Ich würde nicht länger mit einer gnädigen Behandlung rechnen, wenn ich du wäre.«

»Einer gnädigen Behandlung?«, fährt mich Hayden an. »Ich sage, wir sollen fliehen! Ich sage, wir sollen uns um jeden Preis freikämpfen. Gegenvorschläge? Los, raus mit der Sprache. Anouk ist keine große Hilfe.«

Ich setze mich auf. »Ich könnte damit anfangen, dir die Zähne einzutreten, Hayden. Ich glaube, das wäre sehr hilfreich.«

Hayden sieht aus, als würde er jeden Moment ausflippen und alles zusammenschlagen, mich eingeschlossen. Ich presse den Daumennagel in die Rillen meines Taschenlampengriffs, bis ich ihn nicht länger damit verprügeln will. »Wir können kämpfen«, sage ich.

Hayden schnaubt. »Ich würde dich in zwei Sekunden fertigmachen.«

»Nicht gegeneinander, du Idiot, wir können gegen die Sapanis kämpfen. Wir können zum Spiegelsaal gehen. Dorf glaubt, er könne uns einsacken, sobald wir angekommen sind, und dass dann Schluss wäre. Aber angenommen, wir lassen uns nicht so einfach einsacken? Angenommen, wir lassen uns nicht mehr einschüchtern und unternehmen etwas, anstatt nur schreiend durch die Gegend zu rennen?«

»Ich glaube, schreiend herumzurennen war ein ziemlich

akzeptables Benehmen unter den gegebenen Umständen«, erwidert Jules.

Ich schüttle den Kopf. »Die Sapanis kämpfen auch gegen irgendetwas. Sie haben schon viele Tracker verloren. Ihre Überwachungskameras sind ausgeschaltet. Und wir haben eine Waffe.« Ich deute auf Hayden.

»Sie haben wahrscheinlich mehr Waffen als wir«, entgegnet Will.

»Aber wir haben das Überraschungsmoment auf unserer Seite«, erwidere ich. »Sie gehen davon aus, dass wir verängstigt und panisch reagieren.«

»Aber wir sind verängstigt und panisch«, gibt Lilly zu bedenken.

»Das müssen wir nicht sein!« Es kommt aggressiver raus als beabsichtigt. »Was ist das Schlimmste, das passieren könnte? Dass wir sterben. Aber das könnte genauso gut passieren, wenn wir einfach nur hier rumsitzen. Wenn wir kämpfen, würden wir wenigstens bei dem Versuch sterben, irgendetwas zu unternehmen. Jedenfalls hätten wir diesen Leuten gezeigt, dass wir nicht …« Dass wir nicht schwach sind. Ich bin nicht schwach. Ich bin keine hirnlose kleine Schachfigur, die nur darauf wartet, dass man auf ihr rumtrampelt und sie manipuliert. Ich bin mal so gewesen, aber mir reicht's. »Die rechnen damit, dass wir dort blutig und verzweifelt reinstolpern und uns ergeben, uns vielleicht sogar gegenseitig verraten, um möglicherweise selbst lebend herauszukommen. Womit sie nicht rechnen werden, ist, dass wir bewaffnet und kampfbereit gegen sie antreten.«

Okay, das war kitschig. Das war kein aufpeitschender Pep-Talk, Ucki, und du bist nicht Lara Croft.

Aber alle hören mir jetzt zu. Zwar sind sie nicht unbedingt einverstanden, aber sie hören immerhin zu.

Hayden grinst verächtlich. »Das gefällt mir«, sagt er. »Wir fordern sie heraus. Duell auf zwanzig Schritte.«

»Ich kann nicht schießen«, wendet Jules nervös ein. »Ich hasse Waffengewalt.«

Hayden streckt die Hand aus und gräbt den Daumen in Jules' Schlüsselbein, als er ihm entschieden unfreundlich die Schulter drückt. »Das wird sich schon noch ändern.« Dann sieht er uns der Reihe nach an. »Ich glaube, wir sollten es versuchen.«

Will hat seine gesunde Hand in seiner Denkerpose auf das Knie gelegt, die Stirn gerunzelt. Im Strahl meiner Taschenlampe sehe ich die Tür zu dem magnetisierten Billardzimmer. Das Holz ist gespickt mit Metallgegenständen – einer Schnupftabakdose, einer kleinen Uhr. Ich beobachte, wie sich eine lange Haarnadel langsam um die eigene Achse dreht und zu der Tür schwebt wie durch Wasser.

»Vielleicht können wir es mit einem Lockvogel oder einem Hinterhalt versuchen«, schlage ich vor. »Wir sollten so viel wie möglich im Voraus planen. Und wir brauchen mehr Waffen.«

»Und wenn dann alle tot sind?«, fragt Lilly. »Also, angenommen, wir stehen dann in einem Berg von Leichen, was dann? Dann sind wir immer noch hier unten eingeschlossen.«

»Wir brauchen Geiseln«, sagt Will. »Wenn Dorf da ist oder Miss Sei, könnten wir einen von ihnen lebend schnappen und als Unterpfand für Verhandlungen benutzen.«

»Wir machen das also?«, fragt Lilly. Sie wirkt nicht, als

sei sie dagegen, sondern als wappne sie sich gegen die Antwort, schütze sich, verrammle die Luken. »Wir kämpfen?«

»Sieht so aus«, bestätigt Hayden. Sein Arm hängt locker an seiner Seite herunter, aber seine Finger trommeln einen nervösen Rhythmus auf den Fußboden. »Wenn wir schon sterben, sollten wir dabei Dorf in kleinen Fetzen über die Wand verteilen.«

Lilly wirft Hayden einen sorgenvollen Blick zu. Ich frage, an Jules gewandt: »Jules?«

»Na ja, ohne Perdu werden wir den Ausgang nicht finden«, beginnt Jules.

Hayden klatscht in die Hände. »Vorschlag einstimmig angenommen.« Er steht auf und dreht sich der Dunkelheit zu. »Und jetzt brauchen wir ein neues Basislager. Pronto. Schaut mal rauf zum Kronleuchter.«

Ich blicke zur Decke. Der Kronleuchter dreht sich langsam um die eigene Achse, rotiert leise knarrend an seiner Kette abwärts. Seine Arme haben sich in Klingen verwandelt, die sich in eleganten Schwüngen auswärts drehen und schon fast bis in die Ecken des Raumes reichen.

41

Wir kriechen aus dem Kronleuchterraum hinaus, rappeln uns hoch und rennen sechs Räume weiter. Vor einer reichverzierten Flügeltür mit eingravierten goldenen Blütenblättern bringt uns Will zum Stehen. Ich blicke an den Wänden hinauf und lese mit zusammengekniffenen Augen die Inschrift über der Tür. *Chambre de la Rose.* »Rosenzimmer«, lese ich laut vor. »Für meinen Liebling, mein Herz, meinen Schatz, Madame Célestine.«

»Klingt so, als wären wir da drin sicher«, sagt Will, und wir drängen hinein. Lichtstrahlen huschen durch den Raum. Es ist ein Schlafzimmer. Wunderschön. Alles ist klein, nicht wie für ein Kind, aber wie für eine sehr kleine Person gemacht. Auf der Tapete blühen riesige Blumen, große, üppige Blätter, Stengel ohne Dornen, so dass man sich fühlt wie ein winziger Käfer inmitten eines Rosenbuschs. Helle Holztische und geblümte Polsterstühle scheinen direkt aus dem Boden zu sprießen. Hier muss es sein. Niemand will, dass sein Liebling, sein Herz, sein Schatz über einen Draht stolpert und sich selbst in die Luft jagt, oder?

Hayden schiebt mit einem Knall einen zierlichen weißen Sekretär vor die Tür, und wir versammeln uns rings um das Bett. Ich werfe mich darauf und ziehe die Beine an. Jules tritt die Kissen gegen die Wand.

»Der Spiegelsaal«, sage ich. »Da müssen wir hin. Wir müssen rein. Und wir müssen ihn erobern.«

Will hängt seine Taschenlampe an eine Quaste und setzt sich ebenfalls aufs Bett. Lilly folgt. Hayden lässt sich auf einen der winzigen Stühle fallen. Er knarrt unter ihm, und die zarten Beine geben nach.

»Aber wie sollen wir diesen Saal finden?«, fragt Lilly. »Er könnte kilometerweit entfernt sein.«

»Das glaube ich nicht. Er liegt offensichtlich nicht im Norden. In der Durchsage hieß es, es gäbe für uns nur einen sicheren Weg. Sie rollen uns im Grunde den roten Teppich aus.«

»Was ist mit Waffen?«, fragt Jules. »Tut mir leid, aber wenn wir gegen die Tracker mit Schwertern antreten, wird das wohl kein erfolgreiches Unternehmen.«

»Augenblick!« Lilly setzt sich auf. »Die Kaninchengalerie!«

»Wie bitte?«

»Sie ist voller Waffen, das reinste Waffenbüfett!«

»Die Galerie liegt mindestens einen Kilometer weit hinter uns, und zwischen hier und dort liegen Fallenräume. Erinnerst du dich an das Zimmer, in dem Will so ausgeflippt ist?«

Will stößt sein bellendes Nichtlachen aus und blickt zur Decke hoch.

»Wir nehmen einen anderen Weg«, schlägt Lilly vor. »Wir könnten sechs, sieben Zimmer weit nach Westen gehen. Das sollte weit genug entfernt vom Randbereich sein. Hoffentlich. Und dann können wir uns nach Süden wenden. Da wird uns nichts passieren.«

»Was ist das, die Kaninchengalerie?«, fragt Hayden. Er zerrt an irgendetwas unten an seinem Bein, als hätte er eine Falte in der Socke, die ihn stört.

»Das ist eine Ausstellungshalle voller Waffen und gestohlener Kunstwerke, die irgendwo südlich von hier liegt«, erkläre ich. »Aber ich habe keine Ahnung, ob wir es so weit schaffen können.« Ich schaue die anderen an.

Lilly nickt. »Doch, das können wir. Entweder das, oder wir nehmen unsere Schwerter und Brieföffner und kitzeln sie zu Tode oder so.«

Hayden verzieht das Gesicht. Ich schaue ihn an. Er zerrt immer noch an irgendetwas in seinem Schuh. Als er die Hand wieder hervorzieht, hält er einen wächsernen, gelben Streifen Haut darin.

Jules reißt angewidert die Augen auf. »Hast du etwa Lepra?«, fragt er.

Lilly schluckt hörbar. »Hayden, alles okay mit dir?«

»Ja«, sagt er, sieht aber verwirrt aus. »Ja, mir geht's gut.«

Wir starren ihn an. Ich schüttle den Kopf. »Also, sollen wir uns auf den Weg machen? Sind alle dafür?«

Einstimmiges Nicken. Wir greifen nach unseren Taschenlampen.

»Lasst das Essen zurück und alles, was wir nicht brauchen«, sagt Will und zieht den Sekretär mit seiner gesunden Hand von den Türen weg. »Wir kehren wieder hierher zurück.«

Ich hole den Kompass aus meiner Pullovertasche. Lilly beleuchtet ihn. Dann machen wir uns auf den Weg.

Diesmal gehen wir nach Westen, weg von dem Quallensaal und in die Richtung, in der wir die Mitte des Palastes vermuten. An der ersten Tür bleiben wir alle stehen. Horchen. Kein Laut. Wir öffnen die Tür, treten über die Schwelle und haben das Gefühl, als gingen wir einem heranrasenden Lastwagen entgegen, als starrten wir in die grellen Scheinwerfer und hörten sechzehn donnernde Räder ankommen und würden dabei sagen: *Ts! Ich schaff das.* Wir gehen genau auf Dorf zu, genau in Richtung der Tracker und was immer es ist, wozu wir hierhergebracht wurden. Es fühlt sich an, als würden wir das Schicksal herausfordern. Also ungefähr zu dreißig Prozent aufregend und zu siebzig Prozent schwachsinnig.

Nach fünf Zimmern wenden wir uns wieder nach Süden, durch dunkle, hallende Säle. Keine Fallen bisher. Dorf hat gesagt, dass der einzige sichere Weg zum Zentrum des Palastes führen würde, aber ich glaube nicht, dass er damit gerechnet hat, dass wir umkehren würden. Im Strahl unserer Taschenlampen eilen wir mit leisen Schritten über den polierten Fußboden.

42

Haben wir uns verirrt? Wir gehen immer weiter nach Süden, und keiner von uns wurde bisher geköpft, was schon mal gut ist. Aber ungefähr fünf Zimmer zurück mussten wir eine steile Wendeltreppe hinaufsteigen und befinden uns jetzt an einem Ort, den ich überhaupt nicht wiedererkenne: eine Suite luxuriöser Salons, die sich über den großen Hallen und Ballsälen darunter erstreckt. Fensterscheiben dicht am Boden unter der Wandvertäfelung eingelassen, so geneigt, dass man dadurch die Kronleuchter und die zehn Meter tiefer gelegenen Marmorfußböden sehen kann. Die Zimmer hier sind klein, mit dunklem Kirschholz vertäfelt, die Decken ganz niedrig. Es ist, als würden wir durch ein Puppenhaus rennen. Die Räume sind beheizt, die Lampen brennen, und sie beleuchten kaffeefarbenes Leder und messingbeschlagene Ohrensessel.

Dann gelangen wir in das letzte Zimmer. Es ist eine Sackgasse. Nur eine Tür führt hinein und wieder heraus.

»Mist«, sagt Jules und bleibt stehen. »Hier geht's nicht weiter.«

Wir drehen uns um die eigene Achse und rempeln einander an. Ich werfe einen Blick zurück und sehe einen Tisch und Regale. Ist das ein Operationstisch? Ich halte inne. Jules stolpert mir in den Rücken.

Es ist tatsächlich ein Operationstisch. Er steht in einer Ecke des Raums. Er ist mit uraltem, straffgespanntem Leder überzogen, an manchen Stellen mit dunklen Ringen und Flecken beschmutzt.

»Ist das Blut?« Will ist auch stehengeblieben und sieht sich überall um.

»Nein, natürlich Kaffeeflecken«, erwidert Jules. »Los, weiter.«

Aber wir sind jetzt alle stehengeblieben. Es sieht aus wie ein kleines Labor, aber kein gruseliges Frankenstein-Labor mit Schweinegehirnen in den Regalen, sondern eher wie ein aufgeräumtes Studierzimmer, fast schon gemütlich. Mit Korken verschlossene Glasgefäße reihen sich in den Regalen nebeneinander, und an vielen Stellen stapeln sich Bücher, einige von ihnen mit Federn und Silbernadeln als Buchzeichen versehen. Überall liegt altes Papier in knittrigen Haufen.

Mein Blick fällt auf den Schreibtisch, und mir wird eiskalt. Ein Glas Wein steht neben dem Federhalter, noch halb voll. Der Rand ist etwas feucht, als hätte jemand gerade eben daraus getrunken.

»Wir müssen hier weg«, flüstere ich. »Jemand war hier. Erst vor wenigen Minuten.«

Wenn sie jetzt reinkommen, sitzen wir fest. Dann sind wir erledigt.

Will ist hinüber zum Operationstisch gegangen. Er beugt sich darüber, und ich sehe, dass ein großes, ledergebundenes Buch aufgeschlagen darauf liegt. Die Bindung ist rissig, das Papier alt und vergilbt, wellig von Feuchtigkeit und Alter. Will fährt mit dem Finger eine Seite hinunter.

»Will, wir müssen in die Kaninchengalerie«, drängt Lilly.

»Du hast doch gehört, was Anouk gesagt hat, jemand war hier!«

»Schaut mal«, erwidert Will. »Leute, seht euch das mal an.«

Ich gehe zum Tisch und blicke über seine Schulter, obwohl Lilly recht hat. Wir müssen hier raus. Dieser Raum fühlt sich winzig an, beengend, als könnten jeden Moment die Wände einstürzen und die Decke runterkrachen und uns unter dem Gewicht von Erde und Steinen begraben. Angenommen, jemand käme herein? Die anderen drängen sich hinter mir zusammen und treten nervös von einem Fuß auf den anderen.

Ich schaue mir die Seite an, auf die Will deutet. Drei Spalten mit Eintragungen: Listen von Namen und Zahlen, dann eine breitere Spalte mit Notizen. Die Handschrift ist spinnenhaft und ein bisschen zittrig.

Jean Leclair. Alter 67. Missglückt.
Monsieur Mascarille. Alter unbekannt. Missglückt.
Eleanor McCreery. Alter ca. 27. Missglückt.

»Steinmetze«, murmelt Will. »Zofen. Maler.«

»Was ist das?«, fragt Lilly. In dem Gekritzel fallen mir einzelne Wörter ins Auge. *Se détériore. Le sang souillé. Manqué. Manqué.* Zersetzt sich. Blut verdorben. Missglückt. Missglückt.

»Missglückt«, übersetze ich leise. »Die sind alle missglückt.«

Aber was genau bedeutet das?

Will blättert die Seiten durch, bis er den Anfang des Buches erreicht. Mit zwei Fingern tippt er auf einen Namen. »Das sind wissenschaftliche Notizen, Operationsprotokolle. Hier steht, es sei siebzehnhundertsechzig damit begonnen worden.«

Er fängt an, laut vorzulesen: »Guillaume Battiste, Alter dreißig bis fünfunddreißig. Bettler. Wir …« Er schluckt. »Wir haben ihn am Straßenrand gefunden. Er war stärker, als er aussah. Hat sich gewehrt, viel Blut. Frédéric hat ihn ins Château geschafft. Er hatte die Pocken. Missglückt.«

Will schaut mich an. »Hier drin stehen Hunderte von Namen.« Seine Augen wandern die Spalten hinauf und hinunter. »Hunderte von Experimenten.«

Ich entdecke einen mit leuchtend roter Tinte umkringelten Eintrag in der Mitte der Seite. Ich nehme Wills Hand und hindere ihn daran umzublättern. Lasse sie rasch wieder los und lese mit zusammengekniffenen Augen, was dort steht.

7. Juli 1788. L'homme papillon. Succès.

Der Schmetterlingsmann. Erfolgreich.

Danach folgen weitere Worte, rasch hingekritzelt und mit Klecksen verschmiert.

Er ist erwacht. Gestern haben wir ihn aus seinem Glasbehälter genommen. Er hat bereits angefangen zu laufen und uns zu imitieren. Er lernt schnell, schneller als jedes Kind. Was wird er morgen sein, in einer Woche, in einem Monat?

Die Listen gehen weiter. Ein Erfolg. Hunderte von Misserfolgen. Sie haben nicht aufgehört, nachdem sie erschaffen hatten, was immer es sein mochte. Sie versuchten es immer wieder. Aber was?

Monsieur Vallé, erster Butler. Der Schmetterlingsmann
hat mit ihm experimentiert. Missglückt.
Aimée Boucheron, Saucenköchin. Missglückt.
Célestine Bessancourt – (was immer hinter ihrem
Namen stand, ist unleserlich, weil es wütend durch-
gestrichen worden ist, aber ich bin mir ziemlich sicher,
dass auch dort »missglückt« gestanden hat).

Jules, der hinter mir steht, zieht den Atem scharf durch die Zähne ein. »Stehen wir auch darin? Gehören wir auch zu ihren Versuchskaninchen?«

Will blättert vor. Nickt langsam. »Hier«, sagt er, und wir blicken jetzt alle hinunter und starren auf unsere Namen, die auf der letzten Seite dieses uralten Buches aufgelistet sind.

Anouk Peerenboom – 17. New York City
Jules Makra – 16. San Diego
Will Park – 17. Charleston
Hayden Maiburgh – 17. Boston
Lilly Watts – 16. Sun Prairie

Keine Notizen. Keine Erklärungen.

Irgendetwas nagt in meinem Hinterkopf, irgendein Zusammenhang, den ich erkennen sollte, den ich aber noch nicht richtig erfasse …

»Wir müssen los«, sagt Hayden, der besonders nervös von einem Fuß auf den anderen tritt, mit gezogener Pistole. »Kommt schon!«

Wir schlüpfen aus dem Zimmer und rennen zur Treppe. Meine Lunge pumpt wie ein Blasebalg, so dass ich mich innen ganz hohl fühle. Wir halten nicht inne, bis wir zurück im Palast sind und das Gefühl haben, das Studierzimmer meilenweit hinter uns gelassen zu haben.

43

Wir erreichen die Kaninchengalerie etwa zwanzig Minuten nach Verlassen des Studierzimmers. Ich erkenne die blaue Tapete im Lichtkreis meines Taschenlampenstrahls wieder und auch die dunklen, verzweigten Holzbalken, die sich über uns wie Baumkronen ineinanderflechten. Ich sehe die Türen, hinter denen ich meinen Gefühlsausbruch hatte, die Gemälde an den Wänden.

»Hayden«, sage ich leise. »Wir sind da.«

Ich denke nicht an den rissigen Lederband auf dem Operationstisch, die Namenslisten oder daran, was mit den Hunderten toten Menschen geschehen ist, den Carolines, Aimées und Guillaumes. Ich will es nicht wissen. Ich will nur noch hier raus.

Unsere Lichter huschen an den Reihen der Vitrinen entlang und erhellen einen Augenblick lang die Ausstellungsgegenstände darin, bevor diese wieder in die Dunkelheit zurücktauchen. Hayden geht ohne zu zögern zum nächststehenden Glaskasten und zerschmettert ihn mit seiner Pistole. Auf einen Schlag zerbricht er in tausend Scherben, die über das Gestell regnen.

Ich spüre das Klirren in jeder meiner Körperzellen. Wappne mich innerlich gegen das Heulen einer Sirene, gegen Fallen, die aktiviert werden und uns an den Wänden verspritzen wie grausige Jackson-Pollock-Gemälde. Doch nichts passiert. Keine Sirenen, keine fliegenden Messer. Hier, so tief im Palast, sind nirgendwo Verteidigungsmechanismen eingebaut. Wahrscheinlich ist noch nie jemand so weit vorgedrungen.

Haydens Gesicht ist angespannt, und seine Augen glänzen vor Aufregung. Er bleibt nicht stehen, um die Waffe aus der Vitrine zu holen, sondern rennt sofort weiter zur nächsten. Zerschlägt sie. Dann die nächste. Wir anderen sammeln die Waffen ein, so schnell wir können. Ein nervöses Schweigen tritt ein, unterbrochen nur von dem explosiven Zersplittern der Glaskästen.

Ich finde eine Pistole, ein leichtes Polymerwurfmesser und eine kleine Kugel aus gebürstetem Stahl, von der ich hoffe, dass es eine winzige Bombe ist. Die meisten Waffen sind zu groß, um von nur einer Person bedient zu werden. Andere wirken sehr kompliziert. Ich sehe mir die Pistole im Licht meiner Taschenlampe an. Finde heraus, wie man das Magazin entfernt. Fühle mich plötzlich euphorisch. Die Waffe ist geladen. Will kommt mit weiterer Munition herüber. Ich zeige ihm, was ich gefunden habe. Er hält einen Taser hoch.

»Du kannst ihn haben, wenn du willst«, sagt er, und ich bin ganz gerührt, denn was könnte schöner sein, als wenn dir jemand einen Taser anbietet, bevor du in die Schlacht ziehst?

Ich nehme ihn an mich und schenke Will ein halbes Lächeln. Dann schließen wir uns den anderen an.

Der Saal ist jetzt mit Glasscherben bedeckt, als wäre Eis von der Decke geregnet. Lilly und Jules haben ein ganzes Waffenarsenal neben der Tür aufgetürmt. Wir sortieren es und werfen alles beiseite, was zu groß oder zu schwer ist. Alles Übrige hängen wir uns über den Rücken, befestigen es an unseren Gürteln, nehmen es in die Hand.

Ich denke die ganze Zeit, dass uns doch jemand hören müsste – vielleicht ein Tracker oder Dorf in seinem Kamelhaarmantel und mit seinem Stutzerbärtchen – und dass diese ganze verzweifelte Operation vorüber sein wird, bevor sie überhaupt begonnen hat. Aber niemand kommt. Der Palast umgibt uns mit Totenstille. Hohl, lauernd.

Wir eilen aus der Kaninchengalerie hinaus und lassen sie verwüstet hinter uns zurück.

Ich bin fast begierig darauf, wieder in das Rosenzimmer zurückzukehren. Wir reden nicht. Müssen wir auch nicht. So muss es wohl sein, wenn vor dem Krieg mit großem Täterä Paraden abgehalten werden, Aufmärsche mit fröhlichem Fähnchenschwenken und Soldaten als zukünftigen Helden, wenn die Schrecken noch fern sind. Man konzentriert sich auf nebulöse Vorstellungen vom Sieg und lässt sich davontragen. Insgeheim weiß ich, dass diese Euphorie nicht anhalten wird. Aber bis dahin genieße ich sie. Lieber bin ich aufgekratzt als verängstigt.

Sobald wir zurück sind und der Sekretär wieder die Türflügel versperrt, fangen alle gleichzeitig an zu reden.

»Ich weiß nicht mal, wie die hier funktionieren«, sagt Lilly, nimmt eine Waffe nach der anderen in die Hand, hält sie ans Ohr und klappert mit ihnen.

Jules beginnt, Sprenggranaten auf einem bestickten Stuhl aufzureihen und sie misstrauisch zu beäugen.

Ich setze mich im Schneidersitz auf den Boden und breite einen schneeweißen Kissenbezug vor mir aus.

»Und, hast du einen Plan, Anouk?«, fragt Hayden, und auch wenn er ein Idiot ist, habe ich tatsächlich einen Plan. Wenigstens ansatzweise.

»Ja!« Ich springe auf und durchsuche den Sekretär. Finde etwas Tinte, die noch flüssig ist, und eine lange, gebogene Feder, mit der ich beginne, einen hypothetischen Grundriss des Spiegelsaals auf die Kissenhülle zu zeichnen, wobei ich die Spitze der Feder so gleichmäßig wie möglich über den Stoff führe. Die anderen scharen sich um mich

»Offensichtlich wissen die Sapanis nicht, wo wir sind«, stelle ich fest. Die Federspitze verhakt sich, und die Tinte kleckst. »Was bedeutet, dass sie auch nicht wissen, wie viele von uns noch am Leben sind. Sie werden versuchen, uns auszutricksen, so viel steht fest. Also müssen wir zurücktricksen.« Ich blicke in die Gesichter der anderen, die sich blass aus dem Halbdunkel über mir hervorheben. »Wir brauchen einen Freiwilligen.«

44

Wir gehen den Plan viermal durch. Wir haben unsere Waffen ausgewählt und überlegt, wie wir sie einsetzen. Nun wären wir abmarschbereit. Aber wir warten noch, zögern es hinaus. Es ist, als wären wir am höchsten Punkt einer Achterbahn angelangt, bevor es steil hinuntergeht, und wir – wir, im Waggon – könnten entscheiden, wann wir die Bremse lösen, runterstürzen, ausflippen, sterben. Darauf ist niemand besonders erpicht.

»Du bist an der Reihe, Anouk«, sagt Jules nach einer Weile. »Erzähl uns deine Geschichte.«

Er rechnet nicht mit einer Antwort. Er wartet darauf, dass ich sage, er solle die Klappe halten, und beinah tue ich es, schon aus reiner Gewohnheit. Doch dann ändere ich meine Meinung. Welchen Unterschied macht es, wenn jemand davon weiß? Welchen Unterschied macht es, wenn es alle wissen? Vielleicht bin ich schon in einer Dreiviertelstunde tot. Vom Antlitz der Erde ausgelöscht. Ich möchte es doch gerne vorher jemandem erzählen.

»Was möchtet ihr wissen?«, frage ich.

»Wow, in echt jetzt?« Jules setzt sich auf. »Alles! Warum verabscheust du andere Leute? Warum musstest du die Unterschriften deiner Eltern fälschen? Warum bist du die ganze Zeit schlecht drauf?«

»Jules, lass das«, sagt Lilly, aber ich winke ab.

»Ist schon okay. Ich erzähle es euch. Nur muss ich leider hinterher euer Gedächtnis löschen, damit ihr niemand anderem meine Geheimnisse verraten könnt, aber damit seid ihr bestimmt einverstanden, oder?«

»Na klar«, sagt Jules.

»Okay«, sage ich. Meine Stimme klingt heiser. Plötzlich fühle ich mich unsicher. Ich reiße mich zusammen. Mir bleibt nichts anderes mehr übrig, als mich zu fügen und endlich zu reden. »Also dann. Meine Eltern haben mich adoptiert, als ich vier Jahre alt war.«

Ich starre an die Wand, auf die Rosen. Auf einmal sehen sie gar nicht mehr so wundervoll aus. Wer immer hier drin gewohnt hat, muss das ziemlich schnell festgestellt haben. Die riesigen Blätter und die künstliche Perspektive: Es ist, als wären sie dazu entworfen, dass man sich klein fühlt. »Meine leibliche Mutter hat mich in einem Kinderheim in Pennsylvania abgegeben. Ich kenne nicht mal ihren Namen.«

Lilly stößt einen tröstenden Laut aus, als wäre das der Clou meiner Geschichte. Das ist er nicht mal ansatzweise.

Ich zupfe an dem Kissenhüllenplan, den schwarzen Pfeilen und Kritzeleien, deren Tinte in die Fasern hinein ausblutet. Manchmal denke ich an meine leibliche Mutter. Wer würde das nicht tun? Aber ich bin ihr nicht böse. Sie ist nicht der Grund dafür, dass ich mich in ferne Kontinente flüchten oder japanisches Porzellan mit einem Baseballschläger zerschlagen will. Und auch nicht dafür, dass ich drei Stunden lang unter dem Esszimmertisch gesessen und mein Einserzeugnis in immer kleinere Fetzen zerrissen habe, weil niemand danach gefragt hat, weil niemand sich auch nur die Bohne dafür interessiert hat, welche Noten ich hatte.

»Normalerweise kommen Heimkinder, die aus dem Kleinkindalter raus sind, in Pflegefamilien. Niemand will gestörte Kinder oder solche mit drogenabhängigen Eltern adoptieren. Als also dieses Ehepaar kam und sagte, dass sie mich adoptieren wollten, war es wie ein Wunder. Ich war das merkwürdigste Kind von allen. Ich lächelte nie. Ich sprach kaum. Ich habe immer nur andere beobachtet. Aber aus irgendeinem Grund war ihnen das egal. Sie waren reich. Sie wollten mich wirklich haben. Wenigstens dachte ich, dass sie mich wollten.« Irgendwie bleibt mir die Luft weg. Ich weiß noch, wie ich sie zum ersten Mal gesehen habe, wie sie über den Parkplatz gingen, umstrahlt von honigfarbenem Licht und mit glänzendem, luftigem Haar wie aus einer Shampoowerbung. Ich wette, dass es viele ganz wundervolle Adoptiveltern gibt. Wartelisten mit Leuten, die sich danach sehnen, einem mutterlosen Kind ein schönes Leben zu schenken.

Meine neuen Eltern waren nicht von diesem Schlag. Es war, als würden sie ein Portemonnaie oder ein neues Auto kaufen, etwas, das ihr Bild von einer idyllischen Familie vervollständigen sollte.

Schritt Nummer fünf: Man adoptiere ein kleines Kind. Macht sich gut auf Urlaubsfotos, und man kann damit den blöden, kritischen Freunden das Maul stopfen, die einen für egozentrisch halten.

»Sie hätten Affen sein können, und ich hätte sie geliebt«, sage ich. »Ja, ich habe sie geliebt. Und dann, als ich sechs war, bekamen sie ein eigenes Baby.«

Die schattenhaften Rosen sehen jetzt monströs aus und ranken sich rings um die Wände. Die anderen sitzen mucksmäuschenstill da und warten darauf, dass ich weitererzähle. Meine alte, glühend heiße Wut kriecht mir wieder in den Magen. Ich sehe mich vor mir mit vierzehn, als ich im Badezimmer mein Haar kurzgeschnitten und mich dafür verflucht habe, so ein Jammerlappen zu sein, so bedürftig zu sein. Und wie ich mich dafür schalt, ein typisches verwöhntes Gör zu sein, das keine echten Probleme hatte, obwohl sie sich für mich so anfühlten. Für mich waren es die größten Probleme der Welt.

»Sobald meine Eltern von der Schwangerschaft erfuhren, war ich von heute auf morgen überflüssig. Sie brauchten mich nicht mehr. Es war irgendwie, als machten sie mir Vorwürfe, als hätte ich sie auf irgendeine Weise dazu überlistet, mich zu adoptieren. Ich war wie eine Trickbetrügerin, die sie in ihr Haus gelassen und als eigenes Kind ausgegeben hatten. Aber jetzt mussten sie niemandem mehr etwas vormachen. Wisst ihr, wie weh das tut? Hat irgendjemand eine Vorstellung davon, wie das schmerzt, wenn man sechs Jahre alt ist und man niemanden im ganzen Universum hat, weil irgendwelche Leute vorbeigekommen sind und gesagt haben, sie würden sich um einen kümmern … aber sie gelogen haben? Wenn sie dich schon nach kurzer Zeit weggeworfen haben, als wärst du nicht mal ein Mensch, sondern nur ein fotogenes Accessoire, und jetzt haben sie dich satt, nach dem Motto: *Wer macht sich denn schon was aus dir, Anouk?*«

Ich weine. Ich habe irgendwo zwischen *schmerzt* und *kümmern* damit angefangen und kann jetzt nicht mehr aufhören. Jules und Will sehen mich mit großen Augen an. Hayden beugt sich über ein Maschinengewehr und fummelt daran herum. Ich wünschte, dass sich eine der Rosen von der Wand lösen und mich mit Haut und Haar verschlingen möchte.

»Du willst alle heftigen Details hören, oder, Jules?«, frage ich. »Kannst du haben: Meine Eltern haben kaum noch mit mir geredet, nachdem meine Schwester auf der Welt war. Sie haben nur noch *über* mich geredet. Ich habe es ganz oft mitbekommen, wie sie sagten: ›Und was ist mit ihr? Was sollen wir mit ihr machen, wenn sie psychisch auffällig wird und einen schlechten Einfluss hat auf *unsere Tochter*?‹ Tja, klar entwickelte ich daraufhin psychische Probleme. Ich glaubte, meine Eltern wären Aliens. Ich litt unter paranoiden Wahnvorstellungen, vertraute keinem mehr und sah hilflos mit an, wie sie mit Penny spielten und sie eine Million Mal mehr liebten als mich. Und eines Morgens habe ich sie aus ihrem Bettchen geholt und bin mit ihr die Auffahrt hinunter auf die Straße gegangen. Ich war kaum groß genug, um sie zu tragen, und sie weinte, und ich weinte auch, und ich sagte ihr, wir würden jetzt gehen, und ich hasste sie, und wir würden nie wieder zurückkehren, unsere Eltern würden uns nie wiedersehen … Ich wusste nicht, was ich tat, okay? Ich war nur ein ahnungsloses kleines Kind und bin mit ihr raus auf die Straße gegangen. Ein Hähnchenwagen hat uns erwischt. Larrys Brasserie-Hähnchen, wie lächerlich ist das? Ich hatte nur einen vierfachen Armbruch. Penny dagegen ist vier Meter weit geflogen und wäre beinahe gestorben.«

»Du warst erst sechs Jahre alt«, sagt Jules. »Das war nicht deine Schuld, du …«

»Natürlich war es meine Schuld!«, stoße ich heftig und rauh hervor. »Ich wollte, dass sie weggeht, hörst du? Und sogar, nachdem sie überlebt hatte, wollte ich, dass meine Eltern in ihr hässliches, vernarbtes Gesicht sahen und mich statt ihrer liebten, mich für etwas Besonderes hielten, mich für talentiert und wunderbar hielten, auch wenn ich das nie war. Für sie war ich nie gut genug.« Ich habe jetzt Schluckauf und fahre mir ärgerlich mit der Hand über die Augen und reibe die Tränen in meine Haut. »Penny hat nie irgendetwas gemacht. Sie war nie wütend auf mich. Sie war einfach nur da, und jetzt wird sie für den Rest ihres Lebens mit den Narben leben müssen, und es tut mir so leid. Es tut mir so leid, dass sie in eine Familie mit einer geistesgestörten Adoptivschwester und schrecklichen Eltern geboren wurde. Mir tut alles leid, aber das ändert einen Scheiß.«

Ich weine immer noch und kann durch die Dunkelheit und meine Tränen nicht in den Gesichtern der anderen lesen. Aber ich wette, dass sie sich von mir abgestoßen fühlen. Ich wette, dass sie jetzt endlich erkennen, was für ein widerlicher Abklatsch eines menschlichen Wesens ich bin. Wird auch Zeit. Ich will jetzt gehen. Ich will hier rausrennen in den Spiegelsaal und Feuer und Tod um mich säen, bis nichts mehr übrig ist, bis dieser ganze Palast Asche zu meinen Füßen ist. Und dann werde ich mich in die Ruinen legen und auch sterben.

»Hey«, sagt Lilly und nimmt meine Hand. Sie klingt viel zu ruhig. »Das mit deiner Schwester tut mir leid. Wirklich. Es ist schrecklich, was mit ihr passiert ist. Aber du warst erst sechs Jahre alt, und was du von deinen Eltern erzählst, klingt, als wären sie völlig … völlig scheiße, entschuldige, dass ich mich so krass ausdrücke. Sie sollten deine Eltern sein, aber das waren sie nicht. Und Menschen machen schlimme Dinge, wenn sie sich alleine fühlen.« Sie hält inne und sieht mich ernsthaft an. »Aber du bist nicht mehr allein«, sagt sie. »Das bist du nicht. Du hast jetzt uns. Stimmt's, Jules? Will? Hayden?«

Ihr seid nicht meine Eltern!, hätte ich am liebsten geschrien. *Ihr seid nicht meine Familie!*

Aber Jules schaut mir ins Gesicht und sagt: »Stimmt.«

»Stimmt«, sagt Will.

Hayden beobachtet uns. »Stimmt«, sagt er und seine Augen glitzern scharf und zornig.

»Wir leben«, sagt Lilly und drückt meine Hand so fest, dass es schmerzt. »Wir sind hier, und wir sind zusammen, und das ist alles, was wir haben. Ich meine, wir sind in einem blöden Palast voller Psychos, die versuchen, uns umzubringen, aber ...« Sie beendet ihren Satz nicht.

Ich fühle, wie der Schmerz in meiner Brust in meine Fingerspitzen hinabfließt und wegfliegt, als wäre Lilly ein Blitzableiter. Dann ist er weg, und Will hat seine Hand auf meine Schulter gelegt, und Jules tätschelt mir ungeschickt den Rücken.

»Sind wir so weit?«, fragt Hayden. Er legt das Gewehr an die Schulter, blickt über den Lauf und schwenkt ihn im Zimmer umher.

»Wir sind so weit«, sagt Lilly, und es stimmt. Ich bin bereit.

45

Wir haben das Rosenschlafzimmer verlassen und schleichen in einer Reihe hintereinander ins Herz des Palastes. Niemand sagt ein Wort. Wir haben alles gesagt, was es zu sagen gab. Die Umsetzung unseres Plans hat begonnen.

Wir verfallen in einen gedämpften Laufschritt, unsere Taschenlampen schräg nach unten gerichtet, so dass die Strahlen flackernd den Marmorboden erhellen.

Nach zehn Minuten erreichen wir eine breite, niedrige Treppe, die zu einer verspiegelten Flügeltür führt. Wir laufen die Stufen hinauf. Ich öffne eine der Türen, nur einen Spalt, so leise ich kann.

»Leute?« Ich blicke zurück.

»Was ist?«

»Ich glaube, wir sind da.«

Die anderen spähen hinein. Nicken.

Dieser Spiegelsaal ist ganz anders als der in Versailles. Ich habe das Original an einem feuchtheißen Tag im August besichtigt, zusammengedrängt mit allen anderen Viertklässlern, deren Eltern glaubten, Paris wäre eine größere Bereicherung als ein Sommer mit einer fernsehsüchtigen Nanny. Ich erinnere mich, wie ich dachte, dass dieser Spiegelsaal gar nicht so viele Spiegel besitze. Er war größtenteils vergoldet, hatte hohe Fenster, einen Parkettboden und zahlreiche Kronleuchter an der Decke. Auf der anderen Seite hingen zwar einige große Spiegel, aber im Großen und Ganzen fand ich, dass der Saal seinen Namen zu Unrecht trug.

Das Palais du Papillon dagegen besitzt einen echten Spiegelsaal, eine wesentlich größere Version des Glaskorridors, durch den wir es betreten haben. Ein Kaleidoskop, ein vielflächiges Prisma, hoch und schmal, bläulich schimmernd, nur drei Meter breit und etwa dreißig Meter lang. Alles – Fußboden, Decke, Wände – besteht aus massiven Paneelen von reflektierendem Glas.

Am anderen Ende sind die Türen zu einem weiteren Durchgang geöffnet. Goldenes Licht fällt in hellen, blitzenden Strahlen in die Galerie herein.

Langsam schließe ich die Tür wieder.

»Alles klar?« Wir sehen einander mit großen Augen an. Ich habe das Gefühl, ich sollte etwas sagen, eine aufmunternde Rede halten, mit der ich uns in den Tod oder den Sieg schicke. Aber mein Herz klopft ohrenbetäubend laut, mein Mund ist plötzlich trocken, und mein Kopf leer.

»Alles klar«, antwortet Will.

Ich nicke. Ich spüre eine Hand auf meinem Arm, ja, wir fassen uns alle an den Händen, verschwitzt, schmutzig und lebendig. Lilly ist diejenige, die sich als Erste von uns löst und durch die Türen in den Spiegelsaal tritt.

Es geht los.

Sie betritt den Saal, mit leise tappenden Füßen. Sie sieht aus wie ein kleines, verirrtes Reh. Aber das ist sie nicht. Unter ihrem bauschigen Sweatshirt, das ihr Will geliehen hat, trägt sie eine Waffe, ebenso eine kleine Bombe und zwei

Messer. Ungefähr in der Mitte des Saales verlangsamt sie ihre Schritte.

Dreh dich nicht um, Lilly!

Adrenalin durchströmt mich. Sie bleibt nicht stehen. Dreht sich nicht um. Jeder Muskel in meinem Körper, jede Sehne und jedes Gelenkband spannt sich an, als hielte ich Lilly durch reine Willenskraft am Leben.

»Hallo?«, ruft Lilly, und ihre Stimme hallt durch den verglasten Raum. »Dorf? Ist da jemand?«

Bamm! Ein Tracker schießt durch die Türen am anderen Ende des Saales und sprintet genau auf Lilly zu. Das rote Licht pulsiert entlang seinem Unterkiefer. Lilly gibt keinen Laut von sich. Sie zieht die Pistole und schießt, der Tracker schlägt rückwärts um, und sein Körper rutscht quietschend über den verspiegelten Boden.

Jules wirft mir einen panischen Blick zu. Ich rege mich nicht, schaue starr geradeaus in den Spiegelsaal.

Lilly geht weiter.

Da kommen sie aus dem Hinterhalt.

Auf halbem Weg zwischen uns und Lilly schwenkt einer der Spiegel geräuschlos auf. Zwei weitere Tracker treten heraus und bewegen sich auf sie zu. Sie sieht sie nicht. Ist auch nicht nötig.

Die Tracker wirbeln herum, aber Will und ich sind schon bei ihnen. Ich schocke einen von ihnen mit dem Taser. Der zweite stürzt zu Boden, Wills Messer im Bein. Eine Sekunde später ist auch er ausgeschaltet und windet sich auf dem Glas.

Lilly hat das Ende erreicht. Sie winkt uns einmal zu, das Zeichen dafür, dass sie zurückkommt.

Jules betritt den Saal.

Es kann nicht sein, dass das alles war. Ich ziehe meine Pistole. *Kommt raus, kommt raus, wer immer dort lauert!*

Lilly erreicht uns. Sie ist schweißnass. Das Haar klebt ihr an der Stirn. Wir kehren zu Jules zurück.

Hayden hat den Saal betreten. Vielleicht liegt es an der Beleuchtung, aber er sieht krank aus. Er bewegt sich über den Spiegelboden, als wäre es dünnes Eis, an Jules vorbei und dann in Richtung des geöffneten Spiegels und der Tracker auf dem Boden. Er kniet sich neben einen, packt ihn am Hals und reißt das Visier auf. Schleimige Haut schimmert im bläulichen Licht.

»Sag uns, wie wir hier herauskommen«, knurrt er zwischen den Zähnen hindurch. »Sag es uns!«

Der Tracker gurgelt und verdreht die Augen. Hayden greift nach dem Messer, das in seinem Bein steckt, und dreht es langsam um.

Das war nicht Teil des Plans. Ich renne zu ihm hin. Will folgt einen halben Schritt hinter mir. »Hör auf, Hayden!«

Er zieht das Messer heraus und sticht noch einmal damit auf den Tracker ein. Ich packe ihn an der Schulter. Er wirbelt herum, übermenschlich schnell, und schlägt mich so heftig, dass mir die Ohren klingeln. Ich stolpere rückwärts. Lilly fängt mich auf. Alles verschwimmt vor meinen Augen, aber durch die Neonblitze in meinem Kopf sehe ich Hayden aufrecht stehen.

Er zittert. Sein ganzer Körper zuckt und schwankt vor und zurück, wie bei einem alten, schlechten Zelluloidfilm. Er hält inne, regungslos, den Kopf gesenkt, die Augen nach oben verdreht. Seine Reflexionen erstrecken sich hinter ihm bis ins Unendliche. Sie grinsen, und er grinst, die Lippen verzerrt, die Augen stumpf und fiebrig.

Er lässt den Tracker los. Der ist jetzt tot. Will springt auf Hayden zu, aber Hayden ist schneller. Gerade stand er noch mit leeren Händen da, und plötzlich hat er eine Pistole und presst den Lauf gegen Wills Kopf. Jules stößt einen gurgelnden Laut aus, setzt zu einer Bewegung an, aber Hayden hält ihm ein langes Stahlmesser an die Kehle und hält ihn auf.

»Hayden?«, flüstere ich.

Will duckt sich und versucht, Hayden mit seinem Messer am Bauch zu erwischen. Hayden zuckt erneut, blitzschnell, schlägt Will mit dem Pistolengriff auf den Hinterkopf.

»Hayden!«

»Schöne Grüße an die Bessancourts«, stößt Hayden mit tonloser, dünner, metallischer Stimme hervor. Er hält Will jetzt am Hals gepackt, mit einem Arm im Schwitzkasten. »Richtet ihnen aus, dass ich diese Runde gewonnen habe.«

Ein Klappern hallt im Saal wider. Die Spiegel geraten in Bewegung, verdrehen sich.

Ich kann noch einen letzten Blick auf Jules, Hayden und Will werfen, die in einem schaurigen Triptychon gefangen sind. Dann schlagen die Spiegel wieder zu, und nur Lilly und ich bleiben übrig und reihenweise Tracker, so weit das Auge reicht.

Palais du Papillon, Salle du Sang Rouge, 34 Meter unter der Erde

Was habt Ihr getan?«, hauche ich. »Vater, was habt Ihr getan?« Er steht hinter mir, eine Hand verlegen auf die Rückenlehne eines Stuhls gelegt, als sei er stolz; als erwarte er, dass man ihn als Denkmal in Stein meißelt und auf großen Leinwänden porträtiert. Kleine Tränen glitzern in seinen Augenwinkeln. Er antwortet nicht.

Ich gehe auf Mutter zu. Ist das ein Trick? Eine Imagination mit Hilfe von Fäden und Spiegeln? Es kann nicht anders sein. Ich habe sie sterben sehen. Ich habe den Schuss gehört und das Blut gesehen, und Jacques hat ihren leblosen Körper herabgetragen. Und doch ist es Maman. Es sind ihre Augen, blau wie Kornblumen, mit der kleinen, mondsichelförmigen Narbe unter dem linken. Es ist ihr Lächeln, schüchtern und wunderhübsch, als hätte sie niemals irgendetwas Böses auf der Welt gesehen, als wären Vater, das Palais und ihr kurzes, trauriges Leben nur ein seltsames Theaterstück. Und wenn sie gut genug spielte, dann würde der Vorhang fallen, die Schauspieler und die üppigen Kulissen würden verschwinden, und sie könnte die Bühne verlassen und in die Felder und die Sonne hinaustreten. »Aurélie«, wiederholt sie. Ich kann nicht anders: Ich laufe zu ihr und knie mich neben ihren Stuhl. »Maman?«

Zärtlich blickt sie auf mich herab.

»Maman, wie …«

»Wie was, mein Schatz?« Sie lacht. »Warum schneidest du so dumme Gesichter?«

Mir ist jetzt selbst fast zum Lachen zumute. Beinahe wäre ich aufgesprungen, hätte sie umarmt und ihr Gesicht mit Küssen bedeckt. Ich spüre ihre Hand auf meiner Wange. Sie ist kälter als Eis und Marmor. Ich drehe mich um zu Vater.

»Wissen meine Schwestern Bescheid? Delphine, Bernadette und Charlotte, haben sie sie gesehen?«

»Nein«, antwortet Vater und leckt sich über die Lippen. »Du bist meine Älteste. Ich wollte, dass du sie als Erste siehst. Ist sie nicht wundervoll?«

»Sie müssen es erfahren! Sie ist ihre Mutter, und sie halten sie für tot; könnt Ihr nicht verstehen, wie sie geweint haben müssen?«

Wieder sehe ich Maman an. Erneut streckt sie die Hand aus, um meine Wange zu berühren, aber diesmal greift sie daneben, und ihre Hand sinkt wie leblos auf die Armlehne. Sie versucht nicht, sie noch einmal anzuheben, sondern sitzt einfach nur da und lächelt.

»Maman?«, sage ich, und dann zu Vater: »Was habt Ihr mit ihr gemacht? Vater, sie ist nicht mehr dieselbe!« Panik erfasst mich. Zuerst kann ich die Tränen noch wegblinzeln, doch dann schießen sie mir in die Augen. »Vater«, schluchze ich, »sie ist gestorben, ich habe es gesehen, sie war tot!«

Vater sieht mich nur an, verzieht den Mund zu einem Lächeln.

Ich hocke mich neben Maman und fasse sie am Arm.

»Maman«, sage ich. »Erinnerst du dich an den Baum, unter dem wir draußen im Obstgarten gepicknickt haben, was für ein Baum war das? Maman, welcher war es?«

Sie fährt fort zu lächeln. »Aurélie«, sagt sie, und ihre Stimme ist nur noch ein Windhauch im Gebüsch, in den Rosensträuchern. »Meine schöne, schöne Tochter ...«

Es ist, als schliefe sie. Sie sieht mich, aber so, als wäre ich ein Traum für sie, eine Vorstellung irgendwo tief in den Verliesen ihres Verstandes. Ich umklammere ihren armen, kalten Arm. »Maman, erinnerst du dich an den Baum? Bitte erinnere dich!«

Und da, plötzlich, windet sie sich wie ein Tier, das sich den Rücken gebrochen hat.

»Was ist los, Maman?«

Havriel macht einen Schritt auf uns zu.

»Maman?«

Ihre Augen verändern sich. Ich erkenne Venen in ihnen, schwarze Fäden, die sich durch das Blau ziehen. Sie scheint zu merken, dass irgendetwas nicht stimmt, als tauchte sie auf, als durchbräche ihr Kopf die Oberfläche eines tiefen, schwarzen Gewässers. Das ist meine richtige Mutter. Maman, wach. Lebendig. Sie sieht mich an, und sie erkennt mich.

»Aurélie?«, sagt sie mit Panik in der Stimme. Ich rieche Rauch und Feuer, sehe ihre blasse Hand bedeckt mit ihrem eigenen Blut, das sie trägt wie ein schauriges Ornament. »Aurélie, meine Tochter, lass mich nicht zurück!«

Jetzt breiten sich die Venen aus wie ein wildes Dickicht, unaufhaltsam, und ihre Augen werden schwarz überflutet.

Mit einem Satz bin ich auf den Füßen, weiche zurück. Maman windet sich und krampft sich in ihrem Stuhl zusammen. »Vater, was habt Ihr getan? Was habt Ihr mit ihr gemacht?«, schreie ich.

Vater zittert und weint. »Wir haben sie zurückgebracht«, sagt er. »Wir haben den Schlüssel gefunden, der in den Zweigen verborgen war, und haben ihr Leben geschenkt …« Er hört auf zu zittern. Sein Blick verliert sich im Leeren. »Wir haben sie unsterblich gemacht.«

Eine kalte Hand umklammert mein Handgelenk, und ich wirble zu dem Ding herum, das meine Mutter gewesen ist. Es starrt mich an. Es lächelt immer noch, aber ohne jeden Liebreiz. Nur hungrig.

Sein Kopf knickt merkwürdig ab. Dann öffnet es den Mund. Eine lange Zunge schlängelt sich heraus, violett und gesprenkelt. »Aurélie«, flüstert es. »Auréliiiie!«

Nun stößt Havriel mich beiseite, packt Maman am Arm. Doch sie schreit auf und schlägt nach ihm, mit Händen, die plötzlich wie Klauen sind, weiße Haut, die sich über Knochen spannt. Sie wehrt sich. Doch Havriel ist stärker. Er fesselt sie mit Riemen an den Stuhl, und der Stuhl hat Rollen, er kippt ihn zurück, schiebt ihn davon, während sie weiter um sich schlägt und ihr Kopf hin und her peitscht wie bei einer Schlange; ihre Augen lächeln, die Lippen lächeln, und die lange violette Zunge hängt heraus.

Die Türen knallen hinter Havriel und ihr zu, doch ihre Schreie gellen weiter durch den Palast.

»Es war ein Apfelbaum«, flüstere ich, als sie fort ist und nur noch Vater und ich zurückbleiben. Wir stehen in dem roten Schein und den Schatten. »Wir haben immer unter dem Apfelbaum gepicknickt.«

46

Jetzt leuchtet das Licht in ihren Helmen auf, ein zweites Klicken, und die Tracker stürzen auf uns zu.

Ich hebe meine Pistole und ziele, einen Finger am Abzug. Im Bruchteil einer Sekunde, bevor ich schieße, schwingen die Spiegel herum. Der ganze Raum arrangiert sich neu, gibt teils die Sicht auf die Tracker frei, teils verbirgt er sie. Die dünnen vergoldeten Stangen sind keine Stützen, sondern Angeln, und was vorher ein langer Korridor war besteht jetzt aus Dutzenden kleiner Abteile – Passagen, Ecken, Sackgassen.

Ein Labyrinth.

»Beweg dich, Lilly«, flüstere ich. »Egal, wohin, aber beweg dich!«

Schnell rennen wir auf die nächstgelegene Öffnung zu. Während ich mit einer Hand das Glas entlangstreiche, sehe ich mein Spiegelbild neben mir laufen, eine ganze Reihe von Anouks. Ich höre die Tracker auf der anderen Seite, ihre stampfenden Stiefel und das leise Knarren ihrer Bodysuits; doch von Jules, Hayden, Will – kein Ton.

Wir biegen um eine Ecke und prallen beinahe mit zwei Trackern zusammen. Bevor wir reagieren können, greift einer nach mir und umklammert mit teerschwarzen Fingern meine Kehle. Ich versuche meine Pistole zu heben. Der Tracker erwischt mein Handgelenk mit dem anderen Arm. Ich strampele verzweifelt, trete um mich, treffe sein Schienbein. Schmerz explodiert in meinem Kiefer, Angst durchzuckt mich – *er versucht, mich am Kopf hochzuheben* –, und ich höre einen Schuss, so nah, dass es sich anfühlt, als hätte mir jemand aufs Ohr geboxt. Die Finger um meinen Hals lösen sich. Ich falle auf alle viere und krieche über den Fußboden. Ein zweiter Schuss.

»Lilly?« Sie steht neben mir und starrt ihre Waffe an, als wäre es eine Art ekliger Metallschnecke. Ich rapple mich auf, und wir rennen wieder los, wobei wir uns um die Spiegel herumducken. Aus allen Richtungen scheinen sich Schritte zu nähern. Überall sehe ich Helme, rote Lichter, stampfende schwarze Beine, und ich weiß nicht, ob es Spiegelungen sind oder ob sie wirklich da sind, nur wenige Zentimeter von mir entfernt.

Drei weitere Tracker tauchen plötzlich schräg vor uns auf. Sie sehen uns. Wirbeln herum. Wir schlüpfen nach rechts weg, einen kurzen Flur entlang, biegen links und noch einmal links ab, tiefer in das Labyrinth hinein. Und dann erreichen wir eine Sackgasse, auf drei Seiten von Spiegeln versperrt.

Ich fahre herum und suche mit den Fingern nach einer Öffnung. Ich sehe etwas vorbeihuschen. Ich renne darauf zu und pralle gegen solides Glas. Ich weiche zurück. Blut sickert aus meiner Nase in meinen Mund.

»Uff«, sage ich zittrig und drehe mich zu Lilly um. »Uff, das war …«

Lilly schnappt nach Luft.

»Mir geht's gut«, versichere ich. »Mir geht's gut, wir …«

Drei Tracker stehen im Eingang zur Sackgasse. Ein weiterer nähert sich. Vier, fünf, sechs, sieben, schweigend und glänzend.

Worauf warten sie?

Meine Augen flackern nach links. Wir sind gefangen. Ich sehe Lilly und mich im Spiegel, verzweifelt, erstarrt.

Augenblick.

Eine der Spiegelungen ist nicht Lilly.

Nach etwa vier Reflexionen erscheint statt Lilly eine andere Gestalt. Sie imitiert Lillys Haltung, den Kopf gesenkt, die Arme hängen schlaff an den Seiten herunter. Aber es ist nicht Lilly. Es ist die Frau in dem tropfenden roten Kleid. Und plötzlich springt sie ein Spiegelbild weiter, so leicht, als träte sie durch eine Tür, und kommt auf uns zu.

O nein, bitte nicht! Ich strecke den Arm aus, um das Glas zu berühren. Aber da ist keines. Nur Luft. Die Frau wird schneller, duckt sich und springt hoch. Die Tracker hechten auf uns zu.

Ich greife nach dem Nächsten, was ich in meiner Tasche zu fassen bekomme: die Stahlkugel mit dem Knopf oben drauf. Ich drücke den Knopf und werfe sie. Die Kugel prallt gegen den Helm des ersten Trackers. Und rollt weg. *War das alles?*

Die Frau rammt die Tracker, und sie gleicht einem wütenden lebendigen Hurrikan. Sie wirbelt durch sie hindurch, sehnig und wild, ein roter Wirbelsturm, die Arme um Hälse und Beine geschlungen, um sie zu brechen. Ich erhasche einen Blick auf Zähne, lang und spitz.

Lilly und ich schlüpfen durch die Öffnung zwischen den Spiegeln und tasten uns eine Passage entlang. Ich werfe einen Blick zurück. Ich kann sie immer noch sehen. Sie ist leichenblass und geduckt, ihr Kleid ist zerrissen, und sie wirbelt herum wie eine Wolke. Während sie einen Tracker in einen Spiegel schleudert, dreht sie sich um und blickt uns an. Sie keucht nicht. Sie atmet gar nicht. Ihre Augen sind tiefschwarz.

Ein Tracker schleudert sie beiseite und eilt auf uns zu. Aber er kommt nicht weit. Die Frau erwischt ihn am Hals. Ich drehe mich um und laufe weiter, aber ich höre das Geräusch, den Biss.

Das Ding ist nicht menschlich.

Keiner unserer Verfolger ist es.

Bamm, bamm!

Die Spiegel verdrehen sich ständig. Etwas verfolgt uns.

Wir sind jetzt in einer anderen Passage, umgeben von drei Glaswänden. Eine weitere Sackgasse. Ich höre schnelle Schritte, ich höre jemanden in der Nähe murmeln, direkt neben mir, und dann wieder verschwinden.

Lilly, flüstere ich tonlos und deute auf eine Lücke zwischen den Spiegeln. Wir werden umkehren müssen.

Schnipp – leise, als schnitte man einen Fingernagel ab. Und da ist die Frau wieder, ihr Kopf erscheint zwischen den Spiegeln.

Ich erstarre. Weiße Haut, glänzend und hart wie Stein. Kein Haar, nicht mal Augenwimpern, ohne Perücke. Sie blinzelt, durchscheinende Lider über Schwarz. Sie schlüpft in die Passage, geschmeidig wie eine Katze.

»Bleib zurück«, zische ich und ziehe ein Messer aus meinem Gürtel. »Stopp, komm nicht näher!«

Sie stößt einen ohrenbetäubenden Schrei aus.

Ich stoße zu, und sie duckt sich. Weicht zur Seite aus. Dann springt sie nach vorn und erwischt mich in den Kniekehlen. Meine Beine knicken weg. Ich stürze, und mein Kopf knallt gegen das Glas.

Sie springt auf meinen Bauch. Flüssigkeit wie schmutziges Wasser fließt aus ihren dunklen Augen. Sie schnüffelt, weint.

»*Aurélie?*«, schluchzt sie, hebt eine ihrer Hände, und ich sehe, dass sie Krallen hat, dünn und scharf wie eine Katze.

Oberhalb ihrer linken Schulter ertönt ein trockenes Schnappen.

Das Ding bricht auf meiner Brust zusammen.

Lilly steht hinter ihr, ein Ausdruck von purem Horror im Gesicht. Sie hält meinen Taser in der Hand. Wir starren uns an. Ich stoße die Frau von mir weg und rapple mich auf. Die Frau hat ein Lächeln im Gesicht, obwohl sie sich nicht bewegen kann, am Boden liegt und nur noch zuckt. Ihre Augen sind offen, und ihre Pupillen schnellen zwischen uns hin und her. Unter einem Auge hat sie eine kleine Narbe, sichelförmig wie ein dünner weißer Halbmond.

47

Wir folgen dem Schein von reflektiertem Licht, biegen dreimal ab und laufen dann geradeaus. Wir haben das Labyrinth hinter uns gelassen und befinden uns in einem Musikzimmer mit einem vergoldeten Spinett. Alle vier Wände sind üppig mit farbenfrohen Urwaldszenen bemalt. Bunte Vögel spähen aus dem dichten Unterholz hervor. In jeder Wand befindet sich eine Tür. Wir streben zu der, die geradeaus vor uns liegt.

Die Beleuchtung flammt auf. Endlich, endlich wird es wieder hell.

»Wir finden sie«, flüstere ich. Wir klammern uns aneinander und stolpern vorwärts wie zwei Betrunkene. »Wir finden sie, alles wird gut.«

Dabei bin ich mir gar nicht so sicher. *Wenn wir wieder draußen sind*, hat Jules gesagt, wie eine sich selbst erfüllende Prophezeiung. Doch das ist sie nicht. Es ist nur Wunschdenken.

Eine Stimme verfolgt uns in sanftem Singsang vom Spiegelsaal her.

»*Auréliiiie!*«

Ich lasse Lilly los, hechte nach vorn und reiße die Tür des Musikzimmers auf. Trete hinaus in einen Korridor. Er verläuft zum Musikraum wie der Querbalken eines T. Eine weitere Tür ist genau gegenüber von mir. Und etwa zehn Meter entfernt, am Ende des Korridors: Gestalten. Viel zu viele Gestalten.

Eine Dreiecksformation von Trackern erwartet uns. Neben ihnen sitzen Dorf und Miss Sei in hochlehnigen, vergoldeten Stühlen an einem Tisch, als posierten sie für ein Porträt. Miss Sei hat die Beine elegant übereinandergeschlagen, Dorfs Hand liegt auf der marmornen Tischplatte. Beide sind mit Pistolen bewaffnet.

Ich erstarre. Ich stehe in der Mitte des Korridors wie ein Reh im Scheinwerferlicht eines Autos. Hinter mir, noch im Musikzimmer, erstarrt auch Lilly.

»Anouk!«, ruft Dorf, und seine Stimme hallt tief und endgültig zu mir herüber wie eine Totenglocke.

Die Tracker kommen auf mich zu. Drei Schritte, und sie haben auf Höchstgeschwindigkeit beschleunigt. Wie der Blitz rasen sie an Dorf und Miss Sei vorbei, genau auf mich zu.

Lilly haben sie noch nicht entdeckt. Sie ist immer noch im Musikzimmer. Ich habe nur den Bruchteil einer Sekunde, eine Entscheidung zu treffen.

»Lilly?«, sage ich leise, ohne mich umzudrehen. »Kehr um, los, mach schnell!«

Dann hechte ich quer über den Korridor und stürme durch die Türen gegenüber, drehe mich um und schließe sie. Durch den sich schließenden Spalt sehe ich Lilly, die jetzt zurück durch das Musikzimmer zum Spiegelsaal rennt. Ich knalle die Türen zu und trete den Türkeil darunter. Etwas Massives knallt so heftig dagegen, dass die Angeln knarren. Blindlings renne ich in den nächsten Raum und dann wieder den nächsten, ohne auch nur zu versuchen, die Türen hinter mir zu verschließen. *Das war deine Idee, Anouk. Diese ganze Sache war dein bescheuerter Plan, und jetzt seid ihr getrennt und wartet darauf, einer nach dem anderen abgeknallt zu werden wie Enten in einer Kirmesschießbude.*

Die Türen zum Korridor fliegen mit einem Knall auf. Sie kommen näher. Ich springe hinter ein Sofa, hustend und keuchend. Vier Tracker stürmen herein. Ich schieße auf sie, bis mein Magazin leer ist. Als ich aufstehe, liegen vier Leichen auf dem Boden. Meine Hände zittern.

»Lilly?«, flüstere ich in den leeren Raum. Aber Lilly ist nicht da.

Ich bin allein.

Palais du Papillon,
34 Meter unter der Erde, 1790

Eine Dienerin, groß wie eine Riesin, bringt mich zurück in meine Gemächer. Ihr Gesicht gleicht einer müden Maske, ihre Schürze ist schmutzig. Sie riecht nach Zwiebeln, Schmutz und saurer Milch. Dennoch fühle ich mich ihr seltsam verbunden, als wir Treppen hinaufsteigen und reichgeschmückte Zimmer durchqueren, Schatzkästchenzimmer in Rubinrot, Pechschwarz und Smaragdgrün. Sie hat eine Augenbinde in der Hand gehalten, als sie mich holte, und vielleicht hatte sie auch ursprünglich die Absicht, sie zu benutzen. Aber nach einem Blick auf meine geröteten Augen zerknüllt sie sie in ihrer Faust. Ich nehme an, ich sollte dankbar für ihre Freundlichkeit sein. Vielleicht sollte auch sie dankbar sein, denn wenn sie versucht hätte, mir die Augen zu verbinden, hätte ich ihr ihre möglicherweise ausgekratzt.

Eine kalte, metallische Betäubung hat sich meiner bemächtigt und mich bis in die Knochen durchdrungen. Irgendwo tief in mir verspüre ich Wut, heiß genug, um Glas zu schmelzen, aber ich kann sie nicht erreichen. Ich starre stur geradeaus und versuche, meine Füße in Bewegung zu halten, versuche zu vergessen, wie mein Herz gebrochen ist, Mamans Gesicht, als sie nach mir gerufen hat.

Wir erreichen meine Gemächer. Die Dienerin schließt

die Tür auf und bleibt daneben stehen. Sie ist so still, ein großer, grübelnder Berg, taktvoll und bedrohlich zugleich. Ich drehe mich um und sehe sie flehentlich an.

»Madame«, sage ich schnell. »Madame, ich flehe Euch an, lasst mich …«

Doch sie senkt nur den Kopf und bugsiert mich eilig durch die Türen. Ich höre sie zuschlagen und den Riegel des Schlosses einschnappen.

Ich gleite zu Boden und bleibe dort wie ein Häuflein Elend liegen. Ich weine immer noch nicht, obwohl mir danach ist. Da ist ein Reißen in meiner Brust, aber dennoch kommen keine Tränen. Alles, woran ich denken kann, ist: Wir müssen fort von hier. Delphine, Bernadette, Charlotte, Jacques und ich. Wir müssen fliehen.

So findet mich Jacques. Er zieht mich hoch und drückt mich an sich. »Die sind alle verrückt hier«, flüstere ich und vergrabe mein Gesicht in seinem Kragen. Erst jetzt fließen die Tränen, heiß und unaufhörlich, und durchnässen den Leinenstoff seines Hemdes.

»Ich weiß«, sagt er, aber er weiß gar nichts. Er kann das Ausmaß ihrer Verrücktheit nicht ermessen. Ich versuche ihm zu erklären, was ich gesehen habe, was aus Maman geworden ist.

Bei jedem Wort presst er mich enger an sich, und als ich geendet habe, reagiert er weder schockiert noch wütend. Nur mit grimmiger, müder Entschlossenheit. »Es ist nicht nur die Marquise Célestine«, sagt er, und ich erstarre. »Wir haben Marie-Claire in einem Zimmer am Rande des Palastes gefunden. Sie war kaum sechzehn, eine der jüngsten. Sie hatten ihr das Blut abgezapft, ihr Teile entnommen. Und das blasse Ding im Zimmer … Monsieur Vallé hat es heute im westlichen Flügel umhergehen sehen, frei und ungehindert. Er sagte, es hätte sich umgedreht und ihn angesehen, und sein Gesicht hätte sich wie eine Wunde geöffnet. Sie halten es sich …«

Ich reiße mich von ihm los und richte mich auf. »Du bist hier«, sage ich, gewinne wieder Kontrolle über meine Stimme und schiebe das Kinn nach vorne. »Das ist alles, was zählt. Ich hoffe, dass deine Anwesenheit in meinen Gemächern bedeutet, dass du den Weg hinaus gefunden hast?«

Jacques lächelt beinahe. Durch den Schmutz und die Müdigkeit hindurch leuchten seine Augen froh und glücklich auf. »Immer gleich auf den Punkt, das ist Aurélie du Bessancourt. Ihr solltet einen Laden eröffnen.« Sein Blick verdüstert sich wieder. »Ich habe Eure Schwestern gefunden, ja. Sie sind in Sicherheit, und es geht ihnen den Umständen entsprechend gut. Wir werden noch heute gehen. Jetzt gleich, wenn Ihr erlaubt.«

»Wenn ich erlaube?« Ich lache jetzt, obwohl meine Tränen noch nicht getrocknet sind. »Das sagst du mir jetzt erst, obwohl du es mir in dem Moment hättest sagen sollen, als du eingetreten bist? Natürlich erlaube ich es, du großer Dummkopf! Havriel und Vater sind jetzt mit Sicherheit abgelenkt und werden nicht damit rechnen, dass wir fliehen. Wir müssen uns beeilen!«

Jacques nickt, rührt sich aber nicht von der Stelle. Er löst sich von mir, sagt: »Ich habe etwas für Euch« und senkt den Kopf. »Bevor wir gehen.«

Ich halte inne und sehe ihn an. Ich erkenne uns beide in dem verspiegelten Fenster, einen hochgewachsenen Jungen und ein hochgewachsenes Mädchen, und ich sehe, wie er seine Hand öffnet. Darin liegt eine Blume, getrocknet und gepresst. Ein Gänseblümchen. Er legt es sanft in meine Hand. »Ein anderer Diener hat es hiergelassen.« Jacques ringt die Hände und stolpert über seine Worte. »Ich weiß, es ist nicht der richtige Zeitpunkt, aber ich möchte es Euch gerne schenken. Es gibt eine gute Frau, eine Gastwirtin am Rande von Péronne, eine Freundin meiner Mutter. Ich dachte, dort könntet Ihr Euch verstecken, bis eine Weiterreise arrangiert werden kann. Ihr Gasthof steht auf einem Feld, ein Stück von der Rue de Maismont entfernt. Am Mühlenteich, wisst Ihr, wo das ist? Dort wachsen viele Gänseblümchen. Na ja ... Ich dachte ... Dieses hier könnte ein Versprechen sein.«

Die Blume liegt in meiner Hand, trocken und zart. Sie verströmt einen leisen, angenehmen Duft von Stroh. Eine Erinnerung steigt in mir auf, von Maman, meinen Schwestern und mir, wie wir auf einer Wiese liegen. Das Sonnenlicht fällt durch die Apfelbäume und sprenkelt unsere Gesichter. Ja, ich kenne den Mühlenteich. Wir sind einmal dort gewesen, in besseren Tagen, mit einem Picknickkorb, Silbergabeln und in Begleitung eines Malers mit einer großen Staffelei und einer Palette mit hundert bunten Farbklecksen.

Ich stecke die Blume in meinen Stoffgürtel. Ich umschließe Jacques' Hände und lächle ihn an. Er lächelt nicht zurück, sondern grinst, und sein Gesicht legt sich in Falten wie bei einem Akkordeon. Und obwohl wir wissen, dass das Schlimmste noch vor uns liegt – wir müssen jetzt rennen und kämpfen –, lodert eine Flamme unter meinem müden

Herzen auf, und in ihrem Licht erscheinen alle Übel der Welt plötzlich klein und weit entfernt.

Gemeinsam gehen wir zur Tür in der Wand.

»Seid Ihr bei mir?«, fragt Jacques.

»Ich bin bei dir«, antworte ich, und wir treten hinaus in den Dienerkorridor und rennen los.

48

Du bist dumm, Anouk. Du bist dumm, und jetzt bist du allein.

Ich schlüpfe durch eine Tür in ein nüchternes Vorzimmer ohne Wandmalereien und schiebe den Türkeil in den Spalt. Vor mir liegt eine neue Flügeltür. Ich stürme hindurch und schließe sie hinter mir, so leise ich kann. Ich prüfe, wie sie sich verriegeln lässt, aber sie hat kein Schloss. Auf dieser Seite sind nur mit blassgrünem Brokat bezogene Wandpaneele mit zwei Messingringen als Griffe.

Ich wirble herum. Ich befinde mich in einem weiteren dieser sinnlosen Ballsäle. Der Fußboden besteht aus elfenbeinschimmerndem Marmor, schwarzgeädert wie schmutziger Schnee. Über mir wölbt sich eine hohe Decke, die Kronleuchter strahlen hell. Die Wände sind mit Steinfresken und zahlreichen Nischen mit Tierfiguren verziert. Eine Reihe hoher, goldener Leuchter säumt auf beiden Seiten die Galerie.

Ich renne zum nächsten Kandelaber, stecke ihn durch die Messingringe an der Tür und ruckle noch einmal daran, um sicherzugehen, dass er hält. Dann drehe ich mich um und sprinte los, zum anderen Ende des Raumes. Ich habe keine Ahnung, ob ich mich dem Außenbereich des Palastes nähere und ob dieser Saal mit Fallen bestückt ist, aber es ist zu spät, um darüber nachzudenken. Ich bin schon auf halbem Wege und renne wie eine Verrückte. Ein scharfes Knacken hinter mir ertönt, als der Keil im Vorzimmer zerbricht.

Etwas ist mir gefolgt. Keine Ahnung, was, keine Ahnung, wer, aber es könnte Miss Sei oder Dorf sein. Vielleicht sind sie ja schon an der Tür, durch die ich gerade gekommen bin. Ich gehe auf Zehenspitzen, um das Quietschen meiner Sohlen auf dem Marmor zu vermeiden. Der Ballsaal ist viel zu lang, und der Kandelaber wird nicht ewig halten. Wenn sie eine Waffe haben, bin ich tot, bevor ich drei Viertel des Weges zurückgelegt habe.

Was immer draußen vor der Tür ist, beginnt in einem heftigen Stakkato dagegenzuhämmern. Der Kandelaber knackt.

Ich schlüpfe an den Rand des Ballsaales und blicke mich verzweifelt nach einer Seitentür um. Mit einem melodiösen Knacken zerbricht einer der Arme des Kandelabers und fliegt durch die Luft.

Ich werde es nicht zum anderen Ende schaffen, und einen anderen Weg hinaus gibt es nicht. Schnell und leise steige ich auf eine vorspringende Wandleiste. Meine Fußspitzen finden die verschnörkelten Goldverzierungen, mit den Fingern halte ich mich an den Vertiefungen fest. Leise ziehe ich mich hoch. Normalerweise bin ich, gesichert von Karabinern und mit einem Partner, der mich ablässt, wenn ich abrutsche, eine ganz passable Kletterin. Eine noch viel bessere bin ich, wenn ich um mein Leben kämpfe.

Ich keuche. Alle paar Meter sind Säulen an der Wand, die die Ecken der Deckengewölbe stützen. Jeder Pfeiler ist von einem Kapitell gekrönt, unter dem sich ein vielleicht fünfzehn Zentimeter breiter, schnörkeliger Überhang entlangzieht. Ich schaffe es bis zu dem, der mir am nächsten ist, und klettere mit weit gespreizten Armen und Beinen die Wand empor. Ich bin jetzt hoch oben. Wenn ich falle, breche ich mir sämtliche Knochen.

Erneut höre ich den Kandelaber knacken.

Ich spanne alle Muskeln an und springe. Für den Bruchteil einer Sekunde schwebe ich durch die Luft, hoch oben in diesem Saal aus Gold und Marmor. Dann erwische ich mit einer Hand den Überhang und schwinge daran hin und her. Dann klammere ich mich auch mit der anderen Hand fest und ziehe mich hoch. Schnappe nach Luft. Schweiß tropft mir von der Stirn und brennt in meinen Augen.

Ohne weiter nachzudenken, stoße ich mich vom Säulenkapitell ab. Ich will zum Kronleuchter, diesem riesigen Gebilde aus Gold und Kristallanhängern vor mir. Ich krache hinein, und der Kronleuchter gerät gefährlich ins Schaukeln. Ich erkenne zu spät, dass er muschelförmig gestaltet ist, also innen hohl. Ich rutsche durch Stränge von Kristallen und falle mitten in den Kronleuchter hinein. Ich schlage wild um mich und greife nach allem, was ich zu fassen bekomme. Meine Finger umklammern den goldenen Rahmen. Mein Fuß ertastet eine der Streben, und mein Fall wird gebremst. Ich höre, wie die Türen zum Ballsaal auffliegen. Ich sehe den Fußboden unter mir schwanken. Mir wird übel. *Bloß nicht kotzen. Du hast keine Zeit zum Kotzen.*

Die Frau im roten Kleid eilt durch den Ballsaal. Ich sehe sie durch die klingenden Kristalle hindurch. Ihr Gewand wirbelt über den Marmor.

Ob sie mich hat springen sehen? Ich blicke mich um,

umklammere mit beiden Füßen die unteren Kristallstränge. Die Frau ist direkt unter mir, wischt herabgefallene Kristallscherben beiseite und murmelt vor sich hin.

»Aurélie?« Ihre Stimme hallt zu mir herauf. »Aurélie, ne me quitte pas!«

Ich glaube, ich muss niesen. Ich erinnere mich daran, wie ich mal einen YouTube-Clip gesehen habe, auf dem ein Typ mit einer Melone erklärt hat, wie man das Niesen unterdrücken kann, indem man sich über den Gaumen leckt, also tue ich es und fahre mit der Zunge heftig darüber.

Die Frau unter mir wirft den Kopf in den Nacken und stößt eine Reihe von greifvogelartigen Schreien aus:

»Aurélie! Aurélie!«

Sie schaut genau in meinen Kronleuchter herauf. Die Kristallstränge unterteilen die Szene in Streifen. Ich höre hämmernde Schritte. Stampfen. Die Frau erstarrt. Dann springt sie weg, rennt zum Ende des Ballsaales wie eine rote Gazelle. Sie eilt durch die Türen. Ich bleibe, wo ich bin, versuche, meinen Atem zu kontrollieren und die zitternden Kristalle zu beruhigen.

Tracker marschieren in einer Reihe durch die grünen Türen in den Ballsaal herein. Ein ganzer Trupp von ihnen, schwarz schimmernd, mit roten Lichtleisten am Kinn. Sie gehen unter mir vorbei.

Der vergoldete Arm, auf dem ich stehe, biegt sich durch. Ich fühle, wie der Kronleuchter rings um mich erzittert.

»Nein«, flüstere ich. »Nein!«

Der Arm bricht ab. Ich rutsche durch die Stränge Kristallprismen. Sie zerreißen in meinem Rücken. Ich falle, taumle durch die Luft und pralle so hart auf dem Boden auf, dass weiße Funken in meinem Schädel explodieren. Mein Gehirn schaltet sich ab, bevor sich meine Augen schließen. Ich sehe noch, wie sich inmitten all der schwarzen Stiefel ein Paar roter Samtschuhe nähert – altmodische Blockabsätze, mit Schleifen, so rot wie Mohnblumen. Dann erscheint ein zweites Paar Samtschuhe, schlicht und dunkel, neben dem ersten.

»Willkommen zu Hause, Anouk.«

Palais du Papillon –
34 Meter unter der Erde, 1790

Die Dienerflure sind verspiegelt, Boden, Wände, Decke. Es ist ein merkwürdiges Gefühl, als laufe man durch den Hals einer Glasflasche. Die Decke ist niedrig, die Wände unangenehm nahe.

»Sie sind im Westflügel«, keucht Jacques atemlos, als wir hastig um eine Ecke biegen, wobei sich meine Röcke hinter mir bauschen. »Der Ausgang befindet sich am nördlichsten Punkt des Palastes, im Opernsaal. Deine Schwestern sind ganz in der Nähe.«

»Warum haben sie uns getrennt?«, flüstere ich. »Wozu?«

Er blickt mich über die Schulter hinweg an, ein bitteres Lächeln auf den Lippen. »Zweifellos, um genau dies hier zu vermeiden. Dass Ihr Euch verschwört, um zu flüchten. Es hat ihnen nichts genützt.«

Er sagt es leichthin, aber sein Gesicht ist angespannt und furchtsam. Ich verstehe das nicht, denn ich spüre nichts als Aufregung.

Wir lassen den Dienerflur hinter uns und treten durch die falsche Rückwand eines Schrankes in einen Raum wie eine Pariser Pralinenschachtel. Die Kissen sind bunt wie Petits Fours, weich und allerliebst, die Sofas dick wie Winterkaninchen. Wir eilen zu den Türen. Jacques legt ein Ohr ans

Holz. Ich warte ungeduldig. Dann nickt er rasch, und wir schlüpfen hinaus in einen Korridor und eilen ihn entlang.

Der Palast umgibt uns mit furchterregender Leere, tot und prachtvoll zugleich. Kerzen flackern in den Kronleuchtern über uns, Tausende und Abertausende. Ich glaube, etwas zu hören, ein fernes Dröhnen, ein monotones Summen.

»Jacques, hörst du das auch?«, flüstere ich und huste, weil ich kaum noch Luft bekomme.

»Was denn?«, fragt er, und wir werden beide langsamer.

»Dieses Geräusch?«

»Die Atmosphäre hier unten ist seltsam. Beeil dich!«

Wir erreichen das Ende des Saales und schlüpfen in eine weitere verborgene Passage. Sie endet in einem Dienstbotenquartier, einem Wirrwarr muffiger kleiner Räume, nur hier und da von einer flackernden Lampe beleuchtet. Wir passieren Reihen von leeren Regalen, einen Korb mit verfaulendem Gemüse, eine Küche mit einem geschwärzten Herd, in dem kein Feuer brennt. Niemand ist hier, und es scheint auch schon seit einiger Zeit niemand mehr hier gewesen zu sein, obwohl das gewiss nicht sein kann.

Meine Beine schmerzen vom Laufen. Seit Monaten habe ich kaum mehr getan als in meinen Gemächern auf und ab zu wandern und zu brüten. Und jetzt rebelliert mein Körper. Jacques' Blick ist starr geradeausgerichtet, als folge er einem Faden, den nur er sehen kann. Ab und zu hält er inne und schmiegt sich eng an die verspiegelte Wand. Man hört keinen Laut außer unserem eigenen Atem. Sogar das widerliche, wespenhafte Summen ist verschwunden, und ihm folgt mehr als Stille; es folgt eine absolute, tödliche Leere.

Wir verlassen die Dienstbotenpassage durch ein an Angeln aufgehängtes Porträt und gelangen unmittelbar vor eine blauschwarz lackierte Tür.

»Sie ist bestimmt verschlossen«, sage ich, aber schon zieht Jacques einen Schlüssel aus der Tasche, verschnörkelt und mit vielfach gezacktem Bart. Er ist aus Eisen geschmiedet und wie ein Schmetterling geformt.

»Einer der Universalschlüssel«, erklärt er, und ich hätte ihn gerne gefragt, wo er ihn herhat, aber er steckt ihn schon ins Schloss, dieses öffnet sich klickend, und die Tür schwingt auf. Und da sind meine Schwestern, in einem düsteren Schlafzimmer. Sie sehen ziemlich derangiert aus. Charlotte hat einen Stuhl umgekippt und schaut darunter hervor wie eine Maus aus dem Loch. Bernadette liegt im Bett und regt sich nicht. Delphine hockt neben einem kleinen Schaukelpferd. Der Ärmel ihres Kleidchens ist mit einer groben, unregelmäßigen Naht geflickt, als hätte eines der Mädchen versucht, ihn selbst zu reparieren.

Ich renne zu ihr und ziehe sie auf die Füße.

»Delphine!«, schluchze ich und umarme sie. »Delphine, geht es dir gut? Kommt zu mir, ihr alle, kommt! Wir gehen jetzt! Wir fliehen!«

Zögernd kommen sie näher, und ich nehme sie alle in die Arme, dann umarmen wir uns zu viert, auf dem Boden kniend wie ein vielarmiges Tier. Sie geben kaum einen Laut von sich und klammern sich einfach nur an mich. Sogar Bernadette, die mich vorher nicht für alle Juwelen Spaniens umarmt hätte, tut es jetzt und schluchzt leise an meiner Schulter.

»Wir gehen jetzt, ja?«, murmle ich. »Nach oben.« Ich schaue zu Jacques hinüber. Er steht lächelnd an der Tür. Ich ziehe meine Schwestern auf die Füße und drehe sie zu ihm um. »Das ist Jacques«, sage ich und hebe Delphine auf meine Hüfte. »Er ist unser Freund. Zieht eure Schuhe an und lasst uns gehen. Schnell, und kein Wort, verstanden?«

Delphine sagt etwas, so leise, dass ich es nicht verstehen kann. Sie wiederholt es, zweimal, dreimal, ihre Stimme seltsam gedehnt und hauchend, als hätte sie das Sprechen verlernt. »Wo ist Maman?«

»Maman ist nicht hier«, sage ich und schaue hinauf an die Decke, weil ich es nicht ertragen kann, Delphine anzusehen. »Sie ist schon vor uns hinaufgegangen, sie …«

Ein Geräusch hinter mir erstickt meine Lüge im Keim: ein leichter Schritt, tiefer in den Gemächern.

Ich ziehe Delphine eng an mich und blicke über die Schulter. »Bernadette?«, frage ich, und mein Inneres verkrampft sich. »Bernadette, seid ihr hier allein?«

Das Summen ist zurück, dieses wahnsinnig machende Geräusch wie von tausend nervösen Bienen, die in ihrem Stock wüten.

»Bernadette?«, flüstere ich verzweifelt.

Sie dreht sich zu mir um, die Augen aufgerissen. Ihr Rücken ist der Schlafzimmertür zugewandt, und in einer Hand hält sie etwas, ein exquisites Spielzeug, das aus Elfenbein zu bestehen scheint: einen Schmetterling. Das Summen wird stärker und kriecht in meine Ohren. Ich nehme Delphines Hand. »Bernadette, nimm deine Schwester. Folgt Jacques, schnell!«

Da ist jemand.

In der Tür hinter Bernadette, da steht jemand, eine kleine Gestalt in rot-goldener Livree, und ihr Gesicht, o mein Gott, ihr Gesicht …

49

Ich erwache in einem riesigen Bett. Putten starren von den Ecken des Himmels aus auf mich herab, mit leeren Augen und unheimlich, als wollten sie mein Gesicht essen. Rote Samtvorhänge sind rings um das Bett zugezogen und dämpfen das Licht, das von der anderen Seite hereinfällt. Eine dicke, bestickte Decke liegt schwer über meiner Brust. Und ich bin sauber. So sauber, dass sich meine Haut anfühlt wie ein gepelltes Ei. All der Schweiß, das Blut und der Dreck – sie sind weg. Einen Augenblick lang liege ich da und denke nach. Mein Körper fühlt sich seltsam an, wie Pudding, als hätte ich mich seit Ewigkeiten nicht bewegt.

Ich blinzle ein paarmal. Rümpfe die Nase.

Ich bin von einem Kronleuchter gefallen.

Langsam dämmert es mir. Dann der nächste Gedanke: Das Bett riecht eklig. Nach Staub und muffiger Bettwäsche. Es erinnert mich an damals, als ich im Sommercamp in Wyoming aus Kuhfett meine eigene Seife machen musste. Es hat keinen Spaß gemacht. Ich bin nicht lange geblieben. Wollte ich sowieso nicht. Ich höre das Zischen von Gaslampen. Die luftleere Stille.

Ich bin immer noch unter der Erde. Sie haben mich erwischt. Aber warum haben sie mich noch nicht umgebracht?

Meine Augen huschen von einer Seite zur anderen.

Irgendwo jenseits der zugezogenen Vorhänge höre ich das Ticken einer Uhr. Ich male mir aus, dass jemand auf einem Stuhl direkt neben dem Bett sitzt und wartet. Auf mich.

Ich setze mich langsam und geräuschlos auf und schiebe die Decke weg. Ich trage ein altmodisches Nachthemd. Volants, weiße Baumwolle und Knöpfe aus getrockneten Granatapfelkernen. Mein Haar ist gewaschen. Der Schnitt an meinem Knöchel klafft jedoch immer noch offen, eine böse Wunde. Das passt nicht ins Bild. Jemand hat mir das Haar gewaschen und mich in der Mode des 18. Jahrhunderts gekleidet, nicht aber meinen Knöchel bandagiert?

Ich blicke mich rasch um. Auf jeder Seite sind die Vorhänge einen Spalt geöffnet und lassen ein wenig Licht und Luft durch. Ich erkenne die Ecke eines Teppichs. Das Bein eines Stuhls. In einer geschmeidigen Bewegung schlüpfe ich durch die Bettvorhänge hinaus. Meine nackten Füße berühren den Boden. Ich drehe mich um die eigene Achse und blicke mich im Zimmer um. Ich suche: 1) etwas, das ich als Waffe benutzen kann, und 2) jemanden, gegen den ich sie richten kann. Von Ersterem finde ich vieles. Von dem Zweiten nichts. Dieses Arrangement gefällt mir.

Ich nehme einen Kerzenhalter vom Kaminsims und ziehe den geschmolzenen Wachsstumpf davon ab. Dort, wo die Kerze aufgesteckt wird, ragt ein langer, gemeiner Dorn hervor. Ich ergreife den Kerzenhalter wie ein Messer und tappe über den Teppich zur anderen Seite des Bettes. Ich sehe einen großen alten Kleiderschrank, eine Flügeltür in der gegenüberliegenden Wand, einen Spiegel.

Ich gehe darauf zu und sehe mich an. Mein Haar steckt

unter einer weißen Haube. Meine Augen wirken riesig und gespenstisch in meinem Gesicht. Ich habe das Gefühl, jede Ader in meiner Iris erkennen zu können, jeden Strang von Dunkelblau, Hellblau und Grau.

»*Aurélie?*«

Ich höre eine Bewegung hinter mir.

Ich wirble herum und hole mit dem Kerzenhalter aus. Ein Mann steht in der Ecke des Raumes. Er ist die ganze Zeit schon da gewesen. Er ist riesengroß und massig, sein Gesicht ist kalkweiß geschminkt, und er trägt einen roten Brokatmantel und klatschmohnrote Schuhe.

»Aurélie?«, sagt er sanft. »Aurélie, *retournée de l'autre côté de la mer*?«

Ich renne auf ihn zu wie eine verdammte Psychopathin und gehe mit dem Kerzenhalter auf ihn los. Die Spitze rutscht von seiner Weste ab. Er weicht zurück, schnell für einen so dicken Mann.

»Wer sind Sie?« Das Sprechen schmerzt, und als ich einatme, durchfährt ein stechender Schmerz, intensiver als alles, was ich je zuvor gefühlt habe, meine Brust. Wahrscheinlich habe ich mir eine Rippe gebrochen.

Der Mann starrt mich an. Er hat seltsame Augen. Zittrig und wässrig, aber darunter liegt eine gewisse Schärfe. Eine Wachsamkeit.

Wieder hole ich aus und steche zu, und diesmal erwischt ihn die Spitze und verursacht einen fransigen Riss über die ganze Länge seiner Weste. Er schrumpft zusammen und kauert sich gegen die Wand. Er ist verrückt. Wie alle hier.

»Bleiben Sie zurück«, sage ich auf Französisch, unablässig in Bewegung, den Dorn auf seine Brust gerichtet. »Unten ist noch ein Mädchen, Lilly Watts. Und drei Jungs. Einer von ihnen ist verrückt. Haben Sie sie gefangen?«

Die Augen des Mannes in seinem gepuderten Gesicht sind winzig. Es ist, als gehörten sie nicht einmal zu ihm, als blicke ein kleines Tier aus den Falten von menschlichem Fleisch heraus. Er keucht.

»Antworten Sie mir!«, rufe ich. »Warum tun Sie das? Ist das irgendeine Art von krankem Spiel? Schmeißen Sie eine Gruppe Jugendlicher mit ein paar Robotern und deformierten Monstern zusammen und genießen das Spektakel?«

Sein Atem geht langsam. Seine Augen heften sich auf mich. Und jetzt weicht das Zittern einem Anflug von Verachtung. »Ein Spiel?«, sagt er. »Das ist kein Spiel, meine Liebe.«

Er hebt die Hand. Er hält eine Flasche darin, eine winzige Phiole. Sie zerbricht zwischen seinen Fingern, und ein intensiver, scharfer Geruch steigt mir in die Nase. Bis ins Gehirn. Ich schwanke und falle. Der Kerzenhalter wird mir aus der Hand gerissen. Der Mann beugt sich über mich und ruft: »Havriel? Havriel, schnell!«

Das kann nicht sein. Ich liege auf dem Boden. Mit einer Hand greife ich nach einem Stuhlbein und ziehe mich hoch. Ich höre Schritte. Ich hieve mich auf den Stuhl, mit wackligem Kopf und plötzlich nutzlosen Muskeln. Die Türen zum Schlafzimmer fliegen auf.

Der Mann, der hereinkommt, ist ganz in Schwarz gekleidet. Schwarze Samtkniebundhosen, schwarze Strümpfe, ein langer schwarzer Gehrock. Ich erkenne seine ruhigen grauen Augen wieder. Die Art, wie er sich bewegt, wie ein Riese, aber elegant wie ein Tänzer.

»Anouk«, sagt Dorf und verbeugt sich knapp. »Wie schön, dich wiederzusehen.«

Der Akzent, den ich vorher nicht richtig einordnen konnte, ist jetzt stärker. Französisch. Seltsam verschnörkelt und altmodisch, aber definitiv Französisch.

Mir ist übel. Ich wünschte, ich könnte zurück ins Bett kriechen, mir die Decke über den Kopf ziehen und schlafen, bis alles vorbei und erledigt ist. »Dorf«, flüstere ich. »Dorf, warum tun Sie das? Warum sind wir hier?« Auf schwankenden Beinen erhebe ich mich. »Warum wollen Sie uns töten? Warum ist Hayden von den Toten zurückgekehrt? Warum, warum, warum …«

Er beobachtet mich mit verschleiertem Blick, als wäre ich ein exotisches Ausstellungsstück hinter Glas. Dann dreht er sich zu dem anderen Mann um und murmelt etwas. Ich erhasche die Wörter *»fille«* und *»parcours«*.

Er dreht sich wieder zu mir um. »Anouk. Wo sind deine Freunde?«

Nun, das beantwortet meine erste Frage. Sie wissen nicht, wo die anderen sind. Sie glauben aber, dass ich es weiß. Deswegen bin ich noch am Leben.

»Dorf …«, beginne ich.

»Ich bin nicht Dorf«, erwidert er scharf. »Dorf existiert nicht. Ich bin Havriel du Bessancourt.«

»Wer?«

»Und dies …«, sagt er mit einer Geste auf den anderen Mann: »Ist der Marquis Frédéric du Bessancourt. Mein Bruder.«

Ich starre sie an. Ihre jahrhundertealte Kleidung, ihre seltsamen Frisuren und Strümpfe.

»Es gibt keine Bessancourts mehr«, murmle ich. »Das ist ein obsoleter Titel, und Frédéric du Bessancourt ist tot. Und zwar seit Jahrhunderten.«

»Ach, wirklich? Hast du das gehört, Bruder? Du bist tot. Anouk hat es gesagt, und sie weiß alles.«

Was ist hier los? Ich sehe die zerschmetterten Vitrinen in der Kaninchengalerie wieder vor mir, die weißen Glasscherben, die den Fußboden bedecken. Die glänzenden Messingplaketten.

H. B.
Tod durch H. B.
Bomben von H. B.
Gift von H. B.

Und dann die Listen von Namen in dem morschen, ledergebundenen Buch im Studierzimmer. Das war es, was mich die ganze Zeit unterschwellig beschäftigt hat: Die Handschrift war immer dieselbe. Von 1760 bis jetzt. Seit über zweihundertfünfzig Jahren hat sich die Handschrift nicht verändert. Das ist unmöglich.

Dorf, Havriel, wer immer er sein mag, atmet tief ein. »Und nun, meine Liebe …«

Er tritt an ein Wandpaneel und holt einen glänzenden Metallkoffer heraus. Dunkle scharfe Ecken, die nicht zur Innengestaltung dieses Zimmers passen. Er klappt den Koffer auf. Ein mit Widerhaken versehener Stutzen wird sichtbar, mit silbrig glänzender Spitze. »Würdest du dich bitte setzen? Ich glaube, es wird Zeit, dass wir uns ein bisschen unterhalten.«

Palais du Papillon, Chambres de la Morelle noire, 34 Meter unter der Erde, 1790

Die Gestalt des seltsamen Mannes steht reglos in der Tür. Er ist klein wie ein Kind, und seine Haut ist blass und hart, als trüge er eine Maske aus lackiertem Marmor. Er trägt einen Gehrock, der sich im Rücken in zwei karmesinrote Flügel teilt, ein Schwalbenschwanz aus Samt.

Die Hände hängen seitlich herunter, winzig wie die einer Puppe, und in einer davon trägt er einen kleinen Koffer aus dunklem Holz mit zahlreichen Schlössern.

»Jacques?« Das Wort entschlüpft mir in einem erstickten Flüstern.

Jacques bleibt stocksteif stehen und sagt: »Alles wird gut«, aber ich höre das Zittern in seiner Stimme, die verfluchte Angst. »Er ist unser Verbündeter. Er weiß von unseren Qualen. Er hat versprochen, Euch bei der Flucht zu helfen.«

Das Heulen in der Luft wird ohrenbetäubend, und Welle um Welle schwappt über mich hinweg. Es scheint die Windungen meines Gehirns auseinanderzuziehen und durch meine Gedanken und Ängste zu sickern. Es kommt von der Gestalt in der Tür. Langsam öffnen sich rote Schlitze in ihren Wangen und quer über ihre Kehle. Es sind keine Wunden. Sie sind chirurgisch präzise, als sei er so gemacht, als wäre der menschliche Kopf zu töricht und dieser hier besser.

»Es war die einzige Möglichkeit«, erklärt Jacques. »Die einzige Möglichkeit, die mir eingefallen ist.«

Die Gestalt steht immer noch in der Tür. Sie beobachtet uns, und mir ist, als sähe ich Amüsement in diesen bodenlosen schwarzen Augen und einen Funken Boshaftigkeit.

»Wer seid Ihr?«, frage ich sie, drehe Delphines Kopf zur Seite und schütze sie mit meinen Armen. »Was seid Ihr?«

50

Ich sage nichts.« Der Geruch aus dem kleinen Fläschchen steckt mir immer noch in der Nase, intensiv und ölig, nach Blutorangen und Moschus. Wir sitzen einander gegenüber, ich in einem Ohrensessel, er auf einem harten Holzhocker, lässig und zugleich irgendwie angespannt, wie eine Katze vor dem Sprung. »Ich sage nicht, wo die anderen sind. Sie können mich töten, wenn Sie wollen, aber ich verrate sie nicht.«

Havriel dreht den Stutzen in seinen Händen. Seine Regenwolkenaugen sind auf mich geheftet. Er mustert mich und erforscht jede Regung und jedes Zeichen von Schwäche in meinem Gesicht. »Vielleicht weißt du gar nicht, wo sie sind.«

»O doch.« Ich weiß es nicht. Ich habe keine Ahnung.

»Sind sie gefangen genommen worden?«

»Nein. Sie sind immer noch frei.«

Havriel dreht sich auf dem Hocker um, presst einen Finger auf sein Ohr und gibt dem Marquis, der immer noch nervös wartend danebensteht, ein Zeichen. »*Trois*«, flüstert er.

Drei. Also haben sie Lilly noch nicht. Sie haben keinen, außer diesem Genie, das in einen Kronleuchter geklettert ist. Aber das bedeutet noch lange nicht, dass die anderen noch am Leben sind.

»Das ist mein Angebot«, schlägt er vor. »Du sagst mir

genau, wo die anderen sind, und ich erzähle dir dafür alles, was du wissen willst.«

»Nein«, erwidere ich. »Welcher Sinn liegt darin, alles zu erfahren und zwei Sekunden später zu sterben?«

Havriel wendet sich wieder an seinen Bruder und sagt etwas, das ich nicht verstehe. Sie lachen leise. Sie lachen mich aus, die Köpfe zusammengesteckt wie ein paar wahnsinnige Clowns in Gehröcken.

»Du hast also immer noch vor zu fliehen«, stellt Havriel mit funkelnden Augen fest und klopft gedankenverloren mit dem Stutzen auf sein Knie.

Ich starre die nadelartige Spitze an und versuche zu schlucken. »Stimmt«, gebe ich zu.

»Na schön«, sagt er. »Ich beantworte alle deine Fragen, und ich werde dich gehen lassen, so dass du nach New York zurückkehren und glücklich leben kannst bis ans Ende deiner Tage.« Er legt einen kleinen Schalter am Griff des Stutzens um. Ein rotes Licht leuchtet auf. Er wird mich töten. Er weiß es, und ich weiß es, und er grinst mich an, als wollte er sagen: *So blöd bist du nicht, Anouk. Wir müssen dieses Spiel nicht spielen.*

Aber ich kann mich genauso gut dumm stellen wie jeder andere auch, wenn ich dadurch Zeit gewinne. Ich weiß nicht, wo die anderen sind. Ich habe nichts zu verlieren, wenn ich auf seinen Vorschlag eingehe, außer vielleicht ein paar metaphorische Punkte in sinnlosem Heldenmut, aber daran hänge ich sowieso nicht besonders. Wenn er lange genug redet, fällt mir vielleicht eine Möglichkeit ein, aus diesem Zimmer zu entwischen.

»Okay«, sage ich. »Sie fangen an.«

Er blinzelt mir zu. Studiert das Instrument in seiner Hand, als überlege er, es noch im selben Moment zu benutzen. Als er mich wieder ansieht, ist sein Gesichtsausdruck deutlich weniger freundlich. »Du hast gesagt, du wollest die Wahrheit wissen. Die Gründe für alles. Aber du wirst sie nicht verstehen. Es wird dir schwerfallen.«

»Glauben Sie?« Rotglühende Wut versengt meine Kehle. »Ja, es fällt mir in der Tat schwer, zu verstehen, warum Sie glauben, Sie könnten uns mit Gewalt hierherverschleppen und uns töten, ja, das ist in der Tat schwer zu verstehen!«

Dorf schnalzt mit der Zunge und sagt: »Wie sie sich aufregt. Wenn die Menschen etwas nicht verstehen, echauffieren sie sich immer so. Du musst dir ja wohl darüber im Klaren sein, dass nur, weil du zu dumm bist, etwas zu verstehen, es noch lange nicht bedeutet, dass es keinen Sinn ergibt. Du bist nicht umsonst hier. Und du stirbst nicht umsonst. Du stirbst, damit wir leben können.«

»Baden Sie etwa wie die Gräfin von Bathóry im Blut von Jungfrauen, um ewige Jugend zu erlangen? Schade, dass ich eine Spielverderberin sein muss, aber leider …«

»Anouk, halt den Mund«, unterbricht mich Havriel mit einem warnenden Unterton in der Stimme. »Jetzt hör mir endlich zu und behalte deinen neunmalklugen Sarkasmus für dich. Ihr tragt alle fünf einen unbezahlbaren genetischen Code in den Adern. Er macht sich äußerlich nicht bei euch bemerkbar. Wenn er nicht extrahiert und aktiviert wird, wird er zwischen eurem achtzehnten und zwanzigsten Lebensjahr inaktiv. Diese Gene besitzen die Fähigkeit, menschliche Zellen zu regenerieren. Um es kurz zu machen, sie ermöglichen biologische Unsterblichkeit.«

Okay, das war ein Hammer. Darauf fällt mir nichts Neunmalkluges, Sarkastisches ein. *Niente.*

Havriel ist noch nicht fertig. »Diese Gene wurden uns gestohlen. Sie wurden in den Blutkreislauf eurer Vorfahren injiziert, und diesen wurde zur Flucht verholfen. Derjenige, der sie entwickelt hat, weigert sich, mit uns zu kooperieren. Bis heute können ganze Labore voller Wissenschaftler Gene nicht auf diese Weise manipulieren. Daher suchen wir die noch existierenden Träger, immer nur wenige auf einmal, und ernten ihr Erbmaterial. Alle fünfzig bis siebzig Jahre brauchen wir neues. Frisches Blut. Wir, die Brüder du Bessancourt, leben seit fast dreihundert Jahren zusammen, und ich befürchte, die einzige Möglichkeit, dass wir weiterleben können, besteht darin, eure hübschen jungen Körper aufzuschneiden und jeden Tropfen der kostbaren Fracht zu extrahieren, die sich in euch befindet.«

Ich sitze da wie erstarrt. Ich habe das Gefühl, dass das Zimmer kippt, oder vielleicht kippe ich und falle. »Wer?«, frage ich. »Wer hat den Trägern die Flucht ermöglicht?«

»Tu nicht so, als wüsstest du das nicht!« Dorfs Augen nageln mich am Stuhl fest. »Derselbe, der das Kamerakabel durchgeschnitten hat, euch geholfen hat, den Fallen zu entgehen, euch irgendwo versteckt hat, wo wir euch nicht finden konnten, und der unsere Truppen massakriert hat. Er hat euch von dem Augenblick an geholfen, als er erkannte, dass ihr in den Palast eingebrochen wart.«

Der Schmetterlingsmann. Er redet vom Schmetterlingsmann. »Aber wir haben ihn nicht gesehen«, erwidere ich. »Ich schwöre, dass wir ihm nie begegnet sind.«

»Ach nein?« Havriel wird jetzt wieder ganz ruhig, und

sein Blick wird weicher. »Er war schon immer ein scheues Wesen. Schüchtern. Er hasst uns, weißt du. Er ist unser Meisterwerk und trotzdem eine große Gefahr. Risiko und Segen zugleich. Schon ewig lange sehnte sich mein Bruder nach Unsterblichkeit, bis er von dem Gedanken ganz besessen war. Er lebte in quälender Angst vor Krankheit und hegte tiefe Abscheu vor dem Sterben und dem Tod. Als er erkannte, dass es jenseits seiner Möglichkeiten lag, ein Heilmittel für diese menschliche Schwäche zu finden, und dass die Wissenschaft des achtzehnten Jahrhunderts niemals hoffen konnte, die Geheimnisse des Lebens zu entschlüsseln, erschuf er etwas, das es konnte. Einen Homunculus. Perfekt und logisch denkend, ungehindert von den physischen und geistigen Begrenzungen des Menschen.«

Perfekt? Dieses Ding, das die Schrift in die Wand draußen vor der Bibliothek gekratzt hat, in absoluter Stille die Tracker getötet und in Perdus Arm eine offene Wunde gebrannt hat? Das nennt er Perfektion?

Havriel fährt fort: »Unseren Schmetterlingsmann, so nannten wir ihn. Wir züchteten ihn in einem Glaskokon, töteten, um ihn zu erschaffen. Seine Haut ist zart wie ein Insektenflügel, porös wie Papier, aber er ist machtvoller als jedes menschliche Wesen. Er kann bis ins Unendliche Möglichkeiten und Variablen kalkulieren und technische Wunderwerke vollbringen. Er hat uns unermesslich reich gemacht.

Als Madame Célestine starb, begann er, sein Serum für das ewige Leben zu entwickeln. Aber das Serum war noch nicht fertig, und selbst wenn es das gewesen wäre, so waren seine Auswirkungen auf bereits Verstorbene unvorhersehbar. Madame Célestine wurde zu etwas anderem, weder lebendig noch tot. Der Schmetterlingsmann hält sie sich, um Frédéric zu quälen, genauso wie sein anderes Haustier, aber er teilt nicht einen Tropfen seines Serums mit uns. Du siehst also, dass er der Grund für diese großangelegte List und die Ursache für all das Blutvergießen ist. Wenn du dein Schicksal verdammst, mache ihn dafür verantwortlich.«

»Das ist doch alles unlogisch.« Ich fühle mich ein wenig lächerlich dabei, aber ich spreche es trotzdem aus. »Künstliche Menschen, schön und gut, wie auch immer, aber niemand kann so lange leben, okay? Der Körper altert, das nennt man zelluläre Seneszenz. Das zweite Gesetz der Thermodynamik. Es funktioniert nicht, und selbst wenn es das täte, dürfen Sie nicht einfach andere Menschen töten, damit Sie leben können. Sie dürfen nicht Jugendliche entführen und ermorden, nur weil Ihnen danach ist!« Ich reibe hektisch über die Seiten meines Nachthemds, so dass meine Haut darunter brennt. »Alles, was Sie erzählt haben, ist unmöglich! Wissenschaftlich unmöglich!«

»Alles, wovon man träumt, ist möglich, Anouk. Manchmal träumt man einfach nur zu früh.«

Ich sehe zu, wie er den Stutzen hebt und auf mich zukommt.

»Was sind deiner Meinung nach die größten Rätsel der Menschheit?«, fragt er. »Das Leben natürlich. Und der Tod. Wir haben sie gelöst.« Er lächelt, seine Lippen ziehen sich von den Zähnen zurück, ohne ein feuchtes Geräusch. »Alles hat seinen Preis. In diesem Fall bist du das.«

Palais du Papillon, Chambres de la Morelle noire, 34 Meter unter der Erde, 1790

Die Kreatur spricht, und dabei klaffen die Schlitze in ihrem Gesicht weit auf und glänzen wie aufgeschnittene Bäuche von Aalen.

»*Bonjour*«, sagt er mit dünner, schneidender, ja fast mitleiderregender Stimme: ein kindisches Wispern, das noch zu dem grotesken Eindruck beiträgt. Er erinnert mich an eine Mischung aus Vogel und Mensch, an ein Insekt, gekleidet in menschliche Haut.

Flehentlich sehe ich Jacques an. Er steht keine vier Schritte von mir entfernt, aber in diesem toten, prickelnden Raum habe ich das Gefühl, als läge ein Ozean zwischen uns. Wir können einander nicht erreichen. *Er ist nicht auf unserer Seite!*, hätte ich am liebsten ausgerufen. *Du hast es selbst gesagt; er ist böse!*

»Wer seid Ihr?«, wiederhole ich, diesmal lauter. »Antwortet mir!«

»Sie nennen mich ihren Schmetterlingsmann«, antwortet die Kreatur. Er klingt schüchtern, und beim Sprechen hebt er eine seiner kleinen Hände vor das Gesicht, als wolle er es verstecken. Die Augen schimmern zwischen seinen Fingern hindurch, schwarze Brunnen ohne Pupille und Iris. »Sie haben gesagt, wenn ich ihnen helfen würde, würden sie mich ganz machen. Sie würden mich lieben, mein missratenes Fleisch heilen. Ich könne diesen Ort verlassen und frei sein.« Seine Stimme steigt in die Höhe, schrill und durchdringend. »Sie haben gelogen!«

Ich bewege mich zentimeterweise auf die Tür zum Korridor zu. Jacques schüttelt den Kopf, sein Gesicht schmerzverzerrt.

»Jacques«, flüstere ich. »Wir können ihm nicht trauen. Bernadette, nimm deine Schwester. Lauft, lauft, ihr alle, flieht!«

Ich schnappe Delphine und stürze zur Tür.

Jacques ruft mir nach, Charlotte schreit. Der Schmetterlingsmann bewegt sich kaum, dreht nur die Handflächen nach außen, und ein Blitz blendend weißen Lichts zuckt auf mich zu. Etwas unfassbar Heißes trifft mich, ich stolpere und lasse Delphine fallen. Die Luft entweicht aus meinen Lungen.

»Aurélie«, sagt der Schmetterlingsmann. »Warum lauft Ihr vor mir davon?«

Jacques springt auf mich zu, aber er nähert sich so langsam wie durch Wasser oder wie in einem Traum. Ich keuche vor Schmerz, und grellrote Wolken farbiger Tinte blühen vor meinen Augen auf.

»Fürchtet Ihr Euch vor mir?«, fragt der Schmetterlingsmann, und ich sehe, wie er mir zulächelt, ein falsches, einstudiertes Lächeln, genauso grauenvoll wie die Schlitze in seiner Haut. »Auch die anderen fürchten mich. Frédéric kann meinen Anblick nicht ertragen, obwohl er mein Vater ist. Havriel ist angewidert von mir. Sie wollten mich nur als Werkzeug für ihre eigenen, heimtückischen Pläne. Sogar die

346

Diener schreien und bedecken ihre Augen, wenn ich sie auf meinen Tisch schnalle.«

»Bitte, lasst uns gehen«, flüstere ich. »Wir wollen nichts von Euch. Wir ...«

»Natürlich wollt Ihr etwas von mir.« Der Schmetterlingsmann steht direkt vor mir, und der Schrecken seiner Anwesenheit lastet auf mir wie ein schweres Eisengewicht. Seine Hand nähert sich mir. Als sie meine Wange berührt, schmerzt meine Haut, als wäre ich gestochen worden. Ich berühre die Stelle mit den Fingerspitzen, und als ich sie wegziehe, sind sie blutig. »Jacques Renaud hat eine Abmachung mit mir getroffen. Seine Dienste als Preis für Eure Freiheit.«

»Ihr lügt!«, erwidere ich, aber im selben Übelkeit erregenden Moment weiß ich, dass er die Wahrheit spricht.

Jacques hat mich erreicht. Er nimmt meinen Arm und flüstert mir ins Ohr. »Ich werde einen anderen Weg finden, Aurélie. Geht zum Gasthaus, fragt nach Madame Desjardin und sagt ihr, Margaux' Sohn hat euch geschickt, sagt ihr, Ihr seid eine Freundin.«

Das finstere Glühen des Schmetterlingsmannes wird stärker, und Schmerz blüht wie eine weißglühende Rose in meinem Schädel auf. »Haltet den Mund«, keift er mit dornenspitzer Stimme. »Hört mir zu. Ihr werdet meine Gefährten sein.« Wieder lächelt er mit undurchdringlichem Gesichtsausdruck. »Ihr alle.«

Jacques stellt sich vor mich. »Ich werde Euch töten, wenn Ihr ihr auch nur ein Haar krümmt. Die Abmachung hat für mich gegolten. Ich sollte Euch dienen, und dafür werden die Bessancourt-Schwestern freikommen, so lautete Euer Versprechen!«

»Versprechen sind wie Knochen«, entgegnet der Schmetterlingsmann. »Leicht zu brechen.«

Irgendwo höre ich Delphine weinen und meine Schwestern nach mir rufen. Ich fühle mein Herz wie wild unter meinem Mieder pochen. Plötzlich fliegt Jacques beiseite, als wäre er von einer unsichtbaren Wand abgeprallt.

»Nein«, sagt der Schmetterlingsmann. »Das werdet Ihr nicht tun.«

Ich stolpere rückwärts, und meine Hände finden die von Bernadette und Charlotte. Ich schare meine Schwestern hinter mir und hebe die schluchzende Delphine wieder auf meine Hüfte. Jacques steht auf und drängt sich vor uns. Aber er blutet jetzt aus winzigen Schnitten an Kopf und Nacken.

»Ihr müsst fliehen. Ich werde dich finden – es tut mir leid, Aurélie«, sagt er durch zusammengepresste Zähne.

»Jacques!«, schreie ich. Ich drücke Delphine Bernadette in die Arme und werfe mich nach vorn. Der Schmerz trifft mich wie ein böser Gegenwind, aber ich beiße die Zähne zusammen und dränge in diese seltsame Dunkelheit hinein, erst mit einem Fuß, dann mit einem zweiten. Meine Hand findet Jacques. »Lasst ihn gehen«, flehe ich den Schmetterlingsmann an. »Bitte, was tut Ihr nur? Lasst ihn gehen!«

Doch der Schmetterlingsmann hört mich nicht, oder er will mich nicht hören. Ich ziehe mit aller Kraft an Jacques. Doch er regt sich nicht, und voller Schreck sehe ich, dass seine Füße nicht länger den Boden berühren. Er hängt in der Luft, und die Spitzen seiner Stiefel schweben mehrere Zentimeter über dem Teppich. Er spannt die Muskeln an, kann sich aber nicht bewegen. Nur seine Augen regen sich und seine Lippen.

Und obwohl er blutet, lächelt er, und ich sehe ihn vor mir, wie er in einer schmutzigen Hütte sitzt und seine Geschwister an seinen Schultern hängen und auf seinen Knien hüpfen. Seine Mutter sitzt an einem kleinen Herd, ihre Stricknadeln klappern, und Salbei und Lavendel trocknen auf den Regalen. Eine Katze streckt sich im Sonnenlicht, das zum Fenster hereinfällt, und Jacques lächelt, einfach nur so. Doch während ich ihn ansehe, erstirbt sein Lächeln. Seine Haut verliert Leben und Farbe, gefriert graublau wie ein Feld im tiefsten Winter.

Ich ergreife seine Finger und versuche ihn herunterzuziehen, weine und schreie.

»Aurélie«, flüstert der Schmetterlingsmann dicht an meinem Ohr. »Ihr werdet meine Verbündete in diesem langen, langsamen Spiel sein. Und du auch.« Er nickt Jacques zu. Eine finstere Donnerwolke scheint mich zu treffen, uns alle zu treffen, und ich fliege rückwärts. Mein Haar weht mir ins Gesicht. Ich sehe zu, wie der Schmetterlingsmann Jacques in seine grausame Umarmung nimmt und ihn von mir wegzieht. »Ihr seid namenlos! Ihr seid verloren!«

Vous êtes perdues.

51

Du warst sehr schwer zu finden, weißt du.« Lässig sitzt
mir Havriel gegenüber, mit glänzenden Schuhschnal-
len, Artefakten aus einer vergangenen Zeit. Ich höre das metallische Gleiten des Schlauchs am Stutzen, der sich über den
Fußboden schlängelt, während Havriel mit dem Kopf spielt
und ihn von einer Hand in die andere legt. »Adoptiert.«

Ich schnappe den Köder nicht. Ich werde nicht mit ihm
über meine Eltern diskutieren. »Sie hätten sich gar nicht
solche Mühe geben müssen«, sage ich ruhig. »Wozu diese
ganze Inszenierung, wenn wir für Sie nur Körper zum Aus-
schlachten sind.«

Er schlägt den Blick hinauf zur Decke. »Aber ihr seid
nicht einfach nur Körper. Hast du das noch nicht erkannt?
Es gab keine anderen Kandidaten. Keine Auswahlrunden.
Wir haben euch und andere wie euch all diese Jahre gesucht.
Von Frankreich nach Mumbai, nach Wellington und San
Diego. Die ganze Zeit hast du gefragt: Warum ich? Warum
ich? Weil du eine Bessancourt bist, Anouk. Du gehörst zur
Familie.«

»Ich bin nicht mit Ihnen verwandt«, fauche ich. »Ich bin
keine Scheiß-Bessancourt!«

Aber jetzt dämmert es mir: hochgewachsene Jugendliche.
Blaue Augen. Vielleicht haben wir doch noch etwas anderes

gemeinsam? Etwas, von dem wir nicht einmal wissen. Ich spüre, wie die Puzzleteile ineinanderrutschen und ein Bild ergeben.

Havriel lacht. »Du weißt ja gar nicht, wer du bist, also warum regst du dich so auf? Jetzt weißt du endlich genau, wo du hingehörst und welchem Zweck du dienst.«

Ich habe das Gefühl, dass meine inneren Organe aus mir herausrutschen und sich um meine nackten Füße legen. »Mein Zweck?«, frage ich. »Mein Zweck ist es, jämmerlich zu sterben, damit Sie für immer existieren können?«

Havriel antwortet nicht. Es ist, als hätte er mich bereits ausgelöscht. Ich muss mich wehren. Sobald er aufhört, mit mir zu reden, wird er mich töten.

»Selbst wenn wir verwandt wären«, fahre ich fort und grabe die Zehen in den Teppich. »Warum haben Sie uns dann hierhergeflogen, uns an Ihrem Tisch essen lassen, uns ganze Mappen voller Lügen geschickt? Sie hätten uns einfach von der Straße holen, in einen Bus zerren und mit Chloroform betäuben können. Wir hätten uns nie begegnen müssen.«

»Aber ich wollte euch kennenlernen!«, entgegnet Havriel. »In besseren Zeiten hat man die Möglichkeit für Formalitäten, in der Gesellschaft und in Familien. Für diese Ernte haben wir daher eine kleine … feine Party arrangiert. Du sollst wissen, dass ihr, egal wie du die Situation betrachtest, nicht einfach Opfer seid. Ihr seid unsere Nachkommen, unsere kostbaren Abkömmlinge. Daher haben wir einen Weg gefunden, euch mit eurem rechtmäßigen Platz auf der Welt in Verbindung zu bringen, und euch ein wenig darüber erzählt, nicht zu viel, aber auch nicht zu wenig, und euch mit anderen eurer Art in eurem angestammten Familiensitz zusammengebracht.«

»Ach, Sie ermorden uns also nach dem Dinner. Und ich dachte, meine Familie wäre abartig.«

Havriel schlägt mit einer schnellen, ruckartigen Bewegung die Beine übereinander. Er scheint es nicht zu schätzen, dass seine Denkweise in Frage gestellt wird.

»Wir sind keineswegs abartig, Anouk. Wir sind wie eine großartige Maschine, unsere Familie. Mein Bruder und ich sind der Motor, ihr seid der Treibstoff. Wir haben euch die Ehre erwiesen, die euch als Mitglieder einer noblen Blutlinie gebührt. Ihr habt jeden denkbaren Komfort erhalten. Brandy im Badezimmer. Abendessen. Einen Privatjet. Wir haben euch respektvoll behandelt. Wir brauchten euch so nahe wie möglich am Schmetterlingspalast, da die Ernte der Gene ein komplexer Prozess ist und nach dem Tod der Spender schnell und fachmännisch durchgeführt werden muss.«

Ich schnaube. »Es ist keine Spende, wenn Sie die Scheißbank ausrauben.«

Havriel ignoriert mich. »Außerdem verlässt Frédéric nicht gerne das Palais. Aufgrund der vielen Infektionsgefahren kann er sich nicht mehr an der Oberfläche aufhalten. Also, welchen besseren Weg hätte es gegeben, als euch stilvoll hierherzubringen, euch einen angemessenen Abschied zu bereiten, euch das Gefühl zu geben, etwas Besonderes und Wichtiges zu sein, als wäret ihr für etwas Großes auserwählt worden? Denn das seid ihr. Erkennst du das nicht? Du bist eine sehr wertvolle Person, Anouk.«

Die Worte lösen etwas in mir aus, eine armselige, unwillkürliche Reaktion. Ich sehe ihn mit Erstaunen und blödsinniger Hoffnung an.

»Euer Tod ebnet den Weg für den weiteren Erfolg und die Herrschaft unserer Familie. Er ist daher nicht umsonst.« Die Hoffnung schwindet. *Was ist mit meinem Leben? Was ist damit, wer ich sein will?*

»Und die Sapanis? Sind sie nur Fassade? Ein Alias?«

»Sapani ist der Name, den wir uns gegeben haben, als wir noch während der Herrschaft des Terrors das Palais verließen. Unter dem Namen Bessancourt konnten wir in Frankreich nicht wieder Fuß fassen, aber wir wünschten auch nicht zu emigrieren. Daher hatten wir schon vor unserem Verschwinden einen Plan ausgearbeitet. Wir überschrieben das Château, unsere Ländereien und all unsere Besitztümer den Brüdern Wilhelm und Ehrfurcht Sapani. Nämlich uns selbst. Zwanzig Jahre später machten wir unter Napoleon einen Neuanfang. Wir eröffneten eine Waffenschmiede, dann gründeten wir eine Waffenfabrik, und langsam und allmählich, durch die Jahrzehnte und Jahrhunderte, bauten wir unsere Dynastie wieder auf. Und hier sind wir! Die bedeutendsten Lieferanten von Waffen und Technologie auf der ganzen Welt. Es heißt, wer Geld habe, bestimme die Regeln, doch in Wirklichkeit sind es jene, die es verstehen, das Geld von jedem Beliebigen zu stehlen, jedem Land, jeder Regierung. Es sind jene, die gefürchtet sind, die die Regeln bestimmen. Die Wahrheit ist, dass es keine Sapanis gibt. Es gibt auch keinen Monsieur Gourbillon, der einen Krater im Weinkeller gefunden hat, und auch kein Projekt Schmetterling. Mein Bruder ist ein scheuer Mann, und wir ziehen es vor, unsere Geschäfte diskret abzuwickeln.«

Er schweigt, in Gedanken versunken. Dann richten sich seine Augen auf mich, und mein Blut gefriert. »Nun, Anouk, ich denke, wir haben lange genug geplaudert.« Er neigt den Kopf respektvoll, und der silberne Dorn erhebt sich, seine Finger umschließen den Stutzen wie den Kopf einer Schlange. »Ich frage dich nun ein letztes Mal: Wo sind deine Freunde?«

52

Ich versinke. So kommt es mir jedenfalls vor. Versinke tiefer und tiefer in einer endlosen, kompakten, beengenden Dunkelheit. Das alles ist zu viel für mich. Zu viel für uns, für Lilly, Jules, Will, Hayden und mich – wir sind nur fünf winzige, schlecht geölte Rädchen in ihrem gewaltigen Plan, verzweifelt quietschend, und sehe nicht den Hauch einer Möglichkeit für mich, hier lebend rauszukommen.

»Ich glaube nicht, dass du weißt, wo sie sind«, bemerkt Havriel. »Ich glaube, du lügst.«

»Doch, ich weiß, wo sie sind.«

»Aha! Dann sag es mir. Ich habe meinen Teil der Abmachung eingehalten.«

Er blickt mich erwartungsvoll über die Spitze des Stutzens hinweg an, seine Augen funkeln.

Ich zögere. Nur eine Sekunde, ein Hauch von Verwirrung, während ich die möglichen Lügen erwäge, die ich erzählen könnte. Havriel durchschaut mich, lächelt.

»Ich befürchte, wir werden sie auf eigene Faust finden müssen. Es war nett, mit dir zu plaudern, meine Liebe.«

Der Mann im roten Mantel hinter ihm schlägt auf irgendetwas, und von einer der Figuren auf dem Kaminsims erklingt ein heller, kristallklarer Ton. Meine Augen huschen in seine Richtung …

Havriel schnellt nach vorn, packt mich an der Schulter, versucht mich umzudrehen und den Stutzen in meine Wirbelsäule zu rammen. Ich entwinde mich seinem Griff und ramme ihm das Knie in den Magen. Wirble herum und suche nach einem Ausweg, doch die Brüder versperren mir den Weg zur Tür. Havriel setzt wieder an, den Stutzen hoch erhoben. Ich hechte zwischen den Bettvorhängen hindurch, krieche über die Decken und schlüpfe auf der anderen Seite hinaus.

Du glaubst immer noch, du könntest fliehen ... Und lebst glücklich bis ans Ende deiner Tage. Nein. Nicht wirklich. Aber Pragmatismus allein bringt einen auch nicht weiter. Es ist wohl schlicht menschlich, sich verzweifelt an jeden Strohhalm zu klammern, solange es einen winzigen Funken Hoffnung gibt.

Havriel ist mir auf den Fersen, aber er ist außer Atem, denn es rasselt in seiner Kehle. Er taucht hinter dem Bettpfosten auf. Wieder versuche ich, über das Bett zu hechten, doch er bekommt meinen Knöchel zu fassen und zerrt mich zu sich hin.

»Mach es uns doch nicht schwerer als unbedingt nötig, Anouk«, stößt er hervor. Ich rolle herum und trete ihm mit dem freien Fuß ins Gesicht, wieder und wieder, gegen seine Wange und seine Nase. Er packt auch diesen Fuß. Aber dafür muss er den Stutzen fallen lassen. Ich winde mich aufrecht, greife nach dem Stutzen und stoße mit der Silberspitze auf ihn ein.

Die Spitze dringt in seine Schulter ein.

Er heult auf und lässt mich los. Ich katapultiere mich rückwärts, auf der anderen Seite des Bettes hinaus, rapple mich auf und renne zur Tür.

Doch dort steht der Marquis. Ich ramme ihn und erwarte, dass er umfällt. Oder wenigstens ein paar Zentimeter zurückweicht. Nichts da. Es ist, als prallte ich gegen einen Sack voller Backsteine. Ich werde zurückgeschleudert. Er schubst mich, und ich stolpere zurück in die Mitte des Zimmers.

Havriel stampft auf mich zu, eine Hand auf die Stichwunde in seinem Samtmantel gepresst, wo jetzt Blut herausquillt.

Ich versuche aufrecht stehen zu bleiben, balle meine Hände zu Fäusten, um von dem Schmerz in meinem Brustkorb abzulenken, der mich schier zerreißt. Er macht mich aber auch stolz. *Der Sturz vom Kronleuchter hat mich nicht getötet. Dieses Psychoschmetterlingsding hat mich nicht getötet. Hayden hat mich nicht getötet. Du wirst mich töten, Boss, aber hey, ich habe es ganz bis zum Ende geschafft. Gar nicht übel.*

Havriel blinzelt nicht mal, sondern holt mit dem Stutzen aus. Ich ducke mich, lasse mich zu Boden fallen und krieche auf allen vieren weg.

Dann höre ich etwas hinter mir. Es kommt von den Flügeltüren. Das Klacken einer Klinke, die vorsichtig niedergedrückt wird.

Havriel tritt mich gegen die Schulter. Den Schlag registriere ich nicht als Schmerz, sondern wie einen weißen Funkenregen, als wären meine Nerven taub. Mir ist schwindlig. Benommen schleppe ich mich über den Fußboden.

Die Tür geht auf.

Ich hebe den Blick.

Es ist Lilly.

Unmöglich!

Aber sie ist es.

Lilly steht in der Tür, das Gesicht schmutzig, ihre Kleidung zerfetzt, schweiß- und blutverschmiert. Sie weint nicht. Sie hält eine altmodische Steinschlosspistole in der Hand, zieht den Hahn zurück, hebt sie an und zielt damit auf Havriel.

Als ich sie sehe, grinse ich wie eine Blöde. »Erschieß Havriel!«, schreie ich vom Fußboden aus. »Ich meine Dorf, erschieße Dorf!«

Der Marquis springt von links auf Lilly zu. Sie wirbelt herum und zielt auf ihn.

Ich krieche in Richtung Tür. Havriel stößt ein tiefes Knurren aus, springt mir nach, schnell und geschmeidig wie ein Panther. Lilly bewegt die Pistole ruckartig zwischen den beiden Männern hin und her. Sie ist verwirrt. Weiß nicht, was sie tun soll. Der Marquis zieht etwas aus seiner Tasche, eine weitere glänzende Flasche …

»Lilly!«, kreische ich. »ERSCHIESS SIE! BEIDE.«

Die Pistole kracht. Es gibt einen hellen Blitz, einen Knall und eine graue Rauchwolke.

Havriel erstarrt, nur wenige Zentimeter von mir entfernt.

Wer wurde getroffen?

Beide Männer stehen noch aufrecht. Auch ich richte mich auf, hinke auf Lilly zu.

Die Flasche fällt dem Marquis aus der Hand und zerplatzt auf dem Boden. Er presst die Hand auf den Bauch.

»*Aide-moi, mon frère!*«, haucht er und bricht zusammen. Erst knickt er in den Knien, dann in der Hüfte ab, sauber und kompakt wie ein zusammengelegtes Stück Stoff.

Jetzt richtet Lilly die Pistole auf Havriel. Zielt auf sein

Bein und zieht den Abzug. Nichts passiert. Sie drückt noch einmal ab.

Ein Schuss, Lilly. Steinschlosswaffen haben immer nur einen Schuss.

Da wirft sie die Waffe mit voller Kraft Havriel an den Kopf, packt mich am Arm, und wir rennen aus dem Zimmer.

Als ich über die Schulter zurückblicke, kniet Havriel neben dem Marquis und presst seine Hand auf die Wunde. In wenigen Sekunden wird er wieder auf den Beinen sein. Vielleicht auch der Marquis. Können diese Leute an Schusswunden sterben?

Wir laufen einen langen Korridor entlang. Er ist grell erleuchtet und scheint weiter hinten immer noch heller zu werden. Wilde, verrückte Begeisterung sprudelt in mir hoch, macht mich gleichsam schwerelos. Ich umklammere Lillys Hand und sie meine, und wir rennen unglaublich schnell. Wir fliegen.

»Wohin laufen wir?«, rufe ich.

»Zu den Jungs!«, ruft Lilly zurück. »Ich habe die Jungs gefunden!«

Palais du Papillon, Chambres de la Morelle noire, 34 Meter unter der Erde, 1790

Ich blicke von der Decke aus hinab, und mein Röcke umschweben mich wie eine wallende schwarze Decke. Ein Mädchen liegt unterhalb von mir. Ihr Körper ist zusammengerollt wie ein Embryo, die Knie zum Kinn angezogen. Ein jüngeres Mädchen springt um sie herum und versucht verzweifelt, das tote Mädchen aufrecht hinzusetzen. Ich sehe die Tränen des jüngeren Mädchens und wie ihr Mund sich zu einem Geheul öffnet, es dringt jedoch kein Laut zu mir hoch. Alles ist still, ruhig und warm, als triebe ich auf einem Weiher, in einem Boot, im Sommer.

Ein kleiner, blasser Mann betritt die Szenerie. Seine karmesinroten Rockschöße sehen aus wie doppelte Reißzähne oder ein dunkler, gespaltener Huf. Er umkreist das Mädchen auf dem Boden, kommt immer näher und näher.

Aurélie!

Es ist Delphine. Ich höre sie jetzt. Sie hebt ihr tränenüberströmtes Gesicht und blickt zu mir hoch, wo ich knapp unter der Decke schwebe.

Aurélie, wach auf!

Der Schmetterlingsmann beugt sich über das Mädchen auf dem Boden. Sein Mantelsack liegt offen neben der Wand. Er nimmt etwas heraus: eine Glasflasche, die in einer langen, silbrigen Nadel endet. Der Inhalt schwappt am Boden der Flasche, schwarz und ölig.

Schmerz explodiert in meinem Arm. Ich bin wieder auf dem Fußboden, im Käfig meines Körpers, und irgendetwas bohrt sich in mein Handgelenk. Weiße Finger pressen und pressen ein teuflisches Serum in meine Adern. Ich sehe, wie es sich unter meiner Haut entlangwindet wie dunkle Schlangen, die in mich hineinkriechen.

Eine widerliche, brennende Übelkeit steigt in meiner Brust auf. Bilder huschen vor meinen Augen vorbei, alptraumhafte Szenen, leere Gesichter und wirbelnde Himmel, Fetzen von Klang und Farbe.

Japsend erlange ich wieder das Bewusstsein. Ich liege auf dem Boden des Boudoirs, neben mir vier leere Glasflaschen; vor mir kauern mit verheulten, angstvollen Gesichtern Bernadette, Charlotte und die kleine Delphine.

Ich sehe ihre Arme. Ich sehe meinen Arm. Wir alle tragen dasselbe Mal: vier rote Einstichwunden und etwas Schwarzes, das sich von ihnen aus durch unsere Adern erstreckt wie dunkle Bäume. Zweige und Ranken reichen hinauf zu unseren Schultern, Hälsen, unseren Herzen.

»Was hat er getan?«, flüstere ich und richte mich ganz verstört auf. »Wo ist Jacques? Wo ist er?«

»Hier ist Kleidung, die Ihr anziehen könnt. Steht schnell auf und zieht Euch um.«

Keuchend wende ich mich zu der Stimme um. Der Schmetterlingsmann steht in der Tür zum Saal, reglos wie eine Statue, die Augen starr auf mich geheftet.

»Sie werden Euch helfen, unentdeckt zu bleiben.«

Er deutet auf einen Stapel von Kleidung aus gestreifter Baumwolle, Schürzen und Hauben, altersfleckig, aber sauber auf dem Wandregal gefaltet. Abgetragene Dienstbotenkleidung.

»Bringt ihn zurück!«, rufe ich aus, in einem wilden, gebrochenen Heulen. »Wo ist er? Was habt Ihr getan?«

»Denkt jetzt nicht an Jacques. Hört mir zu: Ihr werdet an die Oberfläche zurückkehren. Ihr werdet Frankreich verlassen. Meine Herren haben erhalten, was sie am meisten begehren. Sie werden zwanzig Jahre länger leben, vielleicht dreißig. Dann werden sie sterben. Meine Entdeckungen werden vor ihnen sicher sein.«

Ich richte mich auf die Knie auf und hebe den Kopf. Der Schmerz in meinem Arm lässt nach, aber die Adern sind immer noch dunkelviolette, grotesk angeschwollene Stricke.

»Was habt Ihr mit uns gemacht?«, frage ich die Kreatur. »Was ist das?«

Bernadette sitzt neben mir und zupft weinend an ihrem Arm, als könne sie irgendwie die Adern aus ihrem Fleisch ziehen und sie wegwerfen.

»Ich habe Euch zu Behältnissen gemacht«, antwortet der Schmetterlingsmann. »Zu Trägern. Würden meine Herren das Serum besitzen, das ich erschaffen habe, würden sie sich wünschen, hundert, aberhundert Jahre zu leben. Ich wäre ein Gefangener ihres Wahnsinns, ihrer gierigen Launen. Sie würden für immer leben. Sie wären niemals zufrieden.«

Ich richte mich auf, schwanke auf ihn zu.

»Deswegen habe ich es in Euren Blutkreislauf gespritzt. Ihr und Eure Schwestern seid meine Tresore. Ihr werdet es weit fortbringen von hier. Der Wundertrank wird über Generationen weitergegeben werden, sicher verwahrt.«

»Nein!«, will ich schreien, aber meine Kehle ist wie zugeschnürt. »Wir wollen Eure teuflischen Entdeckungen nicht! Das könnt Ihr nicht machen! Nehmt sie selbst und geht!«

»Aurélie«, sagt der Schmetterlingsmann sanft. Er legt die Hände an sein Gesicht, auf die Schnitte, als könnte er so die klaffende Haut schließen. »Habt Ihr denn nicht zugehört? Ich kann nicht fliehen. Sie bauen überall Fallen, um mich festzuhalten, hängen Spiegel in jedes Gemach, um meinen Selbsthass zu schüren und mir meinen Platz auf dieser Welt vor Augen zu führen. Ich weiß, was aus mir werden würde, wenn ich unter Euresgleichen leben würde: Man würde mich verabscheuen, mir weh tun und mich als wunderlich deformiertes Wesen wegsperren, mich in Ketten legen, auf dem Scheiterhaufen verbrennen oder am Grunde des Meeres versenken. Man würde mich als Dämon beschimpfen. Ich kann nirgendwohin. Hier bin ich zumindest sicher. Sie schützen mich.«

Er spricht nicht weiter und bringt die Fingerspitzen an die Kehle. Ein schmaler Streifen weißer Haut ist über seinem Kragen sichtbar. Dann lässt er plötzlich die Hand sinken, als bemerke er erst jetzt, was er tut.

»Wisst Ihr, dass sie mich absichtlich hässlich geschaffen haben, um mich gefügig zu machen? Wissen, Macht und ewiges Leben durfte ich haben, aber Schönheit haben sie mir versagt. Sie schenkten mir weder Liebe noch Freundlichkeit. Denn dann hätte ich mehr gehabt als sie selbst. Ich hätte alles gehabt. Und ich will alles! Dies ist der Irrsinn des Menschen. Und auch der meine.«

»Unglücklich zu sein?«, frage ich. »Grausam zu sein?«

Der Schmetterlingsmann regt sich nicht, und ich kann unmöglich feststellen, ob er über meine Worte nachdenkt.

»Legt Eure feinen Gewänder ab«, sagt er schließlich und verlässt das Zimmer. »Folgt mir. Euer Name wird Euer stärkster Schutz sein, Eure Haut das härteste Eisen. Das kostbare Material in Euren Adern zu ernten würde Euren Tod erfordern. Ich glaube nicht, dass sie ihre eigenen Kinder töten würden.«

Mein Kopf hämmert. Die Tür steht jetzt weit offen. Die Lichter im Saal strahlen hell.

Bernadette und Charlotte kriechen über den Fußboden. Delphine klammert sich an meine Röcke. Jacques ist fort. Und plötzlich habe ich das Gefühl, als stünde ich an einer Wegkreuzung unter einem leuchtend blauen Himmel. Auf der einen Straße liegt ein Mädchen im Schmutz, bewegungsunfähig, weinend, denn sie wurde belogen, betrogen, weggesperrt und verraten von ihrem eigenen Blut – das dunkle Äderwerk unter ihrer Haut ein weithin sichtbarer Beweis dafür. Auf der Straße in die andere Richtung fehlt von dem Mädchen jede Spur, denn es ist bereits um die Ecke verschwunden, so schnell es seine Beine trugen.

»Aurélie«, fragt Charlotte, »was sollen wir tun?«

Ich starre die offene Tür an. »Wir gehen natürlich«, sage ich und bin mit einem Satz bei dem Haufen Kleidung. Helfe meinen Schwestern beim Umziehen. Streife mir selbst einen rauhen Wollrock über den Kopf; er riecht nach Schweiß, den auch die stärkste Lauge nicht rauswaschen kann. Als wir abmarschbereit in der Tür stehen, sehe ich weit hinten im Korridor den Schmetterlingsmann, wo er mit dem Rücken zu uns auf uns wartet.

»Folgt mir«, sagt er über die Schulter hinweg. Und ich nehme Delphine auf den Arm und scheuche die anderen vor mir her, unter Kronleuchtern hindurch, die über uns kauern wie wachsame, funkelnde Spinnen.

Als wir die Biegung erreichen, ist der Schmetterlingsmann fort, doch seine Stimme hallt weiter durch die Arterien des Palastes, flutet jede Passage und jedes Gemach und fließt wie verseuchtes Wasser an den Wänden hinauf.

»*Geht jetzt*«, flüstert die Stimme, und ich lasse das bekümmerte Mädchen im Straßenschmutz zurück, wo es weiterweint und trauert. »*Lauft weit fort mit Eurer kostbaren Fracht und lasst Euch ja nicht erwischen.*«

53

Lilly ist übergeschnappt, so hysterisch wie sie weint, lacht und ihren freien Arm wie eine wildgewordene Windmühle kreisen lässt!

»Ich habe sie gefunden! Ich habe dich gefunden! Wir kommen raus, Anouk!« Sie schreit es den Wänden und den Kronleuchtern zu: »*Wir kommen raus!*«

Das mit dem Geschrei ist keine gute Idee. Irgendjemand muss Lilly hören. Doch ihre Fröhlichkeit ist ansteckend, und so renne ich denn, so schnell ich kann, in meinem altmodischen Nachthemd hinter ihr her, und mir ist, als könnte ich ewig so weiterrennen. Alles spielt verrückt. Alles ist schrecklich, aber ich lebe, und Lilly lebt, und Jules und Will leben auch.

»Wo sind sie?«, rufe ich, und wir schlittern um eine Ecke in einen Raum, der mir irgendwie vertraut vorkommt – ich erkenne das Spinett wieder und ein Porträt der Frau im roten Kleid, nur dass sie auf diesem ein seidenes Sommergewand trägt und freundlich lächelt. Ihre Augen leuchten kornblumenblau, und sie ähnelt mir ein wenig. Wir müssen schon einmal hier durchgekommen sein. Vielleicht befinden wir uns irgendwo in der Nähe der Bibliothek.

»Ich bringe dich hin. Womöglich sind sie bewusstlos, aber sie leben noch. Hayden muss sie versteckt und sich dann auf die Suche nach uns gemacht haben. Keine Ahnung, was mit ihm passiert ist, aber er ist nicht auf unserer Seite. Hoffen wir, dass er nicht zurückkommt, bevor wir weg sind.«

Wir stürmen durch eine Tür in den *salle d'opéra*. Ein riesiger Theatersaal. Rote Stuhlreihen im Halbkreis übereinander wie blutiges Zahnfleisch. Vergoldete Figuren ragen aus jeder Armlehne und jedem Pfeiler hervor, Meerjungfrauen, Cherubim und Bündel von Speeren, mit Dornenranken zusammengebunden. Ich hebe den Blick. Die Decke besteht aus einem riesigen Schmetterling, durchscheinend und geisterhaft, der seine eindrucksvollen Flügel über einen Gewitterhimmel ausbreitet.

»Wie lange warst du allein unterwegs?«, frage ich Lilly.

»Ewig. Aber es war nicht schlimm. Der Trick ist, vom Hauptplan des Palastes wegzukommen. Es gibt überall Dienstbotenpassagen und Schlupflöcher.«

Lilly deutet auf einen Pfeiler an der gegenüberliegenden Wand, der mit vergoldeten Blättern und einem Wappenschild geschmückt ist. »Siehst du die Säule dort drüben? Darin befindet sich eine Tür, durch die man in einen Flur mit gläsernen Wänden gelangt wie den, den wir ganz am Anfang durchquert haben. Ich glaube, das ist der Notausgang, vielleicht der, den Perdu gemeint hat. Wir holen jetzt die Jungs, und dann nichts wie raus hier.«

Ich muss daran denken, dass Lilly sich ganz allein ihren Weg durch den Palast gekämpft hat, während wir anderen uns erwischen ließen oder aus Kronleuchtern gefallen sind.

»Lilly?«

»Ja?« Sie hört mir gar nicht zu, sondern rennt einfach weiter, zerrt mich erst ein paar Stufen hinauf und dann an den Falten des mitternachtsblauen Vorhangs vorbei.

»Danke, dass du zurückgekommen bist.«

»Kein Ding«, erwidert sie, und wir bleiben in der Mitte der Bühne stehen. Drehen uns zum Publikumsraum um. Im Hintergrund taucht hinter den Milchglasscheiben der Foyertüren eine dunkle Gestalt auf, wird rasch größer, legt eine Hand flach auf das Glas, während hinter ihr weitere große, dunkle Schatten aufrücken.

»Füße nebeneinander, schnell!«, befiehlt Lilly. »Halt den Atem an und press die Arme ganz eng an die Seiten.«

»Was?«

»Du kannst doch schwimmen, oder?«

»*Was?*«

Die Türen am Ende des *salle d'opéra* fliegen auf.

Im gleichen Moment tritt Lilly gegen einen kleinen Drahtstift, der aus den Bühnenbrettern hervorragt, und der Boden klappt unter uns weg.

Ich schreie so laut, dass es mir fast die Kehle zerreißt. Wir fallen in die Dunkelheit, und Wind rauscht in meinen Ohren.

»Füße strecken!«, schreit Lilly, und eine Sekunde später tauche ich gurgelnd in schwarzes Wasser. Es ist so kalt, dass mir der Atem stockt. Ich schlucke Wasser und sinke. Aber Lilly schnappt meinen Arm, schwimmt aufwärts und zieht mich mit hinauf.

Keuchend hieve ich mich auf einen Steinfortsatz.

»Bist du wahnsinnig?«, rufe ich japsend, hustend, spuckend. Ich zittere am ganzen Leib. Es ist so dunkel, dass ich die Hand vor Augen nicht sehen kann. »Was war das? Was ...«

»Anouk«, flüstert Lilly sanft, während sie in ihren patschnassen Kleidern bereits weitertappt. »Sie sind hinter uns her. Wir müssen uns beeilen.«

Sie schüttelt etwas. Dem metallischen Klappern nach zu urteilen ihre Taschenlampe. Die offensichtlich den Geist aufgegeben hat.

»Hoppla«, sagt Lilly und kichert nervös. »Aber weiter hinten ist Licht. Los. Komm mit.«

Sie sprintet los, hinein in die Dunkelheit, und ich stolpere ihr blindlings hinterher. Mein durchnässtes Nachthemd klebt mir am Körper, und meine nackten Füße stoßen sich überall an dem rauhen, felsigen Untergrund, so spitz und löchrig wie Vulkangestein. Sowie sich meine Augen an die Dunkelheit gewöhnt haben, erkenne ich auch ungefähr, wo wir sind: in einem niedrigen Steintunnel, der in den Felsen gehauen ist.

Dann ändert sich der Boden unter unseren Füßen, wir betreten ein Metallgitter – ein hängebrückenartiger Überweg. Mattweiße Glühbirnen in Metallkäfigen leuchten auf, als wir sie passieren. Der Überweg führt abwärts.

»Wie weit bist du gekommen?« Meine Zähne klappern. Ich kann kaum sprechen. Das Gitter auf dem Boden schneidet in meine Haut.

»Weit genug, um sie zu finden.« Sie schaut mich an und wirkt plötzlich ängstlich. Erschöpft. »Weit genug, um noch einiges mehr zu finden.«

Wir sind am Ende des Überweges angelangt und kommen vor eine Wendeltreppe, stolpern hinab, immer weiter und weiter unter die Erde. Unsere Schritte hallen endlos nach. Außer dem Mattweiß der Glühbirnen kann ich nichts erkennen als gleichförmige, undurchdringliche Dunkelheit. Und dann sind wir endlich ganz unten, in einem weitläufigen Raum mit Kuppeldecke. Eine feuchtkalte Nachbildung des Opernsaales hoch über uns. Der Fußboden ist mit Schiefer und großen dreieckigen Felsstücken bedeckt, als wäre diese Höhlung herausgesprengt und nie richtig ausgeräumt worden.

Fluoreszierende Röhren wie glühende Wundklammern, in unregelmäßigen Abständen quer über die Decke angebracht, spenden gespenstisches, kaltes, dunkelgrünes Licht.

Lilly führt mich im Laufschritt die Wände entlang. Wir versuchen leise zu sein, aber jeder in weitem Umkreis hätte uns die Treppe hinunterstolpern hören. Ich schaue an den Wänden hinauf. Sie sind mit krakeligen Buchstaben und Zahlen bekritzelt. An manchen Stellen riesig, an anderen winzig klein.

L'enfer, die Hölle, lese ich leise, als wir die ersten Zeichen passieren.

Ich bin Jacques Renaud.
1775–1795–1885?–1912–2004–2016
Aurélie. Aurélie du Bessancourt.
Vergib mir. Ich kann dich nicht finden.

Im Vorbeirennen fahre ich mit der Hand über die Wand. Einige der Wörter sind regelrecht in den Felsen gehauen.

Wie lange dauert die Ewigkeit?
Sie kann nicht zu mir zurückkehren.
Ich bin verloren.
Mon nom est perdu.

Die Worte enden in wütenden, unregelmäßigen Hiebspuren.

Wir erreichen einen Lichtkreis. Ein riesiger, kaputter Kronleuchter liegt zwischen den Felsen; die Kabel schlängeln sich in die Dunkelheit hinein. Er liegt zu Füßen einer grob aus dem Fels gehauenen Skulptur. Auf den ersten Blick wirkt sie kaum menschlich; auf den zweiten glaube ich, dass es ein Mädchen sein soll. Haufen kleiner Gegenstände und uralter Papiere sind ringsherum aufgehäuft und zwischen die Arme des Kronleuchters geflochten.

»Wie ein Schrein«, keuche ich.

Lilly blickt hinauf zu dem entstellten Steingesicht. »Komm schon«, sagt sie und zieht mich weg. »Komm, wir müssen weiter.«

Vor uns treten seltsame Formen aus der Dunkelheit hervor. Von weitem erinnern sie an Stonehenge, im Näherkommen wie im Kreis angeordnete alte Telefonhäuschen, doch dann erkenne ich, dass es Aquarien sind, aufrechtstehende, massive Glasbehälter mit dick vernieteten Rahmen, die in der Mitte einer weitläufigen Halle gruppiert sind.

Sie sind nicht leer.

Lilly versucht mich daran vorbeizuziehen, aber ich schüttle ihre Hand ab.

»Warte!« Das Wasser hinter dem dicken Glas ist trübe, gelblich blau. Eine Gestalt schwimmt darin herum. Mir stockt der Atem.

Die Gestalt ist undeutlich, treibt dann aber näher heran. Noch näher. Ein Finger. Eine Hand …

Ein Gesicht gleitet durch die trübe Flüssigkeit nach vorn.

Im ersten Moment glaube ich, dass es Jules ist. Dasselbe schwarze Haar, dasselbe schmale Gesicht und spitze Kinn. Aber es ist nicht Jules. Es ist ein Junge in seinem Alter, mit vollem Mund und muskulösen Armen. Er trägt ein Hemd und eine Sechzigerjahre-Hose mit Schlag. Er schwebt im Wasser, die Augen geschlossen. Eindeutig, definitiv tot.

»Ich weiß nicht, wer das ist«, murmelt Lilly. Sie beobachtet mich, nicht die Becken. Sie vermeidet es, diese anzusehen. »Wir müssen weiter, Anouk.«

Ich schlage meine patschnassen Arme um mich. Eile weiter, an den im Kreis angeordneten Behältern vorbei. Ich erhasche einen Blick auf einen Jungen in Kniebundhosen. Auf ein dünnes, dunkelhaariges Mädchen in einem Biedermeierkleid. Ihre Unterröcke schweben um sie herum. In ihrem Nacken klafft ein dunkles Loch.

»Das sind alle, die sie getötet haben«, flüstere ich. »All die Leute, die sie beseitigt haben, um selbst am Leben zu bleiben. Es sind ihre eigenen Enkel und Urenkel.«

Lilly starrt mich an. Eine der Leichen prallt leise gegen das Glas. Lockige Haare umschweben ihren Kopf wie gesponnenes Gold. Die Augen sind geschlossen. Die Lippen blau. Vom Aussehen her könnte sie Lillys Zwillingsschwester sein.

Das sind unsere Ahnen. Bessancourts wie wir. Ich frage mich, ob sie hierherverschleppt worden sind wie wir, ob sie jemals die Chance hatten, sich zu wehren, und wie lange sie überlebt haben. Oder ob sie einfach betäubt wurden und nie wieder aufgewacht sind.

Wir stolpern weiter.

»Schau!«, sagt Lilly, und ja, weiter vorne kann ich links, in der Nähe eines weiteren Lichtscheins, zwei in sich zusammengesunkene Gestalten ausmachen.

Sie sind es. Will und Jules. Sie sitzen, mit dem Rücken zu uns, auf Stühle gefesselt, die Köpfe auf der Brust.

Und Hayden steht zwischen ihnen. Er beugt sich über Jules und hält etwas in den Händen. Auf einem Rokokotisch neben ihm liegen, ordentlich aufgereiht, blankpolierte medizinische Instrumente.

Lilly zögert nicht, ich auch nicht. Sie wirft mir einen juwelenbesetzten Dolch zu und zieht einen langen, dünnen Säbel aus ihrer Gürtelschlaufe. Im Schutz der Dunkelheit schleichen wir uns an.

Doch Hayden sieht uns. Grinst.

»*Meine Freunde sind alle zu mir zurückgekehrt*«, grollt er, aber nicht mit Haydens Stimme. Sie klingt wie ein Dutzend Stimmen zugleich, ineinandergeflochtene Stränge eines kratzigen Winselns. »*Meine verlorenen Brüder und Schwestern, meine Geschwister der Finsternis.*«

54

Wir sind nur noch wenige Schritte entfernt, als ich die vierte Gestalt bemerke, die hinter Hayden steht und mit den Schatten verschmilzt. Eine kleine Gestalt, wie ein Kind. Sie trägt einen altmodischen Gehrock mit Schwalbenschwanz, der im Dunkeln flackert wie eine dunkelrote Flamme.

Ich stürme vorwärts und bohre den Dolch in Haydens Schulter. Es ist fast nichts mehr übrig von dem aufgeblasenen Typen im Privatschulblazer, der am New Yorker Flughafen so federnd auf uns zugeschlendert ist. Das Haar fällt ihm büschelweise aus, seine Wangen sind graue Höhlen, die Lippen rissig und eingefallen.

Er zuckt nicht mal, als das Messer durch seine Schulter fährt. Er bewegt sich nicht. Er blickt an mir vorbei in die Leere, die Handflächen noch immer ausgestreckt, als sei er an Ort und Stelle festgefroren. Die Figur im Dunkeln hinter ihm verharrt reglos.

»Hayden?« Entsetzt starre ich ihn an.

Ich ziehe den Dolch heraus. Er verursacht ein metallisches Schaben.

Kein Blut. Keine Reaktion. Hayden atmet nicht.

»Hol sie!«, flüstert Lilly panisch. »Beeil dich!«

Ich fahre herum und beginne mit dem Dolch hektisch an

Wills Fesseln herumzusägen. Lilly hackt auf die Stricke ein, die Jules an seinen Stuhl binden. Ein Strick ist durch. Zwei. Ich lege mir Wills Arme über die Schulter, damit ich ihn über den felsigen Boden wegziehen kann.

Er wiegt gefühlt eine Tonne. Ich höre seinen Atem in meinem Ohr, flach und rauh.

»Lilly?« Ich blicke mich um. Sie folgt mir. Jules stützt sich schwer auf sie und wirft sie fast um. Hayden hat sich immer noch nicht von der Stelle gerührt.

Die schmale Gestalt dagegen schon.

Ihr Gesicht ist uns zugewandt. Sie beobachtet, wie wir die Jungs verzweifelt wegziehen.

Und plötzlich stürzt Hayden hinter uns her.

»Das kann ich nicht zulassen!«, ruft er und klingt jetzt wieder wie Hayden mit seinem Ostküstenakzent, ganz der selbstsichere Strahlemann, das Reiche-Leute-Söhnchen. Doch die Stimme kommt nicht von ihm, sondern von der kleinen Gestalt im Dunkeln.

»Lilly, renn!« Ich hebe den Dolch in der Hoffnung, dass ich Hayden irgendwie abwehren kann. Mit gesenktem Kopf stürmt er auf uns zu, die Augen ausdruckslos und wässrig. Sie reflektieren das fluoreszierende Licht. Sein Hemd ist zerrissen, und darunter gucken sich schlängelnde Schläuche, Metall, vielleicht auch Glas hervor, fein säuberlich in seinen Brustkorb eingebettet. Überall sind tiefe, glänzende Wunden. Zu viele, als dass er sie hätte überleben können.

Dann höre ich noch etwas anderes: Füße, Tausende, die die Treppe herunterkommen.

Lilly steht jetzt neben mir. »Dorf«, flüstert sie. »Sie sind hier.«

Ich wirble herum. Die Glastanks stehen reglos da, die Leichen treiben weiter still und geisterhaft darin herum. Die Treppe dröhnt von heruntertrampelnden Füßen. Und jetzt tauchen Gestalten aus der Dunkelheit auf, Dutzende, die sich scharf vor dem grünen Leuchten abheben: Havriel. Miss Sei. Und hinter ihnen Reihe um Reihe Tracker, ihre roten Helmlampen gleißend im Halbdunkel.

»Hab ich euch endlich!«, ruft Havriel dröhnend, und seine Stimme hallt von der Decke wider. Ich riskiere einen Blick über die Schulter und sehe Hayden auf uns zusprinten. Wir legen Will und Jules so sanft wir können auf dem Boden ab.

Havriel rennt ebenfalls los, und Miss Sei erteilt den Trackern mit einer ruckartigen Geste einen Befehl. Ein schwarzer Koffer wird durch die Reihen nach vorn gereicht.

Havriel erreicht uns Sekunden vor Hayden. Er duckt sich unter meinem Dolch hindurch, wirbelt herum und schleudert mich beiseite. Ein schmerzender Stich fährt mir durch die Schulter. Lilly stößt einen geisterhaften Schrei aus und schwingt ihren Säbel gegen Havriel.

Jetzt kracht Hayden in mich hinein. Es ist, als sähe er mich gar nicht. Mein Dolch erwischt ihn am Arm. Hayden schwingt den Arm zu mir herum, mit dem Dolch darin, und ich stürze und krieche panisch über die Steine davon, rund um mich nichts als Beine und lautes Gebrüll.

Lilly schwingt verzweifelt ihren Säbel und versucht, Havriel in Schach zu halten. Die Tracker stehen im Kreis um sie herum, und Miss Sei drängt sich nach vorn. Ich höre wieder dieses Summen, das sich in mein Gehirn bohrt, und meine Brust schmerzt, denn meine Lungen drücken gegen meine verletzten Rippen, als wollten sie meinen Brustkorb sprengen.

Als ich aufstehe, sehe ich gerade noch, wie Hayden mit seinem Kopf Havriels Schädel rammt. Havriel tritt einen Schritt zurück. Aber er hat sich sofort wieder in der Gewalt.

»Seid ihr mittlerweile so armselig und verzweifelt«, keucht er grinsend, »dass ihr euch hinter den Leichen eurer hübscheren Geschwister verbergen müsst? Ich habe mich schon gefragt, wohin dieser hier verschwunden war. Hat dir dein kurzes Leben als Untoter gefallen, Hayden?«

Havriels Augen verengen sich zu Schlitzen, er macht einen Schritt nach vorn, und ich sehe, dass er eine Waffe hat. Er presst sie gegen Haydens Bauch. Schüsse gellen mir in den Ohren, hallen in der Höhle wider, wieder und wieder, eine ohrenbetäubende Lärmkaskade. Hayden weicht zurück. Stürzt zu Boden. Havriel schießt immer weiter, bis die Pistole klickt. Rauch kringelt aus Haydens zerschossener Brust empor.

Havriel wirft die Pistole beiseite und wendet sich uns zu.

»Bleiben Sie weg«, zischt Lilly. Sie stellt sich vor Will und Jules. Ich stelle mich neben sie, mit gezücktem Dolch. »Bleiben Sie zurück!«

»Ach, sollte ich?«, erwidert Havriel und klingt irgendwie fröhlich, verzweifelt, verrückt und glücklich zugleich. »Wisst ihr überhaupt, was ihr getan habt? Ihr, in eurem verzweifelten Wunsch, eure winzigen, bedeutungslosen Leben zu retten, habt einen großen Mann getötet. Einen Mann, der zweihundertsiebzig Jahre gelebt hat, länger als irgendjemand sonst. Einen Mann, der das Geschick ganzer Nationen beeinflusste, Königreiche blühen und einstürzen sah und der ein Wesen erschuf, wie es bis heute niemand sonst vermocht hat. Dieser Mann ist durch eure Hände wie ein Hund gestorben. Glaubt ihr, das gefällt mir?«

Lilly holt mit dem Säbel aus und schlitzt damit Havriels Handfläche auf. »Dann hätten Sie eben die Finger von uns lassen sollen.«

Havriels Gesicht verwandelt sich in eine hässliche, verzerrte, teuflische Maske mit gebleckten Zähnen. Er blickt auf den Schnitt in seiner Hand hinab, und als er die Augen zusammenpresst, denke ich zuerst, er würde weinen. Stattdessen stößt er ein Kichern aus, ein hohes, kehliges Hohngelächter. Und nun kommt er, die blutende Handfläche drohend erhoben, langsam auf uns zu. Lilly schwingt ihren Säbel mit aller Kraft. Havriels Augen öffnen sich weit. Er wehrt die Klinge mit dem Arm ab und drückt sie hinunter. Die Spitze streift den Fußboden, entgleitet Lillys Griff, und Havriel tritt den Säbel beiseite, der über die Steine davonwirbelt wie eine kleine Stoffpuppe.

»Oh, Kinder«, sagt er, und jetzt steht er genau vor uns. Seine Hand – blutig von seinen Wunden und denen seines Bruders – schließt sich um meinen Hals. »Ihr hättet mich nicht erzürnen dürfen.«

Er hebt mich hoch, als wäre ich schwerelos. Ich kralle nach seinen Fingern. Er lässt nicht los. Farbige Explosionen blühen vor meinen Augen. Das Summen verstärkt sich, füllt jede kleinste Ritze in meinem Kopf. Liegt es nur daran, dass ich sterbe, oder können es alle hören? Ich sehe, wie die Tracker Lillys Arme festhalten, die schreit und um sich tritt. Ich sehe, wie Miss Sei einen Latexhandschuh überstreift und sich neben Jules und Will kniet.

Havriels Augen wenden sich von meinem Gesicht ab und auf einen Punkt über meiner Schulter. Ich weiß nicht, was er sieht, es interessiert mich bereits nicht mehr, aber sein Kinn fällt herunter. Und dann trifft mich etwas, trifft uns alle. Eine gewaltige Schockwelle, leise, kalt und erdrückend zugleich. Ich fliege durch die Luft und rolle über den Boden. Und auch Havriel wird davon hochgehoben und, als wäre er eine Stoffpuppe, in die Dunkelheit katapultiert.

Einen Moment bleibe ich noch liegen, keuchend, würgend. Dann stemme ich mich auf alle viere hoch. »Lilly?«, krächze ich. »Will?«

Die Tracker liegen auf dem Boden, im Kreis rings um mich verteilt, als wäre ich das Epizentrum einer Bombe. Miss Sei kauert in sich zusammengesunken neben einem Felsen, und wenige Meter weiter setzt sich Havriel im fahlen, bläulichgelben Scheinwerferlicht eines der Tanks auf und betastet ungläubig einen Schnitt in seiner Wange.

»Das war unnötig!«, krächzt er in die Dunkelheit, und er muss mit dem blassen Ding reden, denn es kommt langsam auf uns zu, schwebt gleichsam über die Felsen und die Leichen. Seine Augen sind schwarz, vogelartig.

Der Schmetterlingsmann. Er muss es sein. Eben noch hat er Hayden seine Stimme geliehen, aber das ist seine wahre Gestalt.

»Ihr habt uns unsere Ausreißer zurückgebracht«, sagt Havriel und kommt wieder auf die Füße. In seiner Stimme mischen sich Verachtung und kriecherische Furcht. »Ich bin auf ewig in Eurer Schuld, mein lieber Junge.«

Will und Jules liegen etwa drei Meter von mir entfernt, neben den Leichen einiger Tracker. Noch ein Stück weiter versucht sich Lilly unter einem anderen Haufen von Armen und Beinen hervorzukämpfen. Das Haar klebt ihr in nassen Strähnen im Gesicht. Ich krieche auf die Jungs zu.

Doch der Schmetterlingsmann überholt mich, die schwarzen Augen nun auf Havriel geheftet. Das Summen intensiviert sich, je näher er kommt, bis es jedes andere Geräusch übertönt. Da bleibt der Schmetterlingsmann vor Havriel stehen, und das Summen bricht abrupt ab.

»Ich habe Euch nicht Eure Ausreißer zurückgebracht«, erwidert er, mit seltsam sanfter und vorsichtiger Stimme, fast liebenswürdig. Havriel blickt mit entsetztem Ausdruck zu ihm auf.

»Ich habe sie für mich geholt«, fährt der Schmetterlings-mann fort. »Ich habe auf Eure Ankunft gewartet, Havriel du Bessancourt. Ich habe auch Vater erwartet, aber es scheint, dass er seinen gerechten Lohn bereits erhalten hat. Ich kann nicht behaupten, dass ich ihn betrauern würde. Ich möchte Euch mitteilen, dass unsere lange Zusammenarbeit beendet ist.«

Lilly ist auf den Beinen und stolpert über Leichen auf uns zu. Ich versuche mich ebenfalls zu erheben. Unter meinen nackten Füßen fühle ich die schwarzen Polymerpanzer, klebrig und ekelhaft, die Hüllen von in Fleisch eingebetteten Maschinen.

Aus dem Augenwinkel heraus sehe ich, wie Havriel vor dem Schmetterlingsmann zurückweicht. »Zusammen-arbeit?«, fragt er. »Aber wir sind keine Gesellschafter. Keine Kompagnons. Wir sind Brüder! Unseresgleichen!«

»Unseresgleichen?« Der Schmetterlingsmann stößt ein hohes, kicherndes Lachen aus. Ich bemerke eine Störung in der Atmosphäre um ihn, eine dunkle, brodelnde Masse, kaum sichtbar.

Ich habe Will erreicht und zerre ihn hoch.

»Unseresgleichen«, wiederholt der Schmetterlingsmann, weicher, sehnsüchtig. »Ihr regiert die Welt im Geheimen. Ich durchwandere ein Verlies, allein. Ihr haltet mich in einer vergoldeten Ödnis gefangen, an jeder Biegung ein Spiegel, um mich daran zu erinnern, wer ich bin und zu was Ihr mich gemacht habt. – Nein«, sagt der Schmetterlingsmann, »wenn wir gleich wären, würdet Ihr mich nicht so sehr fürchten.«

Die atmosphärische Störung um ihn flackert erneut auf. Havriel wird gegen eines der Becken geschleudert. Hustend rutscht er daran herunter.

»Ich habe genug von diesem Arrangement«, fährt der Schmetterlingsmann fort, und jegliche Sehnsucht ist aus seiner Stimme verschwunden. Sie klingt jetzt scharf und boshaft. »Ich habe genug von Vater und von Euch. Es gibt nur ein Heilmittel, wenn man sich nach etwas sehnt, was man nie besitzen kann, und das ist, es vollständig zu zerstören.«

Will und ich ziehen uns jetzt zurück. Wir treten über Gliedmaßen, stolpern über Helme. Lilly beugt sich über Jules und versucht ihn wachzurütteln.

Etwas streift meinen Nacken, und es ist, als prickelten unzählige winziger Nadeln über meine Haut.

Ich erstarre. Der Schmetterlingsmann. Er schaut jetzt genau in meine Richtung!

Reglos bleibe ich stehen, wage nicht zu atmen. Will ist so schwer! Meine Muskeln brennen und schmerzen.

»*Bonjour*«, sagt der Schmetterlingsmann, und ich schließe die Augen, weil ich weiß, dass er auf mich zukommt. Ich spüre, wie die Luft beißender wird, kompakt und elektrisch geladen. Mein Rücken fühlt sich an, als würde daran gepickt werden und als würde sich meine Haut Partikel für Partikel abschälen und in der Luft auflösen.

Will regt sich, seine Augen öffnen sich flackernd. »Will!«, flüstere ich. »Will, wach auf!«

Kurzerhand hebe ich ihn unter den Achseln an und setze mich mit ihm in Bewegung. Dazu stemme ich meine Füße in den Boden und beuge mich weit zurück. Doch nun stellt sich der Schmetterlingsmann direkt vor mich, bolzengerade, und seine obsidianschwarzen Augen bohren sich in meine.

»Ihr seid in der Tat Aurélies Nachfahrin«, sagt er. »Ihre eigene Mutter konnte keinen Unterschied erkennen.«

»Wir gehören nicht dazu«, flüstere ich. »Keiner von uns. Lassen Sie uns einfach gehen.«

Er ist ganz nah. Das Summen kehrt zurück, ohrenbetäubend laut, gepaart mit einem schmerzhaften Sirren in der Luft. Meine Lippen platzen auf. Ich kann Will nicht mehr halten. Er rutscht mir aus den Händen. Ich stürze ebenfalls auf den Höhlenboden.

»O doch, ihr gehört durchaus dazu«, erwidert der Schmetterlingsmann. »Ihr seid meine lange vermissten Gefährten. Verlorene Kinder dieser grausamen, gierigen Familie. Ich habe Jahrhunderte darauf gewartet, dass einer von euch so weit kommen würde. Dass einer durch ihre Netze schlüpfen und an meiner Seite kämpfen würde.«

Ich blicke zu ihm auf. Er überragt mich, aber ich kann

nichts anderes sehen als verschwommene Ovale, zwei schwarze Löcher, dort, wo seine Augen sein sollten.

»Wir haben viel zu tun«, fährt der Schmetterlingsmann fort. »Wir werden an die Oberfläche zurückkehren, Ihr, Lilly, Jules und William. Gemeinsam werden wir dies ein für alle Mal beenden.«

Wovon redet er? Keuchend stemme ich mich auf die Knie.

»Was sollen wir beenden?«, flüstere ich. »Was sagen Sie da?«

»Den Kreislauf. Die Bessancourts. Dieses Reich des Leidens und der Schmerzen. Es nimmt sonst kein Ende. Das darf nicht sein. Wenn wir arm sind, wollen wir reich sein, wenn wir reich sind, wollen wir geliebt werden, und wenn wir geliebt werden, wünschen wir uns Freiheit von Schmerzen, endloses Leben und immerwährendes Glück. Es ist ein großes, unaufhaltsames Verhängnis. Tief in unserem Verstand ist eine Krankheit verborgen, eine Finsternis, die alle Übel verursacht. Man kann nichts dagegen tun. Man kann sie nur auslöschen.«

Auslöschen. Ich denke an die Kaninchengalerie, die gestohlenen Kunstwerke, die mächtige Kriegsmaschinerie, die Waffen, die in allen Kriegen der letzten beiden Jahrhunderte zum Einsatz gekommen sind.

»Sie haben das getan?«, frage ich, und es dauert ewig, bis meine Stimme meine Ohren erreicht. »Sie haben die Waffen erfunden? Havriel und der Marquis sind reich geworden und haben die Einkünfte eingeheimst, aber Sie wollten es, Sie wollten Menschen töten!«

»Ihr sprecht, als würdet ihr das nicht gutheißen«, erwidert der Schmetterlingsmann. »Aber welchen Grund sollte man haben, die Welt zu lieben, wenn sie einen so schlecht behandelt hat? Sehnt man sich da nicht nach Rache? Sehnt man sich da nicht nach Gerechtigkeit?«

Oje.

Der Schmetterlingsmann legt seine gespreizten Hände über meine Augen. Ich spüre, wie ein Schrei aus mir aufsteigt, kann ihn aber nicht hören.

Dann ist alles verschwunden.

Ich sehe Scharen von Menschen, die sich auf einer belebten Straße zusammendrängen, schmutzige Gesichter, zerlumpte Kleidung, eine endlose Schar unter Neonlichtern. Ich sehe Truppen in den Krieg ziehen, Mütter, die ihre Söhne fortschicken, mit blumengeschmückten Federhelmen, blankpolierten Stiefeln und grimmigen Gesichtern. Ich sehe Rauch aus Dächern und Kirchtürmen aufsteigen. Flammen, die auf niedrige Holzhäuser und ummauerte Gärten regnen, der Himmel zwischen den Stromleitungen fleckig heiß, hässlich rot. Ich sehe Bomben wie schwere Vögel auf eine Stadt herabtaumeln, und ich sehe die kleine Markierung auf ihren Schweißnähten, ein Schmetterling mit menschlichen Augen auf den Flügeln. Péronne – die eigene Stadt der Bessancourts – dem Erdboden gleichgemacht und entlang der Straße überall Leichen.

»Das habe ich getan«, sagt der Schmetterlingsmann. »Ich habe ihnen die Werkzeuge dazu geliefert, und sie haben sie bereitwillig benutzt. Es gibt keine Hoffnung für ein solches Volk.«

Die Bilder fluten über mich hinweg, Welle um Welle. Mein Schädel ist randvoll, Synapsen knistern, Nerven überhitzen. Ich sehe Szenen aus meinem Leben, aus dem Leben anderer Menschen: einen Bettler, der am Straßenrand von zwei elegant gekleideten Herren zusammengeschlagen wird. Meine Mutter, die lächelt – helle Lichter – einen mit neonrosa Zuckerguss überzogenen Geburtstagskuchen – Menschen, die seitlich aus einem riesigen, grauen, brennenden Flugzeugträger herausspringen. Ich sehe Mom, wie sie sich langsam in der Küche zu mir umdreht, einen grausamen, entschlossenen Ausdruck im Gesicht.

Die Bilder kommen immer schneller, brennende Schnappschüsse, und ich sehe Lilly, Will, Jules und mich uns lachend auf dem Boden in der Bibliothek wälzen, obwohl es nichts zu lachen gibt. Ich sehe uns, wie wir einander nach den Ereignissen im Quallensaal aufhelfen und uns gegenseitig stützen. Lilly, die meinetwegen zurückkommt, und wie wir ins Licht rennen.

»Ihr seid unfähig, das zu verstehen«, flüstert der Schmetterlingsmann. »Wir sind alle Wahnsinnige, hoffnungslose Fälle und dazu verdammt, unsere Fehler auf ewig zu wiederholen. Jeder Organismus würde gegen seine eigene Vernichtung kämpfen. Sogar ein Virus. Und am Ende ist das die Menschheit: eine endlose, dickköpfige Plage.«

Es gibt jetzt nichts anderes mehr als diesen sirrenden Schmerz. Er umhüllt mich und flattert in meinen Ohren wie gefiederte graue Schwingen. »Wir sind nicht alle schlecht. Wir sind es nicht, wir …«

Sprechen schmerzt. Atmen schmerzt.

»Wir besitzen noch etwas anderes, etwas, das Sie nicht erkennen können, aber … Es ist da, es ist nur …«

Ich schaffe es nicht. Ich kann nicht weitersprechen.

»… ein kleiner Tropfen von …«

Von allem.

Ein kleiner Tropfen Sternenlicht, Dunkelheit, Göttlichkeit, Liebe. Und dafür lohnt sich das alles.

Irgendwo weit weg höre ich Lilly weinen. Vielleicht auch lachen.

»*Sie sind wach!*«, heult sie. »Jules ist aufgewacht!«

Ein Krachen.

Ich bin wieder in der Höhle, zusammengekauert auf dem Boden. Der Schmetterlingsmann beugt sich über mich, sein Gesicht ist so nahe, dass ich die Muskeln unter seiner Haut erkennen kann, Schichten von Knochen und Sehnen, der Luft ausgesetzt. Mühsam rolle ich mich auf den Rücken. Lillys Säbel steckt im Oberschenkel des Schmetterlingsmannes. Lilly hockt zu seinen Füßen. Sie blickt auf den Säbel, blickt hinauf zum Schmetterlingsmann, dreht sich um und rennt, so schnell sie kann, davon.

»Anouk!«, ruft sie über die Schulter hinweg. »Steh auf!«

Der Schmetterlingsmann dreht sich um die eigene Achse. Ich beobachte, wie sich die Dunkelheit um ihn zusammenzieht. Wappne mich gegen die Explosion, die Schockwelle, die mich endgültig erledigen wird. Doch sie kommt nicht. Havriel kriecht aus den Schatten auf uns zu wie eine riesige blutende Schnecke. Der Schmetterlingsmann beobachtet ihn.

»Hört auf damit!«, ruft Havriel. »Ich werde Euch die Freiheit schenken, wenn es das ist, was Ihr wollt. Ihr könnt die Kinder haben, das Palais, alles, aber lasst mich nicht sterben! Seid doch vernünftig!«

»Ich bin nichts als vernünftig. So habt Ihr mich erschaffen.«

»Ich habe alles getan, was Ihr verlangt habt!«, kreischt Havriel. Er hat uns fast erreicht, und ich kann ihn riechen, ein ekliger, uralter Gestank, Metall, Tod und Verwesung. Ich sehe schwarze Fäden in dem Rot, das ihm über das Gesicht läuft, und sie schlängeln und winden sich, als wären sie lebendig. »Was wollt Ihr noch? Ich gebe Euch eine Milliarde Leichen!«

»Das habt Ihr bereits getan.«

Keuchend starrt Havriel auf den Schmetterlingsmann. Sein Gesicht ist wie gelähmt vor Angst, Hass und Schmerz. Er schnauft und spuckt zwischen den Zähnen hindurch. Mit einer Hand fasst er sich an die Brust und fährt mit den Fingern in seinen Gehrock. Als er sie herauszieht, hält er einen schwarzen Zylinder in der Hand. Ein rotes Licht blinkt hektisch an seiner Seite.

Ein Zünder.

Er hebt die Faust.

»Ihr werdet mir nichts befehlen«, grollt er und lächelt durch das Blut, die roten Zähne, die aschfahlen Lippen. »Aus dem Palais gibt es kein Entkommen!«

55

K*omm schon!*«, schreit Lilly. Meine Haut fühlt sich rissig und schuppig an. Ich bin halb blind. Trotzdem raffe ich mich auf und schleppe mich über den Höhlenboden. Will ist ein paar Meter vor mir. Er steht unsicher auf den Beinen und umfasst mit beiden Händen seinen verletzten Kopf. Weiter hinten in der Dunkelheit sehe ich Lilly. Sie hat Jules an den Schultern gefasst und hinkt hastig neben ihm auf die Metalltreppe zu.

Ich hieve mich hoch. Der Säbel steckt noch immer im Bein des Schmetterlingsmanns und reflektiert die Dunkelheit, die von seinem Körper ausgeht. Er beginnt zu zucken. Will schaut mich verwirrt an. Ich packe ihn an seinem gesunden Arm, und gemeinsam wanken wir hinter Lilly und Jules her.

Wir erreichen die untersten Treppenstufen. Lilly und Jules haben bereits begonnen, sie zu erklimmen, und Lilly beugt sich über das Geländer. »Beeilt euch!«, keucht sie. »Beeilt euch, Leute!«

Wir stapfen die stählerne Wendeltreppe empor, höher und immer höher. Ich höre nichts als unseren Atem und das Scheppern des Metallgitters unter unseren Füßen. Vielleicht redet der Schmetterlingsmann immer noch mit Havriel, vielleicht streiten sie sich, aber ich kann sie nicht hören. Wir gelangen zum Tunnel. Eilen den Gang entlang, vorbei an den aufleuchtenden Glühlampen.

Renn einfach weiter, Ucki, immer weiter.

Wir erreichen den See aus schwarzem Wasser. Nehmen eine zweite, in den Stein gehauene Treppe in Angriff, wahrscheinlich die, auf der Havriel und seine Gefolgsleute gekommen sind, so dass sie nicht fünfzehn Meter tief in das finstere Wasser springen mussten.

Wir platzen laut keuchend in den *salle d'opéra*.

Lilly und ich halten inne. Die Jungs bleiben hinter uns stehen. Die Frau im roten Kleid steht auf der Bühne, genau in der Mitte. Aber sie dreht sich nicht zu uns um, scheint uns nicht einmal zu bemerken. Sie hat sich den Publikumsrängen zugewandt, die Arme weit ausgebreitet. Ihr Gesicht ist zur Decke gehoben, wie bei einer Sängerin, die im Applaus badet.

Alles ist so still. Totenstill …

Die erste Explosion spüre ich in den Fingerspitzen: irgendwo weit weg im Palast, ein langanhaltendes, pulsierendes Donnern. Staub rieselt von der Decke hoch oben herunter.

»Wer ist das?«, murmelt Jules, doch ich lege ihm die Hand auf den Mund, und wir rennen am Orchestergraben vorbei zu dem Pfeiler mit dem vergoldeten Schild.

Lilly zieht die eingebaute Tür auf. Dahinter liegt die Spiegelpassage. Wir klettern hinein. Ich blicke zurück und sehe die Frau auf der Bühne. Die Vorhänge lösen sich aus ihrer Verankerung, fallen herunter und hüllen ihre winzige Gestalt ein wie wallende, dunkelblaue Wolken.

Die nächste Explosion reißt mich fast von den Füßen. Die

Wände des Korridors erzittern, das Glas klirrt. Vor uns liegt ein Kreis aus blauem Metall – eine Tür wie die eines Tresors. Dahinter eine Leiter. Wir klettern hinauf. Eine dritte Explosion, näher diesmal. Rauch wallt hinter uns auf und hüllt uns ein. Die Luft wird heiß. Zu heiß. Der Schacht erbebt.

»Wir schaffen es!«, ruft Lilly. »Wir schaffen es!«

Wir klettern schneller. Jules, Will, Lilly, ich. Weiter unten jagt jetzt eine Explosion die andere, endlos, krachend bis in die Zähne hinein. Ich stelle mir vor, wie die Decken bersten und die Kronleuchter klirrend in den Quallensaal und in den Saal mit den Rasiermesserdrähten und in die Kaninchengalerie stürzen. Die Erde begräbt alles, verschlingt Kristall und Brokat, Blut, Tod und Geheimnisse.

Wir klettern weiter und weiter, höher und immer höher und hören, wie unter uns alles in sich zusammenstürzt.

Palais du Papillon – 34 Meter unter der Erde,
Sekunden vor den Explosionen

Jacques liegt an die Wand des leeren Panikraums gelehnt. Sein Blut bildet einen rotschwarzen Spiegel unter ihm, still wie Glas. Die Beleuchtung summt. Das ferne Geräusch rennender Füße erreicht seine Ohren, aber es entfernt sich hallend und lässt ihn zurück.

Eine Druckwelle lässt die Wände der Kapsel erzittern. Er denkt an das Mädchen mit dem schwarzen Haar, ein stählernes Mädchen mit winzigem, verwundetem Herzen. Zunächst hat er sie für Aurélie gehalten, aber was für ein närrischer Traum das war. *Aurélie ist fort. Aurélie ist frei.*

Die nächste Erschütterung folgt, diesmal näher. Die ganze Kapsel wird durchgeschüttelt. Jacques' Gedanken wandern zu seinem Zuhause. Den klappernden Stricknadeln seiner Mutter. Dem Geruch trocknender Kräuter, Talgkerzen und feuchtem Holz. Es ist so viele Jahre her. Er hört eine Angel quietschen und blickt auf. Ein Gesicht schaut ihn durch die Luke an. Zuerst erkennt er es nicht. Aber dann lächelt sie!

»Jacques!«, sagt Aurélie und eilt zu ihm hin. Sie kniet sich neben ihn. »Komm, Jacques, wir müssen los! Hörst du sie nicht? Sie warten auf dich!«

Und plötzlich entfernen sich das zitternde Licht, das kalte Metall und das Blut, und alles dreht sich weg und verblasst.

Jacques hört das Mühlrad, Madame Desjardins' Stimme, die über die Felder schallt. Aurélie zieht ihn auf die Füße, und er ist in den Wäldern außerhalb von Péronne. In der Ferne sieht er seine Brüder und Schwestern, genau so, wie sie waren, als er von seinem Karren aus einen letzten Blick zurückgeworfen hat. Nicht weise und alt, sondern jung und rotwangig, ihre Hände winkend erhoben – zum Willkomm oder zum Lebewohl?

Er spürt auch Aurélies Hand, spürt sie in seiner, und er fühlt, wie das Sonnenlicht bricht und durch zahllose Blätter fällt …

Palais du Papillon –
30 Meter unter der Erde – 1790

Vorsichtig«, flüstere ich, eine Hand auf Charlottes Rücken gelegt, als sie die eisernen Sprossen ergreift und anfängt zu klettern. »Schnell, aber vorsichtig!« Bernadette folgt als Nächste, dann Delphine. Ich erklimme als Letzte die Leiter und drücke dabei ab und zu ermutigend Delphines Fersen. Unsere Füße tappen höher und höher.

»Da ist eine Tür!«, ruft Charlotte herunter.

»Mach sie auf!«, rufe ich. »Öffne sie!«

Der Schacht hat sich erweitert und mündet in ein kleines Zimmer, wie eine Tulpe auf einem langen Stengel. Wir ziehen uns hoch und fassen uns an den Händen. Wir drücken die Tür auf, ein eisernes Rechteck im Stein.

Und da ist Sonnenlicht. Felder und Wind und der Duft von Gras und das Summen von Insekten. Delphine lacht und schlüpft hinaus in die Herrlichkeit. Charlotte folgt. Sogar Bernadette kann sich nicht beherrschen und fällt in ihr Lachen ein. Ihr säuerliches kleines Gesicht hellt sich auf, und sie hebt schützend ihre Hände vor dem plötzlichen grellen Licht. Ich trete als Letzte hinaus. Die Sonne kitzelt meine Wangen. Ich lausche den freudigen Rufen meiner Schwestern und fühle, wie sich die Dunkelheit unter meiner Haut entlangschlängelt, fühle das Brennen der tiefen roten Wunde.

Ich taste nach dem Gänseblümchen in meiner Schürzentasche und drehe es in den Fingern wie einen Talisman. »Ich komme zurück und hole dich, Jacques«, flüstere ich, und die Brise nimmt meine Worte und trägt sie davon.

Es ist ein leeres Versprechen. Vielleicht bin ich morgen schon tot. Vielleicht wird Vater Wachen entsenden und uns zurück in die Tiefe zwingen, oder wir werden von Revolutionären gefangen, und ich werde Jacques nie wiedersehen. Aber in diesem Augenblick gibt es keine wahreren Worte. Ich werde ihn holen. Ich werde es versuchen.

Wir machen uns auf den Weg über das Feld. Der frische Weizen leuchtet grün und wiegt sich in der Brise. Die Luft ist dunstig vom Blütenstaub. Bäume säumen das Feld wie eine geduckte Versammlung von Riesen. In der Ferne sehe ich Rauch aus den Schornsteinen eines Bauernhauses aufsteigen. Ich höre das Gluckern von Wasser, das leise Knarren eines Mühlrades, das sich irgendwo unermüdlich dreht.

Und in diesem Moment beschließe ich, nicht an morgen zu denken. Ich will gar nicht an Stunden oder Tage oder Jahre denken. Ich werde an Maman denken, die mir unter dem Apfelbaum zulächelt. Ich will an den Wind, den Weizen und das Vogelgezwitscher denken und daran, wie meine Schwestern an den Händen fasse und wir uns, wenn wir es könnten, wie kleine Stare in die Luft schwingen und von der Brise davontragen lassen. Ich werde an einen hochgewachsenen Jungen und ein hochgewachsenes Mädchen tief unter der Erde denken. Ich habe diesen Augenblick in der Sonne. Ich habe davor schon viele gehabt. Egal was kommen wird, sie werden für immer mir gehören.

Epilog – 66 Meter über dem Meeresspiegel, Pitié-Salpêtrière-Hospital, Paris

Wir krochen irgendwo in der Nähe von Péronne an die Oberfläche, mitten auf einem rauhreifbedeckten, grünen Feld. Wir schleppten uns etwa hundert Meter weit bis zu einem kleinen Bauernhaus, und das ältere Ehepaar, das dort wohnte, erlitt fast einen Herzinfarkt, als wir sie baten, ihr Telefon benutzen zu dürfen. Die Polizei kam, Krankenwagen warfen rotierende blutrote Lichter auf den Schnee.

Ich liege jetzt in einem Krankenhaus. Lilly liegt ein Bett weiter. Mir gegenüber sind Will und Jules. Sie haben uns beisammen gelassen, wahrscheinlich aus Sicherheitsgründen. Vier Jugendliche, die angeblich bei einem Flugzeugabsturz umgekommen sind, kriechen lebendig dort aus dem Erdboden, wo er von unterirdischen Explosionen erschüttert wurde: Das scheint eine ziemliche Sensation zu sein. Journalisten, die Gendarmerie, Leute von der Amerikanischen Botschaft: Alle warten darauf, mit uns reden zu dürfen. Aber unser Zimmer steht unter Quarantäne und wird von einem Spezialagenten bewacht. Im Moment bleiben wir noch verschont.

Helle Wintersonne fällt durch die Jalousien herein, und ich fühle mich schwer und schwerelos zugleich, traurig und

glücklich. Doch eher glücklich als traurig. Viel eher glücklich. Glücklicher, als ich mich je in meinem Leben gefühlt habe, was irgendwie paradox ist, denn ich hänge an einem Tropf, Hayden ist tot, und wir werden sehr viel Zeit damit verbringen müssen, unsere Erlebnisse zu erklären.

Ich blicke durch das Zimmer hinüber zu Will. Er schläft. Blutergüsse im Gesicht, einen Arm über die Stirn gelegt. Jules ist wach. Er erhascht meinen Blick und schneidet so lange Grimassen, bis ich lachen muss.

»Anouk?« Lilly hat sich auf den Ellbogen aufgestützt und blickt zu mir herüber. Sie sieht ausgelaugt und müde aus. Ihr Kopf ist bandagiert, und auch beide Fäuste, wie bei einer Boxerin. Aber jetzt grinst sie, wieder ganz die Alte.

»Ja?«, frage ich.

»Wir haben es geschafft.«

»Das haben wir.«

»Teile von uns jedenfalls.« Will ist jetzt auch wach. Seine Hand trägt jetzt einen richtigen Verband, und ich finde, dass er toll aussieht, unter den gegebenen Umständen. Wer braucht schon zehn Finger? Wir setzen uns in unseren Betten auf, hier in unserem weißen, sterilen Krankenzimmer, und sehen uns an, als wollten wir sagen: *Wow, das war Wahnsinn!* Unten auf der Straße rufen die Journalisten durcheinander, Autos fahren vorbei, Tauben gurren, aber hier drin gibt es nur uns. Ich werfe den anderen ein Lächeln zu, ein richtiges Lächeln, ein helles, warmes Lächeln, das tief aus meinem Inneren kommt.

»Danke«, sage ich.

Ich wette, sie haben keine Ahnung, wofür ich ihnen danke. Aber *ich* weiß, warum, und sie erwidern mein Lächeln, und

Stefan Bachmann
Die Seltsamen

Roman. Aus dem Amerikanischen
von Hannes Riffel

Bartholomew Kettle wäre gern ein ganz normaler Junge, aber er findet sich hässlich – fast so hässlich wie seine Schwester Hettie. Freunde hat er keine. Wie auch? Schließlich ist er ein Seltsamer, halb Mensch, halb Feenwesen, von beiden verachtet, vor beiden auf der Hut. Besonders seit Mischlinge wie er auf mysteriöse Weise verschwinden.
Eines Tages taucht eine geheimnisvolle Dame in einem pflaumenfarbenen Kleid im Slum von Bath auf. Bartholomew beobachtet sie verstohlen durchs Fenster. Was will sie? Als plötzlich Federn aufwirbeln und die Dame mit einem weiteren Mischlingskind entschwindet, vergisst Barthy jegliche Vorsicht – und wird bemerkt. Ein tollpatschiger junger Politiker, der alle Parlamentssitzungen verschläft, scheint der Einzige zu sein, der Barthy helfen will. Barthy ist überzeugt: Der Nächste in der Reihe bin ich.

»Ein Muss für jeden jungen Fantasy-Fan.«
The New York Times

»Ein grenzenloses Lesevergnügen für Leser jeden Alters.« *Publisher's Weekly, New York*

»Stefan Bachmann überrascht mit einem von Ideen übersprudelnden Fantasy-Roman.«
Simone von Büren / NZZ am Sonntag, Zürich

Die Seltsamen ist der erste Band
des Fantasy-Zweiteilers
von Stefan Bachmann.

Stefan Bachmann
Die Wedernoch

Roman. Aus dem Amerikanischen
von Hannes Riffel

Bartholomew hat aus nächster Nähe mit angesehen, wie sich ein Tor zwischen seiner Welt und dem verzauberten Feenforst auftat und seine Schwester dahinter verschwand. Er hatte versprochen, Hettie nach Hause zu holen, koste es, was es wolle. Aber was ist, wenn die bösen Wesen nur den richtigen Moment abwarten, um auch ihn zu entführen? *Die Wedernoch* zeigt auf höchst packende Weise, wie drei junge Außenseiter – nicht obwohl, sondern weil sie anders sind! – die gefährlichsten Abenteuer bestehen können.

»Ein spannender Roman, den man kaum noch aus der Hand legen mag. An Phantasiereichtum steht Stefan Bachmann einem Terry Pratchett in nichts nach.« *Conny Lee / ORF, Wien*

»Flüssig und nahezu schnörkellos erzählt, ist diese phantastische Reise auch in der Fortsetzung geistig anregendes Lesevergnügen.« *Ditta Rudle / Buchkultur, Wien*

»Stefan Bachmanns Kafka-Welten sind eine Entdeckung.« *Claus Dreckmann / Bunte, München*

Die Wedernoch ist die Fortsetzung
des Fantasy-Bestsellers *Die Seltsamen* –
bildgewaltig, packend und überraschend.